박경리 朴景利 (1926. 12. 2. ~ 2008. 5. 5.)

본명은 박금이(朴今伊). 1926년 경남 통영에서 태어났다. 1955년 김동리의 추천을 받아 단편 「계산」으로 등단, 이 ㅡㅡㅡㅡㅡㅡ도』(1959), 『김약국의 딸들』(1962), 『시장과 전ㅡㅡㅡㅡㅡㅡㅡㅡㅡ65) 등 사회와 현실을 꿰뚫어 보ㅡㅡㅡㅡㅡㅡㅡㅡㅡㅡㅡㅡㅡㅡ달아 발표하면서 문단의 주ㅡㅡㅡㅡㅡㅡㅡ

1969년 9월부터 ㅡㅡㅡㅡㅡㅡㅡㅡㅡㅡㅡㅡ했으며 26년 만인 1994년 8월 15일에 ㅡㅡㅡㅡㅡㅡㅡ』는 한말로부터 식민지 시대를 꿰뚫으며 민족사의 ㅡㅡ을 그리는 한국 문학의 결작으로, 이 소설을 통해 한국 문학사에 뚜렷한 족적을 남긴 거장으로 우뚝 섰다. 2003년 장편소설 『나비야 청산가자』를 《현대문학》에 연재했으나 건강상의 이유로 중단되며 미완으로 남았다.

그 밖에 산문집 『Q씨에게』 『원주통신』 『만리장성의 나라』 『꿈꾸는 자가 창조한다』 『생명의 아픔』 『일본산고』 등과 시집 『못 떠나는 배』 『도시의 고양이들』 『우리들의 시간』 『버리고 갈 것만 남아서 참 홀가분하다』 등이 있다.

1996년 토지문화재단을 설립해 작가들을 위한 창작실을 운영하며 문학과 예술의 발전을 위해 힘썼다. 현대문학신인상, 한국여류문학상, 월탄문학상, 인촌상, 호암예술상 등을 수상했고 칠레 정부로부터 가브리엘라 미스트랄 문학 기념 메달을 받았다.

2008년 5월 5일 타계했다. 대한민국 정부는 한국 문학에 기여한 공로를 기려 금관문화훈장을 추서했다.

토지

박경리 대하소설

토지

5부 1권

16

차례

혼백(魂魄)의 귀향

1장 신경(新京)의 달

 아이들은 초저녁에 잠이 들었고 덥다, 덥다, 흐느적거리듯 중얼거리며 저녁 늦게까지 설거지를 하던 보연이도 아무 기척이 없는 것으로 보아 잠에 떨어진 모양이다. 상의 방에도 불은 꺼져 있었다.

 홍이는 식당을 겸한 거실에 앉아 연거푸 담배를 피우다가 사무실에서 들고 온 신문을 펴든다. 신경(新京)서 발행하는 1940년 8월 1일자 《낙토일보(樂土日報)》다. 전에 없이 신문을 들고 온 것도 그렇고 이미 사무실에서 대강 훑어보았는데 새삼스럽게 왜 다시 펴드는지, 그럴 만한 이유가 없었던 것은 아니다.

氣息奄奄의 重慶政權

輸送力 極度로 逼迫,

物資의 缺乏 急激히 增大!

1면 머리기사의 큰 활자가 송충이처럼 눈앞을 스쳐간다. 7면
에는,

虎列剌 新患者

2名 또 發生

짤막한 기사가 있었다. 한구석으로 밀어붙여놨지만 호열자
에 관한 기사가 실리기로는 이번이 처음은 아니었으며 그 전
염병에 대한 공포도 상당히 확산되어 인심은 흉흉했다. 뿐만
아니라 호열자가 와전되어 그랬는지 아니면 그럴 만한 꼬투
리가 있었는지 페스트가 발생했다는 풍문도 끈질기게 나돌고
있었다. 금줄을 치고 발생지역의 출입이 금지되었느니, 떼죽
음이 있었느니, 심지어는 발생지역에 불을 놓아 살아 있는 사
람들까지 함께 태워 죽였다는 끔찍한 소문도 있었다. 호열자
에 관한 기사 윗단에는 스파이 혐의로 취조받던 로이터 통신
사 동경(東京) 지국장 코쿠스가 투신자살한 사건을 다루었는데
병원으로 실어가고 어쩌고 했다 해서 제목을 뽑기를 일본 무
사도(武士道)의 정화(精華)라,

"이것들은 사람이 아니다. 아예 염치라는 것이 없는 종자들이다. 아이들까지 난도질해서 죽여놓고, 남경(南京)에는 아직 그 피 냄새가 남아 있을 건데 영국놈 시체 하나 병원에 떠메다 났다 해서 뭐? 일본 무사도의 정화라고? 뱃가죽 터지게 웃을 일이다. 개새끼들!"

시원할 것도 없는 욕설을 퍼붓는데 별안간 아이들 방에서 외마디 소리가 들려왔다. 신문을 팽개치고 홍이는 급히 방으로 달려간다. 그러나 외마디 소리는 보연의 잠꼬대였다. 맨바닥에 베개도 없이 누운 보연은 흠씬 땀에 젖었고 전등 아래 얼굴은 백랍같이 희었다. 땀을 닦아주고 홍이는 보연을 안았다. 몸뚱이가 여름날 엿가락같이 팔 위에서 축 늘어졌다. 그 가벼워진 체중에 홍이는 내심 놀라고 당황한다.

"다, 당신 왜 이러요? 제가 뭘 어쨌기에……."

실눈을 뜨고 중얼거리는 보연은 어리광스럽게 홍의 목을 두 팔로 감았다. 안방으로 안고 가서 침상에 누이는데 보연은 이내 잠에 떨어지고 만다. 아이들 방으로 되돌아온 홍이는 잠든 두 아들의 모습을 한동안 내려다보다가 거실로 나온다.

지난봄, 조선으로 나갔던 보연은 두 달가량 친정에서 정양을 하고 돌아왔다. 그러나 그의 건강은 썩 좋아 뵈질 않았고 피곤해하는 것도 전과 다름없었다.

"아들딸, 일월(日月) 겉은 자식들 두었겠다, 살림은 일고 서방은 제집을 하늘겉이 우다아(떠받들어)쌓는데 머가 모지라서 그러노. 복에 겨워 밤낮 골골거리는 기가. 나 겉은 년이사 죽고 접어도 그놈의 저승차사가 잡아가야 말이제. 아이고오 시장스럽다. 산은 오를수록 높고 강은 건널수록 넓고, 내 팔자는 와 이렇노. 넘들이 복 타러 갈 직에 이년은 살강 밑에서 자불고(졸고) 있었던가.”

나타나기만 하면 신세타령을 곁들여서 지껄이는 임이 말이다.

“아프고 싶어서 아픈 사람도 있습디까? 답답한 사람은 누님이 아니라 접니다.”

뾰르퉁해서 보연이 대꾸하면,

“그러이 하는 말 아니가. 이 좋은 집에서, 하기는 너거들 나 보고 셋집이라 하더라마는 내가 없이 사이께로 그러는 모앵인데 집 사돌라 안 칼 긴께 비밀로 할 것 없다. 너거 성시(정도)에 이만한 집 못 산다믄 넘들이 믿겠나?”

“뭐가 무서워서 내 집을 셋집이라 하겠습니까. 못 믿우면 관청에 가서 알아보시오.”

“하여간에 비단가리(살림도구) 하나 없는 나한테 비하믄 아프다, 아프다 해쌓아도 올케 니사 청풍당석에서 하품하는 꼴이제. 사람이란 예사 팔자가 늘어지믄 아픈 데가 많아지네라.”

공장 근처 허술한 집에서 홍이 가족이 이곳으로 옮겨온 것은 작년 봄의 일이었다. 상의는 제 방이 필요할 만큼 과년해졌고 보연의 건강도 문제였으며 한편 홍이 벌여놓은 사업의 규모를 생각할 때 지나치게 누추한 집에 산다는 것이 이상하게 비쳐질 수도 있는 일, 해서 그 점도 고려하여 이사를 결정했던 것이다. 집은 햇볕 바르고 넉넉했으며 편리하게 꾸며져 있었다. 그러나 셋집인 것만은 사실이다. 임이 말대로 집을 살 능력은 있었다. 다만 뿌리박고 살 수 없는 형편, 언제 어떤 일이 터질지 모르는 상황 속에서 뜨내기 생활 방식을 청산할 수 없었던 것이다.

'식구들을 조선으로 보내버릴까? 저 사람 건강도 그렇지만 앞으로 무슨 일이 벌어질지 모른다.'

심각하게 생각해보지만 보연이 동의할 것 같지 않았다. 지난봄만 해도 안 가려는 것을 우격다짐으로 보내면서 홍이는 신신당부를 했다.

"몸이 온전해질 때까지 돌아올 생각 말어. 장모님께 송금할 테니 돈 아끼지 말고 보약 먹도록, 알아들었나?"

"예. 하지마는 무슨 죽을병도 아닌데 아이들 두고."

"아이들 다 컸어. 여기 걱정할 것 없다."

그러나 보연은 아이들과의 이별도 어려웠겠지만 남편을 잃을지 모른다는 두려움 때문인지―장이의 존재, 장이와의 사건이 있은 후 보연은 늘 그런 불안에 사로잡혀 있었다―두 달 만에 서둘러 돌아왔다. 그는 홍이와 함께 아니면 결코 귀국하려 하지 않을 것이다.

담배를 붙여 물고 홍이는 피어나는 연기를 막연한 눈빛으로 바라본다. 사방은 쥐 죽은 듯 괴괴했다. 내리쬐던 뙤약볕과 열풍이 일렁이던 한낮의 거리를 생각하면 기온은 많이 떨어졌는지 창밖에서 스며드는 외기가 제법 서늘하다. 이미 자정은 지나갔다. 홍이는 정수리를 가르며 다가오는 한밤의 정적이 전혀 새로운 경험처럼 불안해지기 시작한다. 왠지 모르지만 맨정신으로 밤과 대면하고 있는 것이 고통스럽기도 했다. 거대한 도시 신경의 깊은 밤, 요란하게 울리는 심벌즈와 달콤한 클라리넷의 선율과 휘황한 불빛 아래 난무하는 군상, 완숙한 과실 냄새가 감도는 환락가에도 하마 불은 꺼졌을 것이며 노동자들이 찾아들어 황주(黃酒)를 마시는 뒷골목 목로점*도 문을 닫았을 것이다. 도시는 정적 속에 가라앉아 잠들었는가. 어둠 속의 사악한 음모 때문에 도시는 지금 꿈틀거리고 있는지 모른다. 군마(軍馬)와 일장기(日章旗)와 만주국 황제 부의(溥儀)의 종언을 기다리는 숨막힌 병실인지 모른다. 덧없는 집념의 망령들이 떼지어 거리 모퉁이를 돌아가고 있는지 모른다. 도시는 편안한 잠, 꿈을 꾸지도 않는다. 휘고 일그러지고 비틀거리는 도시, 일본인은 말하기를 왕도낙토(王道樂土)라, 왕도낙토의 수도는 낙토 중에서도 낙원(樂園)일진대 그러면 그것은 부의의 왕도인가 히로히토[裕仁]의 왕도인가. 만주인의 낙토인가 일본인의 낙토인가, 하 참, 사변(思辨)의 허황함이야말로 칼을 능가하는 살육이요 유린이며 강탈의 무기인지 모를 일이다.

홍이는 손끝 가까이 타들어오는 담배를 재떨이에 눌러 끈다. 필요 이상 힘을 주어 누르고 문지르는데 별안간 몸이 붕 뜨면서 눈앞이 캄캄해졌고 어지러웠다. 뿌옇게 뭔가 보였다가는 먹물같이 새까맣게 닫혀지는 의식의 바닥에서는 그네를 타는 듯도 했고 배를 탄 듯 흔들리는데 그 배는 도시였다. 신경 전체가 떠오르고 있었다. 떠올라서 기구(氣球)처럼 하늘을 떠돌며 흐르는 것이다. 신경의 인구(人口)는 그 기구 속에 갇혀 있으며 자신과 아내와 아이들도 그 속에 갇혀서 어디로 가고 있는지 알지 못하고 지상을 떠나가고 있다, 가고 있다, 하고 생각을 되풀이하는 것이었다. 그랬는데 눈앞이 환해지며 섬광이 교차하고 무너져내리는 것이었다. 뭔가가 무너져내리고 있었다. 숱한 건물이었다. 한없이 넓고 하얀 가로를 질주하는 자동차, 카키빛 군용차, 마차, 인력거, 바람에 서걱거리던 가로수, 무리지어 가는 사람들, 꽃잎 같은 아이들이 있고 행진하는 일본 병정, 그 모든 것이 소리 죽은 채 땅속으로 무너져내리고 있었다. 무성영화의 한 장면처럼 땅속으로 꺼져 들어가고 있었다. 그 광경을 질러서,

"그만 하늘하고 땅하고 딱 붙어서 한날한시에 세상 끝내부렸이믄 좋겠다! 이래가지고는 못 산다!"

생모 임이네의 새된 고함이 귀청을 찢듯 들려왔다. 홍이는 진저리를 치며 가위눌린 것처럼 몸을 흔들고 버둥거렸다. 그러나 그것은 의식 속의 행동이었을 뿐이다. 비몽사몽이었는

가. 잠시 넋이 나갔던 것이었을까. 멀쩡하게 두 눈 뜨고 앉아서 무슨 그런 해괴한 것을 보았는지, 재떨이에 수북이 쌓인 담배꽁초가 비로소 홍이 눈에 들어왔다. 정신을 가다듬으려고 몇 번 고개를 흔든다.

'도대체 무슨 징조일까?'

기분이 좋을 리 없고 불길한 생각이 들었다. 밤이 오싹오싹 심장을 죄듯 스며드는 것 같았다. 자정이 넘었는데 잠 이루지 못하는 일이며 상상해본 일조차 없는 그따위 환각에 빠진 것은 무슨 까닭인지 참으로 희귀한 체험이었다. 홍이는 애써 그것을 털어버리려 했다. 특별히 무슨 의미가 있는 것은 아니며 다만 피곤하여 그랬을 것이라고 자신에게 강조했다. 자신도 보연이 못지않게 지쳐 있었던 것이라고. 어쩌면 얼마 전에 만난 송장환과의 대화가 마음 한구석에 남아 있어서 그런 환각에 빠졌는지 모르겠다는 생각도 해본다. 그것은 이유가 될 만했다.

달포 전에 홍이는 용정촌(龍井村)을 다녀왔다. 송장환의 형, 영환의 부고를 받고 갔던 것이다.

장례에 참석하기에 앞서 홍이가 찾은 곳은 월선의 묘소였다. 공노인 부부의 묘도 그 부근 멀지 않은 곳에 있었다. 소나무와 자작나무가 산재해 있는 산속의 무덤 세 곳을 차례차례 돌며 술을 부어 놓고 절을 한 뒤 홍이는 월선의 무덤가에 앉아 담배 한 대를 태우고 일어섰다. 달리 할 말도 없거니와 감회도 없었다. 할 말이나 감회가 없었다기보다 죽음과 이별의 냉혹함을 이제는 담담히 받아들였다 해야 옳은지 모른다. 절대적 침묵이 냉혹한 것은 당연하다. 그리고 절대적 사실에는 누구든 길들여지게 마련이다. 홍이도 길들여졌던 것이다. 그리움이며 고마움이며 한 인간의 심신을 형성해준 요람이었을지라도 그 인연들이 형체 없이 사라지고 청산이 되었는데 죽음에 무슨 의미가 있겠는가. 영원한 침묵의 냉엄함과 망각의 비정, 죽은 자와 산 자의 관계는 그 이상도 이하도 아니다.

그러나 등 뒤에서 넋의 울부짖음과도 같은 산새 울음, 그 소리를 들으며 산을 내려온 홍이는 상가로 향했다.

송영환의 후실 염씨가 흐느껴 울곤 했지만 장례는 쓸쓸하고 조용했다. 장례가 끝난 뒤 떠날 사람은 떠나고 동성반점(東盛飯店)의 진씨와 매갈잇간 박서방이 남아서 술상 앞에 앉았다. 송장환은 그들에게 술을 권했고 홍이는 오래간만에 송장환 술잔에다 술을 따랐다.

"유섭이 어마임으 소식 상기도 모룹매까?"

술잔을 비우고 나서 박서방이 느닷없이 물었다.

"모르지요."

했으나 송장환은 깊은 주름으로 파인 박서방 얼굴을 빤히 쳐다보았다. 집안 사정에 소상한 그가 왜 새삼스럽게 그 일을 묻는가. 그 물음에 기분도 과히 좋질 않아 그러는 것 같았다.

"그러문 이 세상 사람 앙입매. 어디메든 살아 있다문 흔적으 없을 리 없지비. 그렇잖응가?"

"십중팔구…… 세상 떠났겠지요."

송장환은 시선을 떨구었다.

"설사 살았대두 부부라는 거느 돌아누우문 남이라 합두구만. 맞는 말입매. 그렁이 왈가왈부할 것 없습매. 하지마느 아들 유섭이느 어째 오잽매? 어째 앙이 오느냐 말이. 상주 빠진 초상 되우 섭섭했슴. 송씨 가문 초상으 꼬락지 그래 되겠능가. 남 보기 우세스럽고 한심하지 않았슴?"

올곧잖게 따지듯 말했다. 진씨와 홍이는 잠자코 있었다.

용정촌의 명망가 송병문 씨, 그가 생존했던 전성시대 박서방은 송씨댁 매갈잇간을 맡아 일해왔다. 송병문 씨가 세상을 뜬 뒤 집안은 풍비박산, 사업에 실패를 거듭한 송영환이 아편과 방탕으로 몰락이 가속화되었을 때, 팔기만 해봐라 그날로 불 싸질러버리겠다 하며 갖은 협박과 난동으로 매갈잇간을 남의 손에 넘어가지 않게 한 사람이 박서방이었다. 덕분에 송영환은 유리걸식을 면했고 매갈잇간 수입으로 여명을 잇다가 간 것이다. 동성반점의 진씨 역시 청인이지만 송씨 일문과는 선대 때부터 인연이 깊었고 송씨 집안의 파산을 막아보려고 동분서주했던 인물이다. 이들은 모두 용정촌의 순수한 토박이였었다.

"송씨 집안의 우세라…… 옛날 옛적 고릿적 얘기겠지요. 우세할 송씨 집안이 남아 있기나 합니까? 누가 기억하겠어요.

한심스러울 것도, 우세스러울 것도 없소이다."

말하고서 송장환은 허허롭게 웃었다.

"그런 말씀 마시오."

하다가 진씨는 눈에 티가 들어갔는지 눈을 비비다가 말을 이었다.

"재물로 가문이 빛나는 것은 아니오. 재물은 없어졌으나 인물로 가문이 남는 거요. 송병문 선생의 뜻도 용정에 남아 있구요."

중국어로 정중히 말했다.

"글쎄올시다……. 과연 그럴까요?"

"돌아가신 분의 뜻을 받들어서 열혈적 애국심으로 행동한 송선생도 물론 조선인의 모범이지만 절세가인(絶世佳人)을 닮아서 자태 용모가 수려하고, 듣기로는 재능 또한 발군이라 하니, 송유섭은 과히 송씨 가문의 주옥이오. 반드시 큰 인물이 되어 지하에 계시는 조부님을 기쁘게 할 것이오."

진씨는 옛날부터 유섭의 모친 장씨를 말할 적에는 절세가인이라 했다.

"절세가인이문 무시레? 집안으 쑥밭 만든 안깐이 뉘기관디?"

한 방 쏘듯 박서방은 불만을 터트렸다.

"절세가인에게 무슨 죄 있소? 가인으로 태어난 죄 밖에는."

"흥! 양귀비 같은 말으 합매다."

티격태격하는 것을 말리듯 송장환이 말했다.

"실은 유섭이 그 아이, 형이 세상 떠난 것을 모르고 있어요."

"무시기라?"

"연락할 길도 없지만 설사 연락이 닿았다 하더라도 장례에 참석할 처지도 아니구."

"그러문 유섭이느 지금 어디메 있지비? 그 아이가 북경으 대학교 댕긴다 하잖앴슴둥?"

박서방은 납득이 안 된다는 표정이다.

"대학 졸업은 벌써 전의 얘기구요. 학교에 남아서 학문의 길로 가려 했었는데……. 유섭이가 지금 어디 있는지 나도 확실하게는 모릅니다. 확실하게 모르는 게 요즘 세월 아닙니까? 다만 풍문으로 들은 얘깁니다만 연안(延安)으로 갔다는."

"그러문 유섭이느 공산당이라 말이?"

눈이 휘둥그레진다.

"박서방은 공산당이 싫습니까?"

우물쭈물하다가 박서방은,

"싫을 것도 좋을 것도 없습매. 뉘기든 왜놈우 새끼들만 몰아내주문으 그거 다 우리 편 아님둥? 앙이 그렇습매?"

동의를 구하듯이 진씨를 쳐다본다.

"그럼, 그럼, 하하핫하…… 옳은 말이오. 국공(國共)이 합작해서 왜귀(倭鬼)를 치는데 싫고 좋고 따질 것 없어요. 모두 동지, 당신들과 나같이 친구지요. 아암 친구고말구."

진씨는 비대한 몸을 흔들며 확 트인 표정으로 웃었다. 그리

고 술잔을 높이 쳐들며,

"건배합시다. 국공합작을 위하여! 동지들을 위하여, 우리의 승리를 위하여!"

"술 몇 잔 마시고서리 주정임둥? 초상집으 와서 무스거 건배? 진대인도 한물 갔소꼬망."

타박을 준다.

"하, 참 그렇군."

진씨는 높이 쳐들었던 술잔을 내리며 슬그머니 웃는다. 홍이도 웃었다. 송장환만 멀거니 천장을 올려다보고 있었다. 형의 죽음이 그를 울적하게 한 것이지만 그러나 나머지 사람들은 집안을 결딴내고 무능한 삶을 마친 고인에 대하여 아무래도 좀 가볍게 생각하는 경향이 있었다.

"연해주 형편은 도통 알 수 없습니까, 선생님."

처음으로 홍이 입을 열었다.

"주갑노인이 걱정되어 그러나?"

"네."

"지금으로선 알 길이 없다."

"하얼빈의 운회약국에서도 그쪽 소식 전혀 모를까요?"

"운회약국에서 아는 일을 옆에 사는 내가 어찌 모르겠나."

"그렇기는 합니다만 그댁 윤선생께서는 사업상 국경지대 출입도 잦고 해서 더러 듣는 얘기도 있을 텐데……."

미련을 남기며 홍이는 말끝을 맺지 못한다.

"국경이 삼엄해서 모피장사는 벌써 그만두었다. 지금은 약국만 경영하고 있어."

"……."

"삼강(三江) 방면의 독립군이 가끔 월경하여 소련으로 넘어간다고들 하는데 확실치 않고, 윤광오 씨 부처도 연추의 부모님 걱정을 하고 있지만 속수무책이다. 심운구노인도 노심초사, 연로하여 그럴 테지만 조석으로 연추를 들먹이며 심란해하신다 하더군. 그분들 형제지간의 우애가 보통 아니거든."

진씨가 말을 받았다.

"그분들 우애가 깊다는 것은 나도 들어서 아는데 동생 심운회 씨가 연추에다 집을 지을 적에 심운구 씨가 중국인 벽돌공까지 보냈다 하더구먼."

"혁명 전의 일이었지요."

"생각해보면 그분들 이력도 남다르고 기구하지. 형은 청국에 귀화하여 하얼빈서 약종상(藥種商)을 시작으로 거상이 되었고 동생은 아라사에 귀화하여 군납업자로 자산을 모았고 그러면서도 조국을 위하여 재물을 쓰고 그 많은 독립지사들 뒷바라지, 쉬운 일 아니지요. 아라사의 혁명으로 어떤 풍랑을 겪었는지 알 수 없으나 앞일은 더욱더 캄캄하오. 작은 섬나라 야만족 때문에 수많은 사람들 명운이 그야말로 풍전등화라."

진씨는 탄식하듯 말하면서 굵은 목덜미를 두툼한 손바닥으로 쓸고 있었다. 팔자 눈썹에 작은 눈, 눈동자에는 지혜로운

빛이 있었다.

"역시 현재로서는 모든 것이 요지부동이군요."

홍이 중얼거렸다.

"모든 것이랑이? 무스그 말잉야?"

산소에서도 술을 마셨고 해서 취기가 쉬이 도는지 박서방
은 공연스레 홍이를 노려보며 따지듯 말했다.

"네, 저기, 재남재북으로 모두가 갈리어 만날 수 없게 됐다
싶어서 한 말입니다."

"음…… 그렇기는 합지. 이제느 아는 사람 보기도 쉽잖구, 모
두 떠나고 죽구 세상이 얼매나 변했능가."

"……."

"연해주 말이 났으이 가스댁, 옥이어망이 말입매. 딸으 따
라 가덩이 굶잖구 사는가 모릅지. 하기느 낯선 땅 그 고생으
말해 무실하겠습꽝이. 지난날 용정이 불타고 재만 남았을 때
재봉소 일자리 잃고서리 어린 간나아 옥이를 끌구 회령(會寧)
으루 가던 가스댁이 되세(되게) 불쌍하덩이. 생각으 해보랑이,
상기도 어제 일 같잖이요? 삼십 년이 지난 옛일인데 말입매."

모두 말이 없다. 무시무시했던 화재, 용정이 전소하다시피
생활의 뿌리가 송두리째 뽑혀버린 그 재난을 이들은 함께 겪
었다. 덧없이 날아가버린 삼십 년의 세월이 새삼 놀랍기도 했
던 것이다.

"그 고생으 했으문 말년으 낙이라도 있어야 옳잖까? 박복

하답매. 팔자가 기박하다 말이."

팔자가 기박하다는 것은 길상과의 그늘졌던 인연을 두고 한 말인 것 같았다.

"사람 사는 게 다 그렇지요 뭐. 그러나 크게 고생은 안 할 겁니다. 심운회 씨가 돌봐주고 정호 식구들도 그곳에 자릴 잡고 사니까 외롭잖을 거구요."

했으나 자신 없어하는 표정의 송장환은 담배를 찾는다.

"잘못한 기야. 연해주로 앙이 가는 긴데."

"두매가 한사코 보냈지요."

"어째서? 옥이느 교사질해서 살았잖았능가. 생활비 달라 했다 말이? 책임지라 했능가?"

"사사건건 답답한 말만 하는군요. 강두매가 주색잡기, 노름 하면서 가족들 내 몰라라 했으요?"

송장환은 역정을 내고 박서방은 머쓱해진다.

"경찰에서 강두매 잡겠다고 혈안이 돼 있는데 가족들 신변인들 안전하겠어요? 두매가 깊이 생각해 한 일이니 염려 마시오."

"그거르 뉘가 모르관디?"

하다가.

"소련이 그냥 단숨에 밀어붙여야 했슴. 무시레 중도지폐[中道而廢]했능가!"

별안간 어성을 높이며 이번에는 박서방이 역정을 냈다. 장

23

고봉, 노몬한 두 사건을 두고 억울해하는 말이었다. 이별하고 고생하며 불행해진 조선인의 처지는 모두 일본으로 인한 것인 만큼 일본을 섬멸하는 절호의 기회를 놓쳤으니 억울하다는 박서방의 심정 토로, 항의였던 것이다.

두만강 하류, 장고봉에서 발생한 재작년의 사건도 그랬었지만 만몽 국경(滿蒙國境) 하루하강에서 지난해 소련과 일본이 충돌한 노몬한사건도 국경분쟁의 발단이었으며 장고봉에서 보다 훨씬 규모가 큰 전투였다. 소련의 막강한 화력과 최신식 무기는 가공할 만한 것으로서 초장부터 일본은 참패의 연속이었고 전세 만회의 비장한 희망을 걸었던 고마쓰하라(小松原) 중장 지휘 23사단조차 전멸하여 일본을 경악하게 했던 것이다.

"노몬한에서는 왜눔우 군대가 몰살으 했다 하쟎응가. 그랬이문 밀구 나가얍지 무시레 협상으 하내야. 머저리 새끼들!"

"독일이 뒤통수칠까 봐서 그랬겠지요. 그리고 소련이 요구한 대로 일본이 다 수용한 만큼, 전투를 계속할 명분도 없었고."

"독일이구 나발이구 다 일없습매. 왜눔우 새끼들으 먼저 쳐얍지. 마우재 새끼구 되놈으 새끼구 덩치만 컸지 맹탕이당이. 쥐 새끼 한 마리에 쫓기는 곰 같은 머저리. 생각으 해보라우! 송선생 내 말으 틀렸습둥?"

송장환의 잘못이기나 한 듯 삿대질까지 하며 박서방은 입술을 실룩거렸다.

"더디어 주기가 여기까지 온 모양이군그래."

진씨는 자기 머리를 가리켰다.

"다음 순서는 술상 엎어버리기, 자아, 자아 박서방 이제 하직합시다. 상가에서 그 못된 버릇 나오기 전에."

놀려대면서 진씨는 박서방의 팔을 잡아끌었다.

"말으 해봐야 무스그 소앵이 있겠슴. 가기요. 가, 가잔 말이. 되놈우 욕으 막재느 심보 내가 압지."

박서방은 비틀거리며 일어섰다. 그리고 그들은 떠났다.

밤은 깊어 있었다. 스승과 제자가 어질러진 술상머리에 마주 앉아 서로를 바라본다. 상의학교(尙義學校) 교주의 둘째 아들이자 청년 교사였던 송장환과 단정하고 명석했던 박정호, 비범한 강두매와 늘 붙어다니던 이홍, 그들 중에서 젤 공부는 못했으나 순진했던 소년이 초로와 장년의 모습으로 서로 마주 보는 것이다. 이들은 물론 일 년에 몇 번은 만난다. 그러나 두 사람만 만나게 되는 경우는 그리 흔치 않았다.

"내일 떠나는 거지?"

"네. 선생님은 어쩌시렵니까."

"뒤처리를 좀 해드리고, 그러자면 아무래도 이삼일 후에나."

"하얼빈에는 별일 없지요."

"아직은."

"석이형님, 두매는 지금 어디 있습니까."

"정석 씨는 일진스님하고 상해로 갔고 두매는 삼강 방면에 있는 모양인데, 중공군에 합류하지 않을까?"

조심스럽게 말했다.

"사정을 빤히 알면서, 선생님 만나뵈면 혹 주갑아저씨 소식이라도 들을까 싶었습니다."

"그런 줄 알고 있다."

두 사람은 술을 들었으나 취해지지 않았다. 초상이 끝난 뒤의 공허함과는 별도로 두 사람의 공통된 느낌은 고립감이었다. 홍이 신경서 용정까지 일부러 오지 않아도 누가 뭐라 할 사람은 없었다. 송장환이 섭섭히 생각할 리도 없었다. 그러나 홍이는 만사 제쳐놓고 왔다. 주갑의 소식을 들을 수 있을지 모른다는 생각도 있었지만 송장환을 불현듯 만나고 싶었기 때문이다. 뭣 때문에 만나야 하는가, 이유는 홍이 자신도 알 수 없었다.

홍이는 좀처럼 자신에 관한 얘기를 남에게 안 하는 성미였다. 그런 태도는 보연에게도 마찬가지였다. 이해해줄 국량도 없는 여자지만 자신의 역정(歷程)이나 심정 같은 것을 그가 이해해주기를 바라지도 않았다. 다만 주갑이, 그가 가까이 있었을 때 늘 임의롭게 얘기를 했던 것 같았다. 실제는 별로 말한 적이 없었지만 기분이 그랬었다.

"아저씨는 내가 죽거든 홍이 니가 묻어달라, 그런 말을 하곤 했는데……, 저는 지금 그분의 생사조차 모르고 있습니다."

"연로하시지만 단련이 되고 워낙 건강한 분이니 염려 말게."

"저에게는 아버지 같은 분이지요."

술을 마신다.

"핏줄이 안 닿은 어머니, 핏줄이 안 닿은 아버지, 그리고 공씨 할아버지 할머니 그분들 때문에 그나마 제가 오늘 사람 구실을 하고 있는 셈입니다. 선생님도 대강 아시겠지만 저의 생모는 억새풀같이 강한 생명력과 물욕으로 자기 자신만의 성(城)을 가진 분이며 부친은……. 존경했지요. 깊은 애정도 느꼈구요. 그러나 그분 역시 그분만의 고통에서 떠밀려나온 존재가 제 자신이었습니다."

하고는 그 일에 대해서는 더 이상 말을 잇지 않았다. 월선의 애기가 나와야 했기 때문이다. 말을 하게 된다면 감정에 복받쳐서 횡설수설이 될 것 같았다. 묘소에서는 그렇게 냉담하게 돌아섰으면서.

"월선옥 아주머닐 처음엔 자네 친어머님인 줄 알았지. 착하고 아름답고 그같이 천성을 잃지 않는 사람이 과연 몇 명이나 될까?"

위로 삼아 한 말이었으나 감정에 북받치는 홍이 분위기에서는 어설프기만 했다. 송장환은 당황했던 것이다. 어릴 적에는 적잖이 개구쟁이였던 홍이가 조선으로 나간 뒤 가정을 이루고 다시 용정촌으로 돌아왔을 때 점잖고, 여간하여 감정을 나타내지 않으며 신중한 사내로 변모된 것을 보았으며 그 후에도 자질구레한 가정사나 자기 개인에 관한 애기를 하는 경우는 거의 없었다. 더군다나 무너지듯 나약하고 섬세한 자기 내면을 드러내 보인 적은 처음이다.

"그렇습니다 선생님. 생각해보면 나쁜 조건에서 태어난 제가 평생 쓰고도 남을 선물을 받은 거지요. 피도 살도 닿지 않는 분들께서 너무 많은 것을 주셨습니다. 그중에서도 꾸밈없고 우러나는 그분들 애정은 시궁창에 떨어질 수도 있었던 저를 건져주셨지요. 아주 어릴 적의 일입니다만 보따리 하나를 든 아저씨를 따라 해란강엘 간 일이 있었습니다. 아저씨가 사주는 사탕을 손에 쥐고서, 강가에 갔을 때 아저씨는 절 보고 돌아서라 하더군요. 입은 옷을 빨려구 새 옷으로 갈아입을 참이던가 봐요. 하얀 광목옷이었던 것 같습니다. 옷을 갈아입은 아저씨는 신선같이 보였습니다. 씨꺼멓게 담뱃진에 전 들쑥날쑥한 이빨에 잘생기지도 않았는데 어린 눈에 아주 고귀한 사람같이 보이더군요. 그분은 학이 날개를 펴듯 두 팔을 활짝 들어 올리고 너울너울 춤을 추면서 해란강을 향해 〈새타령〉을 불렀습니다. 선생님도 잘 아시겠지만 명창 뺨치게 좋은 소리꾼 아닙니까. 그 소리가 해란강 물결을 타고 멀리멀리 날아가는 것 같았습니다. 그 광경을 저는 지금도 똑똑하게 기억합니다. 순진무구(純眞無垢), 그때 일을 떠올릴 때마다 저는 사람에 대한 깊은 신뢰와 우리 민족의 아름다움을 생각하고 뼈에 사무치는 한을 느끼게 됩니다. 아저씨의 외로움은 늘 그렇게 아름다웠습니다. 잘 웃고 만사를 익살로 넘기던 그분이 왜 그렇게 서러워 보이던지요. 다만 수줍어할 때만 우스웠습니다."

"……."

"왜 그런지, 왜 그런지 모르겠습니다. 아버지 같았고 형님 같았고 친구같이 임의롭고 언제나 감싸주는 고향 같았습니다. 내가 죽거든 홍이 니가 묻어라, 하시더니 살아나 계신지, 소식을 전할 수 없는 현실을 알면서도 마치 그쪽에서 소식을 끊기라도 한 것처럼 배신감을 느낄 때도,"

홍이는 고개를 떨구었다. 송장환은 말없이 바라본다. 그 말들은 모두 홍이 자신의 외로움이었기 때문이다. 일부러 장례식에 나타난 것도 그 외로움 때문일 거라고 송장환은 생각한다.

"전에는 더러 건방진 생각을 하며 우쭐대기도 했지요. 오가는 사람들의 뒷바라지를 제가 한다구요."

"그건 사실이지."

"그렇지 않습니다. 오히려 그 사람들이 저의 울타리였던 것을 깨달았습니다. 불안하구 긴장을 하면서도 마음 한구석이 든든했거든요. 요즘은 고립무원, 외톨이가 된 것 같고 길을 가다가도 목덜미가 설렁해지는 것을 느낍니다."

"그 기분은 알 만하다. 나도 요즘 그런 생각을 할 때가 있어. 많은 사람들이 빠져나갔거든."

송장환은 담배를 붙여 문다.

"마치 쏘아버린 화살같이 떠난 사람들은 영영 돌아오지 않을 것만 같고 앞이 보이지 않습니다. 희망도 자신도 없어지구요."

"희망은 있다. 자신을 가져도 돼. 다만 일본이 어떤 식으로 망하느냐 그게 문제다."

쏟아놓다시피 한 마음을 추스르듯 홍이는 송장환 술잔에 술을 부었다. 몹시 계면쩍고 후회스럽기도 했던 것이다. 스승이 아니었다면, 친구지간이라 해도 그런 내면적, 감성적 얘기를 홍이로서는 할 수 없었을 것이다.

"우리 민족의 입지는 지금 절망과 희망의 양면을 지닌 날카로운 칼끝으로 볼 수 있는데, 자네 근심도 그런 것에 대한 예감일 게다."

"……."

"떠나기만 하고 화살같이 돌아오지 않는다, 우선 그것은 눈에 보이는 현상이다. 그러나 돌아와도 이미 활동구역이 달라졌을 경우를 생각할 수 있고 또 돌아오지 않는 이유는 일본군의 전선(戰線) 확대 때문일 수도 있고, 보기에 따라 점령지역이 넓어지면서 밀리어 달아나거나 잡혀서 죽는 확률도 높아진다 할 수도 있겠지. 그러나 속사정은 딴판이다. 점령지역의 확대가 이번의 경우, 이기고 있는 전쟁이라 할 수 없거든. 일본 정부나 군부는 점령, 전과를 내세우며 군민을 교묘히 오도하고 있지만 실상 그들의 내부적 고민이야말로 각일각, 목을 죄는 느낌일 게다. 일본은 여태까지 전면전 장기전을 치른 일이 없었다. 역사상 한 번, 임진왜란을 들 수 있지만 전면전 장기전이었기 때문에 그들은 실패한 게야. 일본은 이번 전쟁에서 속전속결, 국지전으로 결과가 날 것으로 믿으려 했지. 장개석(蔣介石)이든 모택동(毛澤東)에 의해서든 중국이 통일되기 전에, 사실 서안사건(西安事件) 후 장개석이 공산당 토벌을 중지하고 항일로 돌아선 것과 중국 국민의 여론이 한결같이 항일로 굳게 뭉친 것은 일본에게 더 기다릴 수 없는 초조감을 안겨주었고, 과거에는 물론 근자에 있는 만주사변 역시 속전속결, 국지전으로 계속 재미를 본 그 단꿈도 버릴 수 없었고, 때에 따라서 불안이나 불확실하다는 것이 결단력을 부추기고 자신을 부추기는 경우가 있지. 결국 일본은 시기상조를 주장하는 신중파를 누르고 전쟁으로 건너뛴 건데, 돌아가신 권필응 선생님도 말씀하신 적이 있지만 소위 남경(南京)의 대학살은 속전속결, 전략의 일환이었던 거야. 중국인에게 극단적 공포심을 심어서 전의(戰意)를 잃게 하는 것, 자국 병사에게는 추악한 본능의 짐승으로 만들어 구원을 잃은 절망적, 발광적 용기로 내몰려는 것, 그게 모두 단기전 전략에 의한 것으로 볼 수 있지. 일본이 그 얼마나 속전속결을 원했는지 짐작할 만하지 않은가. 그러나 그들의 뜻대로 되지 않았어. 지구전론(持久戰論)을 발표한 모택동은 물론이고 전쟁의 시작부터 장개석은 장기전을 각오했으니까, 일본은 거대한 공룡에 물린 격이고 헤어날 수 없는 늪에 빠진 거다. 그들은 이미 국가총동원령을 선포했고 인원과 물자를 모두 전쟁에 투입한다는 것인데 인원과 물자에는 한계가 있고 그 한계에서 물리적으로 일본은 무너지기 시작하는 거야. 시간은 힘을 소모하고 자리는 넓어지면 넓어질수록 인원과 물자가 엷게 깔릴 수밖에 없고 성글어지게 마련이다. 그러면 결국 녹아버리게 돼 있어. 엷어지고 성글어지고 힘이 빠진 곳을 지금 팔로군(八路軍)이 뚫고 있는 게야. 장개석은 오히려 일본은 도외시하고 전쟁 후 중공에 대비하여 군사력 소모를 견제하고 있는 형편이며 국민당에서 이당활동제한변법(異黨活動制限辨法)을 내놓은 것만 보더라도 그간의 사정을 알 수 있지. 그러나 일본은 끝없는 늪인 줄 알면서도 고통스런 행군을 아니할 수 없게 돼 있다. 일본을 위해 중재에 나설 나라도 없고 전쟁 물자를 대주기는커녕 팔아주는 곳도 없어. 작년에는 미국에서 미일(美日)통상조약을 폐기했고 영일(英日)회담은 결렬, 국제연맹이사회에서는 중국원조 결의안을 가결했고. 뿐인가, 여태까지 소련은 무제한으로 중국을 원조해왔거든. 중국에서 손 털고 철군하는 것 이외 일본은 달리 방법이 없다. 그것은 패전을, 항복을 의미하는 거니까 늪이든 지옥이든 갈 데까지 가보자, 한 가닥 희망은 지금 구라파에서 독일이 전쟁의 주도권을 잡았다는 것과 국공(國共)이 분열하기 시작했다는 점인데 그러나 일본은 너무 깊이 물려버렸고 바닥이 나버렸어. 문제는 우리다. 우리 민족의 운명이다."

송장환은 술을 마셨다. 홍이는 묵묵히 비어버린 술잔에 술을 채운다. 어떻게 된 영문인지 깊은 이 밤에 멀리서 아슴푸레 휘파람 소리가 들려왔다.

"한마디로 말해서 조선 민족은 일본의 볼모다. 일본이 망하리라는 희망적 정세 앞에서 우리가 앞날을 어둡게 절망적으로 내다보는 것은 일본이 패망하기까지 우리 민족이 얼마나 소모될 것인가, 얼마나 살아남을 것인가, 해서 희망과 절망의 양면을 지닌 날카로운 칼끝에 우리가 서 있다고 말한 게야. 벌써 수많은 우리 동포가 각처로 끌려나가 고혈을 짜내고 있으며 현재까지는 지원이지만 머지않아 징병으로 우리 젊은이들을 전선으로 몰아낼 것이며 남경학살 때도 그랬지만 여자들은 성(性)의 도구가 될 것이다. 일본은 조선 민족을 지옥까지 동반할 거야. 참으로 무슨 힘의 가호 없이는."

일본의 패색이 짙어가고 있다는 것은 새로운 얘기가 아니다. 볼모가 된 조선 민족이 저들의 패망 과정에서 어떠한 환난을 겪게 될지 모른다는 것도 먹물 들고 의식 있는 사람이면 대개 해보는 걱정이다. 특히 만주 일대에서는. 그러나 홍이는 신경으로 돌아온 후에도 그날 밤의 얘기가 고약같이 눅진눅진 머릿속에 들어붙어 기분이 좋잖았고 송장환의 우울한 얼굴이 때때로 떠오르곤 했다.

벽에 걸린 괘종이 덩! 하고 울렸다. 세 번 울린다.

줄담배를 피워 혀끝이 얼얼했지만 홍이는 무의식적으로 또다시 담배를 물고 불을 붙인다. 쓰디쓴 담배, 날이 갈수록 늘어만 가는 담배. 보연의 잠꼬대 때문에 팽개쳤던 신문을 집어든다. 8면의 광고를 홍이는 골똘히 들여다본다. 사무실에서 신문을 들고 온 것은 바로 이 광고 때문이었다.

　　그랜드 쇼 半島樂劇團
　　재즈와 舞踊과 노래의 大饗宴
　　저고리시스터 大擧八十名來演
　　아리랑보이즈 世界的 樂團

　등등 큰 활자와 함께 신경 공연은 주야 이 회, 팔월 삼사 일
양일간으로 돼 있었고 극장은 풍락(豐樂)이었다. 사진과 그림
을 곁들인 팔 단짜리 큰 광고다.
　'틀림없이 영광이도 왔을 거다.'
　홍이는 확신하고 있었다. 그러나 송관수는 지금 신경에 없
었다. 사무실에서 광고를 보았을 순간에도 홍이는 송관수가
신경에 없다는 것을 맨 먼저 생각했다. 열흘 전에 목단강(牡丹
江)에 간다면서 송관수는 떠났는데 여태 목단강에 머물러 있
는지, 정확하게 그의 소재를 모르고 있기 때문에 홍이는 초조
했다. 이번만은 어떤 일이 있어도 부자(父子)가 상봉해야 한다.
반드시 그래야 한다고 홍이는 생각하는 것이다. 사 년 전이던
가, 송영광이 공연차 신경에 왔을 때, 서로간 감정의 앙금이
남아 있기는 했겠지만 영광이 공연장 입장권을 들고 홍이를
찾아왔을 때는 부친을 만나게 해달라는 의사 표시였을 것이
고 아들 만나기를 마다할 송관수도 아니었다. 그러나 아버지

가 자신을 용서치 않았다고 판단한 영광은 그냥 떠나버리고 말았다. 홍이는 그때, 자신의 중간 역할이 미숙해서 그리된 것으로 생각했으며 두고두고 후회를 했다. 그러나 그보다 그 일로 인하여 사람이 달라진 송관수를 볼 때 느끼는 책임감 같은 것은 홍이에게 적잖은 괴로움을 안겨주었다. 처음 송관수 는 자식 하나 없는 셈 치겠다며 스스로를 달래곤 했으나 시일 이 흐르면서 차차 엉뚱한 방향으로 사람이 달라져갔다. 불효 막심의 아들을 원망하기보다 아들에게 지워진 백정이라는 신 분에 병적인 혐오감을 나타내기 시작했던 것이다. 술만 들어 가면,

"내가 와 백정고? 나는 백정 아니다. 영광이도 백정 아니다. 우째 그 아가 백정이란 말고."

고개를 설레설레 흔들며,

"아니지, 아니고말고. 그놈은 내 아들인께, 동학당, 등짐장수 울 아부지 손자니께, 밭이 무슨 소앵이 있노. 씨가 젤 아니가."

실성한 사람처럼 말하는 것이었지만 그는 분명하게 마누라 영선네를 부정했던 것이다. 평생을 그림자같이, 구석지에서 남몰래 피는 꽃같이, 남의 앞에 나오는 것조차 두려워하며 살 아온 영광의 모친, 그 여자에 대한 연민 때문에 지난날 송관 수는 진주에서 형평사운동에 가담했으며 그 연민은 그의 투 쟁의 의지로 나타났고 불꽃이 되기도 했었다. 가족에 대해 남 다른 애정을 가진 것도 백정으로 낙인 찍힌 신분을 바라보는

사회적 통념에 대한 분노 때문이었다. 그의 앞에서는 어느 누구도 백정이라는 용어를 입에 올리지 못하였다. 언제였던지, 구례(求禮) 길노인 집에서 잔치가 벌어졌던 그날, 김강쇠가 부아를 돋우노라 이 백정 놈아! 했다 해서 혈투를 벌인 일도 있었다. 그러던 송관수가 그렇게 오래도록 금기되어왔던 백정을 들먹이며 흰머리가 돋아난 영선네 앞에서 크게 비웃기 일쑤였고 때론 그 일로 인하여 분탕질도 서슴지 않게 되었으며 죽은 장인까지 끌고 나와,

"이년 당대로 끝낼 일이지 멋 땜에 딸년을 내질러 여러 사람 신셀 망치느냐 말이다."

가당치도 않은 욕설과 비난을 퍼붓기도 했다.

얼마 전에 홍이는 의논을 좀 하기 위해 그를 찾아간 일이 있었다. 어두컴컴한 집 안으로 들어갔을 때 땅바닥으로 된 복도 옆에 문을 활짝 열어젖혀놓은 방에서 땅콩이 든 접시 하나를 무릎 앞에 놔두고 헐렁한 광목 적삼을 입은 송관수는 빼주를 병째 마시고 있었다. 학생복을 입은 막내 영구(榮久)가 두 무릎을 모으고 부친과 마주 보고 앉아 있었는데 홍이 들어서자 몹시 당황하고 난처해하는 표정을 지었다. 영선네는 옆방에서 숨을 죽이고 있는 눈치였다. 등을 보이고 앉은 관수는 인기척을 들었을 텐데 돌아보지 않았다. 부자 사이를 비집고 들어가기가 거북하여 홍이는 그들에게 등을 돌린 꼴로 문지방에 걸터앉아 담배를 붙여 물었다.

복도 바닥에는 빼주 빈 병이 몇 개 굴러 있었다.

"제집 잘못 얻은 기이 천추에 한이 된다. 정은 정이고오 은혜는 은혜다. 와 내가 그때 그거를 몰랐일꼬. 경찰에 쫒기는 몸이고 보이, 숨기주고 믹이주고오 하하핫하 하하하핫, 의지 가지할 곳 없는 젊은 놈이 꼼짝없이 옭아매인 기지."

술을 얼마나 했는지 혀가 꼬부라져 있었다.

"지금 와서 그런 말씀하시면 뭣 합니까. 어머니 가슴에 못박는 말씀을 꼭 해야겠습니까. 아버지답지 않습니다."

영구는 볼멘소리로 말했다. 그는 신경의 동방대학(東方大學) 학생이었다. 학생 전원이 기숙사 생활을 하게 돼 있는 교칙에 따라 그곳에서 기거하고 있었는데 모처럼 외출허가를 받아 집에 들른 것 같았다.

"아부지다운 기이 멋고?"

"……."

"그래. 전에는 아부지다워서 니 성이 집 나간 기가? 혈육의 정을 끊고 말이다."

아들이 비웃는다.

"그, 그건 형의 의지가 약한 탓이지요. 누가 잘못해서 그런 건 아니지 않습니까. 백정이면 눈이 한 갭니까 코가 둘입니까? 똑같은 사람입니다. 모두 다 편견 탓이지요."

"니 말 잘했다. 하모, 똑같은 사람이고말고. 하지마는 내가 두고 볼 기다. 가시나하고 눈이 맞아서 혼인 말이 나와도 그런 소리 할 긴가 두고 볼 기구마. 하기는 만주땅은 넓어서 근본 감추고 못 살 것도 없지. 그러이 네놈도 큰소리치는 모양이다마는."

"큰소리치는 게 아닙니다. 저는 이치를 말했을 뿐입니다."

"이치? 내가 여기 이러고 앉아 있는 게 이치대로 된 기가?"

"이치대로 되게 해야지요. 그래서 공부도 하고 투쟁도 하는 거 아닙니까."

"그따우 씨건방진 소리는 두었다가 후제 선생질할 때나 써묵어라. 흥! 입 열었다 하면 모두 배우고 투쟁하고, 신물이 난다. 니 누부 영선이를 와 산놈한테 떠넘기고 왔노? 니도 그거는 알제? 똑똑하고 인물 좋고 보통핵교까지 나온 제집아아를…… 섬진강 칼날 겉은 바람 마시믄서 염소 새끼 몰듯기 그 제집아아를 데리고, 지리산 골짜기 산놈한테 주어부리고 돌아선 애비 맘을 니가 아나? 흥, 내 가슴에는 피멍이 겹겹이 쌓여 있다."

"시끄럽소 그만, 아이들 데리고 삼대 구 년 묵은 얘기는 왜 합니까."

내뱉듯 말하며 홍이 방 안으로 들어갔다. 영구는 비실거리다가 아비를 피해 방에서 나갔다.

"머하러 왔노. 니가 안 와도 나 할 짓은 다 하고 사는 사람이다. 내일은 떠날 긴께 걱정 마라."

관수는 병을 물고 술을 마신다. 그리고 땅콩을 입 속에 집어넣고 오도독 씹는다.

"도대체 왜 이럽니까. 참말로 보기 안 좋습니다."

"몰라서 묻는 기가?"

"알지요."

"알믄 와 묻노."

노려본다.

"그까짓 자식 하나 없는 셈 치자, 처음에는 그러지 않았습니까."

"……."

"형님 보고 있으면 봄에 싹이 돋아서 조금씩 자라다가 오뉴월이 되면 미친 듯이 폭발이라도 할 것처럼 왕성해지는 나뭇잎 생각이 납니다. 대개 사람들은 세월이 가면 험했던 일도 잊기 마련인데, 날이 갈수록 이래가지고는 식구들이 배겨내겠습니까?"

"잊을 일이 따로 있지. 니는 자식 안 키우나?"

하다가,

"니는 내 맘 모린다. 니가 우찌 내 맘을 알 기고. 애시당초 뿌리부터 잘못 박은 기라. 잘난 것 한 푼 없는 놈이, 어디라고 이 바닥에 끼어들어…… 머를 했제? 해놓은 기이 멋고? 강가에서 쇠가죽을 씻든지 장돌뱅이가 돼서 이 장 저 장 돌아댕기야 할 팔자를 어긴 죄 아니겠나."

슬며시 비켜버린다.

"형님."

"……."

"왜놈한테 잡혀가고 싶지요?"

"머, 머라 카노!"

펄쩍 뛴다.

"헌병한테 붙잡혀서 총살이라도 당했으면, 생각하는 거지요?"

"미친놈 다 보겠네. 말도 가이방해야 대꾸를 하지."

"집에 들면 분탕질이고 밖에 나가면 겁 없이 행동하고 그 힘이 어디서 나오지요? 만약에 폭탄 안고 관동군사령부에 돌진할 사람 누구냐 묻는다면 맨 먼저 형님이 손들고 나가지 않을까요? 대체 무엇을 작심했습니까."

관수는 동요를 나타내었다.

"대체 무엇을 작심했습니까."

홍이는 재차 물었다.

"집어치라! 내가 무신 애국지사 독립투사라고, 무지랭이 촌놈이 넓은 만주 바닥에 와서 심부름하는 것도 과람한데, 사람을 이리 놀리도 되는 기가!"

"……."

"유식한 놈, 똑똑한 놈, 이론인가 먼가 무장이 됐다는 놈, 날고 기고, 젊어서 펄펄 뛰는 놈, 쌯이고 쌯있는데, 나는 이자 헌 생이(상여) 틀이 되었고 신다 버린 짚신짝 꼴이 되었는데 무신 놈의 씨도 안 묵을 말을 하노."

전혀 무관하지는 않으나 결국 관수는 어물쩍 넘기려 한다.

"그렇지는 않을 겁니다."

홍이는 비꼬듯 농치듯 묘하게 웃었다.

"형님은 제발 날 잡아가달라, 잡아가서 죽여달라, 그것도 처참하게 시끌버끌 요란하게, 왜 그런 생각을 하는지 이해합니다. 첫째는 순국지사가 되고 싶은 거지요. 영광이한테 명예를 유산으로 남기고 싶다 그거 아닙니까? 그래야 백정의 신분도 상쇄가 될 테니까요. 둘째는 복수하고 싶은 마음입니다. 배신감 때문에 영광이 가슴에다 한을 남기고 싶다, 또 있지요. 형은 원래 강쇠형님과는 달라서 야심이 있는 편이고 그 형보다 듣고 보고, 훨씬 유식하니까. 한데 만주는 형에게 안 맞아요. 산적질을 해도 조선의 산골짝이 좋지."

관수는 홍의 얼굴을 빤히 쳐다보았다. 그러나 낯빛은 달라져 있었다. 한참 만에 신음하듯,

"머이라?"

"면상을 내리치고 다리몽댕이를 뿐지르고, 그러고 싶겠지만 헌 생이 틀이 무슨 힘이 있겠소. 하하핫 하하하……."

"니 질기(길게) 이럴 기가! 누구 기 넘어가는 꼴 볼라 카나!"

소리를 지른다.

"그런 말 안 들을려면 몸 좀 아끼시오. 위태로워서 도저히 보고 있을 수가 없습니다."

부아질하던 것과는 달리 홍이 어투는 냉정했다. 관수는 대답 대신 술병을 들어 술을 마신다.

"형수씨도 그만 볶으시오. 보기 딱합니다. 세상 버린 우리 아버지…… 참다가 참다가 못 견디면 얼굴이 새파래져서 어머니를 두딜겨 팼지요. 그러나 단 한 번도 어머니 전력을 들먹인 일은 없었어요. 그 험한 전력을 말입니다. 형님도 잘 아시는 일 아닙니까. 어질고 말 없으시고 평생을 뜬구름 같은 형님 따라 살면서 고생도 많이 하셨는데 늙어가면서 왜 이래야 합니까."

"억울해서 그런다 와!"

했으나 관수의 목소리는 잠겨 있었다.

"아니지요. 측은해서, 내 죽고 나면 어쩌나, 그게 지나치니까 역으로 나가는 겁니다."

"이놈아! 니가 묻고 니가 대답하고 함서 더 무신 말, 필요 없는 거 아니가. 이리 찌르고 저리 쑤시고 니가 형사가! 헌병가! 대체 무슨 말 듣고 접어 이러노!"

"같잖고 가소러워 그래요."

"머 어짜고 우째?"

"서천 소가 웃을 일이니 그러지요."

"건방진 놈! 허 참, 살다 보이 별 휘한한 꼴을 다 본다. 니가 언제 그리 컸다고 까부노."

"저는요, 형님한테 말할 자격 있습니다. 형님이 지금 앓고 있는 병을 저는 스무 살 안짝에 치렀으니까요."

"……."

"백정하고 살인자하고 어느 쪽이 험합니까?"

관수는 입맛을 다셨다.

"제 아버진 아니지만 생모의 전남편이 살인자라는 것, 형님
도 잘 아시지 않습니. 간도에서 진주로 왔을 그때, 기억하
실 겁니다. 빗나가서 갈 바를 못 찾는 저에게 충고한 사람이
형님 아니던가요? 누구는 절름바리 언챙이로 태어나고 싶어
태어났어요? 죄 없이 핍박받고, 그런 게 세상 아닙니까. 우리
조선사람이 무엇을 잘못해서 왜놈들한테 시달림을 당하는 겁
니까? 그래도 형님은 자신의 의지로 택한 일이니 덜 억울하겠
소. 하기는 요즘 백정이라는 말을 자주 입 밖에 내는 것을 보
면 차츰 관이 트이는 모양이고 형수님을 볶아대는 것도 그만
큼 임우러워진(임의로워진) 탓인가요?"

꽈배기처럼 말을 꼬았으나 홍이는 아까처럼 실실 웃지는
않았다. 듣는지 마는지 대꾸가 없던 관수는 손에 들고 있던,
비어버린 빼주 병을 복도 바닥에 휙 내던진다.

두 사내는 한동안 말이 없었다. 서로가 다 한심스럽고 멋쩍
은 생각이 들었던 것이다.

"틀렸어!"

별안간 관수는 팔을 들어 허공에다 곱셈표를 그었다. 그리
고 뒤로 물러나 앉으며 한 다리는 뻗고 한 다리는 세운다.

"틀렸단 말이다. 니놈이나 내나 다 틀렸어."

뭐가 틀렸다는 건지.

"니는 여전히 이홍이 그놈이고 나는 여전히 송관수다. 내 살아온 대로, 누구 말마따나 독사겉이 내 타고난 태성(胎性)대로 변한 거 없다! 골백 년이 지나봐라. 세상이 변하는가. 내가 안 변하듯이 세상도 안 변하고 이자는 자식이고 여편네고 그게 다 걸거적거린다. 나도 늙었거든. 늙은 것도 변하지 않는 것의 하나다."

틀렸다는 것은 잘못 살았다는 것인가 희망이 없다는 것인가 알쏭달쏭한 말이다.

"그는 그렇고 날 찾아온 용건이 멋고?"

뻗었던 한 다리를 끌어들여 자세를 고쳐서 앉은 관수는 물었다. 어느덧 그는 평상시로 돌아와 있었고 감정을 정리한 것처럼 보였다. 맺고 끊고 전환이 빠른 송관수의 특성, 그것은 중첩된 험로(險路)에서 이루어진 습관이었다. 새까맣게 쪼그라든 얼굴에 눈만 붉게 타고 있었다.

"이래가지고는 어디 의논이나 하겠습니까."

뒷걸음질치듯한 홍의 목소리였다.

"언제 기분 따라 우리가 일했고 날 받아서 의논을 했더나."

"급한 일도 아니고…… 좀 짬이 나길래 왔더니만."

"말해봐라."

"실은…… 공장일인데요, 공장을 처분하는 게 좋잖을까 해서."

홍이는 굼뜨게 말을 꺼내었다. 꺼내놓고도 다시 생각해보는 표정이다. 관수는 조금도 놀라지 않았다. 이미 예견하고 있었던 것처럼 눈을 지그시 감았다가 떴다.

"더 이상 뻗쳐볼 힘도 없고."

하다가 홍이는 갑자기 허둥대며 담배를 찾았다. 담배를 물고 불을 붙이는 홍이를 바라본 관수는 쓴웃음을 머금는다.

"나는 술고래가 됐고 홍이 니는 골초가 되었구나. 결국 올 데까지 온 거 아니겠나."

그러니까 공장 처분에 송관수도 찬성이라는 의사 표시였으며 그간의 홍의 고초를 잘 알고 있다는 뜻도 있었다.

"삼사 년을 견디다 보니 이제 피가 마를 지경입니다."

삼사 년이란 홍이 운영하는 서비스공장에 김두수가 나타나고부터를 말하는 것이다. 일본 군부의 폐차(廢車)를 불하받게 해줄 터이니 동업하자고 제의해왔던 김두수, 말을 붙여온 이상 무슨 수를 쓰든지 관철하고야 말 것이며 그렇지 못할 때 어떤 해악을 끼칠지, 해서 고육지책으로 그의 제의를 받아들이되 동업은 할 수 없고 폐차 불하에서 얻은 이득만 가르자 하며 성립이 된 김두수와의 관계였다. 불하받은 폐차를 재조립하여 검사를 받고 군부에 납품을 하고 일반에게도 팔아서 그동안 상당한 수익을 올렸다. 사실 그 점을 노리지 않았던 것은 아니었다. 그러나 처음부터 그것은 엄청난 곡예였던 것이다. 김두수가 위험인물이라는 것은 말할 나위가 없지만 독립운동의 자금줄이 되어온 내막을 안고서 일본 군부를 상대하여 거래를 지속해나간다는 자체가 화약을 안은 꼴이었다. 송관수가 한 말대로 홍이 골초가 된 것은 그 때문이다. 헌병대 앞잡이로 수많은 독립지사들을 엮어들여 악명을 드높였으며 한때는 회령에서 경찰 간부직에 있었던 김두수의 전력은 이미 알려진 사실이거니와 돈 버는 일에서도 그의 악행은 전율을 느끼게 했고 이득이 있는 곳이면 쇠 나막신에 쇠지팡이 짚고서라도 지옥까지 찾아갈 그런 위인인데 표면상으론 첩보기관에서 밀려난 듯했으나 기실 그가 현재 무엇을 하며 어떤 임무를 띠고 있는지 그 정체는 모른다. 그리고 군과 거래를 하는 만큼 사찰을 당할 수도 있는 일이다. 정확하게 만 삼 년 동안 홍이는 이 일에 종사하면서 차라리 총 들고 싸우는 편이 낫겠다는 생각을 여러 번 했었다. 처음에는 김두수가 나타나면 마음속으론 이 매국노 반역자! 하면서도 겉으로 천연덕스럽게 대할 수 있었다. 그러나 시일이 지나면서 차차 자신을 엄폐하기가 어려워졌다. 요즘에 와서는 뱀과도 같은 김두수의 눈을 바라볼 땐 소름이 쫙 끼치곤 했다. 살인자의 눈, 말로만 들었지만 그의 아비 김평산의 눈이 저랬으리라 홍이는 생각하는 것이었다. 실제로 김두수는 많은 사람을 살해했다.

'박정호의 아버지를 죽인 놈! 정호 삼촌이 비수를 품고 찾아다녔으나 용케 빠져나와 아직도 살아 있는 놈!'

홍이는 어진 한복이 두수의 동생이라는 것을 믿을 수 없었다.

"처분하고 나면 다음은 어쩌고."

관수가 물었다.

"아직 거까지는 생각해보지 못했고 하얼빈으로 가서 송선생님하고 의논해서 다른 사업을 하면 어떨까…… 하구요."

"들통이 나기 전에 삼십육계 줄행랑이 상수라, 이쯤 해서 걷어버리는 것이 내 생각에도 좋을 듯하긴 한데."

"앞으로 물자도 어려워질 겁니다. 따라서 부속품 구하기도 힘들 것이고 규모가 작으니까 그럴 염려는 없겠지만 군수공장으로 징발될 경우도 생각해봐야 합니다."

"그놈들 똥줄이 땡기믄 크고 작고를 가리겠나?"

"그럴까요?"

"그것보다 처분하는 데 합당한 구실이 있어야 안 하겠나? 거복이 그놈이 믿을 만한 이유 말이다."

"그것을 저도 생각해봤습니다. 연강루하고 상의를 해야지요."

김두수하고 관계를 맺기 직전, 만일의 경우를 염려하여 요리점 연강루(燕江樓)에서 공장 세울 때 빚을 얻은 것으로, 그때 공장을 담보를 넣은 형식을 취해놨던 것이다.

연강루를 말할 것 같으면 소유주의 성씨는 진(陳)이다. 그러니까 용정 동성반점의 진씨와는 인척간이며 또 하얼빈에 있는 심운구의 맏아들 재용의 처가 연강루 진씨의 딸이니까 양가는 사돈지간이 된다. 그러나 그보다 중요한 것은 권필응과의 관계다. 재작년에 작고한 권필응과 진씨는 항일(抗日)에 뜻을 같이해온 동지로서 진작부터 이들은 한중공동전선(韓中共同戰線)을 역설해온 터이라 의기투합하여 많은 일에 서로 관여해왔었다. 심씨 집안과 진씨 집안의 통혼만 하더라도 권필응의 존재로 인하여 양가 간 친분에서 이루어진 것으로 볼 수 있다. 여하튼 이 정도의 설명이면 연강루와 홍의 예사롭지 않은 연결을 대강 짐작할 수 있을 것이다.

연강루는 사업 중의 극히 작은 부분에 불과하며 진씨는 다른 사업체도 상당수 가지고 있는 자산가다. 그러나 그는 친일파로 알려져 있었다. 만주국 정부 요로에 지면(知面)도 많았으며 일본 군부에서도 환영받는 인물이었다. 그러니까 그의 정체는 철저하게 엄폐돼 있었던 것이다. 현재는 고령인 탓으로 사업에서 손을 뗐고 아들들이 모든 것을 운영하고 있었는데 그 점에서는 하얼빈의 심운구와 비슷했다. 또 한 가지, 빠뜨릴 수 없는 것은 항일의 투철한 투사이며 황야의 영웅 마점산과의 관계다. 마점산, 북만주를 무대로 싸우는 사람 중에서도 마점산은 특출하다. 일본이 만주를 침공했을 때 치치하얼[齊齊哈爾]에서 패한 마점산은 만주 건국에 참여했었다. 군정부 총장과 흑룡강성(黑龍江省) 성장으로 취임하면서 일본과 타협했던 것이다. 그러나 얼마 되지 않아 그는 탈출했고 소련에 피

신해 있다가 돌아온 뒤 결사 항쟁을 전개하여 황야의 영웅이
된 것이다. 내몽고, 황하(黃河) 북변 강기슭에 있는 포두(包頭)
방면에서 그는 일군과 싸웠으며 테러와 게릴라전으로 일본군
을 괴롭혔다. 몇 해 전에 관동군사령관, 만주국 총리를 암살
하려다 체포된 자도 마점산의 휘하였었다. 특히 게릴라전은
끈질기고 치열했는데 일본은 그것을 모두 비적의 소행으로
호도(糊塗)하면서 그들의 습격을 두려워하여 북만주 일대에는
입식(入植) 못한 곳이 많았다. 물론 이 같은 저항에는 마점산뿐
만 아니라 수많은 조직이 있었는데 조선인들과의 혼성부대,
혹은 공동작전과 행동이 특색이다. 특히 상해 홍구공원(虹口公
園)에서 윤봉길(尹奉吉) 의사의 위대한 거사가 있고부터 재만
조선 독립군과 중국 의용군의 합동작전은 눈에 띄게 증가했
는데 예를 들자면 조선혁명당과 중국의 요령(遼寧) 구국회와
합작, 항일전선을 결성한 일, 재만 독립군과 중국 의용군이
사도하자(四道河子)에서 일본군을 공격한 일, 독립군과 중국 의
용군이 동경성(東京城)을 점령, 대전자령(大甸子嶺) 대첩도 한중
연합군이 일본의 나남(羅南) 72연대를 쳐부쉈던 것이다. 여하
튼 그와 같은 항일전을 지원하는 것이 진씨 일문의 숨은 사업
이었지만 특히 진씨의 아들 형제는 마점산과는 맥이 닿아 있
었고 그를 열렬히 지지하고 지원했던 것이다. 그러나 홍이는
진씨나 그의 아들 형제를 모른다. 만난 일도 없고 본 일도 없
으며 연강루를 운영하는 인원과 접촉하는 것이 고작이었고

용정 동성반점의 진씨 소개로 연강루와 친교를 맺고 있다는 정도를 내세우며 오늘에 이른 것이다. 따라서 연강루는 조직이 위장해놓은 접선장소로도 볼 수 있을 것이다.

아무튼 그날, 홍이는 공장 처분 문제를 상의한 뒤 집으로 돌아왔고 이튿날 관수는 목단강 방면으로 떠났던 것이다.

홍이 잠자리에 든 것은 세 시가 훨씬 지난 뒤였다.

"상의아버지, 상의아버지, 전에 없이 웬 늦잠일까?"

조반 준비를 벌써 끝내놓고 보연은 남편을 흔들었다.

"상의아버지, 일어나요."

겨우 홍이 눈을 떴다.

"당신도 늦잠 자는 일이 있네요. 술도 안 했는데. 여덟 시가 넘었어요."

"뭐?"

했으나 홍이는 자리에서 일어나지 않았다. 보연은 분홍빛 은조사 적삼을 입고 있었다. 평소보다 차림에 신경을 쓴 것 같았다. 홍이는 누운 채 머리맡으로 팔을 뻗어 담배를 찾다가 신문이 손에 닿았다. 간밤에 신문을 들고 방에 들어왔던 모양이다. 홍이는 순간 가슴이 철렁 내려앉는 것을 느낀다. 영광이 악단을 따라 반드시 신경에 와 있으리란 법은 없다. 어제는 왜 그렇게 와 있으리라 철석같이 믿었는지, 홍이는 담배를 찾아 피워 물었다.

"눈뜨자마자 또 담뱁니까. 좀 줄였으면 좋겠거마는."

"음."

홍이는 코대답만 한다.

"상의아버지."

"……."

"당신이 어젯밤에 절 보듬고 왔습니까?"

'뭐라구? 보듬고 왔다……. 데리고 왔느냐 할 것이지, 가정부인이 술집 작부도 아니겠고, 천박하구나.'

홍이는 얼굴을 찌푸렸다.

잠도 모자랐고 여러 가지 일로 신경이 날카로워져 있어서 그랬겠지만 그러나 미묘한 그런 거부반응은 오늘이 처음은 아니었다. 보듬고 왔느냐는 보연의 말은 육감적이기보다 무신경에 가까운 것이었다. 무신경이든 육감적이든, 홍이는 그게 어느 쪽이든 비위에 거슬렸다. 그러지 않으리라 하면서도 역시 마음 어딘가에 걸리고 마는 것이다. 홍이는 어쩌다가 게걸스럽게 음식을 먹는 여자를 보면 외면해버리는 버릇이 있었다. 생모 임이네가 연상되어 그랬을 것이다. 도발적이거나 교태를 부리는 여자의 경우에도 홍이는 신경질적인 혐오감을 나타낸다. 일본에서 차부(車部) 조수 노릇을 했을 무렵, 한밤중에 이불 속으로 기어들어온 일본 계집에게 느낀 강한 모멸감이 되살아나 그랬는지 모른다. 그러나 보연은 야한 여자가 아니다. 법도를 중히 여기는 소위 반가 출신이어서 그런지 남편에 대한 집착은 대단했으나 교태를 부리고 보비위를 맞춰 남편 마음을 사로잡으려는 작위적 행동은 하지 않았다. 게다가 십수 년, 자식을 셋이나 낳고 살아온 부부간인데 사소한 언동을, 비록 입 밖에 내어 말한 적은 없지만 마음속으로나마 용납 못하는 까닭은 무엇일까. 결벽증이며 보수적 성향이라 할 수도 있겠지만, 출생과 신분에서 오는 열등감은 아닐 것이며, 허튼 말 허튼 행동이 없었고 해란강 맑은 물 같은 월선의 사랑으로 자란 옛 기억 때문은 아니었을까. 사십 문턱을 바라보면서 투명하고 섬세한 감성에 대한 그리움을 아직 간직하고 있었는지, 모를 일이다.

임이는 사내가 계집을 하늘같이 섬긴다 하며 곧잘 비아냥거렸지만 실상 홍이는 다정한 남편은 아니었다. 보연에게는 늘 무뚝뚝했고 아이들에게는 과묵했다. 그러나 그는 누가 보아도 자상한 남편이요 아버지였다. 공장 근처 허름한 집에 살았을 적에 아무리 귀가가 늦어도 부엌에 석탄 날라다 놓는 일을 잊은 적이 없었다. 눈에 띄면 빨래도 걷어주고 어질러진 집 안 청소도 했으며 보연에게 힘든 일은 시키지 않았다. 몸이 약하고 험한 겨울을 보내야 하는 타국살이를 고려했겠지만 여자를 종 부리듯, 그것은 사내장부가 할 짓 아니라는 그의 생각이었으며 여자에게 짐을 잔뜩 들려놓고 자신은 빈손인 채 뒤로 나자빠지듯 걷고 있는 사내를 꼴불견으로 치부하는 홍이였다. 그 점에서는 부친을 많이 닮았다. 초취(初娶)였던 강청댁이 월선을 투기하여 패악을 부리는 것을 보고 동네 남정

네들이 탕탕 두들겨 패서 버르장머릴 고쳐라 했을 때 용이는,

"조막만 한 걸, 때릴 구석이 어디 있어서."

쓰게 웃었는데 사랑이 아니어도 여자에 대한 연민에는 확실히 부자간에 공통점이 있었다. 살림을 못해도 잔소리가 없고 돈의 쓰임새에도 무관심, 그것도 부자가 닮은 점이었다. 그럼에도 불구하고 보연이나 아이들까지 홍이를 어려워했다. 어려워했을 뿐만 아니라 보연은 남편이 먼 곳에 서 있는 것같이 느껴질 때가 있었다. 그럴 때 보연은 장이 얼굴을 떠올리며 가슴앓이를 하는 것이었다.

가족이 조반상에 둘러앉았을 때,

"아버지 우린 어떻게 해요?"

어여쁘게 자라서 지난봄 여학생이 된 상의가 말했다.

"학교에서 창씨개명(創氏改名)하라고들 하는데."

"……."

"우린 안 할 거예요?"

"하라면 해야지."

"제 이름은 말예요, 상 자를 따서 나오코[尙子]라 하고 싶어요."

"그대로도 괜찮다."

"그대로요? 그럼 나오요시[尙義], 남자 이름이잖아요."

"나라 없는 백성이 남자 이름 여자 이름 가려서 뭣 하나."

상의는 멈칫하며 홍이를 쳐다보다가 입을 다물었다. 무표

정했지만 아버지 모습에서 비애 같은 것을 느낀 것이다.

"거 봐. 구둣방 할아버지도 말했어. 성을 바꾸는 것이 젤 나쁘다구. 부모 조상을 팔아먹는 일이래."

상근이 씩씩하게 말했다.

"복 나가게 밥 먹으면서 왜들 이래. 어서 먹어."

보연이 나무란다. 뜨는 둥 마는 둥, 조반을 끝낸 홍이는 일어섰다. 방으로 들어가면서 물었다.

"양복 어디 있지?"

"양복은 왜요?"

보연이 말하며 따라 들어간다. 공장에는 늘 작업복 차림으로 나가기 때문이다.

"어디 갑니까."

"음."

"어디루요."

대답이 없다. 챙겨둔 양복으로 갈아입는 홍이를 보연은 바라보고 서 있었다. 분홍색 은조사 적삼 탓인지 얼굴에는 다소 생기가 있어 보였다.

"어젯밤 당신이 날 보듬고 왔어요?"

아까 대답을 듣지 못해 아쉬웠던지 보연은 다시 물었다.

"알면서 왜 물어."

"글쎄 꿈을 꾼 것 같기도 해서요."

하얀 노타이셔츠에 연회색의 마직 여름 양복을 입은 홍이는 아무 말 없이 집을 나갔다.

공장 사무실에 나온 홍이는 작업장에 있는 천일이를 불렀다. 걸레로 기름 묻은 손을 닦으며 사무실로 들어온 천일이도 어디 가느냐 하고 물었다. 홍의 신사복 차림은 그리 흔한 일이 아니기 때문이다.

"훤합니다. 새신랑 같소. 어떤 사람은 인물이 좋아서 청요릿집에 가는데 이 못생긴 이내 신세는."

노랫가락처럼 뽑다 말고 천일은,

"제기랄! 그래 무슨 일이오."

대강 할 일을 지시한 홍이는 서류철을 꺼내어 넘긴다.

"형님."

"음."

"조선서 악극단이 왔다데요. 여편네가 쫄라쌓는데 형님은 안 가볼랍니까."

홍이는 들은 척도 안 한다. 그새 천일이는 진주 있던 처자를 신경으로 데려왔다. 공장 뒤편에다 가건물을 지어 살림을 차린 것이다. 버릇이 없고 좀 우둔한 것이 탈이었지 홍이 밑에서 착실히 기술을 배운 천일은 비교적 공원(工員)들과도 잘 지내는 편이며 홍이 왼팔 노릇을 해왔는데 그런 만큼 월급도 많았고 돈도 알뜰히 모았다.

"가타부타, 말이 있어야지 형님도 참 속 터지는 사람이오."

매번 당하는 일이지만 그때마다 천일은 불평이다.

"극장에 갈 시간이 어디 있어."

"사람이 살믄 몇백 년을 살 기라고, 언제 어떻게 될지 모르는 이놈의 세상, 어젯밤에는 잠도 못 잤어요."

"왜."

"한밤중에 자동차 끌고 와서 문을 뚜디리고 지랄하는 바람에."

"그래서."

"충전해달라고 말입니다. 낮에는 시간 두었다 멀 했는지."

"그럴 경우도 있지. 불평 그만해."

"제에기랄, 죽어나 사나, 고향 가서 사는 긴데 형님 땜에 못 가요!"

하며 천일은 나간다. 서류철을 덮은 홍이는 극장에 전화를 걸어서 반도 악극단 단원들이 묵은 여관을 확인한다.

'하늘이 두 쪼가리가 나는 한이 있어도 이 자식을 붙잡아야지.'

공장을 나선 홍이는 차를 잡아타고 극장에서 알려준 산월여관(山月旅館)으로 찾아갔다. 들어서자마자 들떠 있는 내부 분위기가 성큼 다가왔다. 화려한 옷차림의 여자들이 여기저기 지분 냄새를 풍기고 있었으며 들락거리는 남자들, 심부름꾼들은 왁자지껄 공연히 신바람이 나 있었다.

"송영광이라구요? 그런 사람 없는데요?"

러닝 바람에 수건을 들고 나오던, 빤질빤질하게 생긴 사내가 홍이 묻는 말에 고개를 저었다.

"안 왔습니까?"

눈에 띄게 홍이는 실망을 나타냈다. 그리고 손수건을 꺼내어 땀을 닦는다.

"그런 사람은 본시부터 없어요."

"그럴 리가 없는데⋯⋯. 몇 해 전에도 와서 공연하고 갔어요. 색소폰인가 불고, 얼굴에는 엷은 흉터가 있어요. 다리도 좀 불편하구, 그러니까 송영광은 본명이오."

홍이는 저도 모르게 서둘렀다.

"아아 나일성 씨 말이군요. 왔어요."

"왔어요?"

"어떤 사인데 찾으시지요?"

비로소 사내는 홍의 행색을 살피기 시작했다.

"친척이오."

일부러 친척이라 한다. 그간의 내력으로 보아 친척이라 해도 크게 잘못된 것은 아니다.

"이봐 우식아! 나일성 씬 어디 들었지?"

저만큼 얼쩡거리고 서 있는 청년에게 사내는 큰 소리로 묻는다.

"저쪽에요."

하고는 시큰둥한 표정을 지으며 청년은 가버린다.

"경성여관(鏡城旅館)에 가보십시오. 나일성 씨는 거기 들었다는군요."

노타이에 연회색 양복을 입은 홍이는 신사로서 손색이 없었고 다소 거칠었으나 얼굴은 준수했으며 게다가 나일성(羅一城)의 친척이라 하니까 그랬는지 사내는 매우 공손하게 가르쳐주었다.

경성여관으로 찾아갔다. 산월여관보다 훨씬 차분하고 극단 패거리가 든 것 같지도 않았다. 아마 산월여관에 수용 못한 나머지 몇 사람이 투숙한 것 같았다. 나일성을 찾으니 청년 한 사람이 나타났다. 그리고 나일성은 지금 외출 중이라 했다.

"언제 오면 만날 수 있을까요."

"글쎄요. 잘 모르겠는데요. 너댓 시쯤이면 안 올까요?"

대답이 애매하다.

"네 시쯤 다시 오지요."

여관을 나서는데 홍이는 맥이 쑥 빠졌다. 그러나 다음 순간,

'혹 공장으로 날 찾아갔는지도.'

부랴부랴 공장으로 돌아왔으나 아무도 찾아온 사람은 없었다. 어쨌거나 송영광은 신경에 와 있고 만나는 것도 시간문제일 뿐, 그러나 홍이는 손에 일이 잡히질 않았다.

"망할 놈의 자식, 이번에도 그냥 갔다만 봐라. 죽여버릴 거다."

네 시, 홍이는 경성여관에 다시 갔다.

영광은 면도도 하지 않은 부스스한 꼴을 하고서 여관방에
혼자 있었다. 어쩌면 아침나절에 찾아왔었다는 사람을 기다
리고 있었는지 모른다. 홍이를 보는 순간 영광은 숨이 막히듯
괴로운 표정을 지었다. 사 년 전에 비하여 많이 피폐한 것 같
았다.

"앉으시지요."

마주 보고 앉는다. 홍이는 담배를 붙여 물고 성냥개비를 재
떨이에 던지며,

"어제 왔나?"

하고 물었다. 나이는 많이 처지지만 사 년 전에 한 번 보았을
뿐인데 홍이는 반말로 허두를 뗐다.

"어제, 네."

"얼마 동안 머물 건가?"

"신경서 이틀 공연하고 길림으로 갈 겁니다."

간밤에 술을 많이 마신 것 같다. 눈이 벌겋게 충혈되어 있
었다.

'지도 사람인데 마음이 편했을 리 없지.'

영광은 시선을 떨어뜨리고 있었고 홍이는 담배 연기 가는 곳
을 쳐다보고 있었다. 방 안의 침묵 사이사이에 저녁상을 나르
는지 복도를 지나가는 발소리 여자들의 목소리가 끼어들었다.

"나가지."

담배를 눌러 끄고 홍이 일어섰다.

"어디로 말입니까?"

영광의 목소리는 왜 그랬는지 도발적으로 퉁겨 나왔다.

"저녁 먹으며, 이야기 좀 해야 안 하겠나? 자네 부친은 지금 여기 안 계신다."

일어서려다 말고 영광의 낯빛이 변했다. 벼랑 끝으로 몰린 짐승같이, 그런 눈으로 홍이를 쳐다본다.

"그, 그건 무슨 뜻입니까."

"걱정되나?"

"……."

"잡혀갔을까 봐? 세상 하직했을 것 같은가?"

윽박지르듯 그러나 홍이는 엷은 웃음을 띠고,

"목단강 방면으로 장사 가셨다."

무표정으로 돌아간 영광은 셔츠 하나만 갈아입고 긴 손가락으로 머리를 쓸어넘긴 뒤 홍이를 따라나왔다.

해가 지려면 아직 멀었다. 아스팔트 지면에서 뜨거운 열기가 치솟는 거리, 오고 가고 사람은 많았다. 그럴 시각이다. 한쪽 다리를 끌듯이 걷고 있는 영광은 키가 컸다. 홍이도 부친을 닮아 키가 컸다. 단단한 홍이 체구에 비해 영광은 다소 메말라 보였다. 구겨진 회색 바지에 수박색 남방셔츠를 입은 영광은 방 안에서 그 부스스했던 모습과는 달리 거리에서는 아주 세련돼 보였다. 직업상 그랬을 테지만 그러나 직업의 흔적은 보이지 않았고 불편한 걸음걸이 때문만은 아닌 듯 사람들의 눈길을 끌었다.

마차를 타고 이들이 간 곳은 연강루였다.

"술 좀 하지."

"간밤에 과음해서."

"서로가 다 마음 안 편한 처지, 술로나 풀어야지."

홍이는 안주와 맥주부터 가져오라 하며 종업원에게 이른다.

"지난 얘기 해봐야 소용없지만 그때 형님을 만나지 않고 자네가 가버렸을 때, 다음 만나면 뚜딜겨 패주겠다, 생각했지."

"안 올려고 했지요."

"어째서."

"하지만 오고 말았습니다."

술을 따르고 술을 마신다. 영광은 술잔을 비운 뒤에도 어머니와 동생의 안부를 묻지 않았다. 입 밖에 그 말이 나오지 않는 것 같았다.

"색소폰인가 그걸 아직도 부나?"

"네. 작곡도 조금 하구."

"장차 작곡가로 나갈 건가?"

"내일 일을 어찌 알겠습니까. 그냥 해보는 거지요."

"시국 땜에 그러나?"

"글쎄요. 시국도 그렇고 개인적으로도."

그러고는 화제가 끊어지고 말았다. 영광은 화제를 잇겠다는 생각이 전혀 없는 것 같았고 홍이는 원했던 물건을 손에 넣기라도 한 듯 느긋해 있었다. 장본인인 송관수가 신경에 없다는 사실이 홍이를 막연하게 하기도 했다.

"요즘 국내 사정은 어떤가."

"그저 그렇지요. 무슨 희망이 있겠습니까. 앞으로 더 어려워질 거라고들 하더군요."

"글쎄……. 그럴 게야. 지원병(志願兵)에는 많이들 나가나?"

"도시에서는 그렇지도 않지만 지방, 시골에서는 관원 유지들 감언이설에 속고 혹은 강제 협박하는 등쌀에 심약한 청년들은 못 견디어 나가는 모양이더군요. 더러는 출세의 길로 착각한 무지렁이들이 자진해 나간다는 말도 있고."

"자네는."

질문의 뜻이 무엇인가 한동안 망설이다가,

"머지않아 조선 노래도 부르지 못하게 되겠지요. 벌써부터 학교에서는 조선어 과목이 폐지되었고 창씨개명하라고 성화가 이만저만 아닌데 노래라고 부르게 내버려두겠습니까."

"그럼 뭘 하고 사나."

말을 해놓고 보니 맥 빠진 것이기도 했지만 우문이었다. 홍이는 멋쩍게 웃었다.

"군가 나부랭이나 부르게 되겠지요. 그리고 전선의 위문단으로 추럭 타고 다녀야 할 겁니다."

"그렇겠지. 그럴 거야……. 이곳에서도 남 먼저 창씨개명인가 뭔가 하고서 날뛰는 친일파, 그놈들이 안 한 사람을 역적

대하듯 하니, 참말로 역적이 누구인지 알 수가 없어."

"도처 마찬가집니다. 왜놈이 못 되어 환장하던 새끼들이 창씨개명에 감읍(感泣)하는가 하면 어떤 시골 무지렁이는 밭 갈다 말고 덴노 헤이카 반자이[天皇陛下萬歲]를 외치며 두 팔 치켜들고 지원병으로 나갔다 하고, 한마디로 만화지요."

술잔을 거듭 들면서부터 영광은 좀 적극적으로 얘기를 했다. 어쩌면 당장 눈앞에 다가오고 있는 자신의 처신 문제를 잊고 싶어 얘기를 하고 있었는지 모른다.

"조선은 그 자체가 감옥입니다. 아무도 어느 누구도 어쩔 수 없어요. 죽어서 도망치지 않는 이상 그놈들 구령에 따라 걸어갈 수밖에 없습니다."

영광의 말을 들으면서 홍이는 송장환의 모습을 떠올렸다. 조선 민족을 볼모라고 말하던 그의 모습을.

'선생님, 그 말씀은 틀렸습니다. 볼모에게는 고국이 있고 백성이 있고, 또 임자도 따로 있지만 우리에게 그것이 있습니까? 문서가 있습니까? 약속이 있습니까? 풀려날 기약이 있습니까? 고립무원입니다. 우리에게는 비벼대볼 언덕 하나 없습니다.'

총칼과 교지(狡智)로써 우리 속에 가두어진 조선 민족, 성질 사나운 놈 있으면 잡아먹고 지혜로운 놈 있으면 잡아먹고 먹음직스러우면 잡아먹고 허약한 놈 잡아먹고 나머지는 부려먹으면서 필요할 때 조금씩, 유사시에는 비상용이고, 분명 볼모는 아니다. 일본이 강탈한 강산에 노닐던 짐승들이다. 그들 재산 목록에 들어 있는 것이다. 어찌하여 이같이 하늘과 땅 사이에 법이 없는가. 그러나 법을 바라는 자는 어리석고 어리석은 자는 죄인이 되어 가둠을 당하며 모든 것, 생명까지 박탈당해야 한다. 이 무법의 벌판을 사람들은 무슨 생각을 하며 걷고 있는 걸까. 결혼을 하고 아이를 낳고 누군가 죽으면 서럽게 울면서 장사 지내고 만나고 이별하고, 무법의 벌판에서 그들은 어떤 앞날을 꿈꾸는 걸까. 조선에서 숱하게 만주로 팔려오는 처녀들에게도 앞날은 있는 걸까. 칼의 문화, 유곽문화(遊廓文化), 그것도 문화의 범주에 속하는 것인지 알지 못하겠으나 여하튼 일본 군화가 지나간 곳이면 맨 먼저 어김없이 서는 게 유곽이다. 그러고 보면 칼과 섹스는 불가분의 관계인 것 같고 생과 사의 윤회인 것 같고, 이 미망(迷妄)의 유전(流轉)은 진정 끝남이 없는 것인가. 유곽으로 끌려온 조선의 딸들, 그것은 죽음인가 삶인가.

죽음도 아니며 삶도 아니다. 그럼 그것은 무엇인가. 땅도 빼앗기고 삶의 터전도 다 빼앗기고 마지막 남은 딸을 팔아넘긴 부모의 그 죄업의 생애를 전율 없이 생각할 수 있는가. 공장 월급의 몇 달치 선불이라 속이고 얼마간 금액을 떨어뜨린 사내들은 딸을 끌고 간다. 가난과 생명의 존재는 이토록 처절한 것인가. 참 그렇다! 이 길에서 김두수를 빼놓을 수 없지. 김두수의 돈줄이 본시 그 길이었으니까. 소싯적부터 만주로 흘러들어와서 한 손에 검(劍)을 쥐듯 밀정으로 출발했고 한 손에는 황금을 쥐듯 아편과 여자를 팔았다. 특히 여자 장사에는 이골이 난 사내다. 그는 지금 한창 재미를 보고 있을 것이다. 일본의 전선이 넓어지면 질수록 사냥감의 수요는 늘어날 테니까.

'그놈은 일본놈 개라기보다 지옥에서 도망 나온 야차 같은 놈이다. 지 애비가 그리됐다 해서, 지놈이 설움을 좀 받았다 해서 조선사람 다 잡아먹기로 작정한 놈이다. 기막힌 일이지. 그놈 애비 손에 죽은 사람의 자손은 그럼 어떻게 해야 하나. 작두에 목 짤라 죽이고 일 시키다 병나면 늑대 먹이로 던져서 죽이고 그런 왜놈한테 죽은 자의 자손들은 어떻게 해야 하나. 김두수 그놈이야말로 작두에 걸어서 목을 짤라 죽일 놈 아니고 뭐겠나. 제 살을 무는 놈, 천하에 악종이지.'

언젠가 정석은 그런 말을 했다.

홍이는 고개를 흔든다. 김두수 생각만 하면 진저리가 쳐진다. 웬 까닭인지 요즘 김두수가 의식 속에 기어드는 일이 종종 있다. 어젯밤에도 김두수 생각을 하지 않았던가.

영광은 요리에는 거의 손을 대지 않았다. 맥주 말고 다른 술을 달라고 해서 주문한 **빼주**를 마시고 있었다. 다른 생각을 하다가 돌아온 홍이는 갑자기 영광에게 짙은 연민과 애정을 느낀다. 혈육 같은 것을 느낀다. 그도 몰린 한 마리의 짐승이었다. 무수히 상처받고 승복과 부정의 가름길에서 방황하며 갈등에서 허우적거렸을 그의 세월은 홍이가 떠나보낸 세월과 다를 바 없었다는 것을 새삼 깨닫는다.

'외가를 닮은 모양이다.'

하얗고 반듯한 영광의 수그린 이마를 바라보며 홍이는 맘속으로 뇌었다.

영광의 얼굴은 좀 독특했다. 관골에 그어진 흉터 때문인지, 그러나 그것은 과히 흉업지 않을 만큼 엷었으며 창백한 낯빛에 굴곡이 깊고 음영이 짙었다. 소위 범눈썹이라고들 하는데 부드럽게 퍼지면서 모양을 이룬 눈썹은 특히 보기 좋았다. 청춘의 표상같이 싱그러웠다.

산수화 한 폭이 걸려 있는 요릿집 방 안은 깨끗했다. 주황빛 수술이 늘어진 화려한 등(燈)은 창밖의 바람 따라 조금씩 흔들리곤 했는데 창밖 그곳에는 황혼에 물든 하늘이 있었다.

"최참판댁 소식은 더러 듣나?"

침묵을 깨듯 홍이 물었다.

"그 양반들 소식을 어찌 알겠습니까."

퉁기듯 말하다가,

"환국이는 가끔 만납니다."

환국이라 말할 적에 영광의 표정은 흔들렸다. 고뇌스럽다 할까 감미롭다 해야 할까, 그가 보인 최초의 순수한 정감의 표현이었다.

"교사로 있다는 말을 나도 듣기는 했는데."

"서울서 사립중학교 미술 선생님으로 있지요. 황태수라고 방직공장하는 사람의 막내딸과 결혼도 했구요."

"자네는?"

"결혼 말입니까."

"그래."

"가정 갖는 것은 단념했습니다."

학교에서 퇴학당한 일에서부터 집을 뛰쳐나가게 된 것은 어느 여학생과의 연애사건이 원인이라는 것, 사건으로까지 발전하게 된 것은 백정의 신분이 발각되어 여학생 집에서 들고일어난 때문이라 했는데, 여하튼 문제의 여학생이 영광을 뒤쫓아 동경까지 갔고, 두 사람은 동서 생활을 한다, 그것까지는 홍이도 대충 들어 알고 있었다. 그러나 그 후 그 여자와의 관계에 대해서는 송관수도 그렇고 홍이도 아는 바 없었다. 홍이는 섣불리 그 여자와의 현재 사정은 묻지 않는다.

"단념을 해?"

"저는 결혼 안 할 겁니다."

"어째서? 집안 내력 땜에 그러는 건가?"

"……."

"딱하구나. 요즘이 어떤 세상인데 곰팡내 나는 그따위 생각을 하나. 그도 젊은 사람이."

"그 때문만은 아닙니다. 그것은…… 제 개인, 내면에 관한 문젭니다."

영광은 여전히 가족에 관한 것, 안부에 대해서 묻지 않았고 홍이 역시 그 문제에 대해서는 접근하지 못한 상태였다. 깨지기 쉬운 유리그릇처럼 자칫 잘못하다가는 부자 상면도 틀어지고 말 것 같은 생각이 들어 조심하고 있는 것도 사실이다. 그러자니 화제가 궁색해질 수밖에 없다. 두 사람은 상당량의 술을 마셨고 술을 절제하기 위해서도 무엇이든 얘기를 하지 않으면 안 된다.

"환국이 동생은 뭘 하나."

겨우 말을 이었다.

"윤국이 그 애는 대학 농과를 졸업하고 다시 경제과로 들어 갔다던가요? 사회에 나오기 싫어 그랬을 겁니다. 나와봐야 조선인들 하는 일이란 뻔하지요. 그 애는 성질이 팔팔해서 형하고는 딴판입니다."

"형이 어때서."

"나약한 편이지요. 너무 맑아서 저 사람이 왜 사바세계에 있을까 하고 생각할 때가 있어요. 상당히 부럽지요. 하기는 뭐 아무나가 그렇게 될 수 있는 것도 아니고 타고난 거, 천성일 겁니다."

나약하다는 것은 허두였을 뿐 영광은 환국을 깊이 경애하듯 말했고 그것은 또한 인간의 순수성에 대한 향수 같은 것인 성 싶었다. 그리고 앞서 말하기를 그 양반들 소식을 어찌 알 겠느냐, 그때는 분명히 거부감 같은 것이 있었는데 결국 최참판댁이라는 틀 속에다 환국을 집어넣고 생각하는 것이 영광은 싫었던 모양이다.

"어릴 적에, 너댓 살쯤 됐을까? 그러니까 용정에 있을 땐데 그 사람을 어린 공자(孔子)라 했었지. 생각이 나는군."

"그런 말이야말로 전혀 어울리지 않는데요?"

그렇게 빨끈할 필요도 없었는데 영광은 화를 내듯 말했다.

"도덕적이라는 말처럼 환국이를 그릇되게 표현하는 것은 달리 없을 겁니다. 만약 도덕적으로 무장이 되었더라면 환국이는 훨씬 강해졌겠지요. 그리고 정치적으로 변신했을 겁니다. 그 사람은 순수합니다."

홍이는 내심 놀란다.

"정치적이라 하면 독립운동을 말하는 건가?"

영광은 대답하지 않았다.

"환국의 부친을 두고 정치적으로 변신했다 그 뜻이야?"

"그분에 대해선 모릅니다."

일단 그 질문은 회피해놓고 그 자신 지나쳤다 생각했는지 얘기의 방향을 돌렸다.

"사상범에게 예비검속령(豫備檢束令)이 내리지 않을까 환국이 걱정하는 얘기를 듣기는 했지만, 근화방직에서 그분을 국외로 나가게 할려고 궁리를 한 모양인데 뜻대로 되지 않는가 봅니다. 환국이어머니께서 그 일은 서두셨다 했고 시기를 놓쳤다는 말도 있구요."

근화방직(槿花紡織)은 황태수가 경영하는 업체인데 몇 해 전부터 만주 방면으로 진출했으며 방직공장뿐만 아니라 적잖은 황무지를 매입하여 개간사업도 아울러 진행하고 있었다. 사돈간이 된 길상을 이곳 사업체의 무슨 직함이라도 붙여서 내보내려고 공작을 한 것은 사실이다. 물론 그것은 어려운 일이었다. 그간의 사정을 홍이도 다소는 알고 있었다. 이곳에서도 길상이 국외탈출의 시기를 놓쳤다고들 했다. 그러나 송관수의 견해는 달랐다.

"시기를 놓친 기이 아니고 아예 조선을 떠날 생각을 안 했다, 그렇게 봐야 할 기구마. 여기 온다 해서 소련이나 저쪽—중경(重慶)이나 연안(延安)을 지칭—으로 빠지지 않는 이상 발걸음이 사납기로는 다를 기이 없고 말이 남의 땅이지 만주가 조선하고 머가 다르노. 왜놈이 숨통 막고 있기로는 매일반, 그렇다고 해서 소련이나 중경 쪽으로 가는 일이 쉬운가? 그 사람이야 왜놈 총칼 위에 서 있는 형국인데 자칫 잘못, 꼬타리가 잽히는 날에는 사돈 사업 망하는 거는 둘째치고 여기 일에 화근이 안 된다고 장담할 수도 없는 기라. 그래서 한분 찍힌 사람 운신하기도 어렵지마는 쓸모없다고들 하지. 또 길상이 그 사람 이곳 사정 꿰뚫어 보고 있을 긴데 자기 일신의 안전을 도모하기 위해서 도망올 성질도 아니고 그럴 바에야 죽든 살든 앉아서 뭉개자 그런 심산일 기다."

얼마 전에 정석이 왔을 때 관수가 한 말이었다.

"그 양반들 소식을 어찌 알겠느냐 하더니, 꽤 소상하게 알고 있네."

빈정거리는 듯한 홍의 말에 영광은 거칠게 술잔을 들었다. 솔직하지 못했고 비겁했던 것 같은 생각이 들어 영광은 자기 자신에게 화가 났던 것이다.

"추럭 타고 전선 위문단으로 댕기느니 차라리 이곳에 오면 어떨까?"

"독립운동하라 그 말씀입니까?"

비웃었다.

"그런 뜻은 물론 아니다. 내 자신 운동하고는 무관한 사람이고, 북만주 그쪽이면 모를까 이곳이 독립운동의 근거지였던 것도 옛말이다."

"형님, 아 그게 아니지."

영광은 고개를 흔들었다. 호칭이 마땅하지 않았고 헷갈리기도 했지만 진심을 털어놓기가 어려웠으며 홍이에게 대항하기도 어려웠다. 주량은 많았으나 도무지 취해오지 않았기 때문이다.

"아저씨…… 그것도 이상하구 이홍 씨!"

영광은 냅다 던지듯 소리를 질렀다.

"이거 참 촌수가 어찌 되는지 도통 모르겠습니다."

"촌수 없는 서로 간의 사정인데 아무려면 어떤가. 상관없다. 편한대로 하게. 하하핫핫……."

홍의 웃음소리도 턱없이 컸다. 서로가 서로를 느꼈는데, 동질감을 느꼈는데 하여간 뭔가가 어려웠던 것이다. 거의 초면이나 다름없는 처지에다 가로놓인 문제도 예사로운 것이 아니었기 때문에 그런지, 그러나 그보다 지극히 예민하고 섬세한 공통점이 이들을 어렵게 하는 것 같았다.

"저는요, 모두가 잘 알다시피 저는 별 볼 일 없는 놈입니다. 하지만 종기(腫氣)에 손을 댈까 말까 망설이듯 그렇게 대하지 마십시오. 달겨들어서 짜든지 아니면 외면해버리든지, 어릴 때부터 그런 것에는 딱 질려버렸습니다. 물론 성질이 못돼서 그랬겠지만 저는 종기도 화약도 아닙니다. 한때 일본서 난동을 부리고 죽을 둥 살 둥 세상 무서운 줄 모르고 덤비다가 이 지경 몸을 망가뜨렸지만 계속 그랬다면 살아 있기나 했겠습니까? 백정이란 말만 나와도 상대를 들고 패는 아버지를 닮은 것도 아니구요."

잠시 말을 끊었다가 다시,

"하지만 말입니다. 솔직하게 말하지요. 솔직하게 말입니다. 저는요, 송관수 김길상 그분들을 우러러 받들 만큼 어리지도 않고 자신을 기만하고 싶지도 않습니다. 그런 사람들 때문에 독립이 될 거라는 달콤한 꿈도 꾸지 않습니다. 내 자신을 부끄럽게 생각지도 않습니다. 사람들은 애국애족, 독립을 논하지 않으면 순 날건달로 치부하지만요. 소위 운동하고 투쟁하는 사람들을 그 실체 이상으로 침소봉대(針小棒大)해서 감격하고 찬양하는 것도 따지고 보면 나도 동참하고 있다는 자기 만족 같은 것 아닐까요? 그것은 환상, 일종의 환상이며 기만입니다. 마른자리에 앉아서 손뼉만 치고, 그러고는 말 없는 사람을 비난합니다. 과연 비난할 자격이 있을까요?"

"어째 얘기가 그리로 빠지나 응? 그리고 날 들으라고 하는 얘기야?"

"손뼉만 치는 사람인지 투쟁하는 사람인지 어찌 알고서 형님 들으라고 말을 했겠습니까."

어느덧 호칭은 형님으로 돼 있었다. 홍이 소리 내어 웃고 영광은 그러는 홍이를 삐딱하니 쳐다보면서,

"과연 영웅호걸이란 있습니까?"

묻는다.

"영웅호걸, 위대한 애국자, 신출귀몰하는 의인, 사실 그런 게 있습니까?"

재차 묻는다.

"있었으니까 역사책에도 나와 있겠지."

농치듯 말하고 홍이는 또 소리 내어 웃었다.

영광은 바닥 깊이까지 들이켜듯 술을 마셨다.

"그건 말입니다, 그건 사람들이 치장을 해서 내놓은 것들입니다."

술잔을 놓으며 말했다.

"되잖은 소리, 치장을 했는지 안 했는지 어떻게 알어. 자네

는 자네 부친도 모르고 있잖은가."

"왜 모릅니까. 압니다."

"안다면 이럴 수가 없지."

"아니까 이러는 겁니다. 사람이 뭐 그리 대단하고 독특하겠습니까."

"복잡하군. 뭐이 그리 설명이 필요해."

그러나 영광은 무가내로 계속한다. 그러나 이야기 내용 따로, 균형 잃은 마음 따로, 지리멸렬이었다. 목말라하는 고통 같기도 했다.

"보지도 못한 하나님을 만들어내고 귀신을 만들어내고 영웅을 만들어내고 왜들 그러지요? 사람답게 못 사는 한풀이입니까?왜 사람들은 남들에게 이런저런 옷을 입히기를 좋아하는 거지요? 아름다우면 추하게 입히려 하고 추하면 아름답게 입히려 하고, 반대로 아름다우면 더욱더 천상적(天上的)으로 꾸미려 하고 추하면 더욱더 지옥으로 만들려 하고, 진실은 어디 있습니까? 온통 빈껍데기 빈껍데기만……. 그럴듯하게 치장하고 화려한 무대에서 연주할 때 관객들은 환호합니다. 열광합니다. 껍데기만 보구요. 껍데기를 벗어버린 무대 뒤가 얼마나 살벌한지 아십니까? 추악한 일들, 더러운 몰골들이 여기저기 웅크리고 있습니다. 지분으로 떡을 쳐서 청중의 인기를 독차지한 가수가 무대 뒤에선 임자 없는 추녀라든지, 많은 사람의 사랑을 한몸에 받는 여배우가 기둥서방한테 머리채를 잡힌 채 지갑 바닥까지 털어야 했다든가, 인생이란 따지고 보면 본시 그런 모습, 으시시하고 을씨년스럽고 과히 아름다울 것도 없는, 그게 삶의 현실 아닐까요? 대체 신성(神聖)한 곳은 어디 있습니까?"

"자네 말대로 하자면 담요 한 장 둘러메고 얼음판을 뛰다가 얼어 죽은 사람, 굶주리며 행군하는 사람, 붙잡혀서 고문당하고 사살되는 사람, 그들도 치장하고 무대에 선 가수나 배우와 같다, 정말 그런 거야?"

"독립이라는 헛된 꿈을 꾸는 사람들이지요."

처음으로 홍이 얼굴에 노기가 떠올랐다.

"젖비린내 나는 소리 짝짝 해! 자네 아까 뭐라 했나. 그런 사람들 때문에 독립이 될 거라는 달콤한 꿈 같은 것 꾸지 않는다 했지? 자네만 그런 줄 알어? 그들에게도 꿈 같은 것 없다!"

"그럼 왜지요?"

"달콤한 꿈이 없어서 인정 안 하려는 자네와 달콤한 꿈을 꾸지는 않으나 목숨을 거는 사람, 그 차이점 때문이다."

"차이점이 뭡니까."

"구제불능이군."

"맞습니다. 구제불능! 하하핫…… 하하 도시 누가 구제하고 누가 구제를 받지요? 구제한다, 구제받았다, 참 우습군요. 정말 엉터리군요. 교활하고 어리석은 영웅과 교활하고 어리석은 대중이 눈 가리고 아옹 하는 관계 속에서 적당하게 만들어낸 것이 그놈의 구제니 구원이니, 해방, 자유 따위의 말 아닙니까? 김길상! 송관수! 네에 그분들 애국자지요. 소위 독립투사 아닙니까. 하지만 어쩌다가 그분들이 그 판에 뛰어들었을까요. 자신을 구제하기 위하여, 동족을 구제하기 위하여, 어느 쪽이지요? 한풀이하기 위해서…… 아닙니까? 자기 신분에 대한 한풀이 말입니다."

"그러면 안 되나? 한풀이하면 안 되느냐 말이다."

"된다 안 된다는 문제가 아니지요. 과연 한풀이가 되겠느냐 그겁니다. 언제 세상이 변하지요? 어느 천년에 변하느냐 말입니다."

"세상 변하지 않는다는 점에선 부자간 의견이 일치하는구면."

홍이는 시답잖다는 듯 술을 마신다. 그 말은 들은 척도 하지 않고 영광은 계속한다. 집요하게 그야말로 집요하게 신작로를 달리는 마라톤 선수같이.

"내 처지나 지 처지나 다를 것이 없는데, 비 오는 날이면 빗줄기 바라보고 노가다 죽이는 데 아이쿠치 필요 없다, 비가 와서 일 못하면 굶어 죽는다, 그 말인데요, 그렇게 한탄하는 밑바닥 인생인데 말입니다, 조선을 지배하는 왜놈의 종자랍시고 그놈들, 왜놈 노가다 패가 조선인 노가다를 떡 치듯 패고 망가뜨리고 병신으로 만들고."

잠시 동안 말을 끊었는데 다음 순간 허겁지겁 누가 뒤쫓기라도 하듯 목쉰 듯한 음성은 이어졌다.

"그거는 예를 들어서 한 말이지만 계층 따라서 그 방법은 물론 달라지겠지요. 그러나 맞는 놈 때리는 놈, 도처에 있는 그런 관계가 없어지겠습니까? 변하지 않을 겁니다. 그런데 그게 어디 밥그릇 크기를 따져서 생긴 일입니까? 진주서 농청과 백정이 싸웠을 때도 이해와 상관없이 순전히 우월감 때문이었습니다. 누군가를 누르고 짓밟지 않고는 못 견디는 인간의 본성."

"그만해 그만."

홍이 손을 내저었다.

"아닙니다, 아닙니다, 들어보십시오."

영광의 몰골은 애원이었고 비참하기까지 했다. 술주정을 한다고 볼 수도 있었지만.

"그렇습니다. 인간의 본성 말입니다. 그 본성, 본성 말입니다. 밥그릇이 크고 작은 것이 문제가 아닙니다. 내가 위냐 너가 위냐, 그것 때문에 더 많이 때리고 맞는 것입니다. 개인도 그렇고 민족도 그렇구요. 재물이나 권력이 한 인간의 생존을 지탱하는 데 얼마만큼이나 필요하겠어요? 천재지변이 없는 한 평등이면 굶는 사람은 없을 겁니다. 보다 많은 재물, 보다 강한 권력을 가지려는 것은 실상 배고픈 것하고 절실하게 관계되는 것은 아니지 않습니까. 잘나고 호령하고 지배하고, 그런 걸 위해 권력과 재물을 가지려 하는 거 아니겠어요? 안 그렇습니까? 그렇게 하지 않으면 인생에서 얻은 것도 없고 행복하지도 않다. 대체 그건 무엇일까요. 호령하고 뽐내고 남을 짓누르는 것 말입니다. 자기 존재에 대한 불안일까요? 자유와 평등과 정의, 잘난 사람들 걸핏하면 흔들어대는 깃발이지만요. 그것은 거의가 불순합니다. 우월감이 딱 자릴 잡고 있거든요. 지배를 예비하고 있단 말입니다. 깃발처럼 높이 솟으려는 의지가 있단 말입니다. 사실 그것으로 권력을 잡아왔구요. 정의니 팔굉일우(八紘一宇)니, 공영(共榮)이니, 침략자 왜놈들이 즐겨 쓰는 말 아닙니까? 과연 정의가 있습니까? 자유가 있습니까? 평등이 있습니까? 있어본 일이나 있습니까?"

"귀신 씨나락 까먹는 소릴 하고 있어. 왜놈 군화 밑에 우리가 지금 있는 걸 몰라? 태평세월 같은 말 하고 있네."

"왜 모르겠습니까. 독립투사의 아들이 그걸 모를 리 없지요. 해서 하는 얘깁니다. 눈구덕에서 얼어 죽고, 왜놈한테 총맞아 죽고, 감옥에서 목매달아 죽고. 네, 그것으로 한 인생 땅치는 거지 뭐 달라진 것 있겠느냐 말입니다. 제 한목숨 끝난 것 이외 달라지는 거는 아무것도 없다 그 말입니다."

"친일파 찜쪄먹겠다. 왜놈들이 들으면 상 주겠구나."

"뭐라 해도 좋습니다. 살아 있는 게 제일이지요."

"마른자리에서 손뼉 친다 하더니 네놈이야말로 마른자리에 편히 앉아서 욕설을 일삼는 거짓말쟁이다. 말로써 못할 일이 어디 있어. 누군 입이 없어 가만히 있는 줄 아나? 횡설수설,

야 이 자식아!"

"네. 아 네 그렇지요."

영광은 갑자기 초점을 잃은 듯 멍한 눈으로 화가 나 있는 홍이를 쳐다본다. 내가 무슨 말을 했었지? 어디서부터 시작했더라? 하고 생각해보는 듯한 표정이다.

"도대체 언제까지 딴전만 피우고 있을 거야!"

홍이 소릴 질렀고 영광의 얼굴은 시뻘겋게 변해갔다. 절대로 그런 일이 없을 것만 같은, 조각처럼 다듬어진 얼굴이 시뻘겋게 물들어가고 있었다.

"만일 이번에도 그냥 도망가는 날엔 각오해. 나머지 다리는 내가 뿐질러놓을 테니."

"……."

"어쩔 거야!"

"만나지요."

뜻밖의 대답이다.

"아버지가 절 잡아 죽이는 한이 있어도 이번에는 만나보고 가겠습니다."

홍이는 담배를 꺼내어 붙여 문다. 순순히 나오는 영광의 태도에 오히려 홍이 쪽이 당황한 것이다. 사설을 늘어놓는 꼴을 보아 애먹이겠다 싶었던 것이다.

"잘 생각했다."

"……."

"그럼 일어서라. 가자."

"어디루요?"

여관방에서 홍이 나가자 했을 때 어디로 말입니까 하던 그때와 흡사했다. 도발적으로 퉁겨져 나온 목소리가 흡사했다.

"어디긴 자네 집이지."

"그렇게는 못합니다."

단호했다.

"......?"

"아버진 목단강인가 그곳에 가셨다 하지 않았습니까."

"그랬지. 그럼 아버지만 만나고 어머니 동생은 만나지 않겠다 그 말인가?"

"아버지 오신 뒤 함께 만나지요."

역시 단호했다.

밖으로 나왔을 때 하늘엔 달이 덩그머니 떠 있었다.

"아버지 오신 뒤에 집으로 가겠습니다."

걸음을 옮기지 않고 땅바닥을 내려다보며 영광은 그 말을 되풀이했다.

"이해해주십시오. 공연이 끝나도 아버지가 돌아오시지 않으면 돌아오실 때까지 신경에 남아 있겠습니다. 약속하지요."

"도저히 이해 못하겠다."

"그리고 제가 왔다는 것, 집에는 비밀로 해주십시오."

"그 이유가 뭔가."

"어머니가 두렵습니다."

"어머니가 두려워?"

"네."

영광은 눈을 들어 달을 본다.

"그 어진 분이 어째 두렵나."

한동안 말이 없다가 두 손으로 머리를 긁듯이 쓸어넘기고 나서,

"배신했지요……. 어머니를 말입니다."

말이 떨어지는 순간 홍이는 큰 바위를 안고 넘어진 것 같았다. 진득진득 발이 빠지는 갯벌, 해 질 무렵에 부는 바람 소리 같은 것이 심장을 휩쓸었다. 제삼자의 입장에서 바로 자기 자신의 문제로, 그것은 복병의 습격을 받은 것 같은 기분이었다.

'그랬구나.'

그때 가족을 만나지 않고 그냥 가버렸을 때 홍이는 영광을 망나니가 아니면 옹졸하기 짝이 없는 놈이라 생각했다. 부자간의 문제이기보다 기실, 가장 강하게 의식했던 사람이 어머니 영선네였다는 것을 홍이는 전혀 생각조차 해보지 않았다. 사실 홍이는 지나치게 백정에 대하여 과민했던 송관수가 못마땅했고 그 때문에 때론 관수가 몹시 왜소한 사내로 비치기도 했다. 그러나 어머니와 아들의 관계에 초점이 맞았을 때 홍이는 거의 본능적으로 모든 형편을 여실하게 파악한 것이다. 낮추고 또 낮추고 자기 존재를 지워버리려는 듯 영선네의

그 같은 모습이 새삼스럽게 홍의 마음을 뜨겁게 했다.

핏줄을 부정한다는 것은, 그중에서도 어머니, 그 속에서 생명이 생겨났고 그 속에 머물렀던 모태를 부정한다는 것은 자기 자신의 근본을 부정하는 것이다. 해서 부정의 그 깊이만큼 넓이만큼, 또 농도만큼 배신했다는 회한도 깊어지고 넓어지며 짙어지게 마련이다. 그것은 상승작용하는 것이며 끝없는 평행선인 것이다. 홍이는 뼈저리게 그 갈등을 겪었고 임이네가 세상 떠난 지 십여 년이 지난 지금도 기억이 되살아나면 용납할 수 없었던 생모에 대한 죄의식과 회한에 사로잡히곤 한다. 영광의 경우, 백정을 부정한 것은 어머니를 부정한 것이며 가정과 가족을 버린 것도 결국은 어머니를 버린 것이 된다. 인연을 끊었다면 그것도 어머니와 인연을 끊은 것이다. 홍이는 그따위 곰팡내 나는 생각, 더군다나 젊은 사람이, 하고 나무랐지만 백정에 대한 사회적 편견과 차별은 엄연히 존재하고 있는 것이 현실이다. 내 자식을 백정의 자식과 함께 공부시킬 수 없다, 벌 떼같이 학부형들이 몰려오면 백정의 자식은 학교를 떠나야 했다. 사춘기에 흔히 있는 여학생과의 편지질도 신분을 감춘 백정의 혈통이기 때문에 부모가 들고일어나 문제 삼은 것이다. 송관수가 비밀조직 속에서 활동했기 때문에 관헌의 눈을 피하여 전전한 것도 사실이지만 한편 신분의 노출을 꺼려 부초같이 일가(一家)가 떠돌아야만 했던 청소년 시절, 부딪치는 것은 넘을 수 없는 높은 벽이었으며 스스로도 정신적 울타리를 치지 않고는 안주할 수 없었다. 의식이나 생활면에서도 그것은 가둠을 당한 상태, 동굴 속과도 같이 외부와 차단된 세계였다. 영광은 자기 존엄에 상처를 받은 분노 때문에, 자유로워지기 위하여 탈출하지 않으면 안 되었고 그것은 어머니를 부정하지 않고는 이루어질 수 없는 행동이었다. 최참판댁의 길상으로부터 학자금 지급의 제의를 받았을 때, 완곡하게 마지막까지 환국이 설득하려 했을 때도 대학 진학을 마다하고 학원을 전전하며 경음악의 길로 들어선 것은 물론 재능이 있었고 취미도 있어 그랬지만 영광으로서는 최소한도 그러한 자신의 처지에서 해방되기를 원한 때문이다. 그는 높은 교육을 받아도 그들 계층에 들어설 수 없으며 설령 들어섰다 하더라도 더욱더 자신을 옥죄는 존재가 될 것을 잘 알고 있었다. 이러한 과정에서 홍이와 그가 다르다면 영광이 어머니를 지극히 사랑했다는 점일 것이다. 미움과 사랑의 격차는 엄청난 것이지만 그러나 이들의 회한과 자괴심은 같은 것이다.

일교차가 심하여 밤거리에 부는 바람은 선선했다. 어디서 전쟁을 하고 있는지, 도시는 아무 일도 없는 듯 카키빛을 지운 어둠 속에서 불을 밝히고 있었다. 승객을 기다리는 마차가 머문 곳을 이들은 지나치며 걷고 있었다.

"우리 집에 가지 않겠나?"

"아닙니다."

"내일 한 시에 공연이 있지?"

"네."

"우리 집에서 자고 아침에 가도 되겠는데, 여관보담이야 낫 겠지."

"아닙니다. 가야지요."

그러면서도 영광은 발길을 돌려놓지 않았다.

"서울서 거처는 어떻게 하고 있나."

"일정하지 않습니다."

내키지 않는 대답이었다.

"생활은 할 만한가?"

"네. 그럭저럭."

한 다리를 끄는 소리, 때론 휘청거리며 영광의 몸이 홍이 쪽으로 쏠리곤 한다.

"얼마 전에 서울서 악사 한 사람을 만났습니다."

"……."

"아코디언을 연주하는 사람인데 전부터 안면은 있었지요. 이런저런 얘기 끝에 그는 신경의 달을 얘기했습니다."

영광은 뎅그머니 떠 있는 달을 잠시 올려다보다가 말을 이 었다.

"신경 어느 카바레서 아코디언 연주로 밥벌이를 했다는데 얼마 전에 아주 조선으로 나와버렸다 하더군요. 왜 나왔느냐 고 물었더니 달 땜에 그리됐다 하고 웃어요."

"달 땜에?"

"네. 그가 하는 말이, 어느 날 카바레를 찾은 손님 중에서 우연히 고향 친구와 마주치게 됐는데 반가움보다 왠지 마음이 울적하여 친구가 권하는 대로 술을 마셨다는 겁니다. 원래 술을 못하는 사람이었지요. 그러니 어디 견딜 수 있었겠어요? 너무 고통스러워서 옥상으로 기어올라갔더랍니다. 뿌연 하늘에 달이 댕그렇게 떠 있었는데 그의 말이 신경 와서 처음 보는 달이었다나요? 달이야 보름 전후해서 노상 떠 있는 것이지만 밤에 밥벌이를 하다보니 그의 눈에 띄질 않았겠지요. 그 달을 보는 순간 그 친구, 눈물이 왈칵 쏟아지더랍니다. 내가 왜 여기 와 있지? 달보고 물어보았지만 만주 벌판을 쓰는 바람 소리뿐, 그 친구 술 취한 것을 핑계 삼아 대성통곡을 했답니다. 그 길로 카바레를 때리치우고 조선으로 나왔다, 그런 얘기였습니다."

달을 보았기 때문에 그 얘기가 생각나서 한 말인지, 아니면 그 얘기를 들었기 때문에 안 가려고 마음먹었던 공연에 따라오게 됐다는 것인지 영광의 그 속마음은 알 길이 없으나 여하간 타국살이 서러움을 잘 나타낸 이야기 한 토막이었다.

신경에서 이틀간의 공연을 끝내고 영광은 길림으로 떠났다. 그때까지 송관수는 돌아오지 않았다.

길림에서의 공연은 5일서부터 8일까지 주야 이 회, 그러니

까 사 일간 팔 회인데 악극단으로는 제법 장기 공연이라 할
수 있고 출연자도 다소 지루해지는 기간이기도 했다. 공연장
은 시공회관(市公會館)이었다. 낮 공연을 끝내고 재빨리 옷을
갈아입은 영광은 술렁거리는 무대 뒤 분위기를 헤치고 도망
치듯 밖으로 나가려는데 복도에서 무용수 배용자(裵蓉子)와 마
주쳤다. 감색 스커트에 진홍빛 블라우스를 입은 용자는 영광
을 보는 순간 고개를 홱 돌리고 바람을 끊듯 거친 몸짓을 하
며 옆을 지나갔다.

"병신 주제에!"

등 뒤에서 들려오는 용자 목소리였다. 영광은 한 대 갈겨줄
까 생각하다가 못 들은 척 밖으로 나온다. 뭐 그리 화가 났던
것도 아니었다. 병신이니까 병신이라 하는 거다. 그쯤 생각했
던 것이다. 높은 산을 넘어온 사람은 낮은 산을 수월하게 넘
는다. 영광이 넘어온 인생산하(人生山河)도 어지간히 험하고 고
달팠던 터여서 병신이라는 야유쯤 별것이 아니었다. 그러나
그보다 이편에서 용자에게 가해한 일이 있었기에 야유든 수
모든 간에 마음에 꽂히지는 않았다.

영광은 배용자와 결혼할 마음도 사랑을 나눌 마음도 없었
다. 책임질 언행을 취한 바도 없다. 책임이 있다면 완곡하게,
여자 마음을 되도록 다치지 않게 거절을 했어야 했는데 그러
질 못했다는 것, 그만큼 집요하게 성가시게 용자는 구애(求愛)
를 표시해왔던 것이다. 몇 달 전의 일이었다. 지방 공연에 갔

었을 때다. 영광이 든 여관방에 느닷없이 용자가 나타났다. 놀라기도 했지만 성가시게 구는데 화가 난 영광은 그를 방 밖으로 떠밀어냈다. 그 순간 복도에 발랑 나자빠진 용자는 울음을 터트렸다. 그러거나 말거나 문을 쾅! 닫아버리고 숫제 방문을 잠가버렸다. 그 후 벌어진 것이 자살 소동이었던 것이다. 그런데 이상한 것은 늘 동료들과 티격태격 사이들이 나빴던 용자에게 단원들 동정이 쏠린 일이었다. 용자를 몹시 미워하는 여자들조차 너무했다, 그렇게까지 안 해도 될 텐데, 하는 눈초리로 은근히 영광을 비난하는 것이었다. 그것은 용자를 편들어 그랬다기보다 가까이 가면 사람을 떠밀어내는 듯한 영광의 묘한 분위기, 그것 때문에 자존심 상한 경험들이 있고 자연 까끄럽게 생각한 탓일 것이다. 자살 미수로 끝난 용자는 동정에 힘입었는지 풀이 죽기는커녕 복수하겠다 하며 공공연히 떠들고 다닌다는 것이다. 비윗살 좋고 거침없이 말하며 떠벌리는 성격의 배용자, 그의 말을 믿는 사람은 별로 없었지만 왈, 나는 상해 본바닥에서 무용을 격식 있게 배웠다, 상해는 망명한 부모를 따라갔다, 본시 우리 집은 상당한 문벌이었고 수많은 종을 부리는 처지였는데 아버지가 반일 인사로 주목받아 풍비박산이 되었고 결국 망명길을 떠나게 됐다, 으리으리하게 잘사는 친척도 있지만 너무 어릴 적에 부모가 타국에서 세상을 떠났기 때문에 줄을 찾을 근거가 없어졌다, 그러나 그러한 말보다 용자는 자신을 대단한 미인으로 자부하고 믿어 의심치 않으며 안하무인으로 놀았기 때문인데 살결이 희고 눈이 크고 콧날도 오뚝해서 얼핏 보기에 때깔은 좋았다. 어떤 옷을 걸쳐도 세련돼 보이는 것이 특징이기도 했다. 그러나 그를 특별히 미인이라 생각하는 사람은 없었다.

"나일성 씨, 거 큰 업둥이를 만났구려."

자살 소동이 있은 후, 술자리에서 꺙꺙이란 별명으로 통하는 바이올린 주자 유인배(柳仁培)가 걸어온 말이었다.

다른 또 한 사람이 그 말을 받아 말했다.

"떠벌리고 다니는 모양인데 실상 뒷심도 없고 단순한 여자요. 그러다가 제물에 주저앉을 테니 염려할 것 없어요."

악단의 섭외 일을 보고 회계도 관장하며 제일 바쁘고 실권도 있는 한민수(韓民洙)였다.

"제 깐에는 그래도 첫사랑이었을 거야. 눈이 천왕산같이 높아서 누굴 거들떠보지도 않았으니까."

양 볼이 홀쭉한 유인배는 입가에 주름을 잡으며 웃었다.

"듣고 보니 이거, 나형에 대한 찬송가군그래."

"사실 매혹적인 사내지. 불완전의 비애까지 곁들여서 말씀이야."

"바이런처럼?"

이들의 이십 대 시절, 젊은 층을 풍미했던 낭만파 시인 바이런, 다리를 절었고 수많은 여자와 염문을 뿌렸던 사내를 어디서 귀동냥했는지 한민수는 매우 적절하게 써먹는다.

"왜들 이러십니까."

영광은 쓰게 웃는다.

"수수께끼의 사내고."

"하 참."

"또 있지. 얼음장같이 차디찬 사내, 시인같이 홀로 방황하는 사내, 그게 다 여자들 죽여주는 거지."

"……."

"아무튼 부럽소이다. 연예인으로서 삼박자를 고루 갖추었으니 한량없이 부럽소."

빈정거리는 투가 없지 않았으나 진실성이 전혀 없는 말은 아니었다. 술자리였지만 함부로 대하지도 않았다. 색소폰에는 일인자라는 게 중평이었고 작곡의 수준도 만만치가 않아 실력을 인정하기 때문인 것 같았으며 어떤 면에서는 영광을 과대평가하고 있는 것 같기도 했다. 우울하게 술잔을 들며 영광은 더 이상 대꾸하지 않았다. 이들은 영광의 내력을 모른다. 알고 있다 한들 명문대가 자제들이 노는 무대도 아니겠고 사당패 창극패를 천시하던 구습이 뿌리 깊게 남아서 신파나 경음악을 딴따라라 하며 시답잖게 보는 형편이니 크게 문제될 것이 없었다.

영광이 전혀 동하지 않고 어우러지려고 하지 않으며 침묵을 지키고 있으니 별수 없이 두 사람의 화제는 용자에게로 되돌아갔다.

"배용자한테 무용하는 언니가 하나 있다 하데."

"있지이."

자신 있는 유인배의 어조였다.

"대단한 여자라며?"

"대단한 그런 정도가 아닐세. 배용자는 거기다 대면 아무것
도 아니야. 피래미지, 피래미."

"기량 말인가, 성깔 말인가."

"춤추는 실력이야 뭐 피장파장일걸? 그러나아, 소위 가(家)
자가 붙은 무용가다 그 말씀이야. 무용가 배설자(裵雪子)."

"이름이, 일본 냄새 나네."

"용자는 료코, 설자는 유키코, 본시 일본 이름이지. 하여간
무용가, '가' 자가 배설자에게 붙은 것은 실력으로 된 것도 아
니구 인정을 받아서 된 것도 아니구, 행세를 그렇게 하고 다
닌다 그 말씀인데, 발표회도 한 번인가 가졌을걸? 누구를 구
워삶았는지 알 수 없지만."

유인배는 꽤 소상히 내막을 알고 있는 것 같았다.

"미인인가 부지?"

"미인?"

낄낄 웃었다.

"배용자를 살짝 그슬어놨다, 그렇게 상상해봐. 조형(造形)도
약간 못한 편인가?"

"이 사람아 배용자한테서 흰 살결을 빼고 나면 뭐가 남나.

게다가 조형까지 못하다면 그건 추녀 아닌가."

"추녀까지는 아니지만 보아서 기분 좋은 얼굴은 아니고, 음산해. 그러나 체격 하나는 그만이야. 마치 무용가로 이 세상에 태어난 것처럼 완벽해."

"결혼은 했나?"

"그게 분명치 않아. 그들 자매의 과거는 오리무중인 셈이야. 왜? 딴생각 있어서 묻는 거야? 아서라 아서."

팔을 휘휘 내저었다.

"흥, 처자 있는 몸, 절세가인인들 어쩔 것인가."

"외도 안 하는 사람 같은 말 하네."

"중상모략 말게."

"자네 같은 사람, 배설자 안중에도 없겠지만 잘못 건드렸다간 골로 가네. 쫄딱 망하는 거야."

"그리 말하니 호기심이 생기는군."

"사교술의 천재, 권모술수에 능하고 마타 하리, 한마디로 가까이 안 하는 게 상책인 그런 여자야."

마타 하리는 유명한 여자 스파이의 이름이다.

"떠벌이 배용자가 언니 얘기는 도통 안 하던데?"

"이복 자매라고도 하구 아버지가 다른 자매라고도 하구, 모르지 확실히는. 사이가 나쁜 건 사실이다. 서로가 시기해서 그런 것 아닐까?"

귓가에 흘려들은 그저 그런 얘기였다. 물론 기분 좋은 내용은 아니었고 배설자라는 여자의 이미지는 험했다.

밖으로 나온 영광은 잠시 동안 머물러 서서 광장을 바라보다가 천천히 걸음을 옮긴다. 낮 공연이 끝나면 거리로 나와 혼자 배회하는데 길림에 와서 오늘이 사흘째다. 낯선 고장에 가게 되면 언제나 거리를 헤매는 것이 영광의 오랜 습관이었다. 사람들과 함께 이러쿵저러쿵, 마음에 없는 말, 헐뜯는 말을 듣는 것도 지껄이는 것도 싫었고 감정 품은 눈빛도 불편하여 밖으로 빠져나오는 것이지만 낯선 고장이 그는 좋았다. 낯설다는 그 자체가 그에게는 자유였고 해방이었던 것이다.

길림은 조용하고 은은한 도시였다. 마치 여기저기 청태(靑苔) 낀 바위들이 흩어져 있는 듯, 그러나 암울하고 음습하지는 않았다. 비 오신 뒤 햇빛 받는 순간처럼 싱그러웠다. 아마 송화강(松花江)과 곳곳에 늘어진 버들의 그 영롱한 푸름 때문이 아닐까. 이랑을 지은 기와의 처마가 가지런히 연이어진 주택가 역시 청태와 같은 고풍(古風)이 감돌았고 모든 빛깔이 풍우에 어우러져 차분하게 관조하듯, 그러나 세월과 인생에 쓸쓸한 미소를 던지고 있는 것 같았다. 뛰노는 어린것들에게, 당나귀를 몰고 가는 소년에게 쓸쓸한 미소를 던지고 있는 것만 같았다. 하얗게, 넓게, 곧게 그리고 유장하게 드러누운 가로 양편에는 여진족(女眞族)의 꽃으로 핀 청조(淸朝)의 자취를 머금은 웅장한 건물들이 역사의 부피와 숱한 사연을 견디고 있어 예사롭게 볼 수 없었다. 훤하게 트인 길 위에 오가는 사람은 그리 많지 않았으며 또각또각 말발굽 소리를 내며 마차가 달리고 이따금 자동차, 트럭이 지나가곤 했다. 길림은 신경에 비하여 일본의 사무라이문화(武士文化)와 유곽문화(遊廓文化)의 침투가 적은 것같이 보였다.

영광은 송화강 강가에까지 갔다. 강은 도시를 휘감으며 흐르고 있었다. 그야말로 길림은 수향(水鄕)이다. 백두산(白頭山) 천지(天池)에서 발원하여 흐르는 강물은 만주땅 광활한 들판 거반을 적신다. 하얼빈을 지나 멀리멀리 우수리강과 합류, 노령 하바로프스크까지, 송화강은 가히 만주의 젖줄이며 대지의 생명선, 어머니와도 같은 존재다. 땅문서가 없었던 땅, 땅임자도 없었던 땅, 흑룡강 우수리강에는 어족(魚族)이 지천이며 사계절 유목과 수렵, 나무 열매의 채집으로 굳이 땅을 일구지 않아도 넉넉했던 삶의 터전, 기름진 망망대륙인 만주땅, 대궁(大弓)을 사용했었다는 동이족(東夷族)이 송화강 따라, 우수리강 흑룡강을 건너 시베리아 벌판인들 아니 넘나들었다고 어찌 단언하리.

강물은 청록빛, 청자(靑磁)를 빚은 물빛인가, 고구려의 남정네가 이 강물에 그물을 던져 고기를 잡았을 것이다. 고구려의 아낙이 이 강가에서 빨래를 했을 것이다. 지난날은 모두 아름답다고들 한다. 그러나 그날이 설사 질곡의 하늘 밑이라 한들 어찌 오늘만 할 것인가. 그 옛날 나라의 기틀을 잡아주고, 무지몽매하여 고구려에서 보낸 국서(國書)도 오직 읽는 이가 왕인(王仁)의 자손 한 사람뿐이었다던지, 그런 그들에게 지식을 전달해주고, 죽통에 밥 담아 먹는 그들에게 도예를 가르치고 불상을 바다에 띄워 보내주고 그렇게 예술을 전수해주었는데 우리는 지금 저들에게 야만족으로 매도되고 있다. 금치산자(禁治産者)로 선고받은 것이다. 어느 나라 지도에도 조선은 없고 조선이라는 나라는 없는 것이다.

멀리 야트막한 산들이 보인다. 신경은 물론 길림 오는 동안에도 산은커녕 언덕 하나 볼 수 없었는데 영산(靈山) 백두를 옹위하여 중첩되는 산맥들은 이곳에서부터 시작인지. 영광은 강가에 두 무릎을 세우고 앉았다. 강변에도 묵직한 중량으로 버들은 늘어져 있었다. 버들 그림자가 드리워진 강물 위로 배가 가고 오고 강 언덕을 의지하여 선체를 붙인 작은 배들, 언제부터 사람들은 저토록 지혜롭고 안쓰럽게 살아왔을까. 영광은 담배를 붙여 물었다. 변명할 여지도 없었다. 속되고 천박했던 자신의 언행은 술 탓이다, 술이 과했던 거야, 하며 그 일을 외면하려 하지만 대가리만 숨기고 몸뚱이는 드러낸 채 숨었다고 생각하는 꿩과 같은 것이었다. 연강루에서 행한 그 장광설, 그날 밤을 생각하면 영광은 손바닥에서 땀이 질적질적 솟아나듯 불쾌하고 자신을 경멸하는 마음이 치솟는다. 뭐가 그리 잘났다고, 뭘 안다고, 뭘 잘했다고, 그것은 요즘 며칠 동안 자기 자신에게 던져온 자기 경멸의 반복되는 말이었다. 어째서, 무엇 때문에 그 같은 장광설을 홍이 앞에서 늘어놓게 되었는지, 영광은 원래 말수가 적은 편이었다. 의사 표시를 할 적에도 어눌했고 때론 앞뒤 잘라먹고 몇 마디로 해치우는 경우가 있어 듣는 사람이 얼른 이해 못하는 일도 있었다. 그래서 사람들은 그의 성미가 급하다고 생각했고 사실 충분히 성질이 급하여 그 예로 동경서 난동 부린 일이며 다리가 부러지고 얼굴에 흠집이 남은 것을 들 수 있다. 오직 유일하게 마음을 열어놓은 환국에게도 영광은 그 같은 장광설을 늘어놓은 적이 없었다. 왜 그렇게 지껄였는지, 전혀 제동이 걸리지 않았고 후반에는 매달리다시피, 숨이 넘어갈 듯이 지껄이게 된 그 목마름, 부끄럽고 창피했다.

'미친놈, 누가 목이라도 조르려고 덤비기라도 했나? 펄적펄적, 용수철 튀듯이, 왜 그랬지? 뭐? 마른자리에 앉아 박수 친다 했던가? 그 형은 날 보고 마른자리에 앉아 욕설을 일삼는다 했었지. 친일파 찜쪄먹을 놈이라고도 했고.'

영광은 마음속으로 끼룩끼룩 웃는다. 그때 그 광경, 내 말 좀 더 들어보라 하며 매달리듯 애원하듯, 그 광경은 자신이 되새겨보아도 가관이었다. 왜 그렇게 지껄여야 했는지 알 수 없었다. 지금도 알 수가 없다.

강 언덕에 아랫도리가 숲에 가려진 채 하늘로 치솟은 고딕식 성당이 서 있었다. 첨탑 위에 눈빛같이 흰 구름이 뭉게뭉게 피어오르고 있었다. 신을 영접하고 경배하는 곳이어서 그런지 어디로 가나 성당은 가장 좋은 장소에 세워지는 모양이다.

'칼 든 도적을 힘센 놈이라 인정치 말라. 보따리 빼앗기고 목숨까지 잃은 골생원을 너무 비웃지 말라. 칼 든 도적과 대적지 못한 것은 치욕이 아니며 다만 칼을 멀리한 도덕군자의 어리석음이니라. 세상에 칼 든 도적만 있다면 어디 사람 사는 곳이라 하겠느냐. 금수보다 못한 아비규환의 지옥과 무엇이 다를꼬. 저 계몽주의의 탈을 쓴 친일분자들이 민족을 개조한답시고 내 것을 깡그리 내다 버리고 내 것을 깡그리 부숴버리고 내 모든 것을 부정하며 애국, 우국의 지사로 세상에 그 얼굴을 드러내니 사람들은 그를 선각자로 섬기더라. 연이나 내 가진 것 다 버리고 풍찬노숙, 그 가여운 신세가 거지와 무엇이 다르리. 빚도 내 것이 있어야 주는 법, 이미 도적질 당한 강산인데 이제 와서 내 세월까지, 모조리 부정하니 그것은 육신과 더불어 혼령까지 팔아먹는 것이니 이 어찌 이보다 더한 반역이 있을쏜가. 우중들아! 칼 든 도적을 인정치 말라. 영원한 것은 없나니, 칼 든 도적은 칼로 인하여 가고, 어리석은 자는 그 순직함으로 하여 오게 될 것이니라. 만고의 진리는 무상함이요, 윤회(輪廻) 유전(流轉)은 인과응보를 이름이라. 우주의 질서는 사람의 질서보다 더디게 오느니라.'

어디서 들었는지 말한 사람을 기억해낼 수 없었다. 어디서 읽었는지 그 책의 이름이 기억에 없었다. 허공에서 들려오는 알지 못할 목소리였는지, 스스로 의식 밑바닥에서 우러나온 소리였는지 알 수 없었다. 영광은 담배를 깊숙이 빨아들였다.

그리고 그 목소리를 담배 연기와 함께 흩날려버리려 한다. 민족이니 독립이니 그런 것에서 놓여나고 싶었다. 마음 밑바닥에 깔려 있는 본능적 동류의식(同類意識)도 부담스러웠다.

'어디든 떠났으면 좋겠다.'

가족을 만나게 될 괴로움 때문에 그는 지금 떠나 있는 것을 잊고 있었다. 사실 그는 항상 떠나 있었다. 중학교 시절, 조숙했고 독서광이었던 영광은 책 속에서 어느 사막이며 호수며 바닷가 고원지대 벌판 또는 어떤 도시를 만나게 되면 그곳으로 가고 싶은 충동을 느꼈다. 원시림을 헤매는 자신의 모습을 꿈꾸고 낯선 어느 고장 누추한 방에서 혼자 쓸쓸하게 죽어가는 자신을 상상해보기도 했다. 젊은 날에 흔히 있는 감상이지만 영광의 경우는 감상으로 끝나지 않았다. 깊이 뿌리박혀버린 방랑에의 동경 때문에 그는 늘 울울했다. 언제였던지 외할아버지를 보고 영광은 말했다.

"왜 그럴까요? 할아버지, 어디로 떠나는 꿈을 자꾸 꾸어요. 늘 어딘가 떠나고 싶기도 하구요."

야단을 칠 줄 알았는데 할아버지는 영광의 얼굴을 골똘히 쳐다보았다. 그러고 나서 역마살이 들었나 부다, 혼잣말같이 중얼거리며 담뱃대를 찾는 것이었다. 책만 산다고 하면 언제든지 쌈지를 풀어 돈을 꺼내어주던 외할아버지는 골수에서부터 백정이었다. 그러나 영광은 시퍼런 칼도 피 냄새도 그에게서 느끼지 못했다. 집을 비우기 일쑤인 아버지 자리를 외할아버지는 채워주었다. 그가 눈물을 보인 적이 한 번 있었다. 보통학교를 다니지 못하게 된 영광이 때문에 재산을 모조리 정리하고 진주를 떠날 때 외할아버지는 눈물을 흘렸다. 그 후 그는 소를 잡지 않았고 푸줏간도 그만두었다. 여하튼 중학교오 학년, 졸업반에서 쫓겨나기까지 영광은 문학 서적뿐만 아니라 다방면의 책을 상당히 광범위하게 섭렵했다. 책은 그에게 구원이었고 숨 쉴 통로였으며 외롭지 않았다. 동굴 속과도 같이 차단된 세계 속에 책은 유일한 벗이었다.

"또 책 살 기가? 책 가지고 집 지을라 카나. 이사 갈 때마다니 책 때문에 골이 아프다."

영선네는 노인이 쌈지를 풀 때 아들 기색을 살피며 조심스럽게 말하곤 했다. 늙은 아버지에게 경제문제를 의존해왔기 때문에 영선네는 죄송했고 진주서 정리해온 재산을 이리저리 옮겨다니면서 곶감 빼먹듯, 불안했을 것이다.

"시끄럽다. 머릿속에 넣어둔 것만큼 확실한 재산은 없다."

강혜숙과의 연애편지 때문에 영광이 퇴학했을 때 외할아버지는 세상을 뜨고 없었다.

강혜숙과의 만남은 등굣길에서였다. 여학생들은 올라오고 중학생들은 내려가는 완만한 언덕길, 봄이면 벚꽃이 억수로 피는 길이었다. 갈래머리 소녀는 열여덟이었고 곧은 체격, 청년기에 들어선 영광은 스무 살이었다. 여학교는 사 년제이며 중학교는 오 년제인데 영광은 한 해를 쉬었기 때문에 두 살

나이차가 났다. 상급학교에 가지 않는 일반 처녀 애들의 결혼 적령이 십육 세 전후인 데 비추어 혜숙이나 영광의 나이는 꽉 찼다 할 수 있었지만 그러나 역시 성숙한 사랑을 하기에는 어렸다. 다가오기로는 혜숙이 먼저였다. 혜숙은 혼신으로 다가왔다. 그러나 신분에 대한 자의식 때문에 피동적인 면도 있었겠지만 영광에게 혜숙은 문학적인 어떤 풍경같이 눈에 비쳐졌고 순결한 한 송이 꽃처럼 느껴졌지만 그것이 그리움이었는지, 막연했다. 영광은 편지를 받으면 읽고 나서 한 장 한 장 불을 붙여서 소지(燒紙)를 올리듯 살랐다. 타서 흐트러지고 사라지는 것을 바라보는 것이었다. 혜숙은 늘 푸른빛의 반지처럼 얇은 편지지에 깨알 같은 작은 글을 써서 보내왔다. 왜 편지를 태우며 그것을 하염없이 바라보는지 영광이 자신도 이유를 알지 못했다. 다만 그러고 싶었을 뿐이었다. 그러고 나면 시를 쓰듯 소설을 쓰듯 영광은 열렬한 답장을 띄웠다. 등굣길에 마주치는 것과 편지 내왕뿐인 사랑이었지만 혜숙에게는 필사적인 일이었고 영광에게는 모험이었다. 그러나 혜숙의 부모나 오라비가 경악하고 두려워한 나머지 거의 살인적인 분노로 일을 크게 벌인 것은 사회적 습관상 조금도 이상할 것이 없었다.

상처입은 맹수같이 동경 바닥을 헤매다닐 때 혜숙이 뒤쫓아왔다. 그러나 영광은 결코 위로받지 못했다. 몇 해 동안 그들은 동거했지만 영광의 상처는 아물지 않았다. 운명적인 여자로, 혜숙을 깊이 사랑했더라면 극복될 수 있었던 일이었고 영광의 생의 방향도 달라질 수 있었을 것이다. 다가온 것도 혜숙이 먼저였고 떠난 것도 혜숙이었다. 마음이 얼어붙은 남자 곁에 타인으로 더 이상 머물 수 없었던 것이다. 사실 영광에게 혜숙은 타인이었다. 결코 뛰어넘을 수 없는 벽이 그들 사이에 있었다.

혜숙은 지금 서울에 있다. 혜화동 길모퉁이, 자그마한 양재점을 하며 살고 있다. 일 년에 한두 번 영광은 그 길모퉁이 양재점을 찾아간다.

"잘 있었어?"

"잘 있어요. 요즘에도 술 많이 해요?"

미싱을 밟다가 일어서며 혜숙이 하는 말이었고 어렵지 않으냐고 영광이 물어보려 치면,

"엄마가 아버지 몰래 도와주시니까 괜찮아요. 나도 일이 있어야잖겠어요?"

하곤 했다.

그리움도 죄책감도 없었지만 신세를 망친 여자, 전력 때문에 온당한 재출발도 하기 어려운 여자, 그 현실이 영광의 가슴을 뜨겁게 했다. 나이도 생각도 모습도 성숙해진 혜숙이, 세파에도 시달린 혜숙은 오히려 누님같이 침착하게 영광을 대해주었다. 그러나 영광은 거의 혜숙을 잊고 살았다. 금욕주의자가 아닌 그는 이따금 여자를 만나 미래가 없고 인색한 풋사

랑을 나누기도 했지만 상대는 대개 화류계의 여자들이었다.

강가에서 한동안 시간을 보낸 영광은 엉덩이를 털고 일어나면서 지팡이를 곁에 놓고 앉아 있는 노인을 바라보았다. 노인이 웃었다. 영광이도 웃었다. 잡상인들도 더러 있어서 과일이며 조롱에 든 새, 자잘부레한 골동품 엽전 따위를 펴놓고 오가는 사람들을 한가하게 바라보고 있었다. 영광은 시가를 헤매다가 어느 반점에 들어가서 요기를 하고 공연장으로 돌아왔다.

연주를 끝내고 무대에서 나왔을 때 악극단의 단원 한 사람이 급히 영광에게 달려왔다.

"손님이 찾아오셨는데요."

영광은 무심하게 들었다. 극성스런 팬이 더러 있었기 때문이다.

"신경서 오셨답니다."

"신경서?"

놀란다. 처음에는 목단강에 갔다는 아버지가 돌아와서 소식을 듣고 이곳까지 찾아온 게 아닐까 생각했다. 다음에는 미덥지가 못해서 동행하려고 이홍이 왔을지 모른다는 생각을 했다.

"급한 일이랍니다."

"급한 일?"

영광의 안색이 확 변한다. 불길한 예감이 가슴을 뛰게 했다. 손님이 기다리고 있다는 복도로 갔을 때 촉수가 낮은 어두컴컴한 전등 아래 낯선 사내가 몹시 초조한 모습으로 연신 땀을 닦고 있었다.

"제가 송영광입니다. 뉘시지요?"

서둔 나머지 셔츠 하나만 갈아입고 온 모양이다. 즈봉에는 기름때가 묻어 있었다. 마천일이었다. 그는 대뜸,

"어서 신경으로 가야겠십니다."

"무슨 일입니까."

"형님이 목단강으로 떠나믄서 급히 댁을 데려오라 했십니다."

"무슨 일루요."

"저기, 저어, 송씨 아재씨가 세상 버렸십니다."

"······."

"호열자로 별안간."

2장 춤추는 박쥐들

"원장 계시냐?"

한복 차림의 강선혜가 들어서며 물었다. 서른 안팎으로 뵈는 여자가 마당에 물을 뿌리다 말고 곁눈질을 한다.

"계십니다."

강선혜는 올 때마다 느끼는 일이지만 여자의 눈길이 마음에 안 들었다.

"명희야 나 왔어!"

하는데 여자도,

"원장님 손님 오셨습니다!"

쌍나발을 불듯 큰 소리로 말했다.

"언니, 이렇게 일찍 웬일이우?"

방에서 나오는 명희는 의아해하는 표정이다.

"웬일이냐 마나, 사람 사는 게 이래 되겠니? 같은 서울에 살면서 너 본 지가 일 년은 넘은 것 같다."

"엄살은 또, 지난봄에 만나고서는."

접은 양산과 핸드백을 팽개치듯, 마루 끝에 털썩 주저앉은 강선혜는,

"홍천댁, 나 냉수 한 그릇 줄래?"

"방으로 올라오세요. 곧 가실 거 아니지요?"

홍천댁이 내미는 물사발을 받으며 선혜는,

"물이나 마시구, 아이구 덥다."

"방이 더 씨원한데."

물 한 그릇을 벌덕벌덕 들이켠 선혜는 마루로 올라왔다.

"너 조반은 먹었지?"

"그럼요. 언닌 식전이에요? 조반 차릴까?"

"아니야. 먹었어. 친정에서."

두 중년의 여자는 안방으로 들어간다. 안방에는 뒷벽을 트고 쪽마루를 붙였으며 유리 덧문이 활짝 열려 있었다. 목련 한 그루가 있는 뒤뜰 돌담 너머, 양옥 건물의 빨간 지붕이 보였다. 목련의 그늘이 짙어서 좀 어두웠지만 꽤 시원한 바람이 그곳에서 스며들었다.

"몸이 더 난 것 같아요."

"왜 아니래니. 이러다가 대모도 씨름꾼 되겠다. 너는 더 마른 것 같구나. 조물주도 어지간히 심술궂으셔. 반반씩 나누면 어때서, 세상일 참으로 맘대로 안 되는구나. 권선생은 핀잔이구 아이들까지 밥 덜 먹어라 구박이니."

방 안은 시원했는데 강선혜는 부채를 집어들고 부산스럽게 부쳐댄다. 동경유학을 했던 신여성 강선혜, 첨단을 가면서 열정적으로 멋 부리기를 즐겼던 그도 오십을 바라보게 되었다. 담청색 숙고사 치마에 흰 모시 적삼을 입은 그의 모습은 이제 평범한 중년 아낙에 불과했다. 명희도 얼굴에 잔주름이 잡히기 시작했지만 그러나 청초함을 잃지 않고 있었다.

"권선생님하구 쌈했어요?"

"쌈했느냐구?"

"이렇게 일찍 찾아온 일은 없었지 않아요?"

"지금 권선생 집에 없어."

"가출했어요?"

명희는 농치듯 말하고 웃었다.

"조선 팔도 어디메 살기가 좋은가, 죽장 짚고 집 나간 지 사흘이나 됐어."

"그럼 정말 가출이네."

"강원도 정선인가, 철원인가 거길 갔는데 글쎄 어떻게 될지 나도 모르겠어. 어제 친정에 갔다가 하룻밤 자고 집에 가는 길에 들른 거야."

말투로 보아 문제가 있기는 있는 모양이다.

"권선생님 안 계시니까 천천히 놀다 가도 되겠네요. 나도 방학이구."

"언제 내가 그 사람 눈치 보아가며 살았었니?"

"말로는 그러지만 안 그랬어요? 하여간 점심 먹구 저녁도 잡숫고 가세요. 그러는 거지요?"

"애따, 모르겠다, 그렇게 하자꾸나."

명희는 홍천댁을 불러 뭐 시원한 거를 내오라고 이른다. 강선혜는 부채질을 하다 말고,

"그 블라우스 빛깔 참 예쁘다."

"관심은 여전하군요."

"관심까지 없어지면 나는 뭐야. 그러잖아도 억울해 죽겠는데."

"억울하긴? 그런 말 말아요."

"하여간 빛깔 예쁘다. 살굿빛이네. 하기는 아무나가 입어 좋은 색은 아니지. 너만 하니까, 내가 입었다간 갈데없는 광대 꼴,"

하다가,

"명희야."

새삼스럽게 이름을 부른다.

"넌 도대체 무슨 재미로 사니?"

"그 말 나올 줄 알았어요. 언닌 무슨 재미로 살지요?"

"나야 권선생하고 쌈하는 재미로 살지. 하기는 뭐, 요즘 같아서는 홀가분한 너가 부럽기도 하지만."

"부러워요? 그렇담 자부심을 좀 가져도 되겠네."

"누가 말려서 못 그랬니? 이런 꼴로 사는 것도 자업자득, 너 자신이 원한 길, 별수 없지."

"내가 뭘 원했기에……."

"관두자. 말해보아야 소 귀에 경 읽기, 너만 보면 답답해서 같은 말 자꾸 하게 된다."

변함없는 그 말가락에 명희는 피식 웃는다.

임명희가 서울로 올라온 것은 조용하의 자살이 있은 지 오년이 지난 뒤의 일이었다.

남쪽 바닷가, 통영읍에서도 서편으로 빠져나간 곳에 해저터널은 있었다. 저승길 같은 그곳을 지나갈 때 노인들은 소리내어 염불을 했다. 해조음(海潮音)이었는지 억겁 피안에서 업(業)을 전하는 사자의 목소리였는지 임진왜란 때 그 목에서 몰살을 당했다는 왜병들 원혼의 신음이었는지, 바다 밑의 울림소리를 헤치고 밖으로 나오면 한려간(閑麗間)의 가장 좋은 수로(水路)를 볼 수 있었다. 수로 맞은편 완만한 언덕은 파아란 보리밭, 바람에 일렁이는 보리 물결 소리가 들려오는 듯도 했다. 해안길을 따라서 돌아가면 쓸쓸한 그곳에 외딴 분교(分校) 하나, 넓어지고 확 트인 수로는 잠긴 호수 같았고 물 위에는 섬이 둥둥 떠 있었다. 분교에서 정식 교사도 아닌 촉탁으로 예닐곱 여자아이들에게 재봉과 수예를 가르쳤던 임명희, 신분을 감추고 두드러진 모습을 낮추고 호기심과 의혹에 가득 찬 시선을 피하며 또 학교에 소개해준 바 있는 읍내의 젊은 교사 엄기섭의 오뇌에 젖은 시선을 침묵으로 방어하면서 육 년간을 견디어낸 명희는 별안간 그 생활을 청산하고 서울에 와서 유치원을 개설했던 것이다. 뒤뜰 돌담 너머, 붉은 지붕의 건물이 바로 그가 경영하는 모란유치원이다.

　법적으로는 조용하의 아내로 남아 있던 명희는 상당한 유산을 분배받았다.

　장례식이 끝나고 조찬하가 형의 재산을 정리하려 했을 때 집안에서는 임명희의 가출을 문제 삼아 유산 분배를 반대했다. 그러나 법적으로는 임명희가 최우선이었다. 조용하는 폐암이라는 치명적 병을 숨겨왔고 따라서 양자에 관한 일은 거론되지 않았으며 재산을 정리하는 조처가 일체 없었기 때문에 사후처리에 임하면서 사실 조씨 일문은 두 번 머리를 푼 꼴이 되었던 것이다. 임명희는 물론 임명빈도 침묵을 지키고 있었지만 만약 법적으로 문제가 제기된다면 조씨 집안에서는 대항할 뾰족한 방안이 없었다. 하여간 조찬하의 끈질긴 노력으로 상당한 재산이 임명희에게 돌아왔고 나머지는 양친과 가까운 친지들에게 나누어졌으며 회사는 당분간 제문식이 맡아 하기로 결말이 났다. 그러나 결말이 나기까지 고비는 많았다. 가장 격렬하게 반대한 사람은 조찬하의 늙은 부모였다. 임명희에게 재산이 가는 것은 말할 것도 없고 친척들에게 분배되는 것조차 한사코 반대했다. 그것은 조씨 가문의 몰락을 의미하기 때문이다. 모든 재산은 찬하가 관리해야 하고 양자 문제는 찬하에게 아들이 생길 때까지 기다리자는 주장이었고 명희 쪽에서 소송을 제기한다면 끝까지 싸우겠다, 감정이 격해진 양친은 명희와 불륜의 관계가 있기에 명희 편에 서는 것 아니냐 극언까지 하며 찬하를 몰아세우기도 했다.

"그 문제에 대해서 구구하게 말한다는 자체가 치욕스럽습니다. 더군다나 형님이 안 계시는 마당에 왈가왈부하고 싶지 않지만 아버님 어머님께서 그토록 저를 면박하시니 지난 허물을 말하지 않을 수 없군요. 아시다시피 형수님을 처음 만났을 때 형님은 기혼이었고 저는 미혼이었습니다. 미혼의 청년이 규수를 보고 청혼할 마음이 생겼다면 그게 어째서 잘못이겠습니까. 형님은 저의 마음을 알고, 알았기 때문에 서둘러 이혼을 했던 것입니다. 그리고 규수댁에 매파를 보내지 않았습니까. 저는 꿀 먹은 벙어리가 되어 주저앉았습니다. 형수님의 경우도 그렇습니다. 아무것도 모르고 결혼을 했고 이유도 모르고 시달렸습니다. 집 나간 것도 그렇습니다. 형님이 이혼을 선언했고, 그 자리에 저도 있었습니다. 임교장도 계셨구요. 후에 형님은 이혼의 의사를 철회하고 형수님을 찾기는 했습니다만, 도대체 그분 잘못이 뭐지요? 돌아가신 분을 원망할 생각은 추호도 없습니다. 다 지나간 일이니까요. 다만 저는 차남으로서 이미 분배받은 재산이 따로 있고 그것으로도 자식을 양육하기에 충분하니 형님 유산은 받지 않겠습니다. 그것은 형님에 대한 저의 감정일 수도 있고 오기일 수도 있겠지요. 그러나 형수님의 경우는 다릅니다. 그분은 지금 유일한 상속잡니다. 그럼에도 유산을 주지 않겠다는 것은 도리가 아니지요."

절제하며 한 말이었으나 찬하의 거짓 없는 진심이었고 명희에 관한 일 역시 냉정하고 객관적이며 한 오라기의 감정도 섞여 있지 않았다.

인실과 오가타와 함께 바닷가 분교를 찬하가 찾아갔을 때 얼굴이 진홍빛으로 변하면서 눈은 증오심에 타듯 희번득이던 명희의 모습은 완전무결한 타인이었다.

"상관 마세요. 제발 상관 말아주세요."

하던 명희, 내 불행은 모두 당신 때문이야! 당신 때문이야! 하고 외쳐대는 것만 같았던 눈동자, 인간과 인간 사이가 얼마나 비정해질 수 있는가를 전신으로 느꼈던 그 순간, 찬하의 가슴을 얼어붙게 한 것은 명희의 이기심이었다. 마지막 자기 존립을 위한 방어, 적대감이었다. 화약과도 같은 인실과 오가타를 그 항구에 남겨놓고 황황히 떠난 찬하는 뱃길에서 환상을 버렸고 인간의 영원한 외로움을 인정했다.

그러나 찬하가 오해한 부분도 있었다. 살아남으려고 몸부림친 것은 본 그대로였고 방어의 굳은 몸짓, 참혹하리만큼의 증오심을 담은 눈빛도 찬하가 느낀 그대로였다. 그러나 명희는 다른 사람의 경우에도 아마 그랬을 것이다. 만신창이가 된 자신을—그때 조용하게 납치되어 산장에서 심한 성적 학대를 받은 뒤 자신은 도살당한 짐승, 육체를 통해서 영혼의 도살을 당했다고 생각한 그때부터 명희는 자신이 만신창이가 됐다는 자의식을 털어버릴 수 없었다—드러내는 것은 치욕이었다. 초라하고 남루하며 바위에 들러붙어 바닷물에 이리저리 쓸리는 작은 고동같이, 미물같이, 투신했다가 어부에 의해 건져 올려져서 죽지도 못한 여자, 사람에 대한 혐오감이 광기에 가까웠던 그런 시기였다.

어쨌거나 재산처리에 마무리를 짓게 된 것은 혜택을 받게 될 친척들이 단결하여 찬하의 방안을 밀었기 때문이며 형의 유산은 받지 않겠다는 찬하의 결심이 확고부동했기 때문인데 그 후 부친은 울화병으로 세상을 떴다. 어떤 뜻에선 찬하야말로 비정하고도 이기적인 인물이었는지 모를 일이다. 그의 의식 속에는 조씨 가문을 묻어버리고 싶은 생각이 있었는지 모른다. 형, 그 인간성에 대한 혐오감은 혈통에 대한 증오감으로, 나라를 강탈한 일본으로부터 작위를 받은 조씨 가문의 치욕스러움은 혈통에 대한 열등감으로, 찬하는 가문을 묻어버리고 말살하고 싶었는지 모른다. 결국 그는 집안을 매장하고 만 것이다.

얼음을 띄운 시원한 수박을 먹으면서 이런저런 잡담을 하는데 점심상이 들어왔다. 맛깔스럽게 차려진 점심상이었다. 그러나 역시 선혜는 홍천댁의 곁눈질이 마음에 안 들었고 반소매 블라우스를 입은 홍천댁 팔뚝에 털이 많은 것도 신경에 거슬렸다.

맛나게 점심을 먹은 강선혜는 식상하다 하며 치마끈을 풀고 누울 자리를 찾는다. 명희는 옥색 누비 베갯잇의 베개를 벽장에서 꺼내주었다.

"늙었다, 별수 없이 늙었어. 누울 자리부터 찾으니 말이야."

편안하게 누운 강선혜는 이따금 느슨한 부채질을 하곤 한다.

"언니 대단해요."

"뭐가?"

"이 더운 날씨에 버선 신고 배기는 것 말예요."

"말도 말어. 집에서도 잘 때 말고는 버선 못 벗어. 권선생이 맨발엔 질색이야. 하기는 그래, 남자들도 맨발은 숭업더라 이애."

"그러면서도 권선생님한테 복종 안 하고 산다 하겠어요?"

"복종이 아니구 자존심 때문이야. 마포 강서방 딸이라 그렇다는 말은 듣고 싶지 않거든. 요즘에야 습관이 돼서 괜찮지만 처음엔 발이 아프고 답답해서 미칠 지경이었다."

"양말 신으면 될 텐데."

"조선옷에 양말이 될 말이냐? 기본은 지켜야지. 한데 이게 무슨 냄새지? 아까부터 나는데."

"냄새라니요?"

"향수는 아닌 것 같고."

"아아, 옥잠화예요."

"옥잠화라니."

"뒤뜰에 피었어요. 지금이 한창이라 향기가 짙어요."

"어디."

강선혜는 일어나서 뒤뜰 쪽으로 다가가 내다본다. 하얀 옥잠화가 꽃대를 따라 봉오리를 맺어가며 시작 부분에서는 활짝 꽃이 피어 있었다. 나무 그늘 아래 꽤 여러 포기 옥잠화는 무리지어 피어 있었다.

"순백이라는 말은 아마도 옥잠화를 두고 표현했을 거야. 저런 흰빛은 다른 데서 찾아볼 수 없다. 눈도 저 빛은 아니야. 어떤 꽃도 저 같은 흰빛으론 피지 않아. 백합 따위는 옥잠화에 비하면 지저분하지."

코를 벌름거리며 냄새에 취한 듯, 선혜는 침이 마르게 옥잠화를 찬송하다가 풀어진 치마끈을 여미고 다리를 쭉 뻗는다.

"옛날의 임명희가 저 옥잠화 같았지."

"무슨 말 하려고 또 그래요? 전주곡은 늘 그렇게 시작하니까 겁나요."

명희는 강선혜의 속을 빤히 들여다보듯 웃으며 쳐다본다.

"변했어. 변해도 아주 많이 변했어."

"변할 수밖에요."

"변한 김에 아주 변해버려. 좋은 사람 만나 연애도 하구 결혼도 하는 거야."

"언니 벌써부터 노망들었수? 나이 생각해보고 하는 말이에요?"

"넌 아직 아름답고 매력이 있어."

"우린 좀 있으면 오십이에요."

"그런가? 하하핫핫……."

선혜는 깔깔거리며 웃는다. 웃다가,

"세월이 무섭다. 늙는 것보다 사람이 변하는 게 무서워."

"……."

"옛날 친구들을 만나면 늙었다는 것보다 맑은 샘이 없어진 듯 생각이 말라버린 느낌이 들 때 슬퍼."

"언닐 슬프게 해서 미안해요."

"솔직히 말하자면 넌 생각이 말랐다기보다 현실적인 여자로 변한 게 아쉬워."

명희는 잠자코 있었다.

"별난 성미였는데, 한없이 약하고 얼띠고 길 가다가도 뒤에서 웃음소리가 나면 허둥지둥 어찌할 바를 몰라했고 색다른 옷을 입고 나갔다가 놀림을 당하기라도 하면 두 번 다시 넌 그 옷 입지 않았다. 조그마한 변화에도 엄마 잃은 고아같이 얼굴이 오소소해지고 신경이 거미줄 같았어. 그나마 신경이 강철 같은 강선혜가 끌고 다녔으니 사람도 만나고 했지."

"알아요. 나 자신도 힘들었으니까요. 우리 유치원에도 수줍음을 많이 타고 심약해서 말을 못하는 아이가 더러 있는데 내 어릴 적 생각이 나서 어떤 땐 쥐어박아주고 싶은 충동을 느끼곤 해요. 화초같이 살든지 그렇잖으면 짓밟혀 갈가리 찢어지게 마련이에요."

"이젠 너, 갈가리 찢겨지지는 않겠다. 무슨 말을 해도 별 신경 안 쓰는 것 같고 삭이노라 애쓰는 애처로운 모습도 아니구, 너 대하기가 편해졌다. 그러나 옛날 임명희가 그립다. 강하게 딱 뻗치고 서 있는 여자는 징그러워. 아시겠어요? 원장님."

"난 이제 죽을 수 없어요."

그 말에는 관심 없었고 선혜는 다시 말했다.

"옛날 조용하 씨 어부인으로 세상 여자들이 부러워 몸살 앓는 지경인 그때도 나는 너가 애처로웠다. 죽지 뿌려진 작은 새, 고개 떨군 한 떨기 꽃."

"뭐 하는 거예요? 언니 시 읊으시는 건가요?"

낄낄 웃는다.

"그런데 요즘엔 이 궁상으로 혼자 살고 있지만 애처롭지가 않으니 웬일일까?"

"얼굴 가죽이 두꺼워져서 그래요."

"뭐?"

"도망갔던 여자가 자살한 남자 유산 받아서 아무 일 없었던 것처럼 살아가고 있으니 그게 보통 심장이겠어요? 그만한 배짱이면 종로통에 나가서 고리대금인들 못하겠어요?"

무표정해지면서 명희는 억양 없는 목소리로 말했다. 강선혜는 놀라고 당황한다.

"내가 널 그렇게 생각한다 그 말이냐?"

"아니요."

"그럼 왜 당치도 않는 그따위 말을 하니? 바람나서 남자 따라 집 나간 것도 아니구 남편 학대에 못 견디어 나갔는데 당연히 받을 걸 받았을 뿐, 어째 그런 식으로 얘기하니? 아니 오히려 많이 양보한 셈이지."

"양보?"

"가만있자…… 그러니까 그게, 넌 여기 없었고 조용하 씨 유산 문제가 풍문으로 나돌았을 때 일이구먼. 명희야 너 정상조 그 사람 생각나니?"

"누군데요?"

"동경 있을 때 너에게 관심이 있어서 접근해오던 남자, 왜 그 이치마루[市丸], 스시집에서 장장, 여성론을 거만하고 입정

사납게 논하던 법학도, 생각 안 나?"

"아아 생각나요."

"생각나지? 그 치가 고문 패스를 하고 검사까지 해먹었는
데, 우리 권선생이 잡혀갔을 때 고약하게 굴었다 하더구나."

"그 얘긴 왜 해요?"

"그때 우연히 그 사람을 만났단 말이야. 검사는 때리치우고
변호사 개업을 했다 하면서 너에 관한 얘길 묻더군."

"언니 무슨 뜻으로 그런 말 하는 거지요?"

"내 얘기 들어봐. 법률가니까 의당 생각해볼 수 있는 일이
지. 그의 말이 소송을 하게 되면 너가 이긴대."

"그따위 얘기 관두세요."

언짢은 기분을 노골적으로 나타내었다.

"나도 뭐 그것에 관심이 있었던 거는 아니지만 답답해서 그
런다. 당연한 일 가지고 얼굴 가죽이 두껍네 어쩌네 하니까
해보는 말이잖니?"

"정말 당연한 일이었을까요? 사랑하는 남자, 조찬하 씨가
베푼 호의 때문에 그나마 한몫을 얻은 거 아닐까요?"

서슴없이 내뱉는 말에 강선혜는 어안이 벙벙해진다.

"점점 한다는 말이, 무슨 그런 흉측한 말을 하니? 너 나한
테 좋잖은 감정이라도 있어 그러는 게야?"

"뒤에서 모두 그런다던데요?"

"먹고 할 일 없는 것들이 배가 아파서 하는 말이지. 아직도

널 부러워하는 모양이다. 샘이 안 나면 그런 입방아 찧지도 않아."

"부러울 게 뭐 있수."

"미모와 재산이지 뭐겠나."

"……"

"사실 너에게 무슨 죄 있니. 죄 없다. 조찬하 씨도 죄 없다. 잘못은 조용하 씨의 욕심이었지. 그보다는 어쩔 수 없는 운명, 비극이야."

"죄가 있어 벌 받나요? 불운이지요. 아무리 도망가도 불운이 따라오면 도리 없어요. 뛰든 멈추든 마찬가지라면 차라리 멈추어서 불운과 친해질밖에요."

"맞는 말이야. 맞어. 요즘 내 심정하고 꼭 같은 말을 하네."

"무슨 일이 있었어요?"

"그래. 어쩌면 우리 시골로 내려갈지도 몰라."

"시골? 왜요?"

놀란다.

"글쎄 그게 권선생 결심이라지 뭐니. 권선생은 애들 모두 시집 장가가서 분가를 했고 내 아들 혁이는 중학생이니 외가에 맡기면 된다는 거고, 서울 생활 끝장내자는 거야."

"그럼 권선생님 고향에라도 내려간다 그 말이에요?"

"권선생 고향이 어딨어. 서울 토박인데."

"하면은."

"강원도 산골에나 갈까, 갈까가 아니지. 이미 갈 곳 찾아나섰다."

"뜻밖이네요. 뭘 하구 사시자는 건가요."

"농사짓자, 기가 막혀서. 그 사람이나 나, 호미 한번 잡아본 일도 없는데 농사를 어떻게 하니."

"말이 그렇지, 농사 안 지으면 먹고살 수 없는 처지도 아니구, 부잣집 상속녀가, 그야말로 돈키호테 같은 얘기군요."

"이 애가, 농담 아니야."

"권선생님이 어째 그런 생각을 하셨을까요."

미심쩍어한다.

"오래전부터 생각했던 모양이야. 너도 알다시피 그 사람 야심은 좀 큰 편이지만 경거망동하는 성미도 아니구 매사를 분명하게 처리하려는 편이잖니."

"그렇지요."

"나도 권선생 계획을 옳다고는 생각해. 그동안 겪은 일들을 생각하면 그런 결심한 것이 무리는 아니다, 너도 그랬지만 우리도 좀 풍랑을 겪었니? 권선생은 어떡허든 살아남아야지, 죽어서도 안 되고 협력을 해서도 안 된다, 협력하는 것은 곧 죽음을 의미한다, 그런 말을 여러 번 했어."

"시국 얘기군요."

비로소 명희는 감이 잡히는 것 같았다.

"친정에서는 남들도 다 사는데 하필 권서방만 유별을 떨 거 뭐 있느냐, 남 하는 대로 하고 살아라, 하지만 우리 속사정을 몰라 하는 말이지."

"《동아일보》《조선일보》가 폐간되고 기분 나쁜 징조가 나타나니까, 하기는 우리 오빠도 불안한가 봐요."

"표면적 변화도 그렇지만 권선생의 경우는 훨씬 복잡하고 위험해. 차라리 나 같은 것하고 결혼 안 했더라면……. 권선생 결혼 잘못했어."

강선혜의 얼굴은 심각했다.

"시국하고 언니 결혼하고 무슨 상관이 있기에?"

강선혜는 한동안 고개를 숙이고 있었다. 뭔가 골똘히 생각하며 감정을 억제하는 그런 모습이다.

"이야길 할려면 길어……. 참 사건이 많았다. 너가 모르는 사건들이 많았어. 넌 시골에 내려가 있었으니까 잘 모를 거야."

"예맹검거(藝盟檢擧) 때, 권선생님도 들어가셨던 그 일을 말하는 거 아니에요?"

"음, 그 일, 하지만 권선생의 경우는 복잡하기 짝이 없는 일이었다."

입술을 깨문다.

"내막이 추악해. 몇 사람이 뭉치면 매국노를 만들 수 있고 미치광이도 만들 수 있고 살인자도."

"그게 언니 결혼한 것하고 무슨 상관이 있나요?"

"명희야, 조선사람들 의식구조가 어떤 건지 너 아니?"

가라앉은 눈빛으로 명희를 바라본다.

"아직은 지독한 봉건주의 아닌가요?"

"이중구조야. 이를테면 수구(守舊)와 개화(開化)가 따로 있는
게 아니구 함께 있는 거야. 함께 얽혀 있는 거야. 너도 그렇구
나도 그 이중구조의 희생물이라 할 수 있어. 신여성이라 일컫
는 교육받은 여성들, 그 대부분이 완상품이며 고가품일 뿐 사
람으로서의 권리가 없다. 좋은 혼처에서 주문하는 고가품이
요 돈푼 있는 것들이 제이 제삼의 부인으로 주문하는 완상품
이다 그 말이야. 그러면 진보적인 쪽에선 어떤가. 그들 역시
사람으로서의 권리를 여자에게 주려고 안 해. 이론 따로 실제
따로, 남자의 종속물이란 생각을 결코 포기하지 않아. 여자가
인간으로서 있고자 할 때 인형처럼 망가뜨리고 마는 것이 현
실이야. 신여성이 걸어간 길은 완상품이 되느냐 망가지느냐
두 길뿐이었다."

"지금 언니가 겪는 일이 그것과 상관이 있나요?"

그 말 대꾸는 없이,

"같은 부르주아라도 마포강 장배로 시작해서 부자가 된 강
서방과 권문세가의 후예로서 유산이든 당대에 번 것이든 간
에 그런 자산가와 다르다는 것, 몰랐지. 부르주아는 무산계급
의 적이요 탐욕은 인민의 적, 그렇게만 들어왔으니까 말이야.
나라 팔아먹는 데 나설 자격도 없었고 백성에게 호령하며 수
탈하는 처지도 아니었고 장사해서 돈 벌었다, 그게 멸시와 야

유로 나타나고 그런가 하면 조상의 이름 석 자 알려진 부르주아에 대해선 공연히 켕겨서 입을 헤벌리고 말 못하는 남아 장부, 나라를 팔았건 백성의 고혈을 빨았건 기득권을 인정해주는 사회풍토."

"언니 다 그런 건 아니지 않아요. 어디든지 변두리 클럽은 있게 마련이구, 일부의 그 같은 모순 때문에 전부를 매도할 순 없어요."

"나는 당하는 당사자니까, 그 피해가 권선생한테까지, 사실 우리에겐 심각한 문제야."

옛날에 비하면 침착해졌고 무게를 갖게 되었으며 아내와 어머니로서 평균점은 얻고 있는 강선혜, 본시 성격이야 소탈했으나 물정 몰랐던 그가 비교적 신중하게 사물을 보게 된 것은 전적으로 권오송의 영향이겠으나 오늘은 감정의 노출이 심한 것 같았다. 그의 말대로 사정이 심각한 모양이다.

"이런다고 우리 아버지 두둔한다 생각지 마. 잘한 것도 없으니까. 나 역시 잘한 거 없지. 천방지축, 기집애가 집안에서 왕 노릇 하니까 밖에서도 통할 줄 알았지. 지금 생각해보면 미꾸라지 용춤 춘 꼴이지 뭐니? 여자도 사람이 되자! 하하핫핫 하하핫핫핫."

갑자기 선혜는 소리 내어 웃었다.

"언니이."

"그래, 그래, 하하핫핫핫…… 나 안 미쳤다. 생각하니까 우습지 뭐냐? 여자도 사람이 되자! 그따위 평등론을 쓴 용기가 참으로 가상하지 않니? 명희야. 설익은 밥 해서 손님상에 올린 밥장수같이 말이야. 생쌀이 목에 넘어가겠어? 꼬타리는 거기 있어. 생각해보면 아무것도 아닌 걸 가지고, 부모 죽인 원수같이, 일이 어찌 그렇게 꼬여들었는지…… 애당초 마포강 강서방의 딸이 일본 유학 간 것부터가 잘못이었던 거야."

"그런 말이 어딨수? 그럼 역관 딸이 동경 가서 공부한 것도 잘못이겠네. 언닌 말말이 마포강 강서방, 아버님을 그래도 되는 거유?"

핀잔을 주었으나 오래전 그때 일은 명희도 잘 알고 있었다. 웃음거리 놀림감 사면초가였던 당시의 강선혜를 기억하고 있었다. 치졸한 글이었지만 내용이 그렇게 심히 지탄받아야 할 만큼 엉터리는 아니었다. 화젯거리로 삼은 쪽이 지나쳤고 악랄했던 것이다. 글의 내용보다 그것을 빌미로 강선혜를 조롱하는 쾌감이 있었기에 집요하기도 했던 것이다. 말하자면 미운 놈, 그러나 약한 것—거침없이 행동했지만 선혜는 독하지도 못했고 깡다구도 없었다—하나 골라서 떡 치고 분풀이하는 군중심리라고나 할까. 강선혜 말대로 마포강의 뱃사공 강서방이 장배를 부리며 돈을 벌었고 중국과 피혁(皮革)을 무역해서 거부가 되었으니 대조적으로 보잘것없는 출신을 들추는 것이 인심이요 일자무식 아비의 딸이 최고교육을 받은 것도 아니꼽고 약 오르는 일이었을 것이며 이혼까지 한 주제에 콧대를 높이고 다니는 꼴도 심기 사나워지는 일이었을 것이다. 그 당시 문예지 《청조》사를 맴도는 지식인 예술가로 자부하는 고만고만한 무리 속에는 선혜만 한 학벌 가진 사내들도 흔치 않았으니까. 사실 문벌 좋고 벌족 넓은 집안의 규수였더라면 그토록 마음 놓고 갖고 놀지는 않았을 것이다.

"내가 권오송 씨에게 접근하고 《청조》지에 후원금을 내고 한 것은 괄시받고 능멸당한 분풀이를 하고 싶었기 때문이며 그것을 발판 삼아 글도 쓰고, 그땐 젊었지. 젊었다기보다 철부지였었다. 내소박하고 뛰쳐나온 것부터가 그래. 아무튼, 《청조》 주변에 모여든 떨거지들이 젤 나한테 심하게 굴었거든. 권오송 씨에게 호감이 없었던 것은 아니지만 그와 결혼이나 연애 같은 건 기대하지 않았다. 그도 아이가 딸린 홀아비요 나도 결혼에 한 번 실패한 여자, 불가능할 것도 없지만 권오송 씨는 좀 더 좋은 여자를 고를 수 있었으니까 말이야. 그 계산 빠른 사내는 내가 단순하고 악의 없는 여자라는 점에 주목한 거야. 자기 아이들을 위해 괜찮은 계모가 되겠다, 하긴 틀린 것은 아니었지. 애들은 잘 커주었고 친엄마보담이야 못했지만 정도 들었고, 다음은 어차피 쓸 사람 없는 마포 강서방 재산 아니니? 사용(私用)하자는 것도 아니고 공익을 위해 쓰자, 《청조》도 늘리고 극단 산호주도 살리자, 결국 우리의 결혼은 그런 거였어. 야심은 크지만 권오송은 그러나 괜찮은 남자야. 결혼 생활을 후회해본 적은 없다."

거기까지는 명희도 잘 알고 있는 일이었다.

"날 괄시하고 능멸했던 그들이 당황했지. 그들이 권선생보고 뭐라고들 했던 모양이야. 전해들은 얘긴데, 사내자식이 사생활까지 자네들하고 의논을 해야 했는가, 일언지하 입을 막아버렸다 하더군. 그들은 내가 잡지며 극단을 휘두를 거라 속단한 거야. 권오송이가 휘두르게 내버려둘 사내냐? 처음 그들은 멋쩍고 민망하여 멀어지기 시작했고 권선생한테서 일체 반응이 없으니까 돌아오기도 어려워졌고 그냥 있자니 약이 올랐겠지. 결국 권선생을 성토하기 시작했는데 돈에 팔려간 비루한 인간이라느니, 부르주아와 결탁한 변절자라느니 별의별 험담을 일삼았지만 권선생은 개의치 않더군. 부화뇌동하는 분자들, 사회주의 겉옷만 걸치고 속은 아무것도 아니면서 구름 모양 보아가며 입방아나 찧고 별난 재주도 없이 별난 작품도 내놓지 못한 것들이, 하고 말이야. 그럴 무렵에 예맹검거 선풍이 불었어. 권선생 말처럼 사회주의 겉옷만 걸친 소위 성토부대에서는 검거된 사람이 없었고 조사받은 사람도 없었는데 불똥이 권선생한테 튄 거야. 아이구 속에 불나아."

선혜는 부채를 집어들고 부산하게 부치다가 홍천댁을 불렀다.

"나 물 좀 주어."

홍천댁이 물을 가져왔다. 선혜는 물그릇을 받아 몇 모금 마시고 나서,

"그때 당한 일을 생각하면 아직도 울화가 치밀어."

"언니도 참, 고정하세요."

"아니야. 넌 몰라서 그래. 하여간 내 얘기를 들어보아. 권선생이 느닷없이 잡혀갔는데 글쎄 알고 보니 예맹하곤 상관없이 끌려간 거야. 아무리 생각해도 그럴 만한 이유가 없는데, 다만 한 가지 짚이는 것은 《청조》사 아래층에 있는 다실에서 밤늦게 했던 고리키의 「밑바닥」이었어. 동호인들만 모여 비공개로, 말하자면 실험 삼아 해본 연극이었는데 말이야. 이상한 것은 비공개로 한 것이었고 그것도 시일이 한참 지난 뒤에 문제 삼는다는 것이 이해할 수 없더군. 경찰에서 고문을 당해 만신창이가 됐지만 어쨌거나 권선생은 불기소로 풀려나왔는데, 끔찍스런 일이 벌어진 것은 석방 후의 일이었다. 흉측한 소문, 그 일만 생각하면 몸에 두드러기가 돋는 것 같다."

선혜는 말을 끊고 숨이 찬 듯 한숨을 내쉬었다.

"냉정한 권선생도 이성을 잃더군. 그 흉측한 소문의 내용이라는 게, 경찰과 사전에 양해가 있은 뒤 잡아갔다, 그것은 무엇을 의미하는가, 풀려나온 것을 보면 사정은 자명해진 것 아니겠는가, 극단 산호주에 정체불명의 전주(錢主)가 붙었다, 앞으로 극단 산호주는 일본제국주의의 선전장이 될 것이다 등등, 친일파는 약과요 숫제 첩자로 모는 거야. 연기처럼 소문은 퍼지고, 그때 난 죽고 싶었고 권선생이 나하고 결혼을 잘 못했다는 것을 알았어. 권선생이 제자리로 돌아갈 수만 있다면 이혼이라도 하고 싶은 심정이 되더군. 세상에 그런 가혹한 형벌이 어디 있니? 살인 죄인은 경우에 따라 용서받을 수 있을지 모르지만 내 겨레를 팔아먹었다는 것만은 용서될 수 없는 일 아니겠니? 오명을 무엇으로 씻겠어. 다행히 선우신 씨가 분개하여 나서주었고 서의돈 유인성 두 분이 권오송을 옹호하여 그 일은 그런대로 슬그머니 사라졌지만 권선생이 예맹하고 상관없이 왜 잡혀갔느냐, 잡혀간 원인은 중상모략의 근원지 그곳, 바로 그곳에 있지 않았는가, 그런 생각이 들더란 말이야."

"그런 일이 있었군요. 기가 막혀. 나는 전혀 몰랐어요."

"모를밖에, 서울에 없었으니 알 턱이 없지. 그땐 너 자신의 문제만도 감당하기 어려웠잖았니."

"오빠도 그런 얘기는 하지 않았어요."

"그게 뭐이 좋은 일이라구, 얘기할 겨를이나 있었겠니?"

"그럼 지금부터의 문제는 뭐예요?"

"성토부대야. 성토부대에 문제가 있어. 그 박쥐들! 그들은 지금 일본과 독일이 세계를 지배할 것으로 판단한 모양이야. 그래서 추위를 타고 재채기를 시작한 건데 결국 일본에 추파를 던질 수밖에 없었겠지. 살 구멍 찾을려니까. 그들은 그쪽에서 힘을 얻어낸 거야. 무슨 잡지도 하나 내게 돼 있다 하며 사람들을 긁어모으는 모양인데 앞으로 물귀신처럼 권선생을 끌어들이든지 아니면 첩자, 친일파로 몰아낸 것과는 다르게 반일분자로 낙인찍어 장례식을 치르든지."

"왜 그래야 할까요? 저이들이 친일했음 했지."

"모르는군."

"뭘요?"

"인간의 심리를 모른다 그 말이야. 집요한 것은 언제나 가해자다. 보복당하리라는 두려움이 있으니까 상대를 뿌리째 뽑아서 후환을 없이하려는 집념, 너 생각해보아. 도둑놈 경우를 생각해보아. 남몰래 도둑질하다가 들키면은 칼을 들이대는 것이 그들 본능이야. 배은망덕한의 경우도 그래. 은혜 베푼 상대를 모략하고 중상하고 이간질하며 씹고 다니는 것도 자신의 합리화, 배은망덕을 덮으려는 심리 아니겠어? 그렇기 때문에 세상은 삭막하고 살아가기가 힘든 거지. 그러나 권선생은 이런 말을 했어. 죄를 짓게 되면 그것을 은폐하기 위하여 또 죄를 짓는다, 그 죄를 또 은폐하기 위해 죄를 계속 짓게 되는데 그게 바로 형벌이라는 거야. 결국 기가 쇠하고 무게 때문에 파멸하며, 후회나 회개가 구원이 되는 이유도 바로 그 때문이라는 거지. 나 그 말 듣고 많이 위로받았다. 속수무책이라도 덜 억울하더구나."

"하면은 권선생님이 낙향하신다고 뭐가 해결이 되겠어요? 어떻게 보면 도피주의 비겁하다고 욕먹을 수도 있잖겠어요?"

"그건, 네가 몰라서 하는 말이야. 종로통에 나가서 목에 칼 꽂고 자결하는 이외 저항해볼 수 없는 게 지금 현실이야. 사실 국내에서는 어떤 형식이든 일해온 사람들은 모두 지하에 숨어버렸어. 이미 감시를 받고 있는 사람들은 어쩔 수 없지만, 권선생도 시골 가는 것을 최선의 방법으론 생각지 않아. 다만 잠시 동안이라도 비를 피하자, 머지않아 일본이 망할 거라 그는 확신하고 있거든. 어떡허든 그때까지는 살아남아야 한대."

"정말 그럴까요? 대부분 사람들은 일본이 이기고 있다고 생각들 하던데, 이젠 글렀다, 희망 없다 하면서 체념하는 것 같던데 정말 일본이 망할까……."

"지금 독일이 구라파를 휩쓸고 있기 때문에 더욱 비관적으로 생각하는 거야. 나도 그런 말 들을 때마다 불안해져. 과연 일본이 망할까 의심이 들 때도 있지만 권선생은 모든 조짐이 그렇다는 거야. 뭣보다 물자가 바닥나고 있다는 거고 오죽하면 놋그릇 공출에다 소학교 생도들까지 동원하여 송진을 채집하겠느냐."

명희는 몸을 기울여 발을 쳐놓은 방 밖을 내다보고 나서,

"언니 그런 말 함부로 하지 말우."

"그럼, 너니까 하는 말 아니니."

"철없는 사람들, 들었다고 아무 데나 가서 얘기하면."

"말조심은 해야지."

서로 마주 보는데 두 여자의 기분은 어쩔 수 없이 가라앉는다.

"오빠도 걱정하더군요. 머잖아 사상범들 잡아들일 거라 하면서."

"권선생도 그랬어. 임선생님은 3·1운동 때 들어가셨지?"

"네. 그때 아버진 대구에서 돌아가시구요."

"맞어. 대구서 시위하시다가 군중 속에서 총 맞으시구, 그때 넌 명화여학교 교사였다. 이십 년도 더 된 일이구나."

"이십 년도 더 된 일."

명희는 나직이 뇌어본다. 유학을 끝내고 돌아와서 여학교에 취직했던 그때, 명희는 그때 일을 까맣게 잊고 있었다. 왜 한번도 생각해보지 않았을까, 이상했다. 그리고 그 세월이 별안간 되살아난 것이 놀라웠다.

"임선생님은 괜찮으실 거야. 범위를 그렇게 잡는다면 형무소 하나 더 지어야 할걸."

"그건 모르지요. 아무튼 주변의 사람들 많이 다칠 것 같아요. 사상범들 예방구금령인가 뭔가 실시하게 되면 서의돈 유인성 두 분과 최씨 댁 바깥분, 계명회사건에 연루된 사람들은 여지없을 거라 하는데 참 큰일이지요."

"살벌해. 《동아일보》《조선일보》도 폐간이 되고 모두 전전긍긍이야. 날 새면 오늘은 또 무슨 일이 있을까……."

"……."

"계명회 얘기가 나오니까 생각나는데 유인실은 어떻게 됐을까?"

"저도 방금 그 애 생각을 했어요."

"인경이도, 그 애 올케도 일체 인실에 관한 얘기는 안 해."

"그게 십 년쯤 될는지, 인실이 한번 찾아온 일이 있었어요."

"어디로? 시골 말이니?"

"네, 그때 보고는."

그 말 많았던 오가타와 함께 왔었다는 말은 하지 않는다. 지난 일을 다 털어버린 듯 변하여 서울로 돌아온 명희였으나 바닷가 외딴 분교를 찾아왔던 인실과 오가타 조찬하 그 기억을 되살린 것은 역시 고통이었다.

"죽었을까?"

"글쎄요. 죽었을까요."

"총명한 아이였는데 아까워. 너무나 아까워."

"어떻게 생각해보면 인간이란 환경의 동물 같기도 해요."

"이 애, 그런 절망적인 얘긴 하지 말어."

하는데 밖에서,

"원장님 손님 오셨습니다!"

홍천댁이 마당에서 말하는 목소리와 거의 동시 발에 사람의 모습이 비쳤다.

"저예요. 들어가도 되겠습니까?"

낮게 울리는 목소리였다.

"아 네. 들어오세요."

발을 걷고 들어선 여자는 삼십쯤 됐을까. 검정 무명실로,

아마 손뜨개인 듯 엉성하게 짠 반소매 상의에 연한 녹색 주름 치마를 입고 베이지색 핸드백을 팔에 걸고 있었다. 단발머리, 아주 세련된 모습이었다. 그는 강선혜를 빤히 쳐다보았다. 눈이 컸고 눈 가장자리가 꺼무꺼무했으며 턱은 짧고 낯빛은 검었다.

"웬일이에요? 배설자 씨."

명희가 말했고 강선혜는,

"뭐가 외나무다리에서 만난다더니."

내뱉었다. 배설자, 그는 천연덕스럽게,

"사모님 그간, 안녕하셨어요?"

허리를 한 번 굽혔는데 말투에는 비웃음이 서려 있었다. 강선혜는 발끈하다가 성질을 삭이는 눈치다.

"지나가는 길에 들렀더니 손님이 계시는군요."

하고 긴 다리를 꺾듯 앉는다. 참으로 천연스럽게 뱀처럼 유연하게 소리 없이 몸을 자리에 놓았다 해야 할지, 유인배의 말과 같이 체격은 그만이었고 완벽했다. 괴기와 사악함이 보일락 말락 떠도는 얼굴에 아름답기 그지없는 몸매, 하여간 매우 인상적이다.

"아는 사인가 본데."

명희 말에,

"알아도 이만저만."

외면을 하며 선혜가 말했다. 분위기가 심상치 않아 그 이유를 묻듯 명희는 배설자를 바라본다.

"뭐 제가 잘못한 일이 있는 모양입니다."

미소를 머금은 배설자는 점잖게 말했다.

"알긴 아는군."

명희는 심히 난처했고 선혜는 말을 해놓고는 감정을 꿀꺽 꿀꺽 삼키는데,

"분명히 잘못이 있어 사모님께서 노여워하시나 분데 사실 전 무슨 잘못을 했는지 잘 모르겠어요."

"뭐라구?"

선혜의 얼굴이 시뻘게졌다. 이러저러한 잘못이다, 하고 지적할 수 없는 것을 잘 알고서 배설자는 역습을 했던 것이다. 명희는 유치원 일로 두 번인가 배설자를 만난 일이 있었다. 만날 때마다 내키지 않는 여자라는 생각은 했지만, 매우 사악하다는 것을 지금 분위기에서 확실하게 느낀다.

"사과를 하든지 잘못을 고치든지 저도 알아야 행할 것 아닙니까? 세상에는 오해라는 것이 얼마든지 있으니까요."

"그래? 그 정도의 악행은 다반사다, 그러니 각별하게 기억에 남아 있겠느냐, 그런 얘긴 모양인데 어느 정도의 악행이라야 기억하겠니? 배설자!"

"언니 왜 이러세요?"

명희는 말리려 든다. 그러나 강선혜는 만만하게 주저앉을 성미는 아니다. 다만 명희 앞이어서 많이 자제하는 눈치였다.

"사모님 흥분이 지나치십니다. 피차가 다 손님인데 삼가는 것이 좋겠습니다."

"나도 교양 있다 그 말이군. 남의 등치고 간 내먹는 교양 말이냐?"

"술 취한 사람을 상대하지 말라, 우리 아버님이 늘 그렇게 말씀하셨지요."

"독립지사인 아버님께서? 거 참 좋은 교훈이시다. 배은망덕 하지 말라는 말씀은 안 하시더냐?"

"베풀고 공투세*는 하지 말라 하시더군요."

배설자는 공투세, 평안도 사투리를 썼다.

"거룩하신 말씀이다. 한데 배설자 씨."

"……."

"거 멋진 핸드백은 가죽제품인 모양인데 그렇지?"

이야기의 줄기가 갑자기 바뀌는 바람에 배설자는 저도 모르게 핸드백을 내려다본다.

"거룩하신 집안의 따님께서 백정의 핏줄과 관련이 있을까 마는, 내 듣자니까 마포 강서방네가 중국하고 피혁 무역을 했다 해서 전신(前身)이 백정일 것이다, 그런 말이 떠도는 살벌한 거리에 가죽 가방 들고 다니다가 배설자도 무슨 봉변을 당할지 모를 일이야. 가죽 가방을 들고 다니는 것을 보니 전신이 백정일 것이다, 피혁 무역보담은 리얼리티가 부족하지만 말이야. 하기는 인심이 험하다 한들 세상에 배설자가 두 명 세 명 있는 것도 아니니 염려 놔도 되겠지만 노파심에서 하는 말이니 귀담아들어 두어."

"언니 그만하세요."

명희는 눈살을 찌푸렸다. 배배 꼬아대는 선혜의 말투가 싫었고 넌더리가 났던 것이다. 배설자는 소리 내어 웃었다. 웃다가 손수건을 꺼내어 눈언저리를 닦으며,

"그래서 사모님께서 노여움을 타신 모양이네요. 하지만 저는 그런 말 한 적 없습니다."

단호했다.

"그런 말 한 적이 없다?"

"네. 그런 말 한 적 없습니다. 아마 전한 사람의 말이 아닐까요?"

'구미호 같은 계집, 사람을 잡아도 여럿 잡겠다.'

선혜는 배설자를 노려보다가,

"그래? 그럼 괜찮다. 그런 말쯤은 연회장의 술안주 같은 거니 대수로울 것도 없지. 생사람을 잡아 가죽도 벗기는데, 그는 그렇고 요즘엔 어디서 살지?"

"삼청동에 살아요."

"아니 멀군."

"……"

"이곳에서 아니 멀다는 얘기야. 목표를 정하면 발바닥에 불이 나게 댕겨야 하는데 가까워 다행이란 뜻이다. 그러나 이번

에는 뜻대로 안 될걸."

"무슨 뜻인지 모르겠네요."

설자는 조금도 기죽은 구석이 없었다. 여전히 여유만만 선혜를 얕잡는 눈빛이었다.

"알게 될 거야. 너 홍성숙이하고 단짝이라며?"

"네?"

설자는 처음으로 동요를 나타냈다.

"배설자에게 비하면 어린애, 속이 여물지는 않았다만 서로 비슷한 데는 있지."

"왜 이러세요. 여기가 경찰서 취조실인가요?"

설자의 눈꼬리가 치올라갔다.

"으음 이제사 흥분하는군. 먹잇감을 놓쳐 분통이 터졌다, 그거지? 천하에 못된 것! 홍성숙하고 찧고 볶고 까불고 했으면서 여기가 어디라고 찾아와. 내 다른 곳에서 널 만났다면 귀싸대기를 갈겨버릴 것이나 명희 앞에선 차마 그 짓 못하겠다. 운수 좋은 줄 알고 썩 물러가아. 이 집에 다시 나타나면 그땐 내 가만두지 않을 거다."

배설자는 맹수 같은 눈을 하고서 선혜를 노려보다가 슬그머니 일어섰다.

"정신 온전한 사람으론 볼 수 없어. 사내 단속 잘못하구서 이런 식으로 분풀이 하는 거야? 기가 막혀."

하다가 나갈 때는 명희에게 공손히 인사하는 걸 잊지 않았다.

명희는 완전히 얼어 있었다. 선혜의 얼굴도 새파랗게 질려 있었다. 배설자가 마지막 던져놓고 간 말은 아무래도 되로 주고 말로 받은 꼴이었던 것이다.

"어떻게 된 일이에요."

"미안해."

"그런 말 듣자는 게 아니에요. 정말 험하네요."

"생각하고 싶지 않은 지난 일을 들춘 것이 되고 말았어. 속 상하고 기분 나쁘지?"

선혜는 풀이 팍 죽어 있었다. 버선목이라 뒤집어 보일 수도 없고, 그런 말 하고 싶은 표정이기도 했다.

"언니, 나 홍성숙이 땜에 이러는 거 아니에요."

그러나 선혜는 혼란이 수습되지 않은 채 말을 이었다.

"홍성숙이도 행실이 나빠서 한물갔고, 나이도 들었지만 음악계에서 밀려난 모양인데 그걸 데리고 사는 남편을 병신이라고들 하더구나."

"그런 얘기 듣고 싶지 않아요. 다 조용하 그 사람이 그렇게 만든 거 아니겠어요?"

"하긴 조용하한테 보기 좋게 당한 거지. 본시 부박경조(浮薄輕佻), 그런 여자였어."

"관두세요. 언니나 나나 남의 입질에 좀 올랐수? 우리는 그러지 말아요."

"그래 네 말이 맞다. 어쨌거나 배설자의 경우는 너의 집에

136

드나들어서는 안 돼. 고래 심줄같이 질긴 계집이야."

"내가 뭐 어린애유."

"몇 사람이 당했는데?"

"도무지 영문을 모르겠수."

"너는 어떻게 된 거니? 배설자하고 어떻게 알게 됐지? 금전 거래는 없었고?"

되묻는다.

"유치원 보모들한테 무용을 좀 가르쳤어요. 두 번인가 세 번인가 만났는데, 금전 거래 같은 것도 없었구요."

"천만다행이다. 접근 방법치고는 제법 그럴 듯했구나."

"그 여자의 애기, 언니의 애기는 또 뭐예요?"

"이런 경우를 두고 날벼락이라 하는 거야."

"······."

"배설자를 알게 된 것은 삼 년 전인가 그렇게 될 거야. 어떻게 알았는고 하니, 유인경일 알지?"

"인실이 언니 아니에요?"

"그래, 그 애가 내 여학교 동창이거든. 그 애네 집엘 갔더니 배설자가 있더구나. 이웃에 산다나? 인경의 시부모가 다 돌아가시고 집 안이 적적하니까 드나들었던 모양이야. 인경의 말이 배설자의 양친은 중국에서 독립운동을 하다가 죽었고 배설자는 다롄[大連]에서 백계(白系) 러시아인한테서 발레를 배웠다는 거야. 한때는 최승희(崔承喜)의 제자였었다나? 그러니 소

위 다이렌 가에리[大連歸り, 다롄서 오다]지. 다롄서 온 것만은 사
실인 모양인데 나머지는 거반 거짓이고 인경이 고지식한 데다
남의 말 믿는 데 뭐 있는 애니까 깜박 속은 거야. 나 역시 속
은 거지. 목적을 달성하기까지 배설자는 그야말로 입 안의 혀
같이 굴어. 인상이 안 좋다, 안 좋다, 생각하면서도 끌려들어
가는 거야. 무용 발표회를 갖겠다 해서 내가 적잖은 돈을 대
주었다. 그 방면의 일을 잘 아는 권선생한테 내가 부탁도 하
구, 권선생은 쓸데없는 짓 한다고 타박을 주었지만 부모가 독
립운동하다 죽었다는 말에 마음이 약해진 거지. 그랬는데 어
느 날 권선생이 집에 돌아와서는 화를 내는 거야. 강선혜도
별 볼 일 없는 여자라 하면서. 왜 그러느냐 했더니 이 맹추야
앞으론 그 낮도깨비 같은 계집 일체 상대하지 말라 그러질 않
겠어? 또 왜 그러느냐 하고 물었지만 이유는 말하지 않더란
말이야. 한데 권선생 후배가 와서 귀띔을 해주더군. 배설자가
권선생을 유혹하려다 혼났다구, 만일 그 유혹에 넘어갔더라
면 형님 뼈도 못 추렸을 거라 하며 웃더군."

"정말 무섭네요."

"한데 아까 말하는 것 보아. 너도 들었지? 사내 단속 잘못
하구서 분풀이한다구."

"전 속으로 깜짝 놀랐어요."

"그 말 들었을 때 정말 기 넘어가겠더군. 그런 일이 있은 후
배설자는 앉은 자리 선 자리 가는 곳마다 권선생은 물론 나를

138

헐뜯는다는 거야."

"누가 믿겠어요."

"안 믿으면서도 그런 일이 있었다는구나 하는 게 인심이거든. 권선생이 바람쟁이가 된 거지. 운수가 나빴던 거야. 아니 마누라를 잘못 만난 거야. 아무튼 한번 붙었다 하면 찰거머리같이 떨어지질 않는다는구나. 인경이도 혼났지."

"어째 그런 일이 통할까. 한두 번이면 몰라도."

"통하니까 그런 것들도 생존하는 거야. 어디서, 누굴 구워삶았는지 무용강습소도 차렸다 하고 요지경이야."

유인배가 한 말은 대체로 정확한 편이었다. 실은 바이올리니스트를 꿈꾸다가 경음악으로 빠져버린 유인배는 유인경의 육촌동생뻘이었다. 다른 점이 있다면 배용자는 상해에서 무용을 배웠다 했고 배설자는 다롄서 배웠다는 것이다.

해거름에 선혜는 돌아갔다. 가면서,

"하여간 오늘은 재수 없는 날이야. 혈압만 올려놓고 간다."

이튿날 아침나절.

"아주머니."

하고 부르면서 양현이가 왔다.

"웬일이니? 이따 갈 텐데."

명희는 양현을 반기면서 물었다.

"맡겨놓은 블라우스 찾으러 가는 길이에요."

양현은 환하게 웃으며 말했다. 명희가 이따 갈 텐데 하고 말한 것은 환국의 아들 돌잔치에 간다는 얘기다. 환국의 집에서는 오늘 첫아들 재영(在永)의 돌잔치를 한다. 모란유치원에서 오륙 분쯤 걸어올라가면 환국이 사는 집이 있었다. 정원이 넓고 칸수도 많은 한옥이었다. 가족은 젊은 내외와 아들, 양현이와 일하는 사람들이었다. 그러나 길상이 서울에 머무는 일이 많아졌으며 서희도 서울 출입이 잦았다. 돌잔치에는 친가와 처가의 부모들과 서울서 학교 다닐 때 환국이를 맡았던 임명빈 부부 그리고 명희가 초대된 것이다.

"양현아 올라와. 차 한잔 안 마시겠니?"

"네."

양현은 마루로 성큼 올라섰다. 눈부시게 아름다운 모습이었다. 명희는 그런 양현에게서 가끔 이상현의 자취를 더듬고 있는 자신을 발견하게 된다. 어떤 때는 본정통에서 이상현과 함께 있던 기생 기화의 모습을 보기도 한다. 조용하와 비교적 원만했던 시절, 명희는 양현을 양녀로 간절하게 소망하여 진주까지 내려갔었다. 그러나 서희는 양현을 내놓으려 하지 않았던 것이다. 그 양현이가 눈부신 처녀로 성장하여 여의전(女醫專)의 학생으로 명희 가까운 곳에 살고 있다는 것은 큰 위안이었다. 차를 마시면서,

"그 양재점, 옷 잘 만드니?"

"잘해요. 일본서 양재학원을 나왔다나 봐요."

"나도 거기다 옷 맡길까?"

"그러세요. 솜씨도 좋지만 참 좋은 분이에요."

"네 눈에야 모든 사람이 다 좋은 분이지."

"어머, 철이 없다 그 말씀이에요?"

"그럴 리가 있나. 좀 있으면 의사 선생님 될 건데."

"또 놀리시네요. 아직, 아직 멀었어요."

"네, 아씨 이제 안 놀릴게요."

"몰라요."

"나도 함께 갈까?"

"어디루요."

"양재점."

"그래요. 든든한 부자 단골 하나 생겨서 그 언니 좋겠다."

"친하니?"

"네 친해요. 우수에 젖은 얼굴에 왠지 마음이 끌려요."

"샘나는데?"

"그러지 마세요. 참 안됐어요."

"왜?"

"혼자니까요."

"나도 혼잔데."

"아주머니는 나이 드셨잖아요. 그 언닌 아직 젊은데."

"그럼 시집가지."

"시집은 갔었다나 봐요."

"그럼 어째 혼자래?"

"죽었대요."

"음."

"한데 아주머니 저 내일 시골로 가요."

"아버님 어머님 다 올라와 계시니까 안 간다 했잖아."

"아버지가 내려가래요."

"왜 무슨 일이 있니."

"왜 그러시는지 모르겠어요. 큰오빠도 함께 가요."

"윤국이는 서울 안 왔잖아."

"바로 시골로 갔어요."

"하긴 방학 아니면 못 가는데 양현이 너도 큰집에 가봐야
할 거다."

"알아요."

하는데 얼굴에 그늘이 진다. 아버지도 없는 큰집, 아버지 얼
굴도 본 적이 없는 큰집, 두 오빠가 잘해주지만 환국이 윤국
이보다는 서먹하고 큰어머니는 더욱더 서먹하고.

"가기는 가야 하는 거예요. 섬진강을 보아야 하니까요."

양현은 눈을 내리깔았다. 왜 섬진강을 보아야 한다고 표현
하는 걸까. 명희는 생각한다. 섬진강에 투신하여 죽은 어머니
때문이라면 양현의 섬진강에 대한 감정은 무슨 빛깔일까. 강
물에 대한 원망일까 아니면 어미 넋을 불러보려는 애절한 마
음일까. 그는 분명히 어미를 기억하고 있을 것이다. 전혀 그
늘 없이 서희는 양현을 키웠고 또 양현은 그렇게 커주었다.

함에도 명희는 가끔 양현의 안개와 같은 비애의 또 다른 분신을 느끼게 된다. 양현은 서희를 한없이 사랑하면서도 보이지 않는 일면이 있었고 그 일면이 명희 앞에서는 언뜻 지나갈 때가 있었다.

"자아 가세요. 양현아씨."

멀지 않은 곳에 양재점이 있었기 때문에 명희는 입은 옷에 머리만 매만지고 나섰다. 거리는 호젓했다. 물을 뿌려놓은 길 위에 햇빛이 부서지고 있었다.

"아주머니."

"음."

"의과 잘못 택한 것 아닌가 하는 생각이 들 때가 있어요."

양현이 왜 그런 말을 하는지 명희는 충분히 알 수 있었다. 장다리의 연한 줄기같이 섬약하고 눈이 맑은 양현의 입에서 그런 말이 나오지 않았다면 오히려 이상했을 것이다.

"너무나 삭막해요. 사람을 부분으로 갈라놓고 생물로…… 물체로 들여다보고 있는 저 자신이, 더럭 겁이 날 때가 있어요. 과연 내가 사람일까 의심이 들고, 차라리 보육학교에나 갈 것을, 후회스럽고, 졸업하면 모란유치원에서 아주머니랑 함께 일할 수도 있을 텐데."

"……"

"사람의 병을 고쳐주고 죽어가는 사람을 살려주고 박애 정신으로 인생을 산다는 것이 저의 꿈이었고 지성적인 그런 여성을 선망했는데 막상 학교에 들어오고 보니 하루하루가 사막을 걷는 것 같은 기분이에요."

"실제 우리는 사막을 걷고 있는 거야. 매일, 매일."

"그럼 사막을 걷기 위해 사람은 사는 걸까요."

"너에게 그 대답을 하기엔 내가 너무 어리석고 모자라게 살아온 것 같다."

"그런 말씀을."

"얘기는 다르지만 어떤 사람이 한 말인데, 사람에게 가장 강한 거는 생존본능이라는 거야. 그건 누구나 다 아는 얘기지. 그러나 때에 따라서 그보다 강한 것은 생명에 대한 연민이래. 말하자면 어머니의 사랑은 그 생명에 대한 크나큰 연민이라는 거야. 불교에서 말하는 대자대비, 그런 거겠지. 가령 물에 빠진 사람을 건지려고 뛰어들었다가 함께 죽는 경우, 기차가 달려오는 철길에서 노는 아이를 구하려고 뛰어들었다가 치여 죽는 경우, 흔한 일은 아니지만 그건 생명에 대한 연민이 자기 생존의 본능을 앞지른 것 아니겠니? 벌레 한 마리 죽이지 못하는 심약한 사람은 의학을 공부하기에 적합하지 않다고 생각들 하지. 그러나 실은 그렇지가 않다는 거야. 냉정하고 결단력과 기술이 의사의 첫째 조건이지만 사람이 물체가 아닌 생명인 이상 이성의 토대는 생명에 대한 연민이라야, 그래서 의학을 인술(仁術)이라 하는 것 아니겠느냐, 아무리 심약한 사람도 그 생명에 대한 연민이 크면 얼마든지 냉정해질 수 있고 결단하는 용기도 생기고 기술의 깊이에 들어갈 수 있다는 거야. 그 말에 비추어본다면 사막을 걷는 인내와 용기도 절로 생기는 거 아닐까? 내 생각에는 인술이야말로 양현이같이 무구한 마음이 가야 할 길인 것 같다."

"저, 저는 그렇지가 못해요. 아주머니께서 과대평가하시는 거예요."

"그러면 출세하고 돈 벌고 그게 목적이었니?"

"그거는 아니지만."

"하긴 너 나이에 무슨 확신이 있겠니. 너보다 배는 더 산 내게도 확신이 없는데."

명희는 쾌활하게 웃는다.

"벌써 다 왔네."

쇼윈도에는 감색 원피스를 입은 마네킹이 있었다. 아동복도 내걸려 있었다. 혜화 양재점, 두 사람은 문을 밀고 들어간다. 양현이 또래의 여자가 재단대 앞에 앉아서 홈질을 하고 있었다.

"어머! 양현이 학생."

반색을 했다.

"선생님 양현이 학생 왔어요."

양재점 뒤편에 살림방이 있는 모양이다. 쪽문을 열고 강혜숙이 나왔다. 동경 간다[神田] 부근에 있는 병원에서 부들부들 떨며 얼굴이 새파랗게 질려 있던 그 소녀, 소녀의 모습은 간

곳 없었다. 세월이 흘러갔는데 모습인들 어찌 머물 것인가. 강혜숙의 얼굴에는 가을빛이 깃들어 있었다. 쓸쓸해 보였다.

"일찍 왔네."

미소 짓던 혜숙은 명희를 보자 멈칫했다. 인사를 나눈 적은 없었지만 양재점 앞길을 오가던 명희 모습은 눈에 익었고 모란유치원의 원장인 것도 알고 있었다.

"언니, 우리 아주머니세요."

자랑스럽게 양현이 말했다.

"앞으로 아주머니께서 옷도 맞출 거예요."

다시 못을 박듯 말했다. 명희는 슬그머니 웃었다. 그리고 서로 인사를 나누는데 손님을 대하는 양재점 주인 같지 않은 혜숙과, 유치원 원장의 티도 없고 옷 맞추러 온 손님의 본새 도 아닌 명희는 서로 엇비슷하게 얼떨떨해한다. 나이의 차이 는 많았으나 두 여자에게는 다 같이 다부진 구석이라곤 도무 지 없었다.

"양현이 성화 땜에 옷 하나 맞춰야겠는데 뭘 할까……."

걸려 있는 옷감을 만져보다가 좀 망설인다.

"요즘 전시라 쓸 만한 감이 없습니다."

혜숙이 조심스럽게 말했다. 명희는 회색 혼방 서지를 가리 키며,

"이걸로 하지요."

"투피스로 하시겠습니까."

"그러지요."

해서 치수를 재고 혜숙은 스타일북을 내놓으며 어떤 형을 하겠느냐 하고 물었다.

"그냥 기본으로 해주세요."

두 사람이 양재점을 나서려 했을 때 양현이 당황하며 돌아섰다.

"참 언니 내 옷은요."

"아, 그래 깜박했구나."

모두들 웃었다. 혜숙은 진열장에서 포장한 것을 두 개 꺼내었다.

"입어보겠니?"

"아니요, 그냥 가져갈래."

"그리고 이것은 재영이 옷이다. 오늘이 돌이지?"

"언니도 참, 재영인 옷이 많은데 뭣 하러 이런 수골 했어요? 오빠 걱정 들을려구."

"그냥 지나기가 섭섭해서 그래. 최선생님도 안녕하시고?"

"네."

양재점을 나와서 한참 가다가,

"집안끼리 아는 사이니?"

명희는 다소 의아해하는 표정으로 물었다.

"네."

"단순한 친분 같지는 않은데?"

"큰오빠가 동경 있을 때 절친하게 지낸 친구의 미망인이래요."

"음."

비로소 납득이 된 얼굴이다.

"지금 가게도 오빠가 물색해주었구요. 새언니랑 저에게도 오빤 엄명을 내렸어요. 다른 데 가서 옷 해 입으면 안 된다구 말예요. 새언닌 우리 옷을 주로 입으니까 양재점엔 잘 안 가지만."

양현은 혜숙을 미망인으로 믿고 있었다. 하기는 혜숙에게 송영광은 죽은 거와 다를 게 없었다.

모란유치원 앞에서,

"양현이는 먼저 가아. 효자동언니가 오시면 함께 갈게."

명희하고 헤어진 양현이 집 가까이 갔을 때 초로의 신사 두 사람이 대문 앞에 서 있었다.

"양현이 아니냐."

말한 사람은 임명빈이었다. 본래 두상이 컸고 몸집도 큰 편인데 살이 빠져서 그런지 늙은 탓인지 사람이 영 헐거워진 것처럼 보였다. 깨끗한 양복을 차려입었는데도 어딘지 모르게 궁색하고 초조해 있는 낯빛이다. 여러 가지 일로 심간이 편치 못하여 그런 것 같다.

"안녕하세요, 교장 선생님."

양현은 절을 했다.

임명빈 옆에 서 있는 사람은 키가 작았다. 별명이 대추씨였
던 서의돈이었다. 반소매 노타이셔츠를 입고 접은 합죽선을
들고 있었다. 일본을, 중국을 방랑했으며 짧지 않은 기간 옥
고를 견디기도 했고, 그러나 의외로 그는 단단해 보였다. 다
만 돋아나기 시작한 턱수염과 머리칼이 희끗희끗하여 늙음에
는 그도 예외가 아닌 것을 말해준다. 서의돈은 어둡고 가라앉
은 눈빛으로 양현을 쳐다보고 있었다. 만나기로는 처음이지
만 말을 들어서 이미 알고 있는 아이, 기화의 딸이자 이상현
이 아비인 아이, 기화의 면모가 역력했으며 눈부신 아름다움
으로 생장한 양현을 보고 어찌 감회가 없고 회한이 없을 것인
가. 화류계에 몸담은 여자였지만 아편쟁이로 전락했고 섬진
강에 투신하여 생을 마친 기화의 비극이 잘났다는 사내들 풍
류가 빚은 것이라면 기화를 사랑했고 사랑하다가 버린 서의
돈의 가슴인들 애상에 젖지 않을 수 없었을 것이다.

행랑아범 손서방이 문을 열었다.

"어서 드십시오."

그러나 임명빈은 멈춘 채,

"공부하기 어렵지?"

하고 양현에게 물었다.

"네, 어렵습니다."

"의사 되기가 쉬운 일 아니다. 열심히 해야 돼."

"네."

"참 양현아 인사드려라. 아버님하고 각별한 분이시다."

이 경우 아버님이란 물론 길상을 두고 한 말이었다. 양현은
서의돈에게 깊이 머리 숙여 절을 했고 서의돈은 무겁게 고개
를 끄덕였다. 그리고 그들은 사랑으로 안내되어 갔으며 양현
은 서희가 있는 안방으로 갔다.

"어머니 다녀왔습니다."

"음."

서희는 단정한 모습으로 보료 위에 앉아 있다. 환국의 처
덕희(德姬)는 시어머니와 마주 보고 앉아 얘기를 하고 있었던
모양이다.

"옷이 맘에 들더냐?"

웃는 모습으로 양현을 건너다보며 서희는 물었다.

"아직 안 입어봤습니다."

모든 사람에게, 아들 형제에 대해서조차 절도를 잃지 않는
서희였으나 양현에 대해서만은 그 자상함이 각별했다. 언젠
가 서희는 양현을 보고 말했다. 너하고 나하고 전생의 무슨
인연이었을까 하고. 양현의 처지 때문에 다소 소홀히 대할 경
우 서희는 그가 누구이든 결코 용서치 않았다.

"아가씨는 뭘 입어도 어울립니다, 어머님."

덕희가 말했다. 시어머니의 뜻을 받들어 한 말이었으나 내
심으론 반드시 그렇지도 않았다. 깍듯하게 양현을 시누이 대
접하는 것이 덕희 자존심을 상하게 했고 핏줄도 아닌 군식구

아니냐는 반발심도 있었다. 물론 그것은 모두 시샘이었다. 덕희는 깔끔하고 기품은 있었으나 남의 눈을 끌 만큼의 미모는 아니었다.

"새언니도 양장하면 좋을 텐데."

"저는 다리 모양이 숭해서요."

"참 또 잊을 뻔했네. 새언니 이거."

양현은 재영의 옷이 든 꾸러미를 내밀었다.

"이거 뭡니까?"

"돌선물이에요. 양재점 언니가 주셨는데 재영이 옷이래요."

덕희는 떨떠름해하는 표정이다.

"그냥 지나기가 섭섭해서 그런다고 했어요."

"초대도 안 했는데 이런 걸…… 받기 민망하네요."

민망하다는 어투에는 미안하다는 뜻보다 곤란하다는 감정이 강하게 풍겼다.

서희는 말없이, 다른 생각을 하는 듯 바라만 보고 있었다. 영광이와 관련이 있는 양재점 여자는 서희도 들어서 이미 알고 있었다. 송관수의 권속이라면, 권속이라야 조선에는 영광이 혼자였지만 그에게 무관심할 수 없는 것이 길상을 비롯하여 서희나 환국의 입장이다. 길상에게는 영광을 돌보아줄 의무가 있었고 송관수하고 약속한 바도 있었다. 송영광과 동거했던 여자, 의당 결혼했어야 했던 강혜숙에 대해서도 그 같은 맥락에서 그 존재를 인식한 것이다. 환국의 경우, 아버지의 의무를 대행한다 할 수도 있었다. 애초 영광을 찾은 것이며 접근한 것부터가 아버지 분부에 따른 것이었으니까. 그러나 지금은 그것만은 아니다. 그들의 사정을 누구보다 잘 알고 있는 환국은 그들 상처에 깊이 동정했고 철저하게 모든 것, 희망을 잃은 혜숙에게 인간적인 연민을 가진 것을 부인 못한다. 그러저러한 내막을 덕희나 양현에게 설명할 수도, 설명해서도 안 되는 일이었기 때문에 친구의 미망인으로 어물쩍거렸던 것이 이들 두 여자에게 기정사실로 되어버린 것이다.

서희는 혜숙에 대하여 덕희의 마음이 편치 않은 것을 알고 있지만 환국의 슬기로움과 깨끗한 천성을 믿었다. 덕희 역시 남편의 그런 면을 믿고 있으리란 생각이었고 미묘한 갈등도 시일이 지나면 해소될 것이며 섣불리 충고 따위를 한다면 그것은 환국의 인격을 모욕하는 것이니 일체 관여하지 않는 것이 현명하다고 서희는 판단하고 있었다. 양현에 대한 덕희의 시샘도 서희는 느끼고 있었다. 그러나 덕희 심사를 헤아려서 여태까지의 애정 표시나 습관, 그 밖의 것을 조절할 생각은 없었다. 덕희가 황태수의 막내딸로 귀엽게 응석받이로 자랐기 때문에 애정을 독점하려는 성향이 강하기는 하나 본성이 착하고 교양이 있으니까 상식 밖의 행동은 안 할 것이며 만일에 양현을 격하(格下)한다면 오히려 갈등이 커질 것으로 서희는 생각했다. 양현의 심리가 위축되어 가족들 마음을 어둡게 할 것이며 덕희는 교만해져서 집안의 수평이 무너질 것이다.

또 그것을 길상은 물론 환국이나 윤국이 바라지 않을 것이니 덕희를 위해서도 적절한 처방이 못 된다. 결국 덕희 쪽에서 집안 분위기에 따라줄 수밖에 없다. 서희의 그 같은 세밀한 생각은 그러나 양현을 보호하고 사랑하는 마음에서 비롯된 것은 사실이다.

"임선생댁에 들렀었니?"

서희가 물었다.

"네. 함께 양재점에 갔었습니다. 아주머니도 양복 한 벌 맞췄어요."

"그럼 함께 오지 않고서."

"효자동사모님을 기다렸다가 함께 오시겠다 하셨습니다. 방금 임교장님 오셨으니까."

"사랑에 드셨느냐?"

"네."

집 안은 조용했다. 아주 조용했다. 돌상은 일찌감치 차렸고 우는 아이를 달래어가며 돌사진도 찍었으며 아이는 유모가 데려가서 잠을 재우는 모양이었다. 사랑손님이 서너 명, 안방의 안손님이 서너 명, 그들의 점심상만 차려서 내면 되게 돼 있었다.

돌잔치를 차린 혜화동의 이 가옥은 진작부터 서희가 마련해두었던 것이다. 이재(理財)에 밝은 서희가 근화방직의 주(株)를 상당히 가지고 있어서 서울 출입이 잦은 탓도 있었지만 장차 아들 형제가 서울서 운신하게 될 것을 고려하여 근거지로 장만했던 것이다. 처음에는 행랑아범을 두어 집을 관리하게 했으나 환국이 일본서 돌아와 사립중학의 미술 교사로 취직이 되면서부터 살림 규모가 잡히기 시작했는데 결혼 후에는 덕희가 친정에서 유모와 심부름 아이를 데리고 왔고 양현이 여의전에 입학하여 합류하게 된 것이다. 꽤 넓은 사랑은 연못이 있는 후원에 있었다. 몸채 안방은 서희가 서울 오면 사용했고 건넌방과 그 방에 잇달린 또 하나의 방은 덕희가 거처했으며 몸채에서 ㄱ자로 꺾인 곳의 방은 유모가 아이를 데리고 있었다. 그 옆이 양현의 방이었다. 행랑채는 행랑아범의 부부가, 찬방 옆의 널찍한 방은 찬모와 심부름 아이가 함께 쓰고 있었다. 그러니까 규모가 큰 집이었고 식솔도 적은 편은 아니었다.

사랑에는 벌써 술상이 들어갔다. 안방에도 점심상이 들어갔다. 덕희 친정어머니는 불가피한 일이 있어 못 온다는 전갈이 있어서 서희, 명희, 명희의 올케 백씨 그리고 덕희와 양현이 교자상 앞에 앉았다.

"임교장댁하고 우리 최씨 집안의 인연도 이십 년이 훨씬 넘었나 봅니다."

음식 들기를 권하면서 서희가 한 말이었다.

"삼십 년이 가까워지지요. 3·1운동 훨씬 이전이니까요."

국을 뜨다 말고 백씨는 들뜬 음성으로 말했다.

"그렇군요. 우리가 조선으로 나온 뒤 3·1운동이 일어났으니까. 세월도 빠르고 생각해보면 돌아가신 임역관께서 공노인에게 협조를 아니하셨던들 어찌 오늘이 있었겠습니까. 고마운 마음은 항상 있었지만 저희들이 너무 한 일이 없었습니다."

"천만의 말씀을, 그동안 입은 은덕이 얼만데 그러십니까."

"아니지요. 여러 가지 고초를 겪다 보니, 미치지 못한 점이 많았습니다. 재영애비가 서울서 오 년간 공부하는 동안에도 임교장의 보살핌, 훈도가 없었다면 오늘 저와 같이 심지 깊은 사람으로 자랐겠습니까. 더구나 그때는 재영할아버지가 옥고를 치를 때였고 오며 가며 걱정도 많이 끼쳤습니다."

능란한 거야 옛적부터지만 서희는 많이 소탈해졌고 말도 전보다 많아진 것 같다.

"천부당한 말씀을, 환국이학생, 아 아니, 최선생이야말로 저의 자식들한테 큰 모범이 되었지요. 늘 부러웠습니다. 마음이 공평하고 인물은 관옥 같고 자식 잘 둔 것 이상으로 큰 복이 어디 있겠습니까."

백씨는 그저 황송해한다.

"임선생께도 그렇습니다. 어려웠을 때 도움이 되지 못했던 일이 늘 마음에 걸렸습니다. 한편 야속하기도 했구요. 글쎄, 진주에서 아니 먼 곳에 와 계시면서 오시기는커녕 서신 한 장 없었고 그럴 수 있습니까? 우리는 전혀 사정을 모르고 있었으니 말입니다."

명희는 입 안의 음식을 삼키며,

155

"부끄럽습니다. 그땐 세상 끝에 선 것같이 제정신이 아니었습니다. 그런 몰골을 하구서 아무도 만나고 싶지 않았습니다. 용서하십시오."

여유 있게 미소 지으며 말했다. 사람들은 흔히 나이가 가르친다는 말을 한다. 서희는 모가 깎이어 부드럽고 포근했으나 역시 노회와 술수의 흔적이 있었고 명희는 여기저기 흐트러진 신경의 부스러기들을 모아 뭉쳐놨는지 의젓하고 제법 관록이 있어 보였다. 나이가 가르친 것일까. 늙는다는 것은 뻔뻔스러워지는 것인지 모른다. 젊었을 그 시절, 조용하의 초대를 받아 서희가 그 집에서 저녁을 함께했을 적에 두 여인의 아름다움은 실로 백중지세였었다. 서희에게는 아직 서릿발 같은 성깔이 남아 있었고 명희에게는 청초함이 남아 있었지만 마흔여덟과 마흔여섯의 나이가 되어 영롱한 두 젊음 앞에 그 잔영을 드러내놓고 있는 것이다. 늙음은 이들에게 한층 잔혹한 것 같고 인생무상을 절감케 한다.

안방에서 다분히 격식적인 대화가 오고 가는데 사랑에서는 길상과 서의돈 임명빈이 술잔을 기울이며 얘기를 하고 있었다. 소싯적부터 술에 약한 임명빈은 벌써 얼굴이 벌겋게 돼 있었다.

"어디 가셨다는 얘길 들었습니다만."

길상의 말에 서의돈이,

"한동안 대구에 가 있었지요."

"잔치랄 것도 없고 실은 마음이 울적하여 술이나 마시자고, 임교장을 오시라 했는데 마침 서형께서 계시다 하기에, 건강은 어떠신지요."

"늙은 것 이외 별 탈은 없는 것 같소. 앞으로 잡혀가고 어쩌고 하면 그럭저럭 한세상 끝날 거요."

"잡혀갈 때는 가더라도 미리 작정할 필요는 없고 오늘은 오늘 일만 생각합시다. 자 술 드시오."

"그럼 그럼 오늘 생각만도 벅찬데 앞날까지, 그랬다가는 머리가 돌아버릴 거요."

임명빈의 말이었다.

"울적하다 했는데 무슨 일 있습니까?"

서의돈이 물었다.

"친구가 세상을 떴다는 기별을 받았는데 영 마음이 안 잡히는군요. 고생만 죽도록 하고, 내가 죄인이오. 살아 있는 것만으로도 죄인인 것 같소."

길상의 표정은 비통했다. 좀처럼 그런 면을 보이지 않는 길상이었기에 임명빈은 긴장했고 서의돈은 생각을 굴린다. 임명빈은 몰라도 서의돈은 송관수를 몇 번 만났을 것으로 길상은 기억한다. 그러나 죽은 사람이 송관수라는 것은 입 밖에 내지 않는다.

'일하는 사람이 죽었군.'

서의돈은 짐작한다.

"자네 신수가 어째 그 모양인가?"

별안간 서의돈은 화제를 확 꺾었다. 임명빈은 움찔하고 놀란다.

"근심 걱정 없을 건데 늙기는 남 먼저 늙는구먼."

"근심 걱정이 어째 없겠나."

"조용하의 엄청난 유산이 굴러들어왔는데 무슨 근심이 있을꼬? 자식도 없는 누이 그 돈이 어디 가겠나. 허 참 내게도 미인 누이가 하나 있었더라면 동가식서가숙은 아니했을 터인데."

"밥도 단밥이 있고 쓴 밥이 있다네. 번연히 사정을 알면서 쑤시기는 왜 쑤시나."

임명빈은 한숨을 내쉬었다.

"버릴 용기도 줏을 욕심도 없는 위인 같으니라구, 그따위로 노니까 죽도 밥도 아닌 게야."

"죽도 밥도 아니지. 하니 세상에 나와 무엇을 했겠나. 나 같은 무능한 인간이야말로 형무소에 들어가서 푹 썩어야 한다구."

"무능하기야 했지. 그러나 형무소는 무능한 작자들이 가는 곳 아니야. 도둑놈도 능력이 있어야, 안 그런가?"

보통 약을 올리는 게 아니다.

"접시 물에 빠져 죽어야겠군."

"딱해서 그런다. 나 같으면 그따위 공돈, 맨날 기생집에 다니겠다."

"돈도 돈 나름, 내가 무슨 권리로."

전에도 술자리에선, 더구나 입정 사나운 서의돈이 끼어들 때는 늘 그래온 풍경이었지만 길상은 오늘따라 왠지 언짢은 기분이 들었다. 화제를 돌려보려 했으나 입이 떨어지지 않았다. 길상의 마음은 한없이 가라앉기만 하는 것이었다.

'저래도 서의돈이 옛날에 비하면 아주 점잖아진 거지요. 젊었을 때는 개차반도 이만저만, 아는 게 많고 곧은 소릴 하니까 승복은 했지만 그 독설에 걸려들었다간 모두 묵사발이 되었지요.'

황태수의 말이 생각났다간 이내 사라진다. 술을 들이켠 임명빈은 입가를 손등으로 닦으며,

"무능인사에게도 좋은 게 하나 있지. 친일파 되라고 성가시게 구는 놈도 없고 숫제 끼워주지도 않아. 그곳 역시 유능인사들이 노니는 곳이거든."

"얼씨구, 늙은 곰이 재롱떠는구나."

"나는 옛날 옛적, 내 누이 시집보내면서 어느 개골창에다 자존심을 내동댕이쳤지."

"자알했다. 장한 일 했군그래."

"그래서 교장 노릇도 해보구 내 누이 몸값으로 남긴 재산, 그것으로 자식 공부…… 생활 다아 했지. 본시부터 이 무능 박재(薄才)는, 자네가 그랬던가? 곧잘 놀려먹지 않았나. 덕구 덕구 덩덕구, 덩더엉 덩덕구 하면서 말이야. 지하의 내 부친

임덕구 역관이 입 놀려서 얼마간 모은 재산 다 발가먹구, 누이가 없었다면 아마 다리 밑 신세 면하기 어려웠을 게야."

"알기는 아는군."

"알다마다."

"허허어 임교장 왜 이러시오? 벌써 취했소?"

길상이 겨우 말을 내밀었다.

"저게 요즘 저자의 십팔번이니 개의치 마시오. 입으로나마 발산을 해야 견디지."

하고 서의돈이 어울리지 않게 큰 소리를 내어 웃었다. 웃다가 덧붙여 말하기를,

"꼴 같지도 않게 죽어지내다 보니 저 꼴이 된 거요. 재물이 생기면 모두들 신수가 훤해지고 거드름을 부리기도 하는데 저 화상 보시오. 팍싹 늙지 않았소?"

"늙을 때도 됐지요. 서형하고 달라서 체구가 크니까 그래 뵈는 거지요. 술이나 듭시다. 그리고 잊어야지요. 우리 다 잊읍시다."

서의돈의 언동은 역설적인 위로라 할까 우정이라 할까, 어릴 적부터 앞뒷집에 살아서 늘 쥐어박고 쥐어박힌 습관 때문일까, 답답하고 딱해 뵈는 것도 사실이었고. 임명빈은 부친의 유산을 다 발가먹었다 했지만 방탕해서 가산을 날린 것은 아니었다. 게을러서 놀고먹었기 때문에 가산을 털어버린 것도 아니었다. 젊었을 때는 문학을 하네, 잡지를 하네 하며 동분

서주 돈도 적잖게 쏟아부었으나 허송세월이었고 교장직을 그만둔 뒤 기와공장을 하다가 실패했다. 무능 박재의 탓이 없는 것은 아니지만 불운하기도 했다. 그러나 그 불운을 헤치고 나가려고 누이를 조용하게 주었던 것은 아니었다. 어디까지나 명희의 자유의사에 의해 성립된 결혼이었다. 그럼에도 불구하고 명희가 불행해졌을 때 임명빈은 자기 강압에 못 이겨 결혼을 했을 것이란 착각에 빠졌으며 죄책감을 느끼게 되었다. 재산을 탐내어 누이를 주었다는 항간의 소문 역시 어느덧 명빈 자신의 생각이 되고 말았다. 그리하여 자신이 부끄러운 삶을 살았다는 생각에 사로잡히게 된 것이다. 명희가 유산으로 분배받은 재산을 관리하면서 한편 또 명희의 재산으로 살아갈 수밖에 없는 처지에 몰리면서 임명빈의 부끄럽다는 생각은 병적으로 발전하여 뭔가 불안하고 초조하며 안정할 수 없게 되었고 남들이 욕한다는 강박관념 피해망상으로까지 가게 된 것이다. 명희는 친정에 잘 가지 않았다. 명희를 보면 그 증세가 심해지기 때문이다. 오늘도 다소 그런 경향으로 나타난 것은 명희가 지금 이 집에 와 있었기 때문이다.

"용기가 없는 양심……. 오늘날 우리 조선인들, 특히 지식 분자들이 앓는 병 아닐까요?"

서의돈은 새삼스럽게, 또 전에 없이 신중한 태도로 말을 꺼내었다.

"아무것도 되는 일 없고 이룩하는 일도 없고 자기 자신만

갉아먹는 병, 사실 총독부에 폭탄 하나 던진다고 독립이 되겠소? 길가에서 독립만세 부른다 독립이 되겠어요? 그러나 그것은 용기 있는 양심이지요."

늘 이죽거리는 투로 말해왔으며 맨정신으로 얘기하는 일이 드문 서의돈이 정색을 하며 그것도 지극히 형식화된 상식적 얘기를 꺼낸 것은 의외였다.

"우리는 매사를 비극적으로만 받아들이려는 경향이 있는 것 같소. 독립운동이나 혁명운동도 비극적 색조를 깔아서 그 것으로 통합하려는 경향, 물론 우리 민족의 현실은 비극임에 틀림없고 국내에서는 싸운다는 것이 거의 불가능한 입지에서 그런 감정의 유도(誘導)가 화약이나 무기의 역할을 안 한다 할 수는 없겠지요. 그러나 지나치게 정서적 면만 부각이 되면 튀겨서 부푼 옥수수 같은 소영웅들의 목소리만 요란해지고 실질적으로 거둬들이는 실(實)은 보잘것이 없이 될 수도 있을 것이오. 쉽사리 비관주의에 빠질 수도 있고, 다른 한편으로는 용기 없는 양심 때문에 자기 자신만 갉아먹는 현상이 나타나게 되는데, 그게 비관주의의 주범이지요."

하다가 서의돈은 씩 웃었다. 그 웃음은 무엇을 의미하는지, 웃음 뒤에 나타난 것은 맨정신의 얼굴이 아니었다.

"저 두상 큰 사내도 행할 수 없는 양심을 안고 자기 자신을 평생 갉아먹고 온 그 좋은 예인데, 오십을 넘기고 육십이 다 가오는데도 어찌 감상의 허울을 못 벗는지 모르겠소."

서의돈은 허허 하고 웃었다. 머리만 상둥 잘라내어놓고 다음 말은 생략해버렸는지, 또다시 임명빈을 안주로 삼는다.

"마음대로 하라구. 내키는 대로 지껄여. 모두 사실이니까. 형무소 가기 전에 한껏 마시고 두들기고."

임명빈도 웃으며 말했다. 어쩌면 서의돈은 임명빈에 대한 처방법에 익숙해져 있었는지 모른다.

"저 두상 큰 사내뿐인 줄 아시오? 누이 명희도 마찬가지요. 오누이가 똑같소. 자기 자신을 갉아먹으며 사는 사고방식이."

어릴 적부터 이웃에 살았기에 서의돈은 아직도 명희 이름을 그냥 불렀다.

"김형 안주가 모자라는 것 같소. 원래 짜게 먹는 서가(徐哥) 입맛을 내가 알거든. 소금으로 아예 절여놓든지 해야지."

임명빈 말에 모두 웃었다. 그러고 보니 서의돈은 울적해 있는 길상의 기분도 고려하여 지껄인 것 같기도 했다. 또 어쩌면 양현을 만나 소위 정서적으로 기운 자신을 다스리려 했는지도 모른다.

"그는 그렇고 어찌 여태 안 오나?"

서의돈이 시계를 들여다보며 말했다.

"좀 늦을 거란 전갈은 받았소."

길상의 말에,

"황태수의 행차가 그리 쉬운 것은 아니지."

임명빈이 말하자,

"뭐가 안 쉬워? 친일파가 이런 자리에 불려 온 것만도 영광인데, 옛날 옛적 개골창에다 자존심을 내동댕이쳤다 하기는 하더라만 제발 기지는 말어. 제발 명희한테도 기지는 말어. 이 화상아."

타박이다.

"아무리 그래 봐야 열 손가락으로 물 튀기는 꼴이지. 황태수 아니면 서의돈이 동가식서가숙도 못할걸? 집구석에 엉덩이 붙이고 굶어 죽었지."

오래간만에 임명빈은 반격을 했다.

"야, 이 임가야, 거지는 형무소에도 못 가아. 나 정도 사기꾼이라야. 내 이르노니 얻어먹더라도 등뼈는 꼿꼿이 세워야 하느니라. 약은 황태수가 어찌 양다리 걸치는가. 좀 더 약기 때문에 양다리 걸치는 게야. 김형 안 그렇소. 김형하고 사돈 맺은 그 계산속 내가 모를까 봐서? 김형도 마찬가지, 그렇지요?"

"상상에 맡기지요. 허나 양가 젊은 사람들이 정략을 수긍했을까요?"

"알쏭달쏭이네. 술 드시오."

서의돈은 길상의 술잔에 술을 부었다.

"김형, 정신 차려야 하오. 한번 문 열어놓으면 심장까지 파먹으려는 위인이니. 독사의 환생인지 저놈의 입에 걸렸다가는 피 보게 마련, 소싯적부터 전후좌우 구별 없이 마구 뚜딜기는 것이 특기요. 집에서는 날갯짓도 못하는 햇병아리같이 지지리 궁상인데, 밖에만 나왔다 하면."

하는데 밖에서,

"아버님."

환국이가 불렀다.

"장인께서 오셨습니다."

길상이 일어서서 마루로 나갔다.

"어서 오시오."

"이거 늦어서 미안합니다."

방문이 열려진 방에서 머리를 드러내 보인 서의돈,

"거 환국이 자네 손 좀 봐야 알겠나?"

삐딱하게 말했다. 환국은 얼른 마루로 올라와 절을 한다.

"엄연히 우리는 손님이고 저기 저 늙은 여우는 자네 빙부에 틀림없으렷다!"

"네."

"하면은 손님 대접이 어찌 이러한가. 빙부는 모시러 가면서 손님은 제 발로 걸어오게 해?"

"광증 또 쏟는군그래."

황태수는 방으로 들어오며 말했다.

"그런 게 아니옵고 볼일이 있어 밖에 나갔다가 집 앞에서 우연히."

환국은 고지식하게 해명한다.

길상은 환국이하고 마룻가에 서서 무슨 일인지 얘기를 하고 있었다. 부골스럽게 늙은 황태수는 미소를 머금으며 방 안으로 들어갔다.

"오래간만이다. 그간 별일 없었지?"

임명빈에게 물었다.

"그럼, 무슨 일이 있겠나. 괜찮아."

자리에 앉은 황태수는 잔기침을 하다가 서의돈 쪽으로 몸을 기울였다.

"자네 옛사랑 생각이 나서 좀 흥분한 것 같네그려."

목소리를 낮추어서 말했다.

"뭐라구? 흥! 거울이나 들여다보고 나서 그딴 소리 해라."

말로는 그랬으나 평소의 그답지 않게 서의돈은 당황한다.

"사돈 앞에서 내 체면 깎는 말만 했다 봐라, 내가 가만히 있나. 홀랑 벗겨버릴 거야."

"뭐 어쩌고 어째?"

"기화 딸내미 보고 싶지 않아? 보고 싶지."

"보았어."

"아까 대문 앞에서 마주쳤거든."

임명빈이 실실 웃으며 말했다.

"가슴이 철렁했겠구나. 아니면 회한의 눈물이라도 찔끔 나던가?"

서의돈은 술잔을 들었다. 술을 마시고 안주를 집으며,

"어리석은 위인 같으니라구."

하는데 표정이 일그러졌다. 그러나 잠시였다.

"기화를 쏙 빼닮았지?"

목을 죄듯 황태수는 늦추지 않는다.

"그만두게. 아린 가슴에 소금 뿌리는 것."

역성을 드는 척하면서도 황태수에게 합세하여 임명빈이 말했다. 서의돈은,

"내가 지랄발광 네굽질하면 어떡할 테야."

하고 배짱으로 나왔다.

"곤란해질걸?"

"여기가 어디메냐?"

"어디긴? 혜화동 사돈댁이지."

서의돈은 낄낄 웃었다.

"맹세하겠나?"

"뭘 맹세해?"

황태수는 어리둥절한다.

"발설하는 일 말이야."

"뭐!"

"만일에 발설을 아니한다면 내 앞에서 물구나무 서겠다고 맹세해라."

"이크! 내가 또 당하는구나."

황태수는 손바닥으로 자기 이마를 탁 쳤다. 서의돈은 의기양양했고 황태수는 낭패한 얼굴이다.

최씨 집안에서 금지옥엽으로 기른 양현이다. 생모인 기화를 들먹이는 것도 뭣한데 서의돈과 이러저러한 관계였었다는 과거지사를 얘기한다는 것은 사돈댁에 대한 예의가 아닐뿐더러 그것은 모욕적 언동으로 보아야 한다. 해서 서의돈은 황태수의 그 점을 노려 반격을 했던 것이다.

"영악하고 교활한 푼수가 그대로군. 변하지 않았어."

"본성이 변할 때는 죽는 법이야. 죽으려고 환장했다는 말도 못 들어봤나?"

"그래, 그래, 서의돈이 잡아갈 귀신은 늘어지게 낮잠 자고 있는 모양이다."

"건드려봐야 선불 맞은 멧돼지, 이로울 것 한 푼 없다구, 내버려두게. 우리가 어디 하루 이틀 겪었나?"

임명빈이 말했고 초로의 세 사내는 소리 내어 웃는다. 뭣 땜에 웃는지도 모르고 웃는다.

모시 고의적삼을 입은 길상이 성큼 방 안으로 들어왔다.

"이거 실례가 많소. 뭐 재미나는 일이라도 있습니까?"

길상은 자리에 앉았다.

"그럴 일이 좀 있었습니다. 하하핫……."

웃으며 황태수는 양복 윗도리를 벗는다. 손서방이 술과 술안주를 새롭게 들여다 놨다.

"자 술들 드십시오."

술은 몇 순배 돌았으나 방금 떠들썩했던 것과는 달리 모두 말이 없다. 알콜이 목구멍을 타고 창자로 내려가고 있다는 것을 느낄 뿐, 마치 시간이 멎어버린 것처럼 묘한 침묵이다. 사랑에서 남자들이, 그것도 나이 지긋한 남자들이 돌잔치 운운하는 것도 쑥스러운 일이겠지만 도시 뭣 때문에 이 자리에 모였는지, 모여서 술상머리에 앉았는지조차 까맣게 잊은 듯한 그런 분위기다. 어느 순간에 찾아온 우울증, 불안 같은 것, 정체 모를 공포 같은 것이 산전수전 다 겪은 이들에게 찾아왔던 것일까. 하기는 비단 이 세 사람뿐이랴. 조선인들은 모두 순간순간 그것을 경험하며 살고 있는 것이다. 불안과 공포, 억압에서 빚어진 습성 같은 것이지만 이제는 북녘땅에서 실려오던 신화 같은 것은 없다. 한 줄기 빛도 보이지 않는 어둠만 있을 뿐 전쟁의 함성, 전과(戰果)만 대서특필, 전해질 뿐, 모든 것은 일본이 파놓은 깊이 모를 수렁 속으로 빨려들어가고 있었다. 창씨개명, 조선어 금지, 지원병제도, 민족신문의 폐간, 노동력 차출, 식량 공출, 유명무명의 조직 확대, 관리들과 학교 교사까지 준군복(準軍服)인 카키빛 국민복으로 갈아입은 지도 오래이며 중학교는 물론 여학교까지 교련이라는 명칭하에 군사훈련이 실시되고 있었다.

친일파는 친일파대로 우국지사는 우국지사대로 서민은 서민대로, 가진 사람 못 가진 사람, 지식인 학생들, 장사하는 사람, 막노동꾼, 농민, 고기잡는 사람, 하급 관리, 월급쟁이들 할 것 없이, 각기 위치와 관점은 다르지만 보다 가혹한 수난

이 이 민족에게 닥쳐오고 있다는 예감에는 별 차이가 없었다. 그것은 거의 본능적으로 감지되는 것이며 아이에게 젖을 물리고 있는 젊은 엄마에게도 어느 순간 불안과 공포는 찾아왔다가 사라지곤 했다.

"이놈의 세상이 우애 될라꼬 이러노. 젊은 놈들 다 직이겠네."

담뱃대를 두드리는 촌로(村老)에게도 달려드는 공포였다.

"《동아일보》《조선일보》가 폐간되었고 다음에는 무슨 일이 일어날지 서형께서 한번 점쳐보시오."

수렁 속에서 솟구쳐오르듯 길상은 힘들게 말했다. 서의돈은 놀란 듯한 눈초리로 길상을 쳐다본다. 정말 길상은 달리 할 말이 없었던 것이다. 수렁 속에서 솟구쳐오르듯 침묵을 깨기 위하여 겨우 골라낸 말, 그것은 종잇조각처럼 메마르고 감정이 실려 있지 않았다. 즐거운 일, 고통스러운 일, 평범한 일상, 그 어떤 일에 대해서도 길상은 할 말을 잃고 있었던 것이다.

"다음에는……."

하다가 황태수는 술을 마셨다.

"다음에는 글쎄…… 어떤 사람이 한 말이지만."

"……."

"그 사람의 추측인지 아니면 어디서 얻어낸 정보인지 모를 일이나 기독교인들을 소탕할 거다, 그런 말을 하더구먼요. 반전운동(反戰運動)하는 교도들, 신사참배를 거부하는 사람들, 모조리 옭아넣을 거라는 얘기였소."

"정말 그럴까?"

임명빈은 반신반의하는 표정이었고 서의돈은,

"신빙성 있는 얘기다."

"그러나 손을 대기엔 광범위하고 벌집 쑤신 꼴이 될 텐데
도?"

"왜놈들에겐 식은 죽 먹기지 뭐. 시마바라의 난[島原の亂]을
보더라도 제 민족이건만 불을 싸질러 천주교도들을 몰살했거
든. 조만간 기독교도에 대한 탄압은 시작될 게야. 영미(英米)에
원한이 사무쳐 이를 갈고 있는 일본이고 보면 감정적으로도
그렇고 실제 무시할 수 없는 조직이니 부숴버릴 필요도 있고,
3·1운동 때 그 조직력이 두드러진 것을 일본은 경험했거든.
그리고 이제는 일본에게 회유할 여유가 없어. 얼마만큼, 얼마
나 많은 사람이 전향하고 대일본제국의 신민이 되어 연장하
느냐, 심장을 뚫고 지나가는 찬 바람 같은 세태다. 하여간 그
얘기는 결코 추측은 아닐 게야."

"그럼 그다음에는 무엇이 올까?"

한순간이었지만 그 말을 할 때 임명빈 얼굴에는 치매 같은
표정이 스쳤다.

"우릴 잡아들이겠지. 다음은 지원병제도를 징병제로 전환
할 거구 징용으로 조선의 노동력을 바닥까지 훑을 거야."

목을 축이기 위해 술을 마시는데 서의돈의 눈이 번쩍번쩍

빛났다.

"불원간 일본은 물자확보를 위해 동남아를 침공할 거구 미국과의 충돌도 시간문제, 미국과 붙게 되면 중일전쟁과는 양상이 달라진다. 말하자면 물량(物量)의 싸움이 되는데 그때에 대비하여 저이들 인원을 비축할 필요가 있겠지, 한다면 병력과 노동력을 어디서 구하겠나? 조선인이지. 그놈들은 한 방울의 기름을 얻기 위해서도 조선인 생체를 능히 압축기에 집어넣을 그런 인종이야."

"그러면 누가 살아남지?"

술에 약한 임명빈의 목소리는 나사가 빠진 것 같았고 길상과 황태수는 말없이 술을 마시고 있었다.

"미국이 서둘러주어야지. 초장부터 와장창!"

"소련은 어쩌고."

"소련도 와장창! 하고 나오면 오죽이나 좋을까. 그러나 그렇게 되면 독일이 등을 찌를 테니."

하다가 서의돈은,

"왜 갑자기 소 대가리가 됐나? 그것도 몰라!"

화를 벌컥 낸다.

"또 병 도지네."

하다가 속이 뒤틀렸던지,

"지껄여봐야 이불 밑의 활갯짓, 원래부터 별 볼 일 없었다구."

172

애들 쌈같이 된다.

"날이 갈수록 사람이 미련퉁이 돼가니 딱해서 그런다. 보약 먹고 정신 좀 차려."

"성미하고는."

황태수는 혀를 찼다.

"김형 미안하오. 술 취해 그런 거는 아니었소."

서의돈은 드물게 사과를 했다.

"어릴 적부터 친구 간인데 서로 맘에 낄 것 있습니까. 술자리에선 다 그렇지요 뭐."

"실은 얘기를 하다가 부아가 났소. 얼마 전의 일이 생각나서 그랬소이다."

"무슨 일인데?"

황태수가 서의돈에게 술잔을 내밀며 물었다.

술잔을 받아든 서의돈은,

"얼마 전에 대구에서 이원진(李源鎭)의 강연회가 있었다."

"대구는 뭣 하러 갔어."

"남천택이 내려오라 해서 갔지."

"뭐? 남천택이 내려오라 해서 갔다구? 피장파장 잘도 어울렸겠다. 그자는 뭘 하나."

"뭘 하긴? 뭘 하는 그게 바로 싫어서 전문학교 교수도 때려치웠잖아. 세상 편한 인간이라구. 영원한 자유인."

마신 술을 이기지 못해 애를 쓰며 임명빈이 화제 속에 끼어들었다.

"미친놈, 그래 전주의 전윤경이 아직도 뒷배 봐준대?"

"봐주기도 하지만 지금은 대구의 갑부 염씨 집에서 귀빈으로 좌정하구 있네."

"그 차중에 자네까지 합류했다 그 말인가?"

"아암. 환영하는 데야 낸들 어쩌누. 어차피 김삿갓 신세 아닌가."

"기가 막혀서, 쌍나발을 불어댔을 터인데 그 염씨라는 사람 귀머거리였던 모양이지?"

"천만에, 두 귀가 자알 뚫린 사람이지."

"남천택이 그자가 남의 호주머니 털어먹는 데는 천하 명수라 했지?"

"천하 명수지. 얻어먹어도 허리 안 굽히고 주는 사람 마음 또한 편안하니 그게 어디 보통 재주겠어? 그 자식이 후배이긴 하지만 그 점에 대해선 나도 경의를 표하는 바이라."

얘기는 사뭇 딴 곳으로 흘러가고 길상은 단정하게 앉아서 경청하는 모습이다.

"오래전에 남천택이 전윤경하고 날 찾아온 일이 있었지. 꼬라지는 극단 패거리처럼 요상하게 하고 왔더라만 역시 천재는 천재야. 능변인 데다가 사통팔방[四通八達] 두루 꿰더라구."

"자넨 잠자코 있어, 이기지 못하는 술도 그만하구."

임명빈의 입을 막은 황태수는,

"남천택이 그자가 공산당이라는 말이 있던데 그게 사실인가?"

"그건 나도 모르는 사항이다."

"서의돈도 양의 탈을 쓴 이리지 뭐."

"서의돈도 공산당이다 그 말이야?"

"아닌가?"

서의돈의 얼굴이 차갑게 변한다.

"공산주의는 사상이며 이론이다. 평등주의 박애주의 그런 것과 마찬가지로. 이리도 아니구 양도 아니다. 순수한 사상일 뿐이지. 다만 그 사상을 실천하는 공산당이 실천하는 데 따라 양이 될 수도 이리가 될 수도 있어. 모든 사물에는 반드시 부정적인 것과 긍정적인 양면을 지니고 있는데 부정적 면에 치우치면 이리가 되고 긍정적 면을 부추기면 양이 되는 거야. 그리고 또 하나, 공산주의 이론에 투철하지만 공산당이 아닐 경우가 있고 이론에 어둡지만 공산당일 경우가 있어."

"알쏭달쏭, 그 궤변이야말로 서의돈의 특기지."

"자네는 자네의 처지를 떠나서 공평해야 하네. 나는 공산주의 이론을 공부했지만 당원도 주의자도 아니야. 다만 이론 자체를 순수하게 보고 싶어. 오늘 우리 조선의 현실 앞에서 순수하게 생각하고 싶단 말이야. 물론 나는 자네를 신뢰하고 있고 욕심이 똥창까지 차 있는 그따위 자본가가 아니며 민족주의라는 것을 알고 있지만 우리 서로 공평해지자. 자신들의 위치를 떠나서."

오리무중, 핵(核)을 비치는가 하면 안개 속으로 잠적해버리고 휘두르는가 하면 꼬리를 감추어버리고 직설보다 은유로써, 거의 진지한 적이 없었던 서의돈 화법(話法)에 익숙해져 있던 황태수는 어이없다는 듯 서의돈을 바라본다.

"나는 남천택을 두둔할 생각이 없다. 남천택뿐만 아니라 어느 누구도, 우리가 처해 있는 현실에서 그런 것은 참으로 값싼 것이며 때에 따라서 두둔하는 자체가 편견이요 불공평하며 불순할 때도 있으니까 그런 것은 두었다가 태평세월에나 가서 티각태각할 일이지. 그런데 편견이 없고 원만한 자네가 유독 남천택에게만은 날을 세우는 것이 마땅치 않아. 불공평하다 그 말이야. 그냥 지나갈까 하다가 앞으로 자네를 또 언제 만나겠나."

"이거 참. 서의돈이 왜 이러지? 유언하는 건가?"

"유언이 될 수도 있겠지. 어쨌거나 남천택의 경우, 그의 달변, 그의 박식, 천재적인 어학 능력, 경박한 언동과 남다르게 사는 방법 등, 그 모든 것은 몸에 걸친 의상이며 속은 단단한 인물인 것만은 틀림이 없다. 남천택이 공산주의 이론에 깊이 들어간 것은 사실이지만 내가 단언할 수 있는 것은 황태수 자네와 마찬가지로 그는 열렬한 민족주의자란 점이다."

"……."

"우리가 이 순간 바보같이, 미치광이가 되어 술을 마시고 있지만, 또 손 하나 발 하나 내밀 수 없는 철저하게 무력한 상태에 놓여 있지만 우리는 항복해서는 안 된다. 왜냐하면 민족주의는 결국 자아에 대한 방어요 민족적 존엄은 결국 내 자신의 존엄이기 때문이다. 다 빼앗기고 벌거숭이가 되어도 우리는 항복하면 안 돼, 내가 왜 이런 얘기를 하는고 하니, 얼마 전에."

들창을 지르며 지나가는 새 그림자에 눈이 끌려 잠시 말을 끊었다가,

"아까 하다 말았는데 이원진의 강연회 말이야, 천택이하고 장난 삼아서 그 강연장엘 가지 않았겠나. 귀빈석에는 유지들 관가 사람들이 앉아 있더구먼. 예상한 대로 문학 강연은 아니었고 소위 시국강연회라는 건데 연제는 '조선 민족의 살길', 어떻게 동원을 했는지 아니면 이원진의 이름 때문에 자발적으로 나온 건지 꽤 넓은 회당에 청중이 꽉 차 있더구먼. 한데 내가 놀란 것은 이원진을 수행해온 몇몇 문인들 얼굴을 보았을 때였어. 이원진을 열렬히 성토하고 민족 반역자로 규정하며 끝까지 타도하자고 선봉에서 외치던 바로 그자들이었단 말이야."

"그걸 이제 알았어? 벌써 한물간 얘길세."

"얘기로야 들었지. 그러나 마주치고 보니 무섭더군. 그러나 그보다 더 나를 놀라게 한 것은 찬조 연사로 나온 성삼대였다."

"성삼대가 찬조 연사로 나와?"

임명빈이 되물었고 듣기만 하고 있던 길상도 서의돈을 쳐다보았다. 서의돈은 고개를 끄덕였다.

"그때는 정말 뭐가 뭔지 앞이 캄캄해지더군."

"뭐 놀라운 일도 아니지."

황태수는 비운 술잔을 길상에게 내밀었다.

"사장(查丈)께서 지루하시겠습니다."

하며 술을 따랐다.

"아닙니다. 제가 너무 가라앉아서 죄송합니다."

결국 모두 우울해지고 만다. 성삼대는 황태수의 사랑방을
거점으로 하여 서의돈이 대장 노릇을 했던 젊었을 그 시절부
터, 이상현과 더불어 한 수 아래의 멤버로 그들 무리에 끼어
있었으며 계명회사건 때도 연루되어 옥고를 치렀던 인물이다.

"술이나 마시자고. 그런 사람이 한둘인가. 다 살라고 그러
는 게지. 잊어버려."

황태수는 비어 있는 술잔에 일일이 술을 채운다. 그새 손서
방은 곰쥐처럼 드나들며 꽤 여러 번 술을 날랐다. 그러니까
이들은 상당량의 술을 마신 셈이다. 다만 임명빈만은 게슴츠
레한 눈을 떴다 감았다 하며 술잔에 손을 대지 않고 있었다.

"삼대가 원래 가정적으로 불행했지. 그래서 사람이 삐뚤어
지기 시작했는데 만나는 여자마다 고약해서……. 한마디로
여자 복이 없는 놈이야."

"하여간에 그 새끼 연설을 들었으면 자네도 기절초풍했을
게야. 그 비굴한 꼴이라니, 목불인견이라."

"이젠 그 얘기는 관두지. 오늘은, 사장께서는 첫 손자요 내

게는 외손자 돌이 아닌가. 기분 좋은 얘기, 기분 좋게 술 마시
자구. 내일은 내일 생각하기로 하고, 그러고 보니 우리도 어
느새 해거름에 서 있네그려. 하하핫……."

"환갑이 멀었는데 무슨 놈의 나이 타령, 그는 그렇고 사업
은 잘나가고 있나?"

"근화에서 한솥밥 먹는 식구가 자네 집에 있는데 더 할 말
이 뭐 있겠나."

"집에 붙어 있어야 말이지. 일 년 가야 설 명절에 얼굴 한
번 볼까 말까, 원래부터 내가 뜨내긴 것을 몰라 하는 소리야?"

한솥밥 먹는 식구란 근화방직의 간부 사원으로 있는 서의
돈의 아우 서영돈을 두고 한 말이다. 형 대신 가사를 책임지고
있던 서영돈이 계명회사건으로 형이 구속되면서 은행을 그만
두었을 때 황태수는 영돈을 근화방직에 데려갔던 것이다.

"그나저나 저 화상 아무래도 병원에 한번 데리고 가야겠는
걸."

서의돈 말에,

"나도 그 생각을 했네."

벽에 기대어 졸고 있는 임명빈을 바라보며 황태수도 동의
를 표했다.

이들이 비틀거리는 임명빈을 끌어 일으키며 자리에서 일어
섰을 때 밖은 황혼이 깔려 있었다. 여자 손님은 이미 귀가했
고 서희는 양현과 아이를 안은 덕희를 거느리고 길상과 함께

중문까지 손님들을 전송했다. 환국은 어디 갔는지 모습이 보이지 않았다. 손님이 떠난 뒤 길상은 손자 재영을 한 번 안아 주고 나서 곧장 사랑으로 들어갔다. 손서방이 그새 술상을 내어가고 방 안은 말끔히 치워져 있었다. 들창 밖에서도 노을진 하늘이 붉게 타고 있었다.

길상은 벽에 등을 기대고 주저앉으며 고개를 푹 숙인다. 몇 시간 동안의 주연(酒宴)이 악몽 같았고 그 시간은 기나긴 통로와도 같아서 길상을 지치게 했다. 그들과 함께 처음 술을 마신 것도 아니다. 그들은 낯선 사람도 아니었으며 꽤 오랫동안 서로를 보아온 처지다. 그럼에도 오늘은 왜 그리 입이 떨어지지 않았을까. 말을 할 수 없었을까. 물론 송관수의 죽음에서 받은 충격 때문이지만 길상은 그보다 훨씬 본질적인 착오, 의문에 부딪혔던 것이다. 왜 자신이 이곳에 있는가 하는 물음이었다. 자신의 삶의 방향을 잘못 잡았다는, 전적인 부정 그것이었다. 지리산 골짜기든 만주 벌판이든 자신은 그들과 함께 있어야 했다는 뼈저린 통한, 사명감도 양심의 소리도 아니었다. 길상은 다만 자신의 삶의 진실한 의미를 물었던 것이다.

3장 섬진강(蟾津江) 기슭에서

기적을 울리며 멈춘 종착역, 쏟아져 나온 사람들 속에 송관수의 유해를 안은 영광과 영선네도 있었다. 그들은 진주 시내를 향해 걸음을 옮긴다. 후주레한 짚베(바래지 않는 광목) 치마저고리를 입고 흰 댕기를 감은 쪽에 나무 비녀를 찌른 영선네는 흐르는 땀을 닦을 생각도 없이 아들 등 뒤 숨듯 걷는다. 얼마만에 찾아오는가. 그러나 영광에게 진주는 낯선 고장이었다. 남의 땅, 하염없이 송화강 강가에 앉아 있곤 했던 길림보다 멀고 스스러워지는 진주, 참으로 얼마 만인가. 저녁노을에 잠긴 남강(南江)은 아름다웠다. 둥지를 찾아가는지 무리지어 우짖으며 새들이 날아가고 있었다. 남강 다리 위에서 영광은 과연 저 강물에서 어릴 적에 개구리헤엄을 치며 놀았는지 의심스러웠다. 촉석루와 이해미(논개) 바위를 오가는 기억, 일렁이는 강가 대숲에 과연 어린 날의 꿈이 실려 있는가 의심스러웠다. 그런 심정은 영선네도 마찬가지였을 것이다. 아니 그는 더더욱 가슴이 메었을 것이다. 말하자면 이들에게는 고향이 없는 것과도 같았다. 그것은 자신들의 보금자리를 틀 자리가 없었다는 뜻도 된다.

　시내로 들어온 영광은 사람들에게 물어서 남강여관을 찾아갔다. 거리엔 더러 전등불이 나돈은 그런 시각이었다. 여관 입구에는 조그마한 사무실 같은 것이 있었다. 오십 세 안팎으로 뵈는 사내가 돋보기를 쓰고 신문을 읽고 있다가 얼굴을 들었다. 유해를 안은 영광을 보는 순간 사내 얼굴에는 눈에 띄게 경련이 일었다. 그는 다름 아닌 장연학이었다. 오 년 전에 연학은 최씨 집을 떠나 독립을 했다. 그리고 여관업을 시작한 것이다. 외견상 그는 최씨네와 소원해진 듯 보였지만 그들의 밀접하고 은밀한 유대에는 변함이 없었다. 이미 연학은 영광이 올 것을 알고 있었다. 서울서 전갈을 받았던 것이다. 영광이 역시 서울역에서 잠시 동안 환국을 만났고 남강여관을 찾아가라는 말을 들었던 것이다.

시선을 멀리 둔 연학은 낮은 목소리로 물었다.

"만주서 왔제?"

"네."

"항구야! 항구야!"

소년이 뛰어왔다.

"7호실로 손님 안내해라."

그러고는 연학이 문이라도 닫아버린 듯 신문으로 시선을 떨구었다. 안내된 방은 깨끗했고 상이 하나 놓여 있었다. 영광은 상 위에 유해를 내려놓고 윗도리를 벗어 벽에 건 뒤 슬그머니 자리에 앉는다. 그리고 두 손을 깍지 끼고 방바닥을 내려다본다. 영선네는 보따리를 끄르고 수건을 꺼내어 비로소 땀을 닦는다.

"고단하시지요."

방바닥을 내려다본 채 영광이 말했다.

"아니다."

그러고는 모자간의 대화는 끊겼다. 옆방에는 손님이 들지 않았는지 사람의 기척이 없고 소년이 켜주고 간 전등 주변을 하루살이가 날고 있었다.

영선네도 그랬지만 영광이도 꼴이 말이 아니었다. 양 볼이 홀쪽해졌고 눈동자는 빛을 잃고 있었다. 보름 가까이 이들은 제대로 밥을 먹지 못했다. 이제는 슬픔과 고통에도 지쳐버린 상태였다. 홍이가 동분서주, 모든 일을 처리해주었으나 호열자로 사망했기 때문에 관수의 시신이 화장터에 가는 데 시간이 걸렸고 살림정리를 하는 데도 시간이 걸렸다. 반 넋이 나간 영선네는 울지도 못했고 아무 일도 못했다. 옷 보따리를 쌌다간 풀고 쌌다간 풀고, 결국 영광이 자신을 타이르고 다스려가며 영구와 함께 짐을 챙겼다. 그리고 영구를 남겨둔 채 신경을 떠났던 것이다. 영선네가 정신을 차리고 한 일이란 신경역에서 꼬깃꼬깃 접은 십 원짜리 지폐 한 장을 꺼내어,

"아가, 상의야 공부 잘해라."

하면서 전송 나온 상의 손에 쥐여준 그것이다. 그리고 처음으로 영선네는 눈물을 흘리고 울었다.

"어머니 좀 누워보시지요."

영광이 말했다.

"아니다. 괜찮다."

다시 침묵이 계속되었다.

저녁상이 들어왔다. 여름인데 미역국이 놓인 밥상이었다.

"산에까지 갈려면 많이 걸어야 하는데 밥 좀 들어보세요."

"나는 괜찮다."

영광은 미역국에 밥을 말아 영선네 앞에 놓아준다.

"자아 어머니."

영선네는 영광이 말아준 밥을 다 먹었다. 영광이도 오래간
만에 밥그릇을 비웠다. 상을 물리고 또다시 모자가 우두커니
앉아 있는데 연학이 향로와 향을 들고 들어왔다. 유해 앞에
향을 피워놓고 연학은 엎드렸다.

"형님 이런 형상 하고 돌아올라고 갔십디까."

연학은 흐느꼈다. 영선네와 영광은 놀라며 앉은 자리에서
일어선다.

"형님! 용서하이소. 너무 억울합니다. 왜 그렇게 가야 했십
니까."

연학은 한참 동안 흐느꼈다. 눈물을 닦고 연학은 영선네에
게 절을 했고 상주인 영광에게도 절을 했다. 그의 눈에는 또
눈물이 흘렀다.

"고생 많이 하셨지요."

연학이 영선네보고 말했다.

"아, 아닙니다."

영선네는 당황하고 낯설어서 어찌할 바를 모른다.

"지가 다 압니다. 알지요. 옛날에 진주 기실 때 한번 만난
적이 있었습니다. 영광이가 조맨할 때."

영선네는 고개를 저었다. 모르겠다는 뜻인 모양이다. 영광

은 방바닥에 두 손을 짚으며,

"고맙습니다."

하고 고개를 숙인다.

"그런 말 마라. 그라믄 내가 부끄럽어서 우짜노."

"아닙니다. 아버지가."

하다 말고 목이 메는지 말을 끝맺지 못한다.

"우리는 살아 있고, 그래 우리는 살아 있는데, 젤 고생 많이 한 형님이 먼저 갔으니 원통하고 억울하다. 우리는 모두 죄인이다. 살아 있으니 죄인 아니가."

연학은 길상이 한 것과 꼭 같은 말을 했다.

"사람이 잘못해서 그런 것도 아니고 병으로 그리 됐는데, 어쩔 수 없는 일 아니겠습니까."

"자네는 모를 기구마. 우리들 맴을 모를 기다."

부지런하고 지혜로우며 온갖 뒤처리를 도맡아 해온 연학이, 냉정하고 감정을 내비치지 않는 것으로는 그를 따를 사람이 없었는데 그 둑이 터진 듯 주체하질 못한다. 그러한 자신을 추스르듯,

"하여간에 이야기는 두었다 하기로 하고 내일 아침 일찍이 출발해야 할 기다."

"차편은 어떻게 됩니까."

"자동차로 하동까지 가서, 거기서 나룻배를 타믄 된다. 그라고 화개에 가믄 아마 사람이 나와 있일 성싶다. 사람을

못 만날 경우를 생각해서 일러두는데 찾아갈 곳은 도솔암이다. 알겠제?"

"네."

"기별이 갔으니께 통영 사는 사우하고 딸도 하마 내일 저녁 때쯤 당도할 상싶은데."

딸이라는 말에 영선네는 움찔한다. 무슨 말을 하려고 주뼛거리다 만다.

"그라믄 내일 생각을 해서 일찍이 주무시이소."

연학은 영선네에게 말하고 나갔다.

기차를 타고 오는 동안 모자는 계속 잠만 잤다. 늪에 가라앉듯, 덮쳐오는 수마(睡魔)였다. 극도에 이른 신경들이 일시에 와해되어 기능을 완전히 잃은 것처럼. 꿈도 없는 먹빛과도 같은 잠이었다. 그러나 여관방에서 불을 끄고 드러누웠지만 모자는 다 같이 잠을 이루지 못한다. 괴롭고 긴 밤이었다. 막상 깨어 있는데 꿈을 꾸는 것 같았다. 그간에 일어났던 일이 모두 꿈만 같았다. 현실 같지가 않았다.

"어머니 주무십니까."

"아니다."

"어머니."

"……."

"지를 용서 안 하시지요."

"그런 말을 와 하노."

새벽녘에 살풋 잠이 들었다가 모자는 놀라서 일어났고 서둘러 떠날 채비를 했다. 연학은 조그마한 사무실 같은 곳에 앉아서 어제 들어올 때와 같이 여관의 주인으로서 손님 대하듯, 여관비도 받았고 떠나는 모자 뒷모습을 덤덤히 바라보았다. 그들 모습이 사라진 뒤 연학은 깊은 한숨을 내쉬었다.

하동까지 간 모자는 연학이 말한 대로 나룻배를 탔다. 이들에게는 초행인 고장이며 처음 보는 산천이었다. 강물을 거슬러 나룻배는 상류를 향해서 간다. 구성진 뱃사공의 노래를 들으며 장돌뱅이들의 수군대는 목소리를 들으며, 술집 작부인 듯, 머리를 지지고 눈썹을 그린 젊은 여자의 간드러진 웃음소리를 들으며, 강은 유장했다. 잔물결이 햇빛에 부서지며 희번덕거렸다. 뱃전에 부딪쳐오는 물살, 영광은 갑자기 아버지가 이 강을 얼마나 많이 오르내렸을까 하고 생각했다. 동학란에 죽었다는 친할아버지는 또 얼마나 이 나룻배를 탔을까 하는 생각도 했다. 유해를 안고서 왜 그런 생각이 떠오르는지 알 수 없었다.

"그 목이 뿌러져 죽을 놈이 내 신세를 요 모양 요 꼴로 만들었지. 술집에 나를 팔아묵고 그러고는 종무소식이라. 어디서 뒤졌다는 소문도 없는 거를 보믄 살아 있기는 한 모양인데, 어찌 내가 꿈엔들 그놈을 잊겠나."

방금 간드러지게 웃던 작부풍의 여자는 제 또래의 여자를 상대로 신세타령이었다.

"소나아(사나이)들은 모두 도둑놈이라. 늙고 젊고 할 것 없이……. 계집은 한번 허방에 발 디디놓으믄 그것으로 끝장이고 무신 희망이 있노. 빚만 없이믄 만주 가서 돈이라도 벌겠는데."

어느덧 배는 화개에 닿았다. 영광은 보따리를 든 영선네를 한 손으로 부축하며 배에서 내렸다. 내렸는데 그들 앞에 다가선 사람은 강쇠였다.

"아저씨!"

"운냐. 온다고 욕봤제. 아지매 오래간만이오."

강쇠는 유해를 외면하며 덤덤히 말했다.

영광이 아저씨라 한 것도 강쇠가 아지매라 한 것도 다 틀린 호칭이다. 사돈지간에 그러는 법이 없는데 이들은 전혀 깨닫지 못한다. 아짐씨, 아저씨 하다가 이들이 만나지 못하게 된 것이 십 년 넘게, 사돈으로서 어디 상면 한번 했던가. 산놈한테 맡긴다 하며 관수가 딸을 데리고 가는 것을 영선네는 보았을 뿐, 그것이 마지막이었고 영광은 훨씬 훗날에 영선이 시집갔다는 얘기를 뉘한테서 들었는지, 그나마 기억이 희미했다.

"아짐씨, 보따리 이리 주이소."

강쇠는 영선네한테서 보따리를 받아들었다. 이번에는 아지매가 아니고 아짐씨라 했다. 태연한 척했지만 강쇠 마음속에서는 폭풍우가 휘몰아치고 있었을 것이다. 오랜 친구, 오랜 동지, 생사를 같이한 쌍두마차였고 분신이었던 김강쇠와 송관수, 장연학이 유해 앞에서 흐느껴 울었지만 강쇠의 슬픔, 충격에 비할 것이 못 된다.

"날 따라오니라."

영광에게 말하고 강쇠는 앞장서서 간다.

나루터의 이 광경을 지켜보고 있었던 사람은 다름 아닌 민지연이었다. 삼베였지만 깨끗한 고의적삼에 흰 모시 조끼까지 입고 대님을 쳤으며 검정고무신을 신은 강쇠의 모습, 후줄근한 짚베 치마저고리에 나무 비녀를 꽂은 영선네, 그리고 유해를 안은 영광이, 누가 보아도 객사(客死)한 사람의 유골을 절로 모시고 가는구나 하고 짐작했을 것이지만 지연의 짐작은 단순하지가 않았다. 유해를 안은 도시풍의 잘생긴 남자가 맘에 걸렸다. 왜 강쇠가 일상과 다른 모습으로 나타났는가 그것도 마음에 걸렸다. 그러나 무엇보다 객사한 사람일 거라는 짐작이 지연의 마음을 흔들어놓았다. 뭐 하나 확실히 잡히는 것은 없었지만 무엇인지 모르게, 그게 무엇인지 알 수 없는 의혹의 짙은 안개가 그의 심장을 죄는 것이다.

사십을 겨우 넘긴 지연은 아직 지리산을 떠나지 않고 있었던 것이다. 아니 떠나지 않았다기보다 아주 붙박아 살고 있었다. 머리만 깎지 않았다 뿐이지 그는 중 옷 차림이었고 은젓가락같이 가는 손에 염주를 들고 있었다. 가냘픈 몸매, 여름 햇볕에 그을리기는 했으나 야들야들하고 아리송하고 권태스러움이 감도는 얼굴에 구심점과도 같은 붉은 입술, 신기하게도 옛날과 별로 달라진 것 같지가 않았다. 바람에 나부끼는 머리카락도 비단실같이 부드러운 게 옛날 그대로였다.

어느덧 나룻배는 상류를 향해 떠나고 뭉게구름이 피어오르는 하늘에 까마귀 떼가 날고 있었다.

"소사야 가자."

소사 역시 중 옷 차림이었다. 읍내에 나가 장을 보아온 소사는 짐꾸러미를 들고 말없이 지연을 따랐다. 지연은 나루터에서 소사를 기다리고 있었던 것이다. 실은 소사를 기다렸다기보다 할 일이 없이도 지연은 나루터에 곧잘 나와 있곤 했다.

여러 해 전에, 지연이 간청하여 친정에서 암자를 하나 지어주었는데 어떤 면에서는 그랬던 것이 친정 부모의 마음을 홀가분하게 했는지 모른다. 세상을 버리지 않고 산에 있으니 차라리 형식에 불과하다 하더라도 세상을 버리고 산에 있는 편이 났다 생각했을 것이다. 외사촌 오라비 소지감이 있는 곳이니 마음을 놓고 암자를 지어주었을 것이다.

"소사야 오늘이 며칠이냐?"

산길을 오르며 물었다.

"글쎄요. 양력으로 스무엿새 날인지 이레인지요."

"좀 있으면 여름도 가겠구나."

"가지요."

"너도 가고 싶지?"

"지금 가서 뭣 하겠습니까. 이제는 아씨가 가라 하셔도 갈 곳이 없습니다."

"너만 그러냐? 나도 이 산 말고 있을 곳이 없다."

"그것은 아씨가 청하신 일 아니었습니까?"

"그래. 너는 안 그렇다 그 말이지?"

"저야 뭐 아씨 분부에 따랐을 뿐이지요."

"원망하는구나."

"원망 같은 것 없습니다."

나이 훨씬 젊은 소사가 지연이보다 더 늙어 보였다. 손은 거칠었고 살갗은 꺼실꺼실했다. 삼십을 갓 넘긴 그는 본시 민씨 집 내림종의 딸이었으니 갈 곳이 없다 한 것은 틀린 말이 아니었다. 그리고 주종(主從) 간에 주거니 받거니, 오늘 처음 해본 말도 아니었다. 단순한 산중 생활 속에서 별 지겨움 없이 되풀이되어온 얘기의 내용이었다.

"소사야."

"예."

"아까 그 사람들 말이다."

"누구 말씀입니까."

"나루터에서 너랑 함께 내린 사람들 말이야."

"아아 예. 유골 가지고 온 사람들 말씀이지요?"

"그래."

"김장사 말고는 낯선 사람이데요."

"그렇지? 못 본 사람들이지? 어디서 왔을까."

지연은 갑자기 흥분했다.

"이 근동 사람이겠지요. 영가를 천도하는 법사 때문에 절에
오는 길 아니겠어요?"

절 변두리에 살다 보니 소사도 들은 풍월이 있어 제법 유식
하게 말했고 나이 탓인지 말주변도 늘었으며 상전을 어려워
하는 기색도 준 것 같았다.

"아니다. 그렇지가 않아. 근동 사람이면 어째 유골을 안고
오니?"

"객사했으면 그럴 수도 있는 일이지요. 그게 뭐 이상해서
그러세요?"

"객사를 해도 그렇지. 아주 먼 곳이 아니면 시신을 옮겨왔
을 거구."

"이 한여름에요?"

지연은 소사를 상대해서 말한다기보다 생각을 더듬고 생각
을 꿰맞추어 어떤 사실에 접근해보려고 열중해 있었다.

"젊은 남자 보았지?"

"예."

지연은 걸음을 멈추었다.

"어떻게 보이던?"

"잘생겼데요. 그리고 다리가 좀 성찮은 것 같구요."

"그게 아니야, 도시 사람, 그것도 아주 큰 도시에 살았을 것
같애."

"말씀을 듣고 보니 근동 사람은 아닌 것 같습니다."

"한데 김장사가 왜 마중을 나왔을까?"

"아씨도 참, 남의 일에 뭘 그리 깊이 생각하세요?"

"김장사가 마중 나온 걸 보면 도솔암으로 갔을 거야."

지연의 눈이 반짝였다.

"만주서 왔을까? 왔을지도! 그래 그게 틀림없을……."

말끝을 맺지 못하고 양어깨가 축 늘어진다.

"아씨 어서 가세요. 짐이 무거워 죽겠는데."

"그래 가자."

지연은 가끔 일진이 만주로 갔을 거란 말을 해왔다. 만주로 찾아가겠다는 말도 했었다. 소사는 걸음을 빨리한다. 일진에 관한 얘기라면 참을성 있는 소사도 이제 넌더리가 났던 것이다.

암자에 돌아온 지연은 해가 깜박 넘어갈 때까지 꼼짝없이 소나무 밑에 있는 바위에 앉아 있었다. 열심히 염불을 하고 염주를 굴리다가도 어떤 계기가 있으면 지연의 병은 도진다. 그것을 알기에 소사는 모르는 척 못 본 척 제 할 일만 하고 있었다.

'오늘 밤엔 잠 설치겠다.'

소사는 마음속으로 중얼거렸다. 지연은 저렇게 꼼짝없이 앉아 있는 날이면 밤새 소사를 상대로 넋두리를 했으며 새벽녘에는 통곡을 하다가 흐느껴 울다가 잠이 들곤 했던 것이다.

그것은 일종의 미신과도 같았고 신앙과도 같은 것이었다.

혼약한 대로 혼인의 의식(儀式)만이라도 거행해달라, 그 같은 지연의 의지는 미신같이 완명(頑冥)했고 신앙같이 절대적이었다. 출가한 일진에게 그것을 요구하기 위하여 지연은 지리산으로 내려왔던 것이다. 일진이 모습을 감춘 지 십 년이 넘었는데 그 집념의 굴레에서 벗어나지 못했고 이제는 다만 기다림을 위한 기다림이 되고 말았으니, 어쩌면 그것은 지연이 살아가는 지렛대 같은 것인지 모르고 삶의 정열 같은 것인지 모른다.

해가 지는 산속에는 새소리, 짐승 울음이 적막을 깨뜨리곤 한다. 싸아 하고 나뭇잎을 흔들며 지나가는 바람 소리, 맞은편 산허리는 붉게 타고 있었다.

한편 도솔암으로 간 일행은 그곳에서 해도사와 소지감을 만났는데, 영광의 모자와는 초면이었지만, 놀라운 일은 소지감이 삭발을 하고 승려가 돼 있었던 것이다. 그는 도솔암의 주지였다. 일단 절에 들었다가 강쇠는 영광이만 남겨둔 채 영선네를 데리고 거처로 돌아왔다.

"아이구 사돈!"

휘의 모친이 맨발로 뛰어나왔다. 비로소 강쇠 내외와 영선네는 사돈으로 대면하며 인사를 나누는 것이었다. 휘의 모친은 영선네 손을 잡고 눈물을 흘렸다.

"울기는 와 우노. 그 더럽운 놈 생각하지도 마라. 나쁜 놈!"

"보소. 그래도 되는 겁니까? 사돈한테."

눈물을 훔치다가 휘의 모친은 질겁을 하며 말했다.

"사돈이고 오돈이고, 숭악한 놈이다. 사람우 가심에 못을 박아도 유분수, 지 혼자 편할라꼬 저승에 가버린 놈, 생각하믄 머하노."

하며 씩씩거리는데,

"어무이! 어무이!"

울부짖는 소리와 함께 아이를 업은 영선이 들어섰고 휘와 딸아이가 뒤따라 들어섰다.

"영선아!"

영선네의 고함은 차라리 산짐승의 포효(咆哮)였다. 그러나 다음 순간 제물에 놀라 뚝 그치더니 영선에게,

"씨어른한테 인사는 안 하고."

낮은 소리로 일깨운다.

"밖에서 이럴 기이 아니라 방에 들어가입시다."

강쇠는 병아리 몰듯 팔을 벌렸고 아이들은 영문을 몰라 어리둥절하면서도 어른들을 따라 방 안으로 들어간다.

"장모님한테 먼저 절 올리라. 애기도 어무이한테 절하고오."

강쇠 말이 떨어지자 딸과 사위는 이별의 긴 세월을 잡아당기듯 마음을 다하여 절을 했다. 주눅이 든 영선네는 처음 만난 사위의 얼굴을 바로 보지 못한다.

"장모님 볼 낯이 없십니다. 용서하시이소. 이렇게 상면하게 된 것이 한스럽십니다."

귀밑에서 턱 밑까지 면도 자국이 파란 휘는 잠긴 목소리로
말했다.

"아, 아니네. 우, 우리가 무신 부모 할 짓을 했다고 절을 받
나."

간신히 말한 영선네는 꼬깃꼬깃 접어진 손수건으로 입을
막으며 울음을 삼킨다.

"이분에는 선아하고 선일이가 외할무이한테 절을 해라."

해도사가 이름을 지어준 선아(宣兒) 선일(宣一), 열한 살의 계
집아이와 네 살배기 사내아이, 어줍은 몸짓으로 아이들은 절
을 했다. 마당의 밀보리를 늘어놓은 멍석 옆에 짝쇠와 안서방
이 쭈뼛쭈뼛하며 서 있었고 그들의 댁네들도 장독가에 팔짱
을 끼고 우두커니 서 있다가 슬그머니 사라진다. 띄엄띄엄 세
가구가 사는, 물소리 바람 소리 까마귀 울음을 벗 삼는 첩첩
산중의 수수깡 갈대로 덮은 산막, 산사람들의 인륜지사(人倫之
事)는 대강 그 정도로 끝이 났다.

"절에는 안 가고 바로 왔나?"

휘의 모친이 아들에게 물었다.

"잠깐 들러서 처남을 보고 왔십니다."

"이자 우리는 도솔암으로 내리가자."

강쇠가 일어서며 아들을 돌아보았다.

"사돈은 저녁 잡숫고 눈 좀 붙이이소."

영선네한테 말하고 부자는 종종걸음으로 산길을 내려간다.

그들이 가고 난 뒤,

"어무이 저녁을 어찌할까요?"

영선이 시어머니한테 물었다.

"저녁은 내가 다 해났네라. 채리기만 해서 가지오니라."

"예."

"그라고 깨미움을 좀 쑤어났인께 그것도 한 그릇 상에 올리
서 가지오고."

"예."

"선아야, 니도 나가서 엄니 거들어라."

"예 할무이."

선아는 어미 치마꼬리를 잡고 방에서 나간다.

"사돈."

"예."

"이자는 그만 우리하고 사입시다."

"그, 그렇지마는."

"다 잊아뿌리고 도솔암에 댕기믄서 저승길이나 딲읍시다.
살믄 우리가 얼매나 살겠소."

"……."

"십여 년 전에 우리 선아에미 놔두고 가심서, 맴이 아파 그
랬겠지요. 한 분도 뒤돌아보지 않고 떠나던 바깥사돈이 지금
도 눈에 삼삼합니다."

"……."

"언젠가는 식구들이 모이서 옛말하고 살 기다, 하고 생각했더마는 천지신명이 무상하요."

"원망하믄 머하겠십니까. 다 소용이 없는 일이라예. 생각하믄 야속하믄서도 불쌍하고."

처음으로 영선네는 제대로 된 말을 했다. 딸을 만나 마음이 한결 진정된 것 같았다.

"단 하루도 펀키 못 살고 갔인께요."

"와 아니라. 그거는 나도 아요."

"사고무친한 곳에서 임종에 아무도 없이, 어, 어떻게 혼자 떠났는지……. 그기이 젤 서럽소."

붙었던 입이 떨어진 듯 겹겹이 싸인 한을 찢어내듯 영선네는 스스럽게 울고 휘의 모친도 눈물을 닦는다.

"선아할배가 말하더마요. 가솔의 일이라 카믄 그렇게 애살스러울 수가 없고 자게(자기)는 거기 비하믄 벅수(바보)라 캄서, 식구들 남기놓고 참말이제 우찌 눈을 감았일꼬."

"집에서는 그렇지도 않았십니다."

"아무튼지 간에 사우도 자식 아닙니까. 아들이라 믿고 의지하고 사입시다. 산 사람은 살아야 안 하겠소."

"예. 밥 묵고 잠자고 금수만도 못합니다."

저녁은 먹는 둥 마는 둥, 영선네는 깨미음에는 손도 대지 않았다. 입 속이 마르는지 숭늉만 마셨다.

설거지를 끝내고 영선이 손을 닦으며 방에 들어왔을 때 사방에서 어둠이 밀려왔다. 배를 타고 차를 타고 걷고 해서 고단했는지 선일이는 할머니 무릎에서 어느덧 잠이 들었다. 선아는 등잔에 불을 밝힌다. 지치고 여위어 눈만 퀭하니 뚫린 영선네 얼굴이 벽을 등지고 있었다.

"어이구 내 새끼, 떨어졌구나."

휘의 모친이 선일이를 안고 일어선다.

"그라믄 애딸(어머니와 딸)이 그동안 쌓인 얘기나 하시이소. 선아야 니도 가자. 할매랑 함께 자자."

아이들과 시어머니가 나간 뒤,

"엄니!"

영선은 어미에게 몸을 던졌다.

"엄니!"

"운냐, 운냐."

영선네는 딸의 등을 쓸어준다.

"불쌍한 울 아부지!"

소리를 죽이며 운다.

한동안 모녀는 하염없이 울었다. 산에서도 소쩍새가 구슬피 울고 있었다.

"영선아."

"엄니."

"울지 마라. 이자 그만 울어라. 어디 얼굴 한분 보자."

영선네는 치맛자락을 걷어서 어릴 적에 그랬던 것처럼 딸 얼굴의 눈물을 닦아준다.

"그동안 얼매나 고생을 했노."

"엄니한테 비하믄 내가 한 고생이사 머."

"통영서 아아들 애비는 머를 하고 사노."

"소목일이요."

"그것 해가지고 살 만하나?"

"밥은 안 굶소. 오두막도 하나 장만했고, 처음에는 좀 고생했지만."

"사람은 우떻노."

"학교 공부는 못했지만 고학(古學)을 읽어서 사리에 밝고 근실합니다."

"니한테 잘해주나."

"야."

"니 오래비하고 니를 만내는 것이 내 소원이더마는, 우째 소원이 이렇기 이루어지는지 모리겄다. 내가 죽고 니 아부지가 살아야 하는 긴데."

"이제는 엄니라도 오래 살아주어야 한이 없을 깁니다."

"살고 접잖다."

"그런 소리 마이소. 울고 갈 친정도 없었던 생각을 하믄, 그기이 얼매나 서럽고 외로운지 엄니는 모를 기요."

"……."

"그런데 엄니 영구는 와 안 데리고 왔십니까."

200

"그 아는 핵교 댕긴께. 대학교를 댕긴께."

"대학교를요?"

"운냐, 공부를 잘해서 들어갔는데 니 오래비 몫까지 해야 안 하겠나? 영구도 따라올라고 하더라마는, 모두가 의논을 해서 영구는 남아 있기로 했다."

"학비는 어쩌고."

"그기이, 학비가 별로 안 드는 핵교고, 기숙사가 있어서 묵고 자는 데는 지장이 없고, 또 책임을 져줄 사램이 있어서 그 아 걱정은 안 한다."

"그 사람이 누군데요?"

"니 아부지하고 태생이 같고 공장도 하고, 그 얘기는 차차로 하자. 그런데 니는 티울이 와 그리 늦노."

"하나 잃어부릿십니다."

"우짜다가?"

"홍역 끝에 그만."

소쩍새는 여전히 울었다. 쉬었다가는 또 울고. 모녀도 흔들리는 호롱불 밑에서 얘기를 하다간 울고, 울다간 얘기하고, 밤은 깊어갔다.

도솔암에서는 늦게까지, 소지감이 영가를 위하여 목탁을 치며 지장경을 독송하고 있었다. 백골이 되어 돌아온 지난날의 동지, 아니 친구, 그러나 엄밀히 따지자면 친구일 수도 없었고 동지일 수도 없었던 이상한 만남으로 이루어졌던 교류

를 생각하면서 소지감은 목탁을 두드리고 독경을 하는 것이
었다. 진보적 사회주의자였던 이종 이범준, 그가 진주의 형평
사운동에 가담하면서 동지가 된 송관수, 그 인연으로 하여 알
게 된 송관수와 소지감, 살아온 역정이 다르고 신분이 다르고
생리적으로도 친구가 될 수 없었으며 더더구나 동지도 될 수
없었던 사이, 그런 그들의 교류는 어떤 것이었을까. 아마도
그것은 민족의 동질감이었을 것이다. 운동권 밖에 있었던 소
지감이 십여 년 전 군자금 강탈 사건에 미약하나마 가담하게
된 것도 바로 그 민족의 동질감 때문이 아니었던가. 아무튼
소지감이 산사람이 된 데는 해도사의 존재도 컸지만 송관수
와의 만남이 무관하다 할 수 없고 삭발하고 가사 걸친 중으로
변신한 것에는 군자금 강탈 사건의 영향이 컸던 것을 부인 못
한다. 소지감은 원점으로 돌아온 것이다. 그토록 긴 방랑, 그
토록 깊은 고뇌를 끝내고 젊은 날 입산한 일이 있었던 그 자
리로 돌아와 지금 목탁을 치고 있는 것이다. 소지감의 마음은
비통하지 않았다. 평화스러웠다. 소지감의 마음은 서글프고
쓸쓸하지가 않았다. 자신을 위해서도 송관수를 위해서도 어
딘지 모를 뿌듯함이 있었고 교류가 아닌 합류(合流)를 느끼는
것이다.

"아따 참 길기도 하다. 대강 하면 좋겠구마는."

강쇠는 혀를 찼다. 강쇠의 추도하는 방법은 목탁이나 염불
이 아니었다. 그는 고함 지르고 소란을 한바탕 피우는 일이었

다. 어쨌거나 밤은 깊을 대로 깊었고 법당 문을 열고 소지감이 나오자 송영광과 휘는 절방으로 들어갔고 가사와 장삼을 벗은 소지감 해도사 강쇠는 도솔암 가까이 새 둥지를 틀어놓은 해도사 산막을 향해 마치 개구쟁이들처럼 달려가는 것이었다.

술과 안주는 다 준비되어 있었다.

"사람들은 모두 땡땡이중이라 카는데 무슨 염불을 그렇기 오래 하요."

강쇠가 허두를 텄다.

"무식한 귀신은 진언도 못 듣는다 했소이다."

"그라믄 내가 진언도 못 듣는다 그 말이오?"

"아암, 그러니 김장사는 죽어서 혼백이 절 근처에 떠돌아도 법(法)의 보시를 못 받는다 그 말이오."

"그런께 저승으로 못 가고 거리 구신으로 떠돈다 그 말이오?"

"그렇지요."

하자 해도사가,

"걱정 마시오 김장사, 어차피 저승으로 간다면 지옥밖에 갈 곳이 없을 것인즉, 이곳에 남아 있는 편이 백번 낫지."

하고 실실 웃는다.

"하지마는 해도사 소지감 선상이 모두 지옥으로 가부리고 나믄 나 혼자 심심해서 안 될 긴데."

술잔이 돌았다. 반백 머리의 해도사는 희미해 보였다. 나무 옆에 있으면 나무 같을 것 같았고 바위 옆에 있으면 바위 일부일 것 같았고 물가에 있어도 눈에 띌 것 같지가 않았다. 소지감은 깡말라서 팔다리가 길어 버마재비(사마귀) 같았고 눈은 아주 맑게 갠 하늘 같았다. 강쇠만은 머리가 비교적 검고 잔주름이 잡혀 있었지만 살빛이 흰 덕택인지 늙은 푼수가 꽤 괜찮았다.

"그것은 염려 놓으시오. 내가 옆에 끼고 가리다. 원하면 말씀이오."

"되잖은 소리 하지도 마소. 아아니 이 김장사 거구를 우떻게 잔내비(원숭이) 겉은 해도사가 끼고 간단 말이오. 서천 쇠가 웃겠소."

"허허어, 저러니 무식한 귀신은 진언도 못 듣는다는 말을 듣지. 혼백한테 무슨 놈의 무게가 있단 말이오. 자아 사레 들지 않을 만큼 천천히 술 마시고 울든지 웃든지, 한바탕 분탕질을 치든지 해야 할 것 아니오."

"흥! 울기는 와 우노. 뭐가 서럽어서, 사내대장부가 울믄 산천초목이 흔들린다 카는데 그 귀한 울음을 내가 울 상싶소? 뒤쫓아가서 그 숭악한 놈, 다리몽댕이 뿌루고 눈두덩이 터지게 주먹질 못하는 게 한인데 흥!"

그러나 그 목소리에는 힘이 없었다.

"언젠가 한번 그런 일 있었지요?"

소지감 말에 해도사가,

"구례 길노인 생신 때 한바탕 붙었지요."

"맞소. 그때는 누구 눈두덩이 터졌던가?"

"말하믄 잔소리지. 그때 내가 개 패듯 그놈을 패주었지요."

"나 땜에 그랬지요? 애꿎인 송형이 당했지."

"아직 그 꼬투리가 남아 있소?"

"머리 깎을 때 버렸소이다."

"허 참, 그때까지 그라믄 유갬이 있었다 그 말이구마는."

"나를 친 거나 진배없는데 꿀 먹은 벙어리 냉가슴 앓았으니 그게 그리 쉽게 잊을 일이던가."

"그릇이 제법 큰 줄 알았는데 형편없구마. 왜놈 술 종지요 술 종지."

술을 마시고 안주를 집어 먹으며 강쇠는 다시 말을 이었다.

"산 밑에서는 사람들이 소 선상보고 땡땡이중이라 캄서 숭들을 보는데, 그 염불이라는 기이 진언이오? 하시기부시기* 어매야 아배야 그냥 줏어삼키는 말 아니오?"

"하시기부시기지 뭐."

"그럴 기요. 몇십 년을 중질 해도 나무아미타불하고 관세음보살밖에 못하는 중이 많다 카던데 벼락치기로 중이 된 소선상이 무신 진언인가, 머 지신 밟는 소린가 그걸 하겠소."

"부처님 같은 말씀 하시네."

"야? 뭐라 캤소?"

"부처님 같은 말씀 한다 했소이다."

"그기이 무신 소리오? 답답이 유식꾼들은 바람 소리 겉은 말을 한께로 종잡을 수가 있어야제."

"허허어. 김장사 그것은 아무것도 아니라는 말이오. 본시 아무것도 없거든. 아무것도 없단 말씀이오."

해도사가 또 실실 웃으며 말했다.

"하믄은 중질은 와 하요."

"없어질려고 하는 거 아니오, 하핫핫핫."

소지감은 크게 소리 내어 웃었다.

"나는 또 불사나 받아서 묵고살라고 그러는 줄 알았지. 없어질라 카믄, 그기이 머가 어렵어서 관수 그놈맨치로 불간에 들어가믄 될 거 아니오. 안 그렇소?"

"없어지기는커녕 지금 법당에 와서 딱 앉아 있질 않소?"

"내일 강물로 들어가믄 고기밥 되지."

하는데 강쇠 목소리는 또 한 번 힘이 빠진다.

"송형 아들 말씀인데."

해도사가 말머리를 돌렸다. 순간 강쇠는 표정이 달라지면서 입을 꾹 다물어버린다.

"천고*가 든 상호(相好)더구먼."

"그런 말은 와 하요."

퉁명스럽게 매우 불쾌해하는 투로 강쇠는 말했다.

"무슨 악의가 있어 한 말은 아니오. 그럴 리도 없고 그것이 반드시 나쁘다는 뜻만은 아니외다. 가슴이 아파서 한 말이었소."

"한 치 밖을 모리는 기이 사람인데 그런 말 마소."

심각해지면서 강쇠는 강하게 말했다.

"가슴이 아프다 하니 기분이 좋잖았던 모양인데, 하 참 저러니 무식한 귀신 진언도 못 듣는다는 말 들을밖에."

"한판 붙어볼라요?"

"아아 천만에 사양하겠소이다. 분탕질하는 데 이 산막은 내놓았소만 나는 아니오."

해도사는 팔을 휘휘 내저었다.

강쇠가 더 이상 응수하지 않고 술을 마시니 방 안 분위기는 금세 가라앉았다.

"울어도 할 수 없고 웃어도 할 수 없고 사람이란 명대로 살 수밖에 없는 것, 명대로……. 김휘도 그렇고 몽치 놈도 그렇고 송형의 아들, 영광이라 했던가? 세 사람 모두가 범속하지 아니한 것 또한 웃어도 울어도 할 수 없는 명운인 것을."

해도사의 목소리는 공허하게 울렸다. 강쇠는 여전히 응수하지 않았고 소지감은 개의치 않겠다는 듯 술잔을 들었다.

"범속하지 않은 명운이란 사람에게만 한한 것은 아니며 천지만물 억조창생, 생을 받은 그 모든 것에도 해당이 되는 것인즉, 천년을 사는 거목의 신령함이 있는가 하면 같은 나무로 태어나서 진작부터 베어져 불간으로 들어가는 불운이 있고 동네 어귀에서 세상 구경, 귀가 시끄러운 나무가 있는가 하면 벼랑 끝에 홀로 있기도 하고."

"어디서 많이 듣던 풍월이긴 한데, 해도사, 자다가 봉창 뚜
디리는 거요?"

소지감이 핀잔을 주었지만 해도사도 개의치 않겠다는 듯
말을 이었다.

"날짐승 들짐승 벌레며 초목 미물에 이르기까지, 물속에서
기고 헤엄치는 목숨들, 생을 받은 억조창생 그 수없는 것의
명운이 어찌 그다지도 신묘하게 같지 아니한지, 연이나 각기
다르되 각기의 순환, 운동은 한결같이 같으니 그 조화가 대체
무엇일꼬. 운동은 시간의 연속이라, 하면은 유구한 시간을 돌
아서 사람이 되는 시점(時點)이 있고 짐승이 되는 시점이 있고
초목이 되는 시점이 있고, 재앙의 자리 홍복의 자리도 번갈아
서 오고 가는 것, 그것이 법일진대 그 법을 짜놓은 존재는 대
체 무엇일꼬. 조물주라고도 하고 창조주라고도 하고 신이라
고도 하고."

하늘의 별과 산막에서 새나간 불빛밖에 없는 심산유곡의
깊은 밤, 물소리는 멀리서 들려오는데 이따금 고라니 울음도
들려오는 듯한데 주연이라 할까 송관수의 추도회라 할까, 그
것 자체가 괴이쩍은 일이거늘 소지감이 자다 봉창 뚜디리느
냐, 했듯이 전혀 걸맞지도 않은 것을 장장 지껄이고 있는 해
도사의 모습이야말로 한층 기괴스럽고 주술적(呪術的)이다.

"그 조물주의 무자비함이야말로 목숨 속에 깃들여진 원초
의 두려움이요 슬픔이라. 허나 그 무자비함이 공평(公平)인 것

208

을 어쩌랴. 여지없는 순환은 선악의 인(因)으로써 과(果)로 통하고 물(物)의 정연함과 더불어 영(靈) 또한 정연하니 오늘과 같은 말법(末法)의 시대도 새 법의 도래를 준비하는 것으로 보아야 옳고 정연한 순환에 따라 말법은 썩어서 새것의 살이 되고 피가 되어 흔적 없이 되는 것이, 병든 목숨이 죽어서 썩어 없어지는 것과 무엇이 다르리. 하여 우주는 나요 나는 우주라. 홍복도 내 자신의 것이요 재앙도 내 자신의 것이며 벌레인들 내 자신 아니라 못하리. 날짐승 들짐승도 내 자신이며 간 사람도 내 자신이며 오는 사람도 내 자신, 모든 것은 일체(一體)요 또한 낱낱이라. 일체가 같은 것이라면 낱낱은 다른 것, 이 무궁무진함을 어찌 인간이 헤아리고 가늠하리."

"보소 해도사!"

하다가 강쇠는 목이 따가웠는지 캑캑 기침을 했다.

"사레 들지 않게 천천히 술 마시라 하지 않았소."

해도사는 지금껏 한 자신의 말을 두 동강이로 분지르듯 어세를 바꾸고 농치듯 말했다.

"개대가리 죽쑤어 묵고 옴대가리 찜쪄묵는 그따우 소리 그만 못하겠소!"

"김장사 죽어서 절 근처를 맴돌 때 법의 포시라도 받으라고 지감법사 대신으로 해본 말 아니오. 또 세 사람 젊으니 명운 얘기를 했던 거구요. 뭐 잘못되었소?"

"김장사 그따위 잡설에 귀 기울일 것 없소. 성도(成道)를 포기한 가짜 도사의 말이 뭐 그리 대수겠소, 하하핫핫……."

소지감의 웃음소리는 아까보다 컸지만 맥이 쑥 빠져 있었다.

"똥 묻은 개가 겨 묻은 개보고 짖는다 하더니 불과(佛果)를
포기한 땡땡이중이 할 말은 아닌 듯싶소이다."

"흥! 놀고 있네. 점쟁이 땡땡이중, 죽이 맞구마는. 보소 해
도사, 머라 캤소? 세 사람 젊은이의 명운 얘길 했소? 앵이꼽
고 참말로 가소롭다. 애비 에미 없이 산중에 떨어진 몽치 놈
이나 산놈으로 태이나서 숯을 굽다가 도방(도시)으로 나간 내
아들놈이나 백정의 피를 받고."

또 기침을 한다.

"범속인지 굴속인지 팔자가 사나울 것은 까막눈 졸때기, 살
강 밑을 드나드는 새앙쥐도 알 만한 일, 유식한 문자 써가믄
서 말할 것도 없는 기라. 본시 문자라는 그기이 알쏭달쏭해서
점치러 온 사람 주머니 털어묵기 십상이고 자고로 그것 가지
고 백성들 가르치기보다 등쳐서 간 뽑아묵는 데 쓰여오기는
했지마는 대나 깨나 대가리 디미는 거 아니라고. 가아들 앞날
이 고생바가지라는 거는 태어날 적부터 점지된 거를 새삼스
럽게 나배어(되뇌어)쌀 것 머 있소? 오장 뒤집히서 술맛 떨어지
게시리."

소지감은 삭발한 머리를 슬슬 긁으며 웃고 있었다. 해도사
는 안주를 집다 말고 젓가락을 상 위에 탁! 놓으며,

"등쳐서 간 뽑아먹는 데 쓰이는 그놈의 글, 술병 들고 눈길

헤치며 찾아와서 아들놈한테 글 가르쳐달라, 내게 너부죽 절한 사람이 누구더라? 지리산 중놈이던가?"

"그거야 머, 간 뽑아묵은 놈 실개 씹으라고 그랬제."

강쇠는 씩씩거리며 말했다.

"허허어, 하나는 알고 둘은 모르는군. 식자한테 무슨 놈의 쓸개가 있누. 쓸개, 간 다 뽑아버린 지가 이미 오랜 옛일인데. 허나 오늘은 그 얘기 일단 접어두기로 합시다. 불끈불끈 성질 낸 까닭을 이제사 겨우 알게 되었으니, 해서 하는 말인데 이보시오 김장사, 아까 내가 송형 아들한테 천고가 들었다고 했는데 그 말을 꼬깝게 생각한 모양이오만 그건 오해요. 그런 것쯤은 아녀자들도 알고 있는 일이라 설명을 아니했던 것이 잘못이었소."

하면서 해도사는 사팔눈을 부릅뜨고 노려보는 강쇠 얼굴을 슬쩍 쳐다본다.

"그 천고의 고 자는 괴로울 고(苦)가 아니며 홀로 고(孤)란 말씀이오. 그러니까 알기 쉽게 말을 하자면 고생 상이 아니라 외로울 상이다 그 말이오."

"그거나 저거나, 메치나 엎어치나 매일반 아니오! 맘고는 고가 아닌가? 사람이 외롭지 않다믄 멋 땜에 고생을 하겠소. 오는 사람 가는 사람 손가락만 물리믄 젖이 절로 나와서 그거를 빨아묵고 컨다는 천상의 아이들 이야기는 들었지마는 이 풍진 세상 천애 고아가 고생 없이 자랐다는 말 듣도 보도 못했소!"

"제법 귀동냥은 했구먼."

"머이 어째요?"

"지감법사와 나를 보시오. 지감법사는 백정 혈통도 아니구 숯 굽는 산놈 자손도 아니오. 나 역시 물배나 채우는 가난뱅이 자손도 아니었소. 허나 지감이나 나는 천고성(天孤星)이오."

"그래서 우뗳단 말이오."

"지감께서는 고생을 했소이까?"

해도사가 넌지시 묻는데 소지감은 또 음흉스럽게,

"글쎄올시다, 흐리멍텅하게 살아놔서, 어느 만큼을 고생이라 하는지. 자로 재볼 수도 없고 그러나 굶주린 일은 없었고 모진 일 해본 적은 없었소."

"거 보시오. 쓸 고(苦)와 홀로 고(孤)가 다르지 않소?"

"이거 머 아아들 동전 갖고 노는 기가? 와 이라노."

"천고도 모르는 사람 알기 쉽게 하는 거요. 송형 아들한테 천고가 들었다 하니 김장사는 쪽박 차고 빌어먹는 것으로 알았소?"

강쇠의 낯빛이 싹 변한다.

"영광이는 내 아들과 진배없소. 그런 말 함부로 해도 되는 기요?"

"함부로 한 게 뭐 있소? 쪽박 차는 팔자 아니라는데 어째 징(성)을 내시오? 여하튼 오늘은 김장사한테 몽땅 내놨으니 한껏 핏대 올려보시오. 왜요? 하던 지랄도 멍석 깔아놓으면 안

한다 하더니 말이 막혔소?"

"집어치아라! 양반 소반 안 부럽다! 그따우 졸부 안 부럽다! 씨도 못 받은 주제에 세상 나온 값도 못한 주제에, 니깟 것들 사람 사는 기이 먼지 알기나 하나? 사람 사는 기이 멋고! 유식한 것들 어디 말 좀 해보라고! 돈푼 있는 놈, 문벌이 있어서 덕분에 식자깨나 얻어 걸치고 그것 밑천 삼아 입치레하고 살아온 것들이 머 어쩌고 어째? 몸으로 때운 기이 머 하나 있다고 잘난 소리 하노 말이다. 매 맞고 걷어채이고 손바닥이 논바닥 되게 일을 해도 못 묵고 굶는데 일 안 하고 안 굶은 기이 자랑가! 그기이 호패가!"

강쇠는 펄펄 뛰며 악을 썼다.

"낱낱이 다 맞는 말이오. 허허헛헛. 맞는 말이고말고. 한데 김장사 말로는 그러지만 어째 화를 내시오? 겁을 내고 있는 것 아니오? 자랑스럽지 못한, 잘 먹고 잘사는 꿈 그따윈 잊어 버리시오."

태연하게 해도사는 말했으나 그 말 속에는 준열함이 있었다. 말이 막힌 강쇠는 입을 실룩거리다가 슬그머니 한다는 말이,

"자식 없는 것들이 어디 사람가. 우찌 부모 맴을 알 기고." 하고는 술을 퍼마시기 시작하는 것이었다.

강쇠가 어찌 그들 마음을 몰랐겠는가. 하루 이틀 사귄 사이도 아니요 십여 년을 산에서 함께 살면서 서로가 서로의 뱃속을 훤히 들여다보는 처지, 신분의 차이라든지 식자 유무 따위

는 벌써 옛날에 헐어버린 담이었다. 그것은 강쇠가 인간으로
서 그릇이 크기 때문이기도 했으나 청춘을 다 바쳐 그림자같
이 따라다녔던 김환의 영향력은 절대적인 것이어서 강쇠의 판
단력, 사고의 깊이는 본래의 소박함, 우직을 능가했고 한 우
두머리의 풍모를 엿볼 수 있어 결코 만만한 상대가 아니었기
때문이다. 원래 그들의 노는 푼수가 그러했고 유독 오늘 밤
강쇠 비위를 긁은 것은 말하자면 참담한 일에 대한 살풀이 같
은 것이라 할까. 송관수의 죽음은 사실 죽음 그 이상의 의미
로써 이들을 응축해왔기 때문이다.

　결국 술잔을 메어치고 강쇠는 밖으로 나왔다. 달이 휘영청
밝았다. 무작정 걷는데 가슴이 타는 듯했다. 입 속이 바싹 말
라서 혀가 마음대로 움직이지 않았다. 발에 익은 산길을 한참
지나서 개울가까지 온 강쇠는 엉덩이를 치켜들고 물을 굴컥
굴컥 들이켠다. 손바닥으로 입가를 닦으며 하늘을 올려다보
는데 별안간 중천에 떠 있는 서늘한 달이 슬렁 가슴속으로 들
어오는 것을 느낀다. 마치 밤바다에 떠 있는 차디찬 해파리처
럼. 동시에 산 기운이 싸! 하고 전신을 감싸면서 다리가 후들
후들, 한기가 든다. 그러나 얼굴은 뜨거웠다. 목에서는 단내
가 나는 것 같았다. 개울가에 있는 썩은 등걸나무에 걸터앉은
강쇠는 옷 앞자락을 끌어당겨 얼굴을 문질러본다.

　'다아 끝장난 기라. 끝장이 났어.'

　조끼 주머니 속에서 궐련을 꺼내어 붙여 문다. 소쩍새가 자

214

지러지게 울어쌓는다.

'내 한평생도 이자 끝이 난 셈이고 간 사람 남은 사람, 와 이렇기 모두 허망하노 말이다. 끝 간데없는 이 깊은 산이 나를 미치게 하네.'

순간 강쇠 귀에 칼 가는 소리가 들려왔다. 서억서억 칼 가는 소리, 김환이 유치장에서 목을 매고 죽은 뒤, 그를 밀고한 지삼만을 죽이려고 한밤에 강쇠는 칼을 갈았다. 그러나 그때 생각은 더 이상 지속되지 않았고 해도사가 한 말이 떠올랐다.

'술병 들고 눈길을 헤치며 찾아와서 아들놈한테 글 가르쳐 달라, 내게 너부죽 절한 사람이 누구더라?'

강쇠는 그날을 잊지 못한다. 그날의 정경 하나하나도 빠짐없이 기억하고 있었다. 그것은 지상을 뒤덮은 하얀 눈에서 시작된다. 눈이 내린 뒤, 산속은 급격히 기온이 떨어져서 나뭇가지에 실린 눈은 설화(雪花)이기보다 빙화(氷花)였었다. 끝없는 빙화의 수림 속을 헤매듯, 미끄러지며 걸으며 떨어뜨려서 깨지 않으려고 해도사에게 가져가는 술병을 신주 모시듯, 가다가 한 구절밖에 모르는 노래 〈한오백년〉을 되풀이하여 불렀는가 하면 흐느껴 울었고 고함을 치기도 했었다. 딸아이를 잃은 지 얼마 되지 않았을 때였다. 그렇게 혼자 발광을 하고 있을 때 그는 실로 놀라운 일을 경험했던 것이다. 죽은 김환과의 산중문답(山中問答) 그것인데 강쇠로서는 아직도 설명이 안 되는 신령스런 경험이었다. 그 후반을 되새겨보면 다음과 같다.

……만물이 본시 혼자인데 기쁨이란 잠시, 잠시 쉬어가는 고개요 슬픔만이 끝없는 길이네. 저 창공을 나는 외로운 도요새가 짝을 만나 미치는 이치를 생각해보아라. 외로움과 슬픔의 멍에를 쓰지 않았던들 그토록 미칠 것인가. 그러나 그것은 강줄기 같은 행로의 황홀한 꿈일 뿐이네. 만남은 이별의 시작이란 말도 못 들어보았느냐?……

'그거는 머, 다 하는 얘기 아니겠소.'

……부처는 대자대비(大慈大悲)라 하였고 예수는 사랑이라 하였고 공자는 인(空)이요 무(無)이기 때문이며 모든 중생이 마음으로 육신으로 진실로 빈 자이니 쉬어갈 고개가 대자요 사랑이요 인이라. 쉬어갈 고개도 없는 저 안일지옥의 무리들이 어찌하여 사람이며 생명이겠는가……

'성님!'

……마음으로 육신으로 고통받는 자만이 누더기를 벗고 깨끗해질 것이며 뱃가죽에 비계 낀 저 눈물 없는 무리들이 언제 그 누더기를 벗을꼬. 고달픈 육신을 탓하지 마라. 고통의 무거운 짐을 벗으려 하지 마라. 우리가 어느 날 어느 곳에서 만나게 된다면 우리 몸이 유리알같이 맑아졌을 때일까…… 그 만남의 일순이 영원일까. 강쇠야 그것은 나도 모르겠네……

'참 내, 무신 그런 말이 있소. 그렇다믄, 성님 말씸에 따르자믄 성님도 후회도 여한도 없었겠구마요. 그렇그럼 고달프고 고통시럽게 살다가 갔인께요. 무신 후회가 있으며 한이 남았

갔소.'

……하하핫 하하핫핫 후회라, 후회, 후회는 없겠구나. 내 생전에도 후회는 아니했으니, 한이야 지가 어디로 가겠나……

'우째서 한이 남소? 후회 없이믄 한도 없제요.'

……한이야 후회하든 아니하든, 원하든 원치 않든, 모르는 곳에서 생명과 더불어, 내가 모르는 곳, 사람 모두가 알 수 없는 곳에서 온 생명의 응어리다. 밀쳐도 싸워도 끌어안고 울어도, 생명과 함께 어디서 그것이 왔을꼬? 배고파서 외롭고 헐벗어서 외롭고 억울하여 외롭고 병들어서 외롭고 늙어서 외롭고 이별하여 외롭고 혼자 떠나는 황천길이 외롭고 죽어서 어디로 가며 저 무수한 밤하늘의 별같이 혼자 떠도는 영혼, 그게 다 한이지 뭐겠나. 참으로 생사가 모두 한이로다……

그때 강쇠는 자신이 저승, 삼도천 강가를 지나가고 있는 것 같은 환각에 빠졌었고 정신을 차린 뒤에는 김환의 죽음을 믿을 수 없었다. 눈에 덮인 산의 어딘가에서 살아 있을 것만 같은 생각이 들었던 것이다.

이튿날.

도솔암 법당에서는 새벽부터 지감의 독경 소리가 들려왔고 날이 희뿌옇게 밝아왔을 때 상좌 일봉(一峯)이 빗자루를 들고 나와 절 마당을 쓸기 시작했다. 일휴는 도솔암에서 사미(沙彌) 시절을 보내고 지금은 해인사에서 수도 중이었다. 도솔암에는 주지 지감과 상좌 일봉, 공양주인 늙은이 세 사람이 있었다. 큰 불사(佛事)가 있을 때는 산 밑 마을의 신도들이 와서 거들어주는 형편인데, 길노인은 세상을 떠났고 소지감이 술을 마시며 속인과 같은 행동을 곧잘 해서 땡땡이중이란 말을 듣기는 했으나 학식이 깊었고 경전에 능하며 가사를 걸치고 목탁을 들 때 그 위엄이 예사롭지가 않아 불사를 맡기는 신도가 적지 않았다. 해서 도솔암은 길노인이 공양미를 대주던 시절과는 사정이 달랐다.

"일봉아, 일봉아."

나직이 부르는 소리에,

"누구요."

일봉이 돌아보았을 때 소사가 팔짱을 끼고 새벽이슬에 젖어 오종종한 모습으로 다가왔다.

"아침 일찍 웬일입니까."

퉁명스럽게 말했다.

"어제 유골 모시고 온 손님 말이다."

"……?"

"그 손님 어디서 오셨니?"

"그거는 왜요?"

"글쎄 어디서 오셨느냐구."

"부산서요."

"김장사가 마중 나온 걸 봤는데 그 사람들 누구지?"

"참 별걸 다 묻소."

"일봉아 얘기해봐. 누구지?"

"김장사 사돈이래요."

역시 퉁명스럽고 귀찮다는 듯 말했다.

"사돈……."

소사 얼굴에는 실망의 빛이 역력했다. 지연이 가서 알아보고 오라는 성화에 못 이겨 투덜거리고 나온 소사였으나, 또지연이 희망을 걸고 있는 그 같은 실마리가 있을 리 만무이며부질없는 짓, 언제 그 병에서 풀려나나, 짜증을 부리기도 했던 소사였으나 일진이 만주로 갔을 거란 지연의 믿음이 어느덧 소사에게 반영이 되어 알게 모르게 그도 믿었는지 모른다. 그 유골이 만주에서 왔다면 일진의 행방을 추적할 수 있을 것이란 지연의 생각도 어느새 소사 의식 속에 옮겨져 있었는지모른다. 여자의 직감이었을까 우연이었을까. 지연의 추리는정확히 들어맞은 셈이다. 그러나 주변에서 볼 때 그것은 황당한 것이었고 지연이 자신조차 구우일모(九牛一毛)의 가능성에집착하는 자신을 잘 알고 있었다. 그것은 무위하고 덧없이 가는 시간 속의 몸부림이며 고인 물을 흔들어 파도치게 하려는충동이었는지, 어둠 속에 도사리고 앉은 산고양이가 반딧불에도 덤벼보는 그 같은 심사였는지, 여하튼 소사는 실망을 하며 발길을 돌렸다. 사돈이라 하는 데는 더 이상 뭣을 물어보겠는가.

날씨는 청명했다. 늦더위가 남아 있었지만 습기 없는 산들

바람이 사람들 살갗을 쾌적하게 스쳐가곤 했다.

점심때가 조금 지나서 유해(遺骸)는 도솔암을 나섰다. 목탁을 치며 독경을 하며 지감이 앞장서서 유해를 인도했고 유해를 뒤따른 사람은 영선이와 영선네, 휘의 모친 그리고 휘와 강쇠 해도사 짝쇠 안서방이었다. 가파로운 곳에서는 목탁과 독경 소리가 멎었고 순탄한 길에선 목탁이 울리고 독경 소리가 울렸다. 일렬종대로 가는 일행을 떡갈나무 그늘이 사로잡았다가는 놓아주곤 한다. 하늘이 숨었다가는 나타나곤 했다.

강가에 당도한 일행은 그곳에서 멈추었고 미리 얻어놓은 작은 배에 유해를 실었다. 영광과 김휘가 승선하자 사공은 노를 저었다. 지감은 눈을 감고 힘찬 목소리로 독경했으며 여자 세 사람은 오열했고 나머지는 배를 바라보았다. 강심을 향해 멀어져가는 배를.

망자의 아들과 사위가 유골을 강물에 뿌리기 시작했다. 휘는 굳은 침묵으로 그 일을 행하였고 영광은 아이처럼 흐느끼며 아버지를 불렀다. 그 일이 다 끝났을 때 휘는 먼 산을 바라보았으며 영광은 배 바닥에 엎드려 배 바닥을 치며 통곡했다. 강물은 무심히 흐르고 하늘의 실구름도 무심히 흘러가고 있었다.

도솔암으로 돌아온 일행은 절 마당 여기저기 흩어져 우두커니 서 있다가 여자들과 안서방 짝쇠는 집으로 올라갔고 나머지 다섯 명의 사내들은 절방에 모여 앉았다. 앞으로의 대책을 세우기 위해서였다. 시종 말이 없었던 영광이 호주머니 속에서 접은 봉투 하나를 꺼내었다.

"먼저, 이것을 보여드려야 할 것 같아서, 아저씨."

봉투를 강쇠에게 건네주려 하자,

"아저씨라니, 사돈어른이라 해야지."

해도사가 나무라듯 말했다.

"아 죄송합니다."

"아저씨믄 우떻고 아부지믄 우떻노. 괜찮다, 한데 이기이 멋꼬?"

"아버지가 돌아가시기 전에 홍이형님한테 남긴 유서입니다."

"그래?"

언해는 겨우 해독하는 강쇠가 봉투 속에 든 것을 꺼내었다.

홍이 보아라. 내가 아무래도 심상찮은 병에 걸린 것 겉다. 신경으로 돌아가자니 심상찮은 병 때문에 어려울 것 겉고 가다가 죽어도 곤란한께, 아무튼지 만일을 생각해서 한 자 적기로 했다. 자손한테 물리줄 전답 한 때기 없는 처지에 무신 놈의 유서인가 할지 모르겠다마는 이대로 내가 가믄 남은 사람들 가심에 한을 심을 것 같애서……. 와 이렇게 맴이 답답한지 참 내가 생각해도 이상타. 내가 죽으믄 모두 고생만 하다가 갔다 할 기고 특히 영광이 가심에는 못이 박힐 기다. 그러나 나는 안 그리 생각한다. 그라고 후회도 없다. 이만하믄 괜찮기 살았다는 생각이고, 장돌뱅이로 장바닥을 돌믄서 투전판이나 기웃거릴 놈이, 하늘 밑의 헐헐단신 계집이나 어디 하나 얻어걸리겄나. 그렇다 믄 많이 출세한 거 아니가. 새삼시럽게 지나온 길을 돌아보이 정말 괜찮기 살았구나 싶다. 넘한테 큰 실수 안 하고 이렇기 가는 것도 다행 아니겄나. 이것은 진정이다. 여한이 없다. 자식들은 제 갈 길 갈 것이고 다만 내 모친이 어디서 어떻게 돌아가있는지 자식 된 도리, 시신이 어느 산천에 묻혔는가 모리고 가는 것이 나한테 남은 응어리다. 그라고 내 내자가 불쌍할 뿐이다. 그러나 본시 심성이 착하고 가는 베[細布] 재놓은 듯키 말이 없는 사람이 니 크게 남한테 폐가 되지는 않을 것이지만 그 사람을 당부한다 고 전해주라. 홍이 니한테는 신세 많이 졌다. 고향 산천이 보고 싶고 작별하고 싶은 얼굴도 많다마는 어차피 사람은 혼자 가는 거 아니겄나.

강쇠는 옆에 앉은 해도사에게 편지를 넘겨주고 나서 담배 를 붙여 물었다. 몇 모금 피우다가,

"빌어묵을 놈."

혼잣말같이 중얼거렸다.

모두가 돌려가며 편지를 읽었다. 그리고 강쇠에게 돌아왔 다. 강쇠는 편지를 영광에게 주면서 말했다.

"이 펜지는 최씨 댁 그 사람도 보아야 할 기다. 연학이한테 주믄은 그리로 갈 기구마."

영광은 평사리로 가서 환국을 만난다는 얘기를 하지 않는다. 비밀로 하기 위해서 그랬던 것은 아니었고 아무 말도 하고 싶지 않았던 것이다.

"그라믄 이제부터 사부인을 어디 계시게 할지 일단 우리끼리 의논을 해봐야 안 하겠나."

"그건 당연히 제가 뫼시야지요."

영광이 의외란 듯 말했다.

"니는 미장가의 몸이고 일정한 거처도 없으니."

"거처라면 서울 가서 마련할 수도 있고 그만한 준비는 저도 할 수 있습니다."

"그라믄 장개부터 들어라."

"그거는 차차……."

"처남이 가정을 가질 때까지 장모님이 통영 우리 집에 와 계시믄 안 되겠십니까?"

처음으로 휘가 조심스럽게 말했다.

"출가외인인데 그럴 수는 없지."

영광이 강한 어세로 말했다.

"그럴 기이 아니라 당분간 안정이 될 때까지 우리랑 기시믄 안 되겠나?"

강쇠가 의견을 내놓았다.

"이런 일은 가족끼리 모여서 의논하는 것이 옳지 않을까요? 송형의 부인 의사가 중요하니."

해도사 말이었다.

"그건 그렇네."

강쇠는 고개를 끄덕였다.

강쇠 부자와 영광이 집으로 갔을 때 마당에서 선일이는 안
서방 외손자랑 함께 놀고 있었다. 영선과 휘가 혼인할 적에
죽네 사네 했던 순이는 그 후 산 밑 마을 농사꾼한테 시집을
가서 잘 살고 있었다. 얼마 전에 출산을 하여 산후 뒷바라지
를 하러 갔던 안서방댁네가 돌아오는 길에 아우 본 외손자를
데려왔던 것이다. 그리고 멀찌감치 짝쇠가 얼쩡거리고 있다가
사위 아들을 거느리고 방으로 들어가는 강쇠를 바라본다.

방에 들어와 자리에 앉은 양편 식구들은 영선네 거취 문제
를 놓고 각기 저네들 생각을 개진했다. 절에서 말했던 것처럼
영광을 따라 서울로 가느냐, 당분간 통영의 영선이 집에 가
있느냐, 아니면 산에 남아 정양을 하느냐, 말없이 의견을 듣
고 있던 영선네는,

"나는 그만 절에서 공양주하고 함께 있었으믄 싶습니다."
하고 말했다. 영광과 영선은 비로소 모친이 독실한 불교신자
였던 것을 상기했다.

"사돈댁도 가깝고 오며 가며."

영광과 영선은 그러는 어미를 설득하려 했지만 자식들 집
에 가서 살지 않겠다는 영선네 의지를 꺾을 수 없었다.

"그것도 마 괜찮겠십니다. 당분간 절에 기시믄서 관수 명복

도 빌고 그러는 기이 신양에 좋을 깁니다. 너거들도 너무 우기지 마라. 어무이가 편한 대로 해야 하는 기라."

강쇠는 단(斷)을 내리듯 말했다. 영광과 영선은 서로 바라보며 한숨을 내쉬었다. 왜 자식들과는 함께 살지 않으려 하는가, 영선이나 영광은 알고 있었다. 자식의 앞길을 막아서는 안 된다는 영선네 결심을. 어쩌면 그는 지상에서 사라지고 싶었는지 모른다. 그만큼 그의 출생의 멍에는 무겁고도 가혹한 것이었다.

영광은 산에서 이틀을 더 묵었다. 그러는 동안 매부 김휘와 여러 가지 얘기를 나누었고 산속을 헤매어 다니기도 했다.

산에 남은 영선네와 그곳 사람들과 작별을 하고 산을 떠날 때는 영선의 식구들과 함께였다. 그들도 통영으로 돌아가기 위해서다. 화개까지 나와 강가에서 나룻배를 타고 하구(河口)를 향해 배가 내려갈 때,

"처남 이거 받아두소."

하며 휘가 접은 종이쪽지를 내밀었다.

"통영 우리 집 주소요."

영광은 그것을 받아 호주머니 속에 간직한다.

"오빠 꼭 한번 오이소. 우리 사는 것도 보고."

아이를 안고 옆에 있던 영선이 말했다.

"그래 갈게."

"오빠."

"……."

"부디…… 엄니를 잊으믄 안 될 기요. 불쌍한 울 엄니, 찾아보기가 어렵우믄 편지라도 자주 하이소."

"알았다."

"엄니가 말은 안 했지만 오빠 형상 보고 맘속으로 많이 울었일 깁니다."

"……."

"잘난 내 아들, 잘난 내 아들 하믄서 울던 엄니 생각이 나요."

"불편할 것도 없는데 뭘."

"만나믄 할 말이 태산이라 생각했는데 한마디도 못하고……."

"사람이 할 말 다 하고 살 수 있나. 나 같은 놈, 오라비로 생각해주는 것만도 과람하지."

"그런 말 와 합니까."

"내 잘한 것 없지. 식구들 가슴에 못만 박았지."

"그러고 싶어 그랬겠소."

나룻배가 평사리에 가까워졌을 때 영광은 조카 선일을 영선한테서 받아 안았다. 그리고 얼굴을 비비며 가느다란 한숨을 내쉬었다. 나룻배에서 내릴 적에는 선아의 머리를 쓸어주고 호주머니를 뒤적이다가 돈을 꺼내어 쥐여준다.

"오빠!"

"그럼 잘 가아."

"처남 꼭 한번 오소."

휘가 말했다.

"그러지. 매부도 몸조심하구."

하동을 향해 떠나는 배 위에서 두 내외는 강가에 선 영광을 멀어져서 보이지 않을 때까지 바라보는 것이었다.

영광은 발길을 돌렸다. 그러나 마을 길로 들어서지 않고 강을 따라 천천히 걸어 올라간다. 강물에 씻기고 햇빛에 바래어 하얀 자갈을 밟으며. 강 언덕 아래 널찍한 바위 하나가 있었다. 바위에 걸터앉은 영광은 담배를 꺼내어 붙여 물며 강 건너 산을 바라본다. 마을에서 상당히 떨어졌는지 인적기가 없었다. 눈에 비치는 것은 푸른 하늘, 강 건너 푸른 산, 그리고 청록색 강물이었다.

너무 조용했다. 공간이 유리처럼 눈부시었다. 지금까지 있었던 일, 남강여관에서도 그렇게 느꼈지만 꿈같기만 했다. 방금 헤어진 누이 영선, 세파에 시달린, 그러나 옛 모습을 간직한 그를 꿈속에서 본 것처럼 느껴졌다. 남강 다리 위를 유해를 안고 걸었던 일이며 법당의 독경 소리, 지감에게 인도되어 일렬종대로 내려가던 산길, 그 푸름의 공간도 꿈길에 있었던 일만 같았다. 그런가 하면 이십 일 넘게 진행되었던 일들이 모조리 선명하게 상세하게, 마치 바람에 나부끼는 깃발과도 같이 마음속에서 펄러덕거리는 것이었다. 그리고 이곳 강가 바위가 종착역 같은 생각이 들었다. 어쩌면 그것은 죽음에 대한 강렬한 유혹이었는지 모른다.

'아버지는 진정 자신의 삶에 후회가 없었을까? 무엇이 아버지로 하여금 후회 없게 했을까?'

물새 한 마리가 돌팔매처럼 강물 수면 위로 핑! 핑 건너지르다가 날아오른다. 뗏목 하나가 하류를 향해 흐르고 있었다.

'서울 가면 혜숙을 찾아볼까? 혜숙과의 관계를 되돌려볼까? 그 여자에게 어머니를 맡기고…… 서로 의지하며.'

영광은 다시 담배를 꺼내어 붙여 물며 쓰디쓰게 웃는다. 웃던 얼굴은 차츰 일그러졌다. 타산(打算)과 냉혹함, 자신의 추악한 부분이 구역질나게 싫었던 것이다. 그는 다시 자신이 걸터앉은 널찍하고 편안한 바위가 종착역같이 느껴졌다. 아까보다 훨씬 구체적으로.

'죽어버릴까……. 저 강물에 들어가서 드러누워버릴까.'

물리치기 어려운 유혹이 영광의 가슴을 떨리게 했다.

'나는 벌써부터 어머니한테서 도망갈 궁리를 하고 있다! 나는 아버지에 대한 슬픔에서 놓여나기를 원하고 있다. 나쁜 놈! 나는 모든 것을 부정하고 나 혼자만의 동굴을 찾고 있다. 그것이 추방이든 도망이든 죽음이든.'

바로 옆에서 자갈 밟는 소리가 들려왔다. 하얀 운동화를 신은 여자의 발이 맨 먼저 시야에 들어왔다. 날씬한 종아리, 주름진 꽃무늬 치마, 녹색 계통이었다. 미색 블라우스, 미색 블라우스를 느꼈을 때 그것은 여자의 뒷모습이었다.

느닷없이 나타난 여자, 우선은 인기척을 낼 겨를도 없을 만큼 놀랐지만 영광은 뭔지 침해를 당한 것 같은 기분이었다. 별안간 돌팔매가 날아와서 의식 세계가 찢겨져버린 듯 당혹스럽고 화가 나는 묘한 그런 기분인데 그보다 인적 없는 곳에 여자가, 그것도 이런 시골에서는 좀체 볼 수 없는 도시풍의 젊은 여자가 세련된 양장 차림으로 나타났다는 것이 영광의 머리를 혼란스럽게 했다. 여자는 영광의 존재를 전혀 모르는 것 같았다. 그는 바위 옆을 지나갔는데, 그러니까 영광이 앉은 언덕 밑 바로 옆에 강으로 내려오는 좁은 길이 있었던 것이다. 흰빛 보랏빛의 과꽃을 예쁘게 묶은 꽃다발을 여자는 들고 있었다. 천천히 물가까지 간 그는 무슨 말인지 중얼거리는 것 같았다. 아니 속삭이는 것 같았다. 그러더니 강물을 향해 꽃다발을 휙! 던지고 다시 누군가를 애절하게 부르는 것 같은 음성이 들렸다. 이상한 그 행동은 어떤 무속적 의미를 담은 의식같이 느껴졌다. 한밤에 소지를 사르며 천지신명에게 소망을 고하는 소복의 여인과도 같은 엄숙하고 신비스러우며 절실한 염원을 느끼게 하는 모습, 어느덧 여자는 망부석이 된 듯 움직이지 않았고 말도 없었다. 강바람에 머리칼을 휘날리며 옷자락을 휘날리며 움직이지 않았다. 영광은 숨이 막히는 것 같았다. 인기척을 내자니 이미 시기를 놓쳤고 또 인기척을 낼 그런 분위기도 아니었다. 얼마 동안의 시간이 흘렀을까. 영광은 시간 속에 밀폐된 것 같았다. 결박을 당한 것 같았다.

여자는 몸을 굽히며 앉았다. 엎드려서 두 손에 물을 걷어올리며 얼굴을 씻는다. 아마 그는 울었던 모양이다. 꽤 오랜 시간 얼굴을 씻은 뒤 머리를 묶은 손수건을 풀었다. 소담스런 머리칼이 양어깨 위에 물결치듯 흔들렸다. 얼굴을 닦고 일어선 그는 손수건을 펴서 비쳐보고 두세 번 털더니 다시 접어서 흩어진 머리를 모아 묶는다. 영광의 가슴은 방망이질하듯 뛰었다. 이제는 현장을 들키는 순서만 남아 있었던 것이다. 본의는 아니었지만 남의 은밀한 행동을 지켜보게 된 무례한 사내로서, 어느덧 영광은 가해자 입장이 되어 있었다.

여자는 돌아섰다. 고개를 숙이고 몇 발짝 걷다가 얼굴을 들었다. 순간 영광의 눈과 여자의 눈이 정면으로 부딪쳤다.

"아……."

아연실색하여 멍해 있던 여자 얼굴이 벌겋게 물들기 시작했다. 격렬한 분노의 눈빛으로 변했다. 그러나 영광의 옆을 스쳐갈 때 그는 가볍게 목례를 했다. 영광은 몽둥이로 뒤통수를 얻어맞은 기분이었다. 여자는 시야에서 사라졌다. 그는 양현이었다. 최양현, 아니 이양현이었다. 환국이와 함께 서울서 내려왔으나 따로 볼일이 있어 진주에 머물렀던 양현은 환국이보다 하루 늦게, 어제 평사리에 도착했던 것이다.

'봉변도 보통 봉변이 아니구나.'

분노의 눈동자는 이해할 수 있었다. 그런데 어째서 목례를 하고 갔는가. 납득할 수 없었다. 그만한 나이의 젊은 여자가 취할 수 있는 행동은 결코 아니었기 때문이다. 당신의 옆을 지나가는 것을 용서하라, 실례한다, 그런 뜻의 소위 교양을 나타낸 것이었을까. 무례한 사내에게 예절이 무엇인가를 일깨 워주기 위한 것이었을까. 그 어느 편이든 불쾌하기는 마찬가지였다. 생각하기에 따라서 무례한 정도가 아니라 여자의 은밀한 행동을 지켜본 치한 취급을 당한대도 별도리가 없었다.

'이럴 경우를 두고 꼬지는 타고 고기는 설다 하는가? 아니 버선목이라 뒤집어 보일 수 없다 하는 편이 들어맞겠구나. 허 참.'

한 마리 현란한 새가 날아왔다가 떠난 자리처럼 풍경은 본시로 돌아갔다. 영광의 마음도 본시로 돌아갔다. 바위에 죽치고 앉아서 그는 다시 혜숙이 생각을 한다.

'결혼을 하고 평범한 가정을 꾸미고 어머니랑 함께 살아본다? 무엇이든 일정한 직업이 있어야겠지. 장사를 해보는 것은 어떨까? 부탁하면 환국이 아버님께서 도와주실 거구. 양품점? 문방구? 아니 책방, 레코드 가게는 어떨까? 자본금은 얼마나 들까? 혜숙이 양재점을 하니까 최소한도의 생활은 보장이 돼 있는 거구.'

하다가 영광은 크게 소리 내어 웃는다.

'미친놈, 어떻게 하면 최소한도의 나를 깎아주고 최소한도 주변을 조용하게 할까 궁리하는 좀생이 같은 놈! 네놈이 그 생활에 견딜 것 같으냐? 일 벌여놓고 밤낮 도망갈 궁리만 할 게 뻔한데 무슨 놈의 잠꼬대 같은 생각을 하누.'

다시 자기 자신한테 심한 혐오를 느낀다. 영선네는 자식들과 함께 살지 않겠다고 분명히 선언했다. 그 결심을 굽힐 성질이 아니라는 것을 누구보다 영광이 잘 알고 있었다. 한데 왜 그 같은 생각을 해보는지. 말하자면 일종의 모형(模型)이었다. 모형이나마 만들어보면서 자신의 반윤리적 의식을 엄폐하려는 자기기만, 영광은 자신의 그 심보가 한스럽고 슬펐다.

담배를 붙여 물고 엉덩이를 털면서 영광은 일어섰다.

물가까지 가서 강물을 따라 걷는다. 강물은 포구(浦口)를 향해 흐르고 영광은 흐름을 거슬러 걷는다. 물결이 다가오고 밀려갔으며 축축이 젖은 고운 모래를 밟는 발이 무거웠다. 발자국을 남기면 물결이 와서 지워버리곤 한다. 보랏빛 흰빛의 과꽃을 묶은 꽃다발이 지금 어디메쯤 떠내려가고 있을까, 문득 떠오르는 생각과 동시 영광은 자신의 장례식을 눈앞에 본 듯한 환각에 빠진다.

'방금 본 여자가 어쩌면 현실의 사람이 아니고 환상이었을까? 아니 죽음의 여신이었을까? 그것은 현란한 저승의 새였는지 모른다. 한 발짝 한 발짝 이렇게 내가 걷고 있는데 ㄱ자로 꺾으면 저 푸른 강물 속으로 들어가게 된다. 강심을 향해 걷다가 드러누우면 영원히 잠들 것이다.'

졸음같이 달콤한 죽음의 유혹이 또다시 영광에게 스며들었다. 소년 시절에 겪었던 죽음에 대한 센티멘털, 그 미숙(未熟)한 동경에 삼십 장년이 휘청거린다. 아무 희망도 없었다. 정열과 그리움도 없었다. 세월에 바래어지고 마모된 것 같은 어머니와 누이 등의 초라한 모습에서 느낀 것은 슬픔이나 애달 픔보다 세월의 찬바람이었고 움츠려지는 뭔가 형용하기 어려운 두려움 같은 것이었다. 뼛가루를 강물에 흩뿌리고 배 바닥에 엎드려 통곡을 했지만 그 순간이었을 뿐, 모든 것은 슬픔조차 남기지 않았고 마음은 사막이 되고 말았다. 어린 조카들의 눈망울만이 한 방울 이슬같이 가슴에 남아 있을 뿐.

'세상에 나와서 뭘 했으며 뭘 알았는가. 별로 한 일이 없고 깨달은 것도 없고 날건달이지 뭐. 확실한 것은 죽는다는 것과 끝난다는 것, 아버지처럼 백골이 되어 강물에 뿌려지고 그리고 사라져버린다는 것, ……확실하지, 그것만은 확실해. 통속시인 사이조 야소[西条八十]가 뭐랬지? 장려(壯麗)한 장례(葬禮)? 장려한 죽음의 행렬? 그런 시구절이 있었던가? 에에라 순 날도둑놈! 긴란돈스*를 걸친 막대기 같은 얘기다. 죽음은 현란한 환상의 새도, 장려한 행렬도 아니다. 바람에 나부끼는 만장도 아니며 꽃상여도 아니다. 슬픈 상두가도 아니다. 다만 초라할 뿐이다. 누구의 죽음이든, 살아 있는 모든 것, 생명 있는 모든 것의 죽음은 다만 초라할 뿐이다.'

초라하다 했으나 실상 영광은 장려한 행렬과도 같은, 현란한 환상의 새와도 같은 죽음의 그 짙푸른 색채에 쫓기듯 맞이하듯 평사리 마을과는 반대 방향으로 계속 걷고 있었으며 마을과의 거리는 차츰 벌어지고 있었다.

'이렇게 강을 따라서 곧장 걸어가노라면 아까 내가 나루터에서 떠나온 화개라는 마을에 당도하겠지. 거기 가서 산으로 되돌아간다? 산으로 가면 어머니가 몹시도 낯설어하며 계실 것이다. 거미같이 여윈 어머니가, 내가 태어나고 자란 그 엷은 가슴, 가랑잎같이 된 그 엷은 가슴으로 나는 돌아가야 한다. 그 품으로 돌아가야 한다.'

수없이 회전(回轉)하고 또 회전했던 심경(心鏡)에 비쳐진 상황 중에서 가장 강렬하고 충동적인 감정이었다.

'어머니랑 함께 세상을 등지고 산다, 얼마나 좋은가. 평생 세상과 등지고 싶어 했던 어머니, 밤낮 달아나는 꿈을 꾸었던 나. 조그마한 초막을 짓고 나무꾼으로 살아본다, 숯을 굽고 약초를 캐며 살아본다, 영을 넘나들며 산짐승을 잡으며 살아본다, 아아 그 자유는 얼마나 싱그러운 것이냐.'

그러나 영광은 얼마 가지 않아서 방향을 바꾸었다. 강 언덕을 향해 달음박질쳤으며 강 언덕에 올라선 그는 평사리 마을을 향해 급히 걸음을 옮기는 것이었다. 마치 생각의 허울을 홀랑 벗어버린 듯 그는 아무 생각도 하지 않았다. 마을 어귀에 들어섰을 때 위풍당당한 기와집이 한눈에 들어왔다. 성곽과도 같은 그 집을 바라보며 영광은 마을 길로 접어들었다. 자전거를 탄 사내가 그의 옆을 지나갔다. 사내는 자전거를 타고 앞서가면서 몇 번인가 돌아보았다. 음험한 눈빛이었다. 도전적인 표정이었다. 그는 단쿠바지에 카키색 군민복 윗도리를 입고 있었는데 행색이 말단 관서의 직원 같았다.

기와집 가까이까지 갔을 때 길은 오르막이었고 대문간에 이르기까지 길 양편에는 보랏빛 흰빛, 그리고 분홍빛의 과꽃이 흐드러지게 피어 있었다.

"......?"

걷다 말고 영광은 꽃을 내려다본다. 벌들이 닝닝거리고 있었다.

'그 꽃다발엔 분홍 꽃이 없었다.'

대문은 열려 있었다. 마당으로 들어선 영광은 하마터면 소리를 지를 뻔했다. 현란한 저승의 새인지 모른다고 생각한 환상의 여자가 등을 보이고 서 있었기 때문이다. 그와 마주 본 자리에서 낚시 도구를 챙기고 있던 윤국이 얼굴을 들었다.

"아니, 이게 누구야? 형!"

외침과 함께 양현이 돌아보았다. 양현과 영광은 어떻게 할 바를 모르고 쩔쩔맬 뿐이다. 윤국은 의아해하며 당황하는 두 사람을 번갈아 보다가,

"웬일이오? 형."

했으나 아까보다 윤국의 어세는 처져 있었다.

"오래간만이구나. 몇 해 만이야?"

윤국이 묻는 말에는 대꾸 없이 딴전을 피웠다.

"이삼 년 됐지요. 형은 악극단에 그냥 계세요?"

"응."

"작곡을 한다는 말을 들었는데."

"조금."

"그런데 어떻게 된 일입니까?"

윤국의 물음에는 두 가지 내용이 있었다. 어떻게 여기까지
오게 되었느냐는 물음과 혹 양현과는 아는 사이가 아니냐는
물음이 포함되어 있었다.

"좀 그럴 일이 있었다."

영광이 역시 모호하긴 했으나 두 가지의 뜻을 포함한 대답
이었다. 윤국의 표정에 의혹의 빛이 나타나기 시작한다.

"양현아, 사랑에 가서 손님 오셨다고 형님보고 말해."

약간 신경질적이다.

"알았어, 오빠."

어떻게 처신해야 할지 불편하기 짝이 없었던 양현은 도망
치듯 급히 사랑으로 달려간다. 영광은 마루에 가서 걸터앉으
며 담배를 꺼내어 붙여 문다. 그는 웃음이 터질 것만 같은 것
을 간신히 참는다. 이들 형제에게 누이동생이 있었다는 얘기
를 들은 것 같기도 했으나 그러나 기억에 남아 있지 않았다.
생각해보니 멀쩡한 이 집의 딸을 두고 비현실적 상상을 했던
것이 우스웠던 것이다. 윤국은 영광의 표정을 유심히 바라보
고 있었다.

"아버지 유해를 가지고 지리산 절에까지 왔다가."

"유해라니요!"

"일 다 보고 가는 길에 들른 거야. 환국이하고 약속도 있고 해서."

영광의 어투는 딱딱했다. 이들 누이동생인 것이 밝혀져 꽃다발을 던진 여자에 대한 망상은 깨어졌으나 그의 이상한 행동을 생각하니 쉽게 발설할 수 없었고 그 일은 양현이라 하는 여자의 형편 따라 그쪽에서 밝힐 일이라 생각했으며 놀라고 당황한 자기 태도에 대한 해명을 못하니까 자연 어색해질 수밖에 없었다.

"그럼 아버지께서."

"세상 떴어."

"그렇게 됐군요."

윤국은 전혀 모르고 있었던 것 같았다. 어릴 적에 집에 드나들던 송관수를 윤국은 기억하고 있다. 그리고 그가 무슨 일을 하는지 그것도 어렴풋이 짐작하고 있었다.

"그럼 만주서……."

하다가 말을 끝맺지 못한다.

"형 모습이 말이 아니오."

"……."

"상심이 컸겠소."

애도하는 마음은 깊었지만 석연찮은 기분은 남는다.

"어떻게 그리 됐어요?"

"호열자로."

"더 사셔야 했는데, 뭐라 할 말이 없군요."

"왔어?"

환국이 나타났다. 영광은 담뱃재를 떨며 일어섰다.

"고생 많았지?"

환국은 손을 내밀었다. 악수를 하며 영광은 희미하게 웃었다.

"다 그런 거지 뭐."

"행색이 말이 아니군. 어머님께서는 건강이 어떠신지 걱정이구나."

양현은 환국이 등 뒤에 숨듯 서 있었다.

"비교적 잘 견디시는 것 같더군."

"들어가자. 가서 자세한 얘기 듣기로 하고."

환국은 영광의 등을 밀었다. 두 사람은 사랑으로 들어갔다.

"오빠 저 사람 누구예요? 이상한 사람이네."

양현이 숨 가쁘게 물었다.

"이상한 사람? 어째서?"

"글쎄, 하여간 이상해요."

"다리가 그래서?"

"다리도 좀 이상하긴 해요."

"왜놈들한테 뚜딜게 맞아서 뿌러졌던 거야."

"아까 강가에서 보았어요."

"강가에서?"

"바위에 앉아 있었어요. 마치 돌부처같이 말예요. 사람이 있는 줄도 모르고 얼마나 놀랐던지."

"그래? 해서 두 사람이 당황했구나."

"네."

윤국은 양현이 혼자 강가에 가는 이유를 알고 있었다. 꽃다발을 만들어 가는 것도 알고 있었다. 모르는 척했을 뿐이다. 양현이도 식구들에게 구태여 비밀로 하고 있지는 않았다. 말을 하지 않았다 뿐이지.

"한데 그 사람 누구지요?"

"형 친구야. 동경 있을 때 만난 친구."

의혹을 푼 윤국은 가볍게 말했다.

"양현이 너 안 갈래? 낚시하러 가자."

"싫어요. 햇볕이 따가워서요. 작년에 오빠 따라 다니다가 얼굴 껍질이 다 벗겨지고 혼났는데."

지금의 양현이 빛이라면 강가에서의 양현은 그늘이라 할까.

"엄살 부리지 마."

"엄살 아니에요. 정말 그랬단 말예요. 어머니가 야단치시던데, 어딜 쏘다녀 얼굴이 그 모양이냐구."

"고명딸 시집 못 갈까 봐서?"

"오빠두 참, 나 시집 같은 것 안 가아."

"두고 보자, 가는가 안 가는가."

"남 얘기 말구 오빠 걱정이나 하세요. 가고 싶어도 오빠 땜에 못 가요."

"나 땜에? 왜."

윤국은 양현을 쳐다본다.

"순서라는 게 있잖아요. 하지만 나 시집 안 가요."

"혼자 살 거야?"

"어머니하고 살지요."

"저러니 이 집의 며느리가 점술 못 따지."

"치이."

"그럼 어디 설설 나가볼까?"

윤국이는 낚시 도구를 들고 나가려다 돌아보았다.

"양현아."

"왜요?"

"사랑에 차라도 내가."

"나, 민망해서 어떡허지?"

"건이엄마 시키지 말고 너가 해. 형한텐 소중한 손님이야."

"알았어요."

윤국은 집을 나섰다. 그는 환국이만큼 영광이를 좋아하지
않았다. 첫째 경음악을 하는 게 마음에 들지 않았고 여자 문
제도 있어서 건전치 못하다는 인식을 갖고 있었다. 그러나 그
를 무시했던 것은 결코 아니었다. 언젠가 그는 환국이를 보고
말한 적이 있었다.

"영광이 그 형, 지적 콤플렉스가 있었다면 결코 형하고 친

해지지는 않았을 거요."

그것은 영광을 인정한 말이었다.

"하지만 그 형의 감성에는 우리하고 전혀 다른 게 있는 것
같아. 그로테스크하다 할까."

했을 때 환국은 정색을 하며 말했다.

"너 영광이 혈통에 대한 선입관에서 하는 말 아니냐?"

"형! 나 그런 것 없어. 정말이오. 언젠가 영광형이 베르트랑
의 『밤의 가스파르』를 얘기한 적이 있었는데 그때 나는 영광
형한테서 느낀 그 묘한 것이 규명된 듯싶었단 말이오."

"이른바 그로테스크냐? 그게."

"물론 그것만은 아니지. 환상적인 면도 있지만 악마적이고
괴기적인 것도 사실이잖아."

"나도 한때는 베르트랑에 끌린 적이 있었다. 시심(詩心)으로
그리며 화심(畵心)으로 시를 쓴다는 그의 예술세계는 일단 관
심의 대상이 될 수 있어. 일본에서도 히나쓰 고노스케를 위시
하여 고답파(高踏派) 시인들이 베르트랑을 많이 모방했다. 물
론 속 빈 껍데기였지만. 영광의 경우도 옛날에 베르트랑을 한
번 통과해본 것뿐인데 하필 넌 너 자신이 부정하는 면만 들추
어 영광을 거기다 끼워보는 것은 경우에 따라 악의적이라 할
수도 있어. 영광의 생장 과정에 대한 편견이랄 수도 있고."

"하지만 형, 나는 예술을 위한 예술은 싫어. 그것에 무슨 생
명이 있어. 청동(靑銅)의 시체 같은 것."

"그건 얘기가 다르지 않아. 나도 영광이도 좋다 하진 않았다."

"영광형은 한때 경도됐었다는 말을 했어."

"한때지. 누구에게나 흔히 있는 일이며 그래서 통과라 했다. 나 역시 통과했고."

"형은 지나치게 영광형을 옹호하는 것 같아요."

"너는 지나치게 사시로 보고 있어."

베르트랑은 19세기 프랑스 파르나시앵[高踏派]에 속하는 시인이며 그의 댄디즘과 환상적 악마 취미는 보들레르에게 깊은 영향을 끼쳤다는 사람이다. 『밤의 가스파르』는 그의 유일한 시집이다.

'선입관 때문이라 해도 그렇다. 그의 배경의 칼과 피를 연상하기 때문에 그렇다 해도 역시 나는 그 형에게서 전해지는 악마 취향, 그게 허무주의와 상통한 것인지 모르지만, 하여간 나는 그것을 부정 못하겠다.'

윤국은 마을 길로 들어서면서 마음속으로 중얼거렸다.

"낚시하러 갑니까?"

남자치고는 좀 높은 음성의 사내가 자전거를 끌며 윤국이 옆에 바싹 다가섰다.

"아아."

윤국은 그를 외면하며 내키지 않아 했다. 상대도 이미 달가워하지 않는 것을 알고 있는 듯 눈을 내리깔며 곁눈질을 했다. 아까 영광을 음험한 눈으로 돌아보고 돌아보곤 하며 자전거를 타고 가던 그 사내다.

"비가 좀 와야지, 그래야 낚시질도 할 만하지요."

"……."

"학교 졸업은 아직 멀었습니까?"

윤국은 대답하지 않았다.

그는 싸움 끝에 낫에 찔려 죽은 우서방 둘째 아들이었다. 전 같으면 먼발치에서 인사나 하고 지나갔을 것인데 친숙한 체 얘기를 걸어오는 데는 그럴 만한 그 나름의 이유가 있었다.

그것은 다름 아닌 죽은 우서방의 셋째 아들 재동(在東)이 작년 가을, 자원병으로 나가게 되면서 둘째 개동(介東)이가 면소 서기로 취직이 되었기 때문이다. 마을에서 유세를 부리는 것은 말할 것도 없고 최씨 집안에 대해서조차 무슨 감시병이나 된 것처럼 당당해진 것이다. 우서방 일가는 조상 대대로 평사리에 살았던 농사꾼은 아니었다. 조준구가 최참판댁 살림을 통째 들어먹은 후, 군대해산이 있었던 그해 평사리에서는 마을 장정들이 들고일어났고 김훈장과 목수 윤보를 따라 산으로 들어가는 등, 마을 전체가 큰 변동을 겪었을 무렵, 슬그머니 흘러들어온 뜨내기가 우서방 일가였던 것이다. 해서 마을 사람과 최참판댁의 인습적인 주종 관계에서는 비켜선 처지이기는 했다.

"면소 말고 주재소 순사라도 됐으믄 사람을 잡아도 몇은 잡았일 기다. 세상에 사람 영악한 것겉이 무섭은 기이 어디 있노. 그 악종들은 건디리지 않는 게 상수라."

"엽이네 처지가 기막히제. 까막소에서 나온 오서방이사 진작 식솔 데리고 떠났으니 빌어묵든 얻어묵든 다리 뻗고 잘 기다마는."

"떠나고 싶어 떠났나아? 우가 놈의 식구들, 밤낮없이 직이겄다고 굿을 치는데 견딜 재간 있던가? 그 억울한 사정, 다 말 못하지. 적반하장이라 카더마는 우가 놈이 오서방 직이겄다, 낫을 들고 나왔는데 그라믄 가만히 앉아서 당하겄나? 안 죽을라고 실갱이를 하다 보이, 그리 된 긴데 전생에 무신 원수가 졌일꼬."

"오서방이사 당사자니께 그렇다 치더라도 엽이네가 무신 할 짓인고. 본 대로 증언하지 그라믄 저거들 원하는 대로 거짓말해서 오서방을 죽게 하겄나? 그 자리에 있었던 것이 운수 불길이지. 말도 마라. 일일이 말할라 카믄 해 질 기다마는 콩밭에 소를 몰아놓질 않나, 울타리를 걷어차서 망가뜨리질 않나, 앵구(고양이) 목을 짤라 마당에 던져넣질 않나, 만나기만 하믄 증언 잘못해서 원수 놈이 살아서 까막소 나왔다, 퍼붓고 시비 걸고."

"퍼붓기만 함사, 듣기만 해도 소름이 끼치는 악담은 어쩌고, 입에 담기조차 무섭은 말, 아이구 그런 소리 들은 날이믄 밤의 꿈자리도 시끄럽다 카이."

"엽이네 심장이 질기서 산다."

"심장이 질기서 사나? 낭개도 돌에도 못 대니께 사는 기지."

"어지간해야 동네서 몰아내지. 그랬다가는 그놈의 식구들 동네 사람 몰살시킬라고 할 기구마. 그나마 이자는 왜놈한테 붙어서 재동이 놈은 병정 가고 개동이 놈은 면소 서기 되고, 날개를 얻은 기라."

"최참판댁에서도 이자는 다스릴 힘이 없어이."

"무신 소리 하노? 어림도 없다. 벌써 상투 끝에 앉아서 쥐락펴락, 최씨 집도 멀지 않았다고 큰소리 탕탕 치는 판국인데."

쉬쉬하면서도 몰래 하는 마을 사람들 말이었다.

둘째 개동은 끝내 윤국이 말이 없자 침을 탁 뱉고는 자전거에 올라타고 가버린다.

"죽일 놈!"

윤국은 속이 부글부글 끓었다. 강가로 내려간 그는 낚싯줄을 드리워놓고 고기 잡는 일보다 생각에 빠져든다.

"그놈 꼴 보기 싫어 이제는 평사리에 못 오겠다. 오늘은 더럽게 재수 없는 날이다."

윤국은 개동이 행투에도 화가 났지만 영광을 맞이하고 자신이 행한 태도나 심리 상태에 대해서도 화가 났다. 영광과 양현이 당황하는 모습을 보고 왜 그렇게 심사가 올곧지 않았는지, 거의 이성을 잃을 뻔했던 자신을 도저히 이해할 수 없었다. 마치 그들이 몰래 만나기라도 한 것 같은 성급한 판단은 대체 무슨 까닭이었을까. 그것은 너무나 엄청난 비약이었던 것이다. 양현이 영광을 강가에서 만났다 했을 때, 이상한 사람이라 했을 때 비로소 마음을 놓았고 마음이 가벼워졌던 것 역시 지금 생각하면 수치감이 솟는다. 심리적으로 영광을 야수로 본 것이며 양현을 미녀로 본 것도 이 무슨 속단인가. 어쨌거나 윤국은 여태껏 경험한 일이 없는 깊은 갈등의 정체가 무엇인지, 그러나 그것을 규명하는 것이 두려웠다. 오라비로서의 보호본능인가, 양현을 누이동생이기보다 여자로서, 잠재의식 속에 있었던 것이나 아니었을까. 윤국의 얼굴은 붉어졌다가 창백해졌다가, 하늘과 강물이 마주 보는 공간에 앉은 자신이 한없이 초라하고 부끄러운 존재로 느껴진다.

"내일 양현이하고 하동에 가야지."

윤국은 자신으로부터 도망치듯 중얼거렸다. 그 순간 떠오른 것은 어머니의 이상한 변화였다. 벌써 오래전부터 양현의 이복(異腹)오라비 이시우가 요청해온 일이 있었다. 양현을 이씨 호적에다 입적시키겠다는 요청이었다. 의전(醫專)을 나온 시우는 현재 진주 도립병원에 근무하고 있었다. 그는 사실을 안 이상 핏줄을 내버려둘 수 없다는 주장이었고 그의 모친도 전적으로 아들과 의견이 같았다. 그러나 최서희는 단호히 그것을 거절했던 것이다. 이유는 양현의 장래를 위해서, 그렇게 문제를 끌고 왔는데 별안간 최서희는 표변했던 것이다.

이씨 집의 요청을 받아들여 양현의 호적을 옮긴 것이다. 최양현에서 이양현이 된 것이다.

'어머니 심경이 변하신 것은 무엇 때문일까? 왜 그렇게 갑자기 단을 내리신 걸까?'

양현의 문제라면 당연히 아들과 상의도 했어야 했는데 일절 그런 일이 없었고 그 일에 대해서는 환국이도 의아해했다. 길상에게는 상의를 했는지 전적으로 동의한 것 같았다. 양현에 대한 애착을 알고 있는 환국이나 윤국은 그것이 풀리지 않는 수수께끼였다. 서희가 응하지 않는 이상 이씨 집안에서도 양가의 길고 긴 인연을 생각하며 강경하게 나올 처지는 아니었기 때문이다.

해 질 무렵, 고기 몇 마리를 낚아 들고 윤국은 나갈 때와는 달리 몹시 초췌한 모습으로 돌아왔다. 양현이 잡아온 고기를 들여다보며 어쩌구저쩌구 지껄였지만 윤국은 거의 말을 하지 않았다.

"오늘은 많이 못 잡았십니다."

건이아범이 고기를 가져가면서 말했다.

"아가씨, 저녁은 사랑으로 차려갈까요."

언년이, 그러니까 건이네가 물었다.

"오빠 어떻게 해요?"

양현은 윤국에게 물었다.

"안채에서 함께 먹지 뭐. 그리고 건이엄마 저녁은 좀 천천히 해요."

"알았습니다."

환국과 영광의 얘기가 대강 다 된 것으로 짐작한 윤국이는 사랑으로 가서 그들과 합류했다. 그리고 다시 정식으로 영광에게 애도의 뜻을 표했다. 그러고 나서,

"형, 형은 앞으로도 경음악을 계속할 겁니까."

불쑥 물었다.

"내 하는 일이 밤낮 그렇지 뭐. 장담할 일이 뭐 있겠나. 세상을 핑계 삼는 것 같지만 요즘 맨정신으로 할 수 있는 일이 대체 뭘까?"

"왜 형은 보다 나은 길을 놔두고 그리로 갔습니까."

윤국은 영광에게 그런 식으로 단도직입적인 말을 한 적이 없었다.

"보다 나은 길이 뭘까……."

"형은 본래 문학을 하려 했지 않았소."

"문학…… 글쎄 그것을 설명하려면 철학적으로 하하핫 핫…… 개똥철학이지만 말이야. 그보다 안 하는 이율 생각해 본 일은 없지만 아마 샘이 말라버린 때문이 아닐까?"

영광의 표정이나 말투는 어딘지 모르게 너그러웠다. 홍이를 대했을 때와는 딴판으로, 강가를 헤맬 때와도 딴판으로 평화스러움, 무장을 해제한 것 같은 느낌을 준다.

"감성 문제를 말하는 건가요?"

윤국의 말에 환국은 눈살을 찌푸렸다. 그놈의 그로테스크가 나오면 어쩌냐 싶었던 것이다.

"감성 문제뿐이겠나."

"내일 하동에 갈 건가?"

화제를 꺾듯 환국은 윤국에게 물었다.

"왜요? 형은 안 갈 거요?"

"나는 영광이하고 등산하기로 했다."

"그럼 양현이하고 저만 갔다 오지요 뭐. 시우형도 없는데."

"양현이는 그쪽에서 묵게 되더라도 넌 당일로 돌아와야 해."

"알고 있어요."

"넌 서울에 들르지 않고 바로 갈 거냐?"

"형님은 언제 돌아가시게요."

"온 김에 스케치나 좀 할 생각이다. 서울서는 답답하고, 그림이 안 돼."

"그까짓 학교 때리치우고 그림에 전념하세요."

"……."

"영광형도 그렇고 모두 답답합니다."

"너는 안 답답하구?"

"하긴 그렇군요."

윤국은 픽 웃었다.

"형님 서울 가실 때 저도 함께 가지요."

윤국은 덧붙여 말했다.

"자네도 여기서 머물다가 우리랑 함께 서울 가자."

환국이 영광을 보고 말했다.

"글쎄……."

"시골 바람이 필요한 꼴들이야. 세상일 좀 잊고."

"생각해보구."

"그런데 형."

불러놓고 윤국은 마른기침을 했다.

"거 우개동이라는 그자 알아요?"

"아비가 낮에 찔려 죽은 그 집 아들 아닌가. 막내가 자원병으로 나갔다며?"

"맞아요."

"그 얘기는 왜."

"아까 길에서 만났는데…… 행패가 심한 모양입니다. 상당히 마을 사람들을 괴롭힌다는 얘기였소."

"건이엄마가 그런 얘길 하더군."

"들어낼 수도 없고 골칫거리요."

"우릴 들어내려 할 텐데 그자를 들어내?"

"악종도 보통 악종이 아니랍니다. 아들 삼형제와 그 어미까지."

"견뎌야지. 모든 것을 다 견뎌야 해. 이 마을뿐이겠나? 물밑에 가라앉은 것처럼, 자칫 잘못하면 영광이 저 다리 꼴이 된다. 얻은 것은 없고 잃었을 뿐이지."

영광은 쓰게 웃었다.

하룻밤을 이야기로 지새운 환국과 영광은 또 일찌감치 일어나 모두 함께 둘러앉아 조반을 끝낸 뒤 등산한다며 집을 떠났고 윤국은 양현을 데리고 나룻배에 올랐다. 배 손님은 서너 명가량, 남정네들이었다. 낯이 익은 뱃사공이 윤국과 양현을 향해 허리를 굽혀 인사를 했다. 사각모를 쓰고 제복차림의 준수한 청년과 눈부시게 아름다운 양현 모습에 얼이 빠졌는지 하던 얘기를 중단하고 남정네들은 모두 입을 다물었다. 윤국은 이런 처지에 부딪칠 때마다 괴로웠다. 죄의식과 자신이 도둑놈같이 느껴지는 것이었다. 그들에게 등을 돌린 자세로 멍하니 하늘가를 바라본다. 먹구름이 몰려들고 있었다. 강물로 시선을 옮긴다. 흐린 탓인지 강물마저 우중충했다.

"하마 한줄기 퍼붓겠네."

남정네들 중에 누군가가 말했으나, 그러고는 아무도 말을 잇지 않았다. 윤국은 양현을 흘끗 쳐다본다. 쓸쓸해 보였다. 낙엽이 다 떨어진 가지에 홀로 앉은 새처럼 양현은 외로워 보였다. 하동으로 갈 때마다 양현의 표정은 늘 그랬다. 어제 낚시질 갔다가 돌아온 후로는 내내 무뚝뚝했고 말이 없었던 윤국이 말을 걸었다.

"가방에 뭐가 들었어?"

발치에 놓인 가방을 내려다본다. 자신이 들고 왔고 별로 무겁지 않던 양현의 가방이었다.

"갈아입을 옷하구 어머니, 또 진주 새언니가 전하라고 주신 것이 들어 있어요. 왜요?"

"가벼워서."

"어머니, 또 진주 새언니가 주신 게 옷감인가 봐요. 그보다
오빠."

"……."

"비 오시면 어떻게 해? 등산한 큰오빠 말예요."

"등산은 무슨 놈의 등산, 가다가 주막에 들러 술이나 마시
고 있겠지. 아니면 절에 갔거나."

"그럴까?"

"이부사댁 민우가 와 있는지 모르겠다."

그 말 대답은 하지 않았다. 아까부터 양현은 이복오라비 민
우가 남해 작은집에라도 가고 없었으면 생각하곤 했던 것이다.

"동경서 만나지 않았어요?"

"가끔 만나기는 했지."

이상현의 둘째 아들 민우는 경성제대(京城帝大)에 시험을 쳤
다가 떨어지고 이듬해 경의전(京醫專)에서도 시험에 떨어졌다.
집안 사람들은 형인 시우 못지않게 머리가 좋고 열심히 공부
도 했는데 학마(學魔)가 들어서 그렇다는 것이었다. 두 번이나
고배를 마신 민우 본인도 그랬지만 모친 박씨도 진학을 포기
하고 취직을 하든지, 그러길 원했으나 시우가 우겨서 동경으
로 보냈던 것이다. 그는 현재 사립인 법정전문학교를 다니고
있었다. 시우는 일찍부터 양자로 간 숙부와 외가의 도움으로
간신히 학업을 마친 뒤 진주 도립병원에서 일하고 있었으며

결혼도 했다.

민우는 심성이 괜찮은 청년이었다. 그러나 번번이 낙방을 하고 동경 바닥에서 보잘것없는 사립전문학교에 적을 두면서 부터 형에게 열등감을 느끼기 시작했고 최씨네 형제들에게, 심지어 여의전을 다니는 양현에게까지 그는 열등의 비애를 느끼는 것 같았다. 그러나 그보다 민우가 심한 충격을 받은 것은 양현이 자신의 이복누이라는 사실이 밝혀졌을 때였다. 한번은 동경서 술에 만취가 되어 윤국의 하숙방을 찾아온 일이 있었다. 몰골이 말이 아니었다.

"남들은 대학 하나도 못 가는데 형은 대학을 두 개나 다니고, 팔자치고는 상팔자요. 무슨 놈의 학운이 그리도 좋습니까."

"술 많이 했군."

"네. 술 진탕 마셨소. 동경 하늘이 돈짝만 합니다."

"기분 좋게 마신 술은 아닌 것 같은데 왜 그래?"

"동경서 기분 좋게 술 마실 조선놈의 새끼가 있을까요? 있다면 그건 돈 쓰고 기집애 사귀는 재미로 유학 온 졸부 집구석 놈팽이겠지요. 안 그렇습니까? 내 말 틀렸습니까? 형님!"

"맞다."

"공부 방해됩니까?"

"공부, 공부 하지 마. 나 공부벌레 아니야."

"일류 농과대학을 마치고 또 경제과에 들어갔는데 공부, 공부, 공부벌레 아니라 말할 수 없지요. 아무리 세상이 다 알아주는 천재기로서니."

"사람 민망하게 하네. 비꼬는 것도 정도껏 해라. 출세도 못하는 학문에 무슨 의미가 있어서 공부벌레가 되누. 부잣집 아들, 놈팽이가 안 될려면 공부라도 해야지. 놀고먹을 순 없잖은가. 그는 그렇고 자네는 뭣 땜에 화풀이 술을 마셨나."

"이유야 어디 한두 가지겠소? 가련하고 불쌍한 조선 민족을 위하여 화풀이 술밖에 마실 수 없는 그놈의 지성들이 친일해서 땅마지기 생기고 친일해서 이권 나부랭이 따내고 그따위 매국노와 한 푼 다를 게 없다는 뜻에서도 술 마셨고."

하다가 민우는 트림을 했다.

"과연 이놈의 돌대가리, 형의 호주머니 축내가면서 공부를 계속할 필요가 있겠는가, 해서 술 마셨고, 처자를 내동댕이친 채 평생을 자신의 자유를 찾아 방랑하는 내 부친 말이오. 얼굴도 모르는 그 양반의 그 배신과 기만을 씹으며 술을 마셨고, 철저하게 속았소. 세상 떠난 억쇠할아범한테 속았고 어머님한테 속았어요. 밤이면 밤마다, 삯바느질로 지새며 한숨 쉬던 어머님의 세월, 상전이 뭐길래 뼈를 깎고 살을 저미듯, 백발이 되고 허리가 꼬부러질 때까지 봉사한 억쇠할아범, 유월이할멈, 도대체 그분들 희생에 무슨 의미가 있었을까요? 분노를 느낍니다. 우리 형제가 이렇게 자랄 수 있었던 것은 바로 그 거짓의 지렛대 때문이었소. 할아버님처럼 아버님도 나라를 위해 큰일 하신다, 하하핫핫 하하핫…… 그 큰일이 알고 보니 방탕이었습니다."

"그렇게 말하는 게 아니다. 아버님 나름으로 고민도 하셨겠지. 글을 쓰셨잖았나."

"형도 생각 밖으로 속물이군요. 소설 나부랭이, 기생하고 연애하는 그따위 걸 썼다 해서 주색잡기는 이해하라 그 말씀이시오?"

윤국은 할 말이 없었다. 그러나 감히 말한다.

"민족을 위해 일하는 것만이 지고선(至高善)은 아니지 않는가."

"형, 오해하지 마시오. 나는 나라를 위해 민족을 위해 사는 것만이 지고선이라 하지 않았소. 그것이 과장되고 분식(粉飾) 될 때 오히려 혐오감을 느끼곤 했어요. 사람마다 가치관이 다르고 삶의 방식이 다르고 목적도 다르다, 그걸 모르는, 그렇게 순진한 이민우도 아닙니다. 하지만 묻겠는데요, 내 부친의 생애가 그럼 지고선에 속하는 건가요? 그리고 그것은 당연한 일인가요?"

민우는 억지를 썼지만 윤국은 할 말이 없었다.

"사나이의 풍류로써 기생과의 로맨스, 있을 수 있는 일이지요, 딸애도 낳을 수 있는 일이지요."

"듣기 거북하군."

"내 말이 뭐 틀렸습니까? 다만, 그렇지요, 다만 내가 분노를 느끼는 것은 늑대 울부짖는 벌판에 처자식을 내동댕이치고 떠난 사람, 형은 모를 겁니다. 가난이 어떤 것인지를, 겉은 멀쩡하면서 속으론 찬 바람 굶주림에 웅크려야 했던 우리들 세월을 모를 거요. 평생을 외가의 도움, 넉넉지 못한 숙부의 도움으로 연명했던 우리들 심적 고통…… 무책임하게 비정하게 내버리고 간 부친의 목적이 무엇이며 가치관은 무엇이냐, 새삼스럽게 그걸 따지자는 건 아니오. 버릴 수 있었던 것은 어떤 면에선 모질고 강한 거지요. 하면은 자기 자신에게도 엄격했어야 하지 않았는가. 또 뭡니까? 기생과 동서했고 기지 배까지 낳았으면."

민우의 어세가 흐트러졌다.

"그들도 독립운동하기 위해 내동댕이치고 간 건가요? 여자는 물에 빠져 죽고 딸애는……."

하다가 민우는 웃었다. 숨이 막히게 웃었다.

"배다른 누이인 줄도 모르고, 마, 만일 내가 양현이를 사랑했다면 어쩔 뻔했어요?"

"입 닥쳐! 그따위 모독적인 얘기 입에 담는 것 아니야!"

"형! 그게 내 잘못이오?"

"그런 말 하는 너 자체, 부친을 비난할 자격 없다. 누이로 순수하게 인정하는 것 이외 내 앞에서 다른 말 하지 마! 그 애한테 상처 주는 말 두 번 다시 했다 봐라, 가만두지 않겠다!"

민우는 순간 풀이 죽었다.

"이를테면 그렇다는 얘기죠 뭐."

나루터에서 내린 윤국과 양현은 읍내로 들어갔다. 장날이 아니어서 빈 장터는 썰렁했다. 비가 쏟아질 듯, 쏟아질 듯 하늘이 내려앉았으나 비는 아직 내리지 않고 목덜미에 땀이 배어날 만큼 날씨는 무더웠다.

"오빠."

"음."

"오늘 갈 거예요?"

"그래."

"나는 어떻게 해?"

"이삼일 묵었다 와야지."

"이삼일……. 힘들어요 오빠."

"……."

"낯설어서 어려워요."

"초행도 아닌데 뭘 그래."

"초행이 아닌데…… 그래도 그래요."

"누가 언짢게 대하던? 환영하지 않는다면 안 가도 돼."

윤국이 걸음을 멈추었다.

"이쪽에서 원한 일 아니야. 정 그렇다면 돌아가자."

"그, 그게 아니에요. 민우오빠가 날 미워하나 봐요."

"그건 부친에 대한 감정 때문이다."

"민우오빠 말고는 다 잘해주셔요."

"당연하지. 호적 옮겨달라고 강경하게 말한 사람이 누군데? 기죽을 것 없다. 가고 안 가는 것 아무도 너에게 강요할 사람 없어."

했으나 윤국은 양현이 애처로웠다. 어떤 뜻에선 이부사댁 그 자체가 양현에게는 상처였기 때문이다.

양현은 하얀 손수건을 꺼내어 땀을 닦았다. 땀을 흘려서 그런지 얼굴은 더 희고 맑았다.

"양현아."

얼굴을 돌려 윤국이를 쳐다본다.

"이제부터는 견디는 힘을 좀 길러야겠다. 너 말이야."

"알아요."

"다 컸고 넌 이미 성인이다. 앞으로 수많은 일에 부대끼며 살아가야 하는데 세상은 우리가 생각하는 것보다 훨씬 험하고 각박하다. 사람들의 관계도 저마다 복잡하고, 복잡하지 않은 경우란 드물어."

어린 계집아이한테 타이르듯 한다.

"오빠."

"음."

"오빠가 생각하는 것처럼 우울한 거 아니에요. 실은 말예요, 나같이 행복한 사람 없을 거야."

"정말 그리 생각하냐?"

"응, 오빠, 난 말예요. 오빨 너무 사랑해. 어머니 아버지 큰오빠, 가슴이 찢어질 만큼 사랑해. 내 인생이 지금 끝나도 난 다 누린 거예요. 앞으로 어려운 일에 부닥쳐도 억울하지 않을 거구요. 진심이야."

양현의 표정은 환했다. 반대로 윤국의 얼굴은 어두웠다.

"나 이틀 밤만 자고 갈게요."

"생각 잘했다. 꽃 같은 기집애."

"어? 그건 어머니 하시는 말인데? 오빠 어릴 적에 종달새야, 다람쥐야, 곰 새끼야 그랬지요?"

"곰 새끼는 형이 말했어."

"그랬나?"

"어서 가자. 남들이 들으면 웃겠다. 어른이 다 된 멀쩡한 것들이."

이부사댁에 들어섰을 때 민우는 모시 고의적삼을 입고 마당에서 어슬렁거리고 있었다.

"왔어?"

마치 이웃에 사는 아이에게 하듯 양현을 바라보고 나서,

"형, 그동안 뭘 했어요? 낚시질했구나. 얼굴이 새까만 걸 보니."

반갑게 말했다. 부엌어멈 순천댁이 내다보며 인사를 했다.

"방에 들어가보아. 어머니 계셔."

듣기에 따라 어서 내 앞에서 사라지라는 것 같기도 했다.

"나도 인사해야지."

윤국이 민우를 뿌리치듯 나서는데 마침 방에서 양현이 온 기척을 알아차린 시우의 모친 박씨가 나왔다.

"양현이 왔구나. 윤국이도 오구. 어서 올라와."

두 사람은 신발을 벗고 마루로 올라갔고 민우는 마당에 선 채 내려앉을 것만 같은 흐린 하늘을 올려다본다.

"그간 안녕하셨습니까."

윤국이와 양현이 절을 한다.

"그래, 집안은 두루 평안하시고. 부모님께서는 서울 계신다 며?"

"네."

하는데 그새를 못 참겠는지 민우는,

"형 우린 밖에 나가지요."

했다. 윤국이 엉거주춤하니까,

"모자하고 양복 윗도린 벗어놓고."

몹시 서둔다.

"그럴까?"

윤국은 저도 모르게 민우가 서두는 데 따라 모자와 윗도리 를 벗고 셔츠 바람으로 마루에서 내려섰다.

"점심때까지 돌아오너라."

박씨 말에,

"그러지요."

대답한 민우는 꽁지에 불붙은 것처럼 윤국을 끌고 나간다.

"순천댁."

박씨가 불렀다.

"예."

"점심준빌 하게."

"저거, 도련님 안 오실 거인디."

"어째서?"

순천댁은 손으로 입을 가리며 웃는다.

"왜 웃느냐?"

"술 생각 허시던 참에 윤국이도련님이 오셨지라, 그런께로 쉽게 들어오시겠소?"

"기가 막혀서. 형은 술을 모르는데 그 애는 누굴 닮아 그런지 모르겠구나."

혀를 찼으나 그럴 나이도 됐다 싶었는지 슬며시 웃는다.

"그러면 마님허구 애기씨 점심만 헐까요잉?"

"그래라."

박씨는 얼굴을 돌려 양현을 쳐다보면서,

"방학인데 안 내려오나 하고 기다렸지. 공부는 할 만하냐?"

"힘듭니다."

"그럴 게다. 허나 공부 끝마치면 우리 집안에 의사가 둘이 난다. 경사지. 아무쪼록 열심히 해라."

"네. 이거."

양현은 가방에서 보자기에 싼 것을 꺼내어 박씨 앞으로 내밀었다.

"이게 뭐냐?"

"하나는 서울서 어머니가 주셨고 또 진주 새언니가 드리라 구 해서, 옷감인가 봐요."

"옷이 많은데. 이건 두었다 양현이 출가할 때 쓰지."

빗방울이 후두둑 떨어진다. 빗방울은 이내 세찬 빗줄기로 변했다. 그리고 뇌성벽력이 천지를 흔든다.

4장 몽치의 꿈

집이라야 큰방 작은방 부엌, 삼 칸짜리 오막살이였다. 마당 은 다소 넓은 편이어서 강아지 한 마리가 졸랑거리며 놀고 있 었다. 장독가의 분꽃 봉선화는 한물간 것 같았고 맨드라미가 타듯이 새빨갛게 한창 기세를 올리고 있었다.

"선아야, 선일이 나갈라. 아아 단속 잘해야 한다."

영선이 말에 마당을 쓸고 있던 선아는,

"자는데 머."

"깨믄 말이다."

"알았구마. 옴마, 올 때 사탕 사올 기제?"

"운냐 사올게."

영선은 삶은 빨래가 든 통을 이고 휘는 작은 꾸러미와 술병 을 들고, 양주는 나란히 집을 나섰다. 영선은 명정리(明井里) 빨래터에 빨래하러 가는 길이었고 휘는 엎어지면 코 닿는 곳에 있는 곱새 소목장이 조병수의 집, 그러니까 휘에게는 스승 뻘인 그에게 가는 길이었다.

"보소 선아아부지, 술 과하게 하믄 안 될 기요."

갈라지는 골목까지 왔을 때 영선이 말했다.

"술 많이 할 처지나 되건데?"

"참말로 그 집 일도 큰일이오. 그라믄 어서 가보소."

영선은 내리막길을 곧장 내려간다. 치맛자락을 걷어 끈으로 허리를 잘쑥 동여맨 영선의 뒷모습, 바라보다가 휘는 걸음을 옮긴다. 고만고만한 오막살이, 싸리 울타리도 있고 판자 울타리도 있고 울타리 없는 집도 있었다. 삽짝문은 모두 열려져 있어 마당이 훤하게 들여다보였고 삽짝 없는 집은 부엌의 부뚜막까지 볼 수 있었는데 부잣집같이 큰 솥 작은 솥은 윤이 나게 가꾸어져 있었으며 장독들은 햇빛에 반들거렸고 마당은 깨끗이 쓸려 있었다. 그러나 가난한 동네다. 그런 집을 여남은 채나 지나갔을까, 제법 반듯한 대문에 짚으로 된 용마름을 얹은 토담이 나타났다. 휘는 걸음을 멈추고 귀를 기울인다. 집 안에서는 아무 소리가 없었다. 조용하다는 것은 대개 이 집 안에 사단(事端)이 있다는 것을 의미한다. 휘는 성큼 집 안으로 들어간다. 본채는 초가였으나 사 칸 접집*으로 대청이 넓었다. 본채와 마주 보는 아래채는 삼 칸, 두 개의 방 사이에 도장이 있었다. 휘는 마당에 서서 한숨을 쉬다가 아래채, 오른편에 있는 방 앞에까지 간다.

"선생님."

"……."

"선생님."

마른기침 소리가 났다. 휘는 방문을 열었다. 조병수가 우두커니 앉아 있다가 휘를 쳐다본다. 비애와 공포에 질린 눈빛이었다. 마치 소년과 같은 그런 표정이었다. 휘는 신발을 벗고 방으로 들어갔다.

"다녀왔습니다."

병수를 향해 절을 하고 자리에 앉은 휘가 말했다.

"일은 잘 치렀느냐?"

"예."

"편히 앉게."

"예."

병수는 여위어, 얼굴은 주름투성이었고 한층 더 작아 보였다. 그러나 눈빛만은 변함없이 맑았다.

"지감께서는 안녕하시고."

"예, 선생님께 안부 전하라 하시믄서 일간에 한번 오시겄다, 그런 말씸이더마요."

"그래? 참 오랫동안 못 뵈었구나."

방은 넓었다. 문갑과 사방탁자에 책자가 쌓여 있을 뿐 그 밖의 것은 없었고 깨끗했다.

"주안상 차릴까요?"

"그래라."

별안간 병수 얼굴에 생기가 돌았고 음성에도 탄력이 있었
다.

'불쌍한 선생님, 아직도 고(苦)가 안 끝났단 말가.'

휘는 환하게 눈에 익은 부엌으로 들어갔다. 소반을 부뚜막
에 올려놓고 찬장 문을 열며 뭐가 있나 하고 들여다본다. 십
년이 훨씬 넘는 술 시중이었으니 어줍을 것 하나 없었다. 콩
자반, 잘 삭은 콩이파리, 멸치볶음, 가모(家母)의 알뜰한 살림
솜씨가 역력하다.

'빌어묵을 영감탱이 와 안 뒈지노. 살 만큼 살았는데 머 얻
어묵겠다고 살아서, 사람우 형상을 하고 짐승보다 못한 늙은
것이, 무신 대복(大福)을 찌고 나서 저런 효자를 낳았는고. 하
야간에 하루라도 속히 죽어야만 나머지 사람들이 살지.'

안주와 술잔 두 개, 젓가락 두 개, 술상을 본 휘는 상을 들
고 방으로 돌아왔다.

"산의 선생님이 선생님 드리라고 하심서 머루주를 한 병 주
시더마요."

산의 선생님이란 해도사를 이름이다. 실로 이 두 스승은 휘
에게 막강한 영향을 끼친 사람들이다.

"고마운 분이시다. 그분 뵌 지도 오래구나."

"아마 지감스님 오실 적에 동행할 요량인 것 같더마요."

"그래?"

병수 얼굴에 기쁨의 빛이 넘친다.

휘는 하얀 술잔에 붉은 머루주를 따라 두 손으로 조병수에게 바친다. 병수는 생명수를 대하듯 눈을 지그시 감고 그러나 깊은 한숨을 내쉬며 술을 마셨다. 그리고 나서 휘에게 술잔을 돌렸다.

"술 받아라."

"예."

휘는 고개를 돌리며 받은 술잔의 술을 마신다. 스승과 제자, 그 예절이 각별하다. 이들은 소목장이의 기능을 전수하고 전수받는 단순한 관계를 넘어서 있었다. 조병수의 도저한 학문의 세계를 휘는 십여 년 동안 곁에서 엿보았고 불구의 몸이었으나 그의 청명한 감성과 인품에 접해왔으며 그의 비애와 고통을 지켜보았다. 해도사는 휘에게 기본적인 학문과 사람의 도리, 세상의 이치를 다져준 사람이다. 그러나 조병수는 그 다져진 터전에 실로 많은 빛을 던져주었던 것이다. 그중 하나가 예술에 대한 휘의 개안(開眼)이었다.

조병수가 소목일에서 손을 뗀 것은 이 년 전의 일이었다. 딸은 오래전에 출가했고 막내아들도 사범학교를 나와 사천(泗川)에서 보통학교 교사로 있었으며 중학교를 마친 큰아들은 취직을 마다하고 갯가에 어구점(漁具店)을 차렸는데 그것이 성공하여 돈을 벌었고 사업의 규모도 차차 커졌다. 뿐만 아니라 근검절약, 건실한 아내 덕분에 병수의 수입에서 양도(糧道)에

족할 만큼의 전답도 장만했으니 그만했으면 몸이 성치 못한 병수의 처지, 일에서 손을 뗄 만도 했다. 그러나 그는 그러질 않았다. 자식들이 한사코 부친의 소목일을 반대하고 나섰지만 그는 역시 자식들 희망에 따르지 않았다. 그러던 그가 연장들을 정리하고 일방을 폐쇄한 것은 마지막 쇠전 한 푼까지 털어먹은 조준구가 내려오면서부터였다. 쇠전 한 푼까지 털어먹었다 했지만 그는 영락하고 쇠잔한 몰골로 아들을 찾아온 것은 아니었다. 놀던 푼수가 있어 그랬겠지만 최고급 양복 차림에 상아 손잡이의 고급 스틱을 짚고 위풍당당하게 아들을 찾아온 것이다. 얼마나 보약을 질렀는지 팔십을 눈앞에 둔 노인답지 않게 힘이 세었고 허리도 꼿꼿했다. 그러나 그 추함은 모골이 서늘해질 만큼, 혐오감을 주는 것이었다. 노추라기보다 악행과 범죄의 세월이 각인처럼 그 모습에 나타나 있던 것이다. 도착하여 그가 한 첫마디는,

"사랑도 없이 이게 행세하는 집구석이냐?"

행세하는 집구석이기는커녕 소목장이의 집이라는 것을 모를 리 없다. 그러나 그것은 자신이 기거할 처소를 염두에 두고 한 말이었던 것이다. 사람이란 늙으면 대개의 경우 어깃장도 놓고 이기적으로 된다고들 한다. 하니 평생을 철판 깔고 살아온 조준구, 이를 말해 뭣 하리.

"독선생 앞혀서 글이라도 가르쳤으니 이 짓이라도 해먹고 살았지. 애비 없는 자식이 어디 있으며 뿌리 없는 나무가 어디

있느냐. 팔십이 다 되도록 자식 놈 신세지지 않고 산 것만도, 아무나가 하나? 내 갈 날도 멀지 않았으니 깊이 명심해라."

탕탕 큰소리치기도 했다. 처음부터 고압적으로 나가기로 작심을 했던 것 같았다.

병수는 큰아들 내외를 내보냈다. 그들은 집을 장만할 여력이 충분했기 때문이다. 다음은 간창골 어귀에 가게를 하나 세내어 휘를 독립시켜주었다. 아들과 자부에게 짐을 지우지 않겠다는 생각과 자신은 소목일에서 손을 떼겠다는 결심을 실행에 옮긴 것이다.

일 년 동안 조준구는 호의호식, 보약이다 뭐다 하며 입에 맞지 않은 음식은 몇 번이고 퇴하면서 아들의 살림을 뿌리째 뽑으려 들었다. 그는 잔인한 폭군이요 악마였다. 특히 아들에게는 가학적 쾌감으로 괴롭혔다. 때론 노망이 든 것처럼 가장을 하면서 행패를 부렸고 때론 노골적인 잔인성을 얼굴 가득히 나타내며 아들의 불구를 조롱하곤 했다. 희망도 낙도 없이, 죽음의 공포를 잊으려고 그랬는지 모른다. 아니면 마약같이 강도를 높이지 않으면 안 되는 것처럼 악(惡)도 그러한 생리일까. 악을 행하는 것도 쾌감일까. 지금은 그의 인생의 끝머리, 그 대상이 아들 말고 누가 있는가. 실로 저주받은 생애라 할밖에 없다. 보다 못해 손자나 자부가 항의를 하면 어디서 힘이 솟는지, 아래 말고 위쪽의 눈 흰자위를 허옇게 드러내며 스틱을 들고 쫓아오곤 했다. 뿐만 아니었다. 집에서 부리는 여자아이나 아낙에게 추잡하게 굴어서 집안 망신은 말할 것도 없었고 일하는 사람이 집에 붙어나질 못했다.

"양반 꼴 좋다. 세상에 며느리보고 이년 저년 욕하는 시애비가 어디 있노. 우리 겉은 상사람도 그런 망측한 짓은 안 하거마는. 늙어서 덕 본다. 젊었이믄 동네 가운데 두기나 할 기든가?"

동네 사람들 말이었다. 언젠가 병수는 혼잣말같이 말한 적이 있었다.

"내가 불구자로 태어난 것도 운명이며 저런 부친의 아들로 태어난 것도 운명이다. 운명을 어찌 거역하겠느냐."

비애에 젖은 눈으로 병수는 휘를 바라보았다. 휘는 그때 눈물을 흘렸다.

조준구가 중풍으로 쓰러진 것은 작년 이맘때였다. 하반신 마비였던 것이다. 중풍으로 쓰러졌다 해서 집안이 조용해진 것은 아니었다. 잔혹한 상태에서 조준구는 광란 상태로 변하여 집안은 한층 더 시끄러워졌던 것이다. 별의별 요구가 많았지만 그중에서도 기막히는 것은 송장 썩은 물을 구해오라는 주문이었다. 송장 썩은 물이 중풍에 좋다는 말이 있긴 있었다. 그러나 그것을 어디서 구해오는가. 오늘도 집안이 조용한 것은 한바탕 폭풍이 지나간 때문이다. 병수댁네는 속이 상해 아들 집에 갔는지 없었고 조준구는 한바탕 광을 친 뒤여서 잠이 들었는지 기척이 없었다. 병수 혼자 집을 지키고 있었던 것이다. 조준구의 상태는 그야말로 목불인견이었다. 발작을 하면 삼이웃이 시끄러웠다. 한번은 병수가 오물을 치우려고 방에 들어갔을 때 대변을 거머쥐고 있다가 아들 면상을 향해 던진 일이 있었다. 그때 병수는 통곡을 했다. 가엾고 측은하다 했다. 사람이 어찌 저렇게 살아야 하며 떠나갈 길을 생각지 않는가 하며 그는 울었던 것이다.

"소가죽을 뒤집어써도 유분수!"

조준구의 소문을 듣고 진주의 영팔노인이 담뱃대로 재떨이를 치며 내뱉는데 마누라가 받아서,

"와요? 소가 우때서요? 얼매나 어진 짐승인데 거기 비하는 깁니까."

하고 타박을 주었다.

"천벌을 받을 그놈이 아직 안 죽고 살아서 자식 못할 짓 시키고 있다 카이 참말로 하늘이 있나 없나."

"벌 받니라꼬 살아 있는 거 아니겠소. 벼루박(벽)에 똥칠 해감서 벌받니라꼬."

"그기이 벌가? 어림없다! 적악(積惡)을 어디 한두 사람한테 했던가?"

"와 날보고 징을 내요. 그렇기 억울하믄 가서 직이든 살리든 해보소. 다 살 만큼 살았인께."

"그놈의 죄는 삼악도에 떨어져도 다 못 갚는다. 내가 만주서 그 고생할 직에는 씨퍼런 칼 가지고 그놈의 배애지 찔러

직이고 싶은 생각 한두 번 한 줄 아나? 그래도 나는 소분지애
씨라. 관수나 석이 가아들한테 비하믄."

평사리 마을에서는 야무네와 천일네가 그 소문을 입에 올
리곤 했다.

"최참판댁 털어묵은 거는 그렇다 치자. 상전을 배반하고 조
준구 수족 노릇을 했던 삼수 놈을 무신 까닭으로 그랬는지 모
리겄다마는, 왜헌병한테 찔러서 총살을 시킨 그 일도 접어두
고, 많은 사람한테 해악을 끼친 것도, 곱새 도령은 지 자식 앙
이가. 그 자식한테 한 짓은 하늘이 알고 땅이 아는데 거기가
어디라고 찾아가노 말이다. 무신 염치로? 무신 낯짝 치키들고
갔일꼬? 우리가 그 내력을 다 아는데 그런 뻔뻔스런 인사가
어디 또 있겄나?"

"와 아니라요. 그 불쌍하고 가련했던 곱새 도령, 지금도 눈
앞에 삼삼하요. 눈 뜨고는 못 볼 그 정상(情狀), 우리가 다 아
는데, 죽을라꼬 물에 빠진 기이 어디 한두 번이던가?"

"호랭이도 지 새끼 귀타 카믄(귀엽다 하면) 내던지고 간 나물
바구니 집 앞까지 물어다 놓는다 카는데."

"사람 아닙니다. 밥이나 믹이달라꼬 기어들어와도 그 꼬라
지 못 볼 긴데, 그 곱새 도령 몸은 병신이지마는 마음은 관옥
이오. 이 세상 사람 아닌갑소. 컬 때도 보아서 알지마는 그 눈
이 실프고 우찌나 맑고 빛이 나던지. 우째서 그리 착한 사램
이 그렇기도 무도한 부모한테서 태이났을까요."

"목련도사도 그렇다 안 카더나. 어마님을 지옥에서 구해낼라꼬 오만 짓을 다했지마는 악한 본심이 변하지 않은께 구할 도리가 없었다 안 카더나."

절에서 귀동냥을 한 모양이었다. 목련존자(目蓮尊者)나 목련도사나 뭐 크게 차이는 없을 것이지만 아무튼 야무네의 기억이 확실찮은 것만은 사실이다. 어쨌거나 진주에서, 평사리에서, 통영에 있는 조준구의 소식을 알게 된 데는 그럴 만한 연비가 있었다. 그 소문이 굼뜬 한복의 입에서 나왔던 것이다.

영호는 통영 어업조합(漁業組合)에 취직이 되어 가족을 데리고 그곳에 가서 산 지가 오래되었다. 해서 한복이 아들 집에 가는 일이 더러 있었고 그러나 그보다 먼저 경위를 설명하자면 몽치 얘기부터 하는 게 순서다. 영호의 처 숙이가 몽치의 누님이었고 휘는 산에서 몽치와 함께 해도사로부터 글을 배운 처지, 동문이라기보다는 산속에서 이들의 잔뼈가 굵어진 만큼 휘와 몽치는 형제와 같이 유대가 깊을밖에 없었다. 해서 몽치는 열아홉 되던 그해 산을 떠나 통영으로 왔던 것이다. 성의는 없었지만 매부인 영호는 몽치를 어업조합 소사로 취직시켜주겠다 했고 휘는 병수 밑에서 소목일을 배우라고 권하였던 것이다. 그러나 몽치는 그 제의를 모두 마다했다. 그리고 그가 택한 길은 고깃배를 타는 일이었다. 이렇게 해서 몽치를 고리 삼아 숙이와 영선이 알게 되었고 객지의 외로운 처지, 친하게 지냈는데 이들에게 인연이라 할까 우연이라 할까, 여러 해 전에 이들 두 여자, 여자라기보다 두 처녀는 이미 만난 일이 있었던 것이다.

그러니까 영선이 아비 송관수를 따라 지리산으로 갈 때 일이었다. 그해 겨울의 추위는 혹독했다. 송관수 말마따나 칼날 같은 섬진강 강바람을 마시며 육로로 평사리에 닿은 부녀는 영산댁 주막에서 뜨거운 국밥으로 허기와 추위를 달래고 하룻밤을 그곳에서 묵었다. 그때 자줏빛 모슬린 치마에 주란사 검정 저고리를 입고 목에 흰 명주 수건을 감은 계집아이 모습을 숙이는 기억하고 있었으며 술항아리에 기대어 졸고 있다가 소스라쳐서 일어난 숙이는 뜨거운 국밥을 말아주었으며 이부자리를 깔아주었고 말없이 한방에서 잠들었던 것을 영선도 기억하고 있었다. 그러나 그 기억을 되살린 것은 서로의 신상 얘기를 조금씩 하기 시작했을 때였다.

"어쩐지 어디서 본 듯 싶더마는, 참 이상도 하지. 여기서 이렇게 또 만나게 될 줄이야."

숙이는 그들의 인연을 신기해했다.

"그때 일을 생각하믄 지금도 가슴이 미어지는 것 같다. 다짜고짜 옷보따리를 싸라, 영문 모리고 따라나섰는데……. 야속한 울 아부지, 떠날 때는 엄니도 울고 나도 울고, 울기는 와 우노, 죽으러 가나! 하심서 윽대지르던 울 아부지. 어디로 가는 줄도 모리고 부산에서 하동까지 왔는데 어찌나 날씨가 칩던지 강이 얼어서 나룻배가 있어야지. 해는 저물고 아부지는 걸어서라도 가야 한다, 해서 걷기 시작한 것이 그렇그름 먼 길인 줄 누가 알았겠노. 칩운 거는, 간이 얼어붙는 것만 같았다. 배는 고프고 밤길이 무섭어서 죽겠더마."

"아닌 게 아니라 그때 손을 호호 불믄서 얼굴이 새파래가지고."

"말도 마라."

"하지마는 옷맵시가 어찌나 이삐든지 도방서 왔구나 싶었지."

"그때 울 아부지가 날 산에 놔두고 떠난 후로는 이날까지 식구들 종적을 모리니 울 엄니 내 동생은 우찌 되었는지, 시아부지는 늘 걱정 마라 하시지만, 밥 묵고 잠자고 모진 기이 사람 맘인갑제."

"그 심정 왜 내가 모리겠노, 알지. 나도 겪은 일인께. 주막에서 자고 일어나니까 온데간데없이, 아부지가 뭉치만 데리고 떠나부리고 천지가 아득하더라. 얼매나 울었는지, 강가에 걸레 빨러 가서도 울고 부석 앞에서 불을 때면서 울고, 돌아가신 할무이가 안 계셨다믄 나는 살지도 못했일 기다."

영선과 숙이는 가끔 서로의 처지를 얘기하며 눈물을 흘리곤 했다.

집도 가까이 있었다. 비탈진 곳에 옹기종기 초가가 모여 있는 가난한 동네. 그러나 삼간 오두막이라도 집이 있다는 것은 이들의 안정된 생활을 의미한다. 여러 가지 면에서 영선과 숙이는 비슷한 점이 많았다. 서로의 처지도 그랬지만 깔끔하고 차분한 살림 솜씨, 다부지면서도 대범한 성품, 눈에 확 들어오는 용모는 아니었지만, 하기는 가꾸지 않는 탓도 있었지만 은근히 특색 있는 아름다움을 지니고 있었다. 오목오목하게 생긴 영선의 얼굴은 총기가 있어 보였고 윤곽이 뚜렷한 것은 영광을 연상하게 했다. 숙이는 엷은 쌍꺼풀의 눈매가 고왔으며 숨은 꽃같이 아른아른한 자태였다. 보통학교를 마쳤고 독서광이던 영광의 영향도 있어 유식한 영선에 비하여 숙이는 무식한 것 같았지만 언해 정도는 깨치고 있었으며 감성이 풍부한 데 비해 자제력이 강하여 영호도 마음속으론 아내를 무시하지 못했다. 이들이 친숙해진 것은 자연스런 일이었다. 신상 얘기도 거침없이 하는 사이, 그러나 한 가지 영선은 외할아버지가 백정이었다는 말만은 하지 않았다. 숙이 역시 시할아버지가 살인 죄인이라는 것, 시할머니가 목매달아 죽은 일만은 말하지 않았다. 아무튼 안사람끼리는 서로 의지하며 흉허물없이 지냈는데 영호와 휘는 수인사만 했을 뿐 각별하게 대하는 일이 없었다. 아니 오히려 서로가 못마땅해하는 점이 없지도 않았다. 중퇴이기는 하나 중학과정을 거의 마친 영호는 그 학력에 걸맞은 양복 입은 월급쟁이였고 학교 문턱에도 못 가 본 휘는 일개 소목장이, 터놓고 친구가 될 수 없었을 뿐만 아니라 의지가지할 곳 없는 처남 몽치를 성질이 거칠며 본 바 없다 하여 무시하고 경원하는 영호의 처사를 휘는 마땅찮게 생각했으며 영호는 영호대로 무식한 산놈 주제에 공부한 여자를 얻었다, 그게 기분을 뒤틀리게 했다. 사실 영호는 숙이가 교육받지 못했고 어디서 흘러들어왔는지 근본도 모르며 주막집 양녀였다는 데 대한 열등감이 항상 마음속에 도사리고 있었다. 부모 강권에 못 이겨, 또 혼처를 고를 만한 처지도 아니었기에 울분을 누르고 결혼하기는 했으나, 그러면서도 윤국이와 숙이의 뜬소문은 그에게 다른 또 하나의 열등감을 안겨주었다.

"내가 마음만 모질게 먹었음 동경유학도 했을 거라구."

곧잘 입에 올리는 말이었다. 윤국을 염두에 두고 한 영호 말이었다. 숙이의 비천한 전력과 윤국과의 뜬소문은 서로 상반된 열등감으로 영호 맘속에 있었는데 어쩌면 그 상반된 열등감의 균형이 이들 결혼 생활을 파탄에 몰아넣지 않는 역할을 했는지 모른다.

한번은 영선과 숙이 개발(갯벌에서 조개 파는 일)을 하러 간 적이 있었다. 봄이면 들판에 나물을 캐러 가기도 했고 산에 가서 갈비[枯松葉]를 긁어다가 땔감으로, 살림에 보태기도 했으며 때론 바다 쪽으로 나가는 일도 있었다. 그날은 일찌감치 집을 나섰다. 해저터널을 지나 발개라는 곳으로 간 이들은 조금 때라 그렇기도 했겠지만 유별나게 물이 많이 빠져나간 갯벌, 허허벌판이 되어버린 갯벌에서 얘기를 주고받으며 조개를 파기 시작했다. 조개는 많았다. 횡재라도 한 듯 영선과 숙이는 신을 내며 조개를 파서 바구니에 주워담는다. 점심때가 지났을 때는 제법 바구니가 그득하게 조개를 팠다.

울려 퍼지는 뱃고동 소리, 두 여자는 허리를 펴며 일어섰다. 늦여름의 갯바람은 시원했으나 하얀 물살을 가르며 연신 뱃고동을 울리며 지나가는 윤선이 이들을 심란하게 했다. 배를 타고 떠나간 사람은 없었지만 죽음이든 어떤 모양으로든 떠나간 사람들을 생각지 않을 수 없었던 것이다.

"뱃고동 소리만 들으믄 왜 이리 서럽운지 모리겠네."

머리에 쓴 수건을 벗어 얼굴의 땀을 닦으며 영선이 말했다.

"와 아니라. 손수건 흔들며 떠나보낼 임도 없는데."

숙이 웃으며 말했다.

"울 오빠가 떠나는 것은 피할 수 없는 사람의 운명이다, 그런 말을 하더마는, 기약도 없는 세월이 이리 가는데 내 부모 내 형제를 언제 다시 볼꼬."

"선아엄마는 희망이 있인께 기다리기나 하지. 그라고 신랑이 점잖고 가숙을 귀히 여기니 나보다는 세월도 덜 서럽었을 기고."

"이녁은 어째서?"

"그냥 살았지 머."

"아들 있고 학식 있는 월급쟁이 남편, 그만하믄 남부러울 기 없일 성싶구마는."

"속이 좁아 터져서 답답할 때가 있지. 핵교서는 무신 운동

인가 하다가 퇴학을 당했다 하더마는 그런 사람치고는 국량
이 모자란다. 시어른들 땜에 정붙이고 살았는데 하기사 나 같
은 처지에는 과람한 사람이지."

"……."

"다만 어매 아배도 없는 내 동생, 천지간에 누부 하나뿐인
데 그 아아한테 하는 짓이 섭운코 야속하다. 아무리 출가외인
이기로, 가숙을 생각하믄 그럴 수가 없지."

"마음으로야 생각 안 할라고? 오세바세* 안 하는 성미니까
그렇겠지."

속사정은 다 알지만 영선은 그렇게 위로할 수밖에 없었다.

"아니다. 처남은 사람으로 보지 않는다. 산에서 지 쪼대로
컸어이 배운 기 머 있겠노. 불쌍한 우리 몽치, 저러다가 장개
도 못 가고 몽다리귀신 안 되겠나."

"자기가 안 갈라 하던데 머."

"선아엄마 보고는 속맘 얘길 하제?"

"속맘 얘기라기보다."

"오믄은 내 얼굴만 한 분 보고 선아네 집에 가서 삐대니(머
무니) 자형 노릇은 선아아부지가 하신다."

숙이는 눈물을 씻는다.

"선아아배가 장개부터 가라 하니까, 돈 벌어서 가겠다, 지
금이야 머어 보고 딸을 주겠는가, 가진 거라고는 못생긴 얼굴
에 몸뚱이밖에 더 있는가, 함서."

278

"그거는 틀린 말이 아니제."

"선아아배 말이 장개만 간다믄 해도사한테 몽치 몫이 있다 그러더마."

"⋯⋯?"

"진규엄마는 그 소리 못 들었어?"

"나보고는 말을 해야지. 일절 얘기를 안 한다. 내 걱정 안 시킬라고 그러겠지만 어떤 때는 서운한 생각도 들고."

"얼매나 누부 생각을 한다고, 모린다 카이 하는 말인데 해도사한테 있다는 몽치의 몫은 돌아가신 주막집 할무이가 장개갈 직에 주라 하심서 해도사한테 맽기놓은 거라 하데."

"할무이!"

숙이는 별안간 울부짖었다. 흐느껴 울면서,

"머리털을 뽑아서 신을 사, 삼아도 그, 그 은공은 다 못할 긴데, 다 가심에다 못 박아놓고 가신 기라 하, 할무이! 으흐흐 훗⋯⋯."

한참 동안을 숙이는 울었다.

"울어라. 언제 맘 놓고 한 분 울었더나. 실컷 울어. 누가 뭐 랄 사람도 없고 파도 소리뿐이다."

"그래, 그러니께 몽치가 뭐라 하던고?"

목이 꽉 잠긴 소리로 묻는다.

"한참 동안 말이 없다가, 나도 생각한 일이 있인께 장개갈 때가 되믄 가겄다, 그러이 형님 아무 말 마소, 하더마."

"마음속으로 무슨 놈의 육도벼슬을 하는지, 우리 시아부지도 땅때기 좀 띠어주겠으니 장개들어서 농사짓고 살아라 하시는데, 그 아아는 농사 안 하겠다, 그놈이 와 그라는지 모리겠네."

"세상에 그런 시어른은 안 기실 기다. 우리 어무이 아부지도 그렇지마는."

"부모 복은 없임서 피도 살도 닿지 않은 분들 땜에……. 우리 시아부지 말씸이 부모가 안 기시니 누부가 부모 맞잽이다, 그러이 우리 책임 아니가, 그 생각을 하믄 내가 무신 탓을 하겠노."

해가 중천에서 많이 기울었는데 영선과 숙이는 일어설 줄 몰랐다. 파기만 하면 나타나는 조개를 놔두고 차마 일어서지질 않았던 것이다. 가야지 가야지, 하면서도 조금만 더, 조금만 더 하며 욕심을 뿌리칠 수가 없었던 것이다. 여기저기 흩어져 있던 몇 명 안 되는 개발꾼들이 다 떠나고 조수의 울림이 거세어지면서 차츰 갯벌을 물이 점령하기 시작했을 때,

"아이구! 안 되겠다. 이러다가는 한밤중에 저녁 하게 생겼네."

숙이 소스라쳐 일어섰고 영선도 따라 일어섰다.

"이 많은 걸 다 우짜지?"

갈 채비를 차리다가 바구니를 들여다본 숙이 중얼거렸다.

"가다가 장에서 팔지 머."

영선이 간단명료하게 말했다.

"그럴까? 그럼 서둘러 가야겠네."

두 여자는 검정 인조견 치마에 바람이 나게 부지런히 걸어서 장까지 왔다. 흥정을 하고 어쩌고, 조개를 파는 데 시간이 걸렸다. 또 부지런히 걸어서 영선의 집 가까이까지 왔을 때 사방은 이미 어두워져 있었다.

"미쳤다, 미쳤어. 집에서 난리가 났일 긴데."

숙이 걱정을 했다.

"쫓겨나믄 우리 집에 오지 머."

약을 올리듯 영선이 말했다.

"속 편한 소리 하네."

"와, 걱정가? 서방님이 무섭기는 무섭은 모양이제."

"무섭아서가 아니라 성가시니께, 남자가 한두 마디로 끝내지 않고 곱씹어쌓아서."

영선은 삽짝에 들어서며,

"보소 나 왔소."

휘가 남폿불을 들어 올리며 내다보았다. 가난한 동네에는 아직 전기가 들어오지 않았다.

"어찌나 조개가 많던지 팔고 오니라고 늦었소."

"아아들 울리고 머하러 그런 짓 하는고."

하다가 휘는,

"진규어머니, 진규가 자는데 깨울까요? 그냥 자게 둘까요."

숙이에게 물었다.

"예, 이거 참 미안스럽아서."

당황하자,

"어서 집에 가는 기이 좋겠네. 내가 좀 있다 진규 데리다줄 기니께."

영선이 말에 숙이는 인사도 하는 둥 마는 둥 서둘러 삽짝을 나섰다. 어두운 골목을 뛰다시피 집에 왔을 때 초롱에 불을 켜놓고 마루에 걸터앉아 있던 영호가 벌떡 일어섰다.

"대관절 이게 머하는 짓고!"

눈을 부릅뜨고 우레같이 소리를 질렀다.

"잘못했소. 일이 그렇게 됐구마요."

숙이는 바구니를 장독가에 팽개쳐놓고 부엌으로 달려가서 밥쌀부터 씻으려 하는데 부엌 앞까지 따라온 영호는,

"설명이 있어야 할 거 아니가! 와 늦었노."

"밥쌀 앉히놓고 말하겠으니."

"일없다! 나와!"

부엌까지 들어와 숙이 팔을 잡아끈다.

"이거 놓으소. 갈게요."

영호를 따라나온 숙이는 마루에 걸터앉는다.

"개발하러 간 것은 알겠는데."

선아한테서 얘기는 듣고 있었던 모양이다.

"캄캄한 밤에도 개발을 했나?"

억지소리다. 가고 오고 걸리는 시간이 있는데 밤에 개발을 했느냐, 영호 자신도 억지라는 것을 알고 한 말이었다.

"젊은 계집년들, 개발이라고? 핑계 한분 그럴듯하다."

"……"

"대체 어디 갔더노? 어떤 놈팽이하고 눈이 맞았노?"

마주 보고 선 영호는 어둠을 등지고 초롱불을 받는데 묘하게 키가 커 보였다. 얼굴도 길었고 목도 길어 보였다. 숙이는 그러한 남편을 말없이 바라본다. 근자에 와서 영호는 사람이 달라졌다. 옹졸한 면은 본시부터 없지 않았으나 내성적인 성격이어서 말은 적은 편이었는데 말이 많아진 것이다. 말이 많아지고부터 사람이 유치해졌다. 영호 자신도 그것을 깨닫고 있었다. 표현 부족 때문에 그렇다는 것을, 옛날처럼 말을 줄이면 될 텐데 이미 그는 통제력을 잃고 있었다. 그래서 새로 생긴 버릇이 억지소리였으며 마음은 그렇지 않았는데 저도 모르게 엉뚱한 말을 해놓고는 스스로 놀라고 수습이 안 되니까 또 유치해질 수밖에.

"와 말을 못하노! 놀기는 논 모양이구나. 두 년이 죽이 맞아서."

"저보고는 무신 소리 해도 좋소. 줏어담지 않아도 되니께요. 남의 가숙 헌해(비난)하는 못난 남자, 선아부지가 들어보소, 가만있일 기든가."

"가만 안 있음!"

"이녁 다리가 성하겠소?"

남편을 두려워하는 기색이 조금도 없다. 딱해하는 것 같았다.

"흥! 무식한 게 입은 살아서 제법 말하네."

"질게 말해봐야 늘 하는 그 말 아니겠소? 저녁이나 해 묵고 따지든지 캐든지 하입시다."

"안 돼."

"그라믄 이렇기 앉아서 밤 새기로 합시다. 사람이 나이 묵을수록 국량이 좁아지니 나도 이자는 못 살겠소."

"이 계집이, 간이 덕석(멍석)만 하네. 남편 알기를 발싸개만큼도, 정말 못하겠나?"

"조개가 많아서 장에서 팔았소. 그러니라 늦어진 겁니다."

"머라? 뭐라 캤노?"

"……."

"이자는 남편 얼굴 깎기로 작심했단 말이제? 우세시킬라고 장바닥에 나앉은 기가?"

하다 말고 별안간 고함을 지른다.

"내가 밥을 굶깄나! 옷을 벗깄나! 계집 장바닥에 나앉힐 만큼 이 내가 그렇기 못난 놈가!"

하는데 영선이 다섯 살짜리 진규를 업고 들어왔다. 두 번이나 아이를 잃고 겨우 길러낸 영호와 숙이의 외아들이었다. 아이는 영선의 등에서 잠들어 있었다.

"진규아부지 지가 잘못했십니다. 진규엄마는 자꾸 가자 하는 거를 지가 욕심을 부려서 지체된 거니께 용서하이소."

"상관 마소. 남의 가정사에 와 끼어드는 겁니까."

"끼어든다기보다 지가 잘못해서 불화가 생깄이니 하는 말이지요."

해서 주거니 받거니 말다툼을 했던 것이다. 이때까지만 해도 영호는 영선이 송관수의 딸이라는 것을 전혀 모르고 있었다. 진주농업학교에 다녔을 때 송관수와 정석, 그리고 영팔노인은 영호의 울타리가 되어주었던 사람이다. 광주학생운동 때 농업학교에서 주모자의 한 사람으로 영호가 퇴학을 당한 것도 송관수 정석의 영향을 받은 때문이었다. 그리고 또 한 가지는 부친 한복이가 영선을 며느리로 삼고 싶어 했던 심중, 그것은 한복의 마음이었을 뿐 입 밖에 말을 꺼내기도 전에 영선은 강쇠에게 맡겨졌고 한복이 실망한 것을 영호는 알 턱이 없었다. 영선이라는 계집아이의 존재조차 그는 모르고 있었던 것이다.

영선과 말다툼이 있은 지 한 달이나 지났을까? 아들 집에 왔던 한복이 영선의 집 앞 골목에서 우연히 영선과 마주치게 되었던 것이다.

"아, 아니 이기이 누고?"

한복이가 먼저 알아보았다.

"관수형님 딸내미 아니가?"

"예?"

영선은 기억이 확실치 않은 듯 생각해내려고 애를 쓰는 모습이었다. 그도 어디서 본 사람 같았기 때문이다.

"여러 해 전에, 부산서 그 와."

하다 말고,

"송관수 그분의 딸이제?"

"예."

"그럼 맞다. 부산서 그 와 검정 다리 근처에 있던 너거 집에 간 일이 있는데 나를 모리나?"

"아 예! 아이구 참."

"여기서 니를 만나다니 참말로 세상이 좁구나. 한 골목에서 서로 친하게 지내믄서 그거를 모리고 있었다니."

저녁에, 숙이가 차린 밥상머리에 두 집 식구들이 모여 함께 저녁을 들면서 한복이 한탄스럽게 말했다.

"참말로, 관수아저씨 딸이라는 걸 어찌 알았겄십니까."

누구보다 태도가 돌변한 것은 영호였다. 그는 새삼스럽게 자기 자신의 변한 모습 찌들어진 모습을 돌아보는 것이었다. 가장 순수했던 시기의 기억이 영호를 순수한 상태로 되돌려놓은 듯, 관수에 대한 친애의 정이 영선에게로 옮겨갔고 누이동생을 대한 듯, 그의 배우자 휘에게조차 남다른 감정으로 변해갔던 것이다. 진정한 우정이 시작된 것이다.

"아부님은 편안하시고."

깊이 알지는 못하나 한복이는 김강쇠의 존재를 알고 있었다. 해서 휘에 대해서도 존중을 표했던 것이다.

"어쨌든 간에 이렇기 만낸 것은 예삿일이 아니다. 앞으로는 친형제나 진배없어이, 서로 의지하고 도와감서 살아라. 그래 자네는 살기가 우떻노?"

"예, 괜찮십니다."

휘의 점잖은 행동거지는 영호 눈에도 돋보였다.

한편 한복이는 휘의 스승이 조준구의 아들 조병수라는 것을 알게 되었고 그 근처에 살고 있으며 조준구가 아들 집에 와 있고 그의 횡포가 얼마만 한 것인지 소상히 알게 된 것이다. 그러니까 진주의 영팔노인이 분노하는 것도, 평사리 마을에서 아낙들이 모여 수군거리는 것도 그 진원지는 한복이었던 것이다. 허튼 말을 하지 않는 한복이었지만 그러한 한복이조차 분개했고 조준구의 근황을 입 밖에 낸 것은 조병수가 평사리 마을에서 어떻게 지냈는지 너무나 잘 알고 있었기 때문이다.

"선생님."

병수는 휘를 바라보았다.

"경주에 한분 다녀오시는 게 좋을 듯싶습니다. 제가 뫼시고 가겠습니다."

언젠가 한번 병수는 경주에 가보고 싶다는 말을 한 적이 있었다. 구경을 한다기보다 신라 천년의 고도(古都) 그곳에 남은 구조물에 접하고 싶은 병수의 심정을 휘는 알고 있었다.

휘는 스승을 위로하고 싶었다. 지옥 같은 현실에서 며칠 동안이라도 그를 끌어내고 싶었다. 일에 대한 정열을 되살려주고 싶었다.

"어떻게 가겠나. 자네나 내 형편이 그렇게 안돼 있지."

말은 그렇게 했으나 병수의 눈은 한순간 빛났다.

"형편 생각만 하시믄 아무 일도 못합니다."

"그건 그래."

"훌훌 털어부리고 다녀오시지요."

"그새 지감과 해도사가 오시면 어떻게 해?"

염려하는 병수의 표정은 마치 천진무구한 아이 같았다.

"그리 쉬이 오시겠습니까."

"그 사람들 하는 짓이 늘 엉뚱하니까."

"그게 염려시라믄 경주로 뒤쫓아오시라는 전갈을 두믄 될 것입니다."

"그럴까……."

술을 마시며 한동안 생각에 잠기듯 말이 없더니,

"휘야."

"예 선생님."

"나는 집을 짓고 싶었네라. 몸만 이렇지 않았다면 집을 짓고 싶었다."

"저하고 함께 집을 지어보시지요."

휘는 미소하며 말했고 병수도 싱긋이 웃었다.

"내 소원이 무엇인지, 모르지?"

"……."

"옛날에 내가 살았던 동네에 목수 한 사람이 있었다. 못생긴 곰보였지. 처자도 없는 혈혈단신, 몇 번밖에 본 일은 없었지만 얘기는 많이 들었어. 나는 그 사람이 부러웠다. 연장망태 짊어지고 발 닿는 대로 떠다니는 그의 팔자가 부러웠네. 자유인이지. 다시 태어난다면 나는 그런 사람이 되고 싶어이."

"선생님."

하고는 휘가 머뭇거리자,

"말해보게."

"떠다니는 사람이믄 집은 왜 짓습니까."

"글쎄, 자네 말을 듣고 보니 그렇기도 하네. 떠나는 것과 머무는 것, 해서 사람들은 괴로운 것, 안 그러냐?"

"예."

"머무르고 싶은 욕망이 집으로 나타난다고 한다면 집을 짓고 싶은 내 마음도 욕망일까? 지리산의 해도사는 산속에다 집, 집이래야 산막이지만 지었다가는 버리고 또 지었다가는 버리고 한다는데, 집을 짓는 것도, 버리는 것도 자재(自在)로우면 번뇌에도 자재로울 것이야."

"그런 말씸을 도사님께서도 하신 적이 있었습니다."

"그래? 해도사는 자재롭다 하시더냐?"

"아니지요. 그러질 못해서 버린다 하시더마요."

"하하핫핫핫……."

오래간만에 병수는 소리 내어 웃었다.

"참 선생님."

"……?"

"평사리 최씨 댁의 그 어른을 아시지요?"

"길상이 그분 말이냐?"

"예."

"알지. 알다마다."

순간 병수 얼굴에 안개 같은 슬픔이 모여드는 것 같았다.

"내 어릴 적에…… 내가 어렸을 적에 나를 알아주던 단 한 사람이었네. 마른 땅에 봄비같이 나를 적셔주던 소년이었네. 내 영혼을 어루만져주었고…… 세월이 이렇게 흘러갔을 줄이야."

목이 메는지 병수는 술잔을 들고 눈물을 아니 흘리려는 듯 눈을 감으며 술을 마셨다. 실로 그는 만감에 사무쳤던 것이다. 그간 조준구와의 견디기 힘든 투쟁, 아니 자기 자신과의 투쟁도 새롭게 그의 가슴을 저미었다. 술잔을 놓으며.

"그래 그분 얘기는 어째 하는 겐가."

"며칠 후에 도솔암으로 내려오신다는 얘기였습니다."

"뭣 하러? 그분 운신하기 어려운 형편일 텐데?"

병수는 진주서 독립 자금 강탈 사건이 있은 후 소지감의 부탁으로 집에 와서 며칠을 묵었다가 만주로 간 사람들 생각을 했다.

"시국이 시끄럽어서 그 어른이 언제 우뗗게 될지 모리는 일
이라 그리 되기 전에 도솔암에다 관음보살 탱화를 그릴라고
내리오신다는 얘기였습니다."

"뭐? 관음의 탱화를?"

"잘은 모르지만 돌아가신 스승과의 약조 때문이라 그런 얘
기였습니다."

"스승과의 약조……."

돌아가신 스승이란 우관선사를 말하는 것이다. 우관이 생
존시, 천수관음을 조성하여 도탄에 빠진 이 나라 백성의 원을
걸어라 하고 길상에게 당부했던 것이다. 그러나 천수관음의
조성은 대역사(大役事)이며 현실적으로 불가능한 일이었다. 뿐
만 아니라 오랜 세월 그 일에서 떠나 있었던 길상이고 보면,
해서 관음보살의 탱화를 착안했고 그동안 길상은 꽤 오랜 시
일을 두고 붓을 풀어왔던 것이다.

"그분이 오랫동안 붓을 놨을 터인데 그러나 진심이면 무엇
을 못하리."

"선생님."

"또 왜."

휘가 할 말을 짐작하듯 병수는 또다시 술잔을 들었다.

어디 병수의 한이 그것뿐이겠는가. 불구의 몸으로 서희를
엿보았던 마음, 서희와 자신을 결합시키려 했던 부모의 간교

에 빠지지 않으려고 몸부림쳤던 그 세월, 서희는 그에게 빛이었고 우주의 신비였다. 관음상이요 숭배의 대상이며 그것은 인간적이 아닌 천상적인 것이었다. 그러나 그는 길상을 만날 수는 없었다. 간절하게 만나고 싶은 길상이지만 서희의 존재는 그것을 상쇄했다.

"도솔암으로 가시는 것도 좋을 듯싶습니다. 그 어른도 만나고 선생님 어떻습니까."

아니나 다를까 휘는 병수가 예상한 대로 말했다.

"말이 그렇지. 아버님 땜에 내가 어디를 가겠느냐."

"하지마는."

"아니다. 생각해본 것만도 좋았구나."

휘는 더 이상 말할 수 없었던지 한숨을 내쉬었다.

해거름에 아들 집에서 병수댁네가 돌아온 것을 보고 휘는 집으로 돌아왔다. 집에는 영호와 숙이 와서 기다리고 있었다.

"내가 출장 갔다 오느라고……. 그래 일은 잘 치렀소?"

영호가 물었다.

"예, 괜찮기 끝났소."

"가보지도 못하고 내가 생각해도 한심스럽구만."

"떠벌리고 할 형편도 아니었은께, 나 역시나 사위로서 술 한잔 대접한 일이 없으니 어찌 한이 남지 않겠소."

"이 점, 저 점, 술이나 합시다."

영호가 술을 사온 것 같았다. 영선이 술상을 차려 왔고, 그

새 또 울었는지 눈이 빨갛게 돼 있었다. 그리고 여자들은 작은방으로 갔고 큰방에서 두 사내는 마주 앉았다.

"나도 한때는 관수아저씨 뜻에 어긋나지 않는 인간이었는데 살다 보니 사람이 치사해지고 우물 안에 갇힌 개구리처럼 세상 보는 눈이 좁아지고 여러 가지로 김형한테 부끄럽소."

영호는 솔직하게 말했다.

"그런 말 마시오. 나한테 부끄러울 기이 머 있겠소."

"김형의 인품을 몰라보고 경박했던 언동을 용서하시오."

"자꾸 그러믄 입장 곤란해집니다. 평사리의 춘부장 말씀대로 형제겉이 지낸다믄 서로 무신 흉허물이 있겠소. 안사람끼리 다정하니 우리도 그러믄 될 기고."

"맞소. 나도 좀 수양을 해야겠소. 사실 내 경우, 내 부친의 강경한 성품 아니었다면 무엇이 됐을지, 그간 생각해보니 부친과 백부, 이를테면 흰색과 검정색 같다 할 수 있는데 그 사이를 왔다 갔다 하며 어중간하게, 내 세월에 곰팡이가 쓸었던 것 같소."

"이제 보니 김형 말솜씨가 보통 아니구마는."

"마음에 있는 대로 얘기를 하니까 그렇지요."

"김형도 가끔 우리 선생님을 만나보시오. 참말로 이슬같이 맑게 살아오신 분이라 말씀이 없으시도 몸으로 전해오는 귀한 것이 있소."

"그렇게 하리다."

"그리고 지리산 산속에도 더러 가보시고요. 나는 항상 그 산 생각을 합니다. 사람이 제아무리 재주를 다 부려도 그 산의 바위 하나를 따를 수 없고, 훌훌 털어부릴 수 있는 곳도 산이오."

"김형."

"예."

"알고 보면 내 부친이나 내 어머니, 한에 사무친 분들인데 착하게 살았소. 지금도 착하게 살고 계시고, 그분들 사이에서 태어난 내가,"

"그런 말씸은 마시오. 이 경우는 다르지마는 야차 겉은 어매 아배에서 태어난 사람도 부처같이 어진 경우가 있더마요. 하물며 착한 부모 밑의 나쁜 자식은 아마 없을 기요."

영호는 크게 한숨을 내쉬었다. 야차 같은 부모 사이에 부처 같은 자식이 있다는 말은 상당히 큰 위안이 되었다. 야차 같은 할아버지 야차 같은 큰아버지.

"그 말은 맞는 것 같소. 내 부친도, 내 집안 얘기를 해서 안 됐소만 내 부친도 그러한 부처가 아닌가 싶소."

두 사람은 의기투합하여 많은 술을 마셨고 까닭 모를 눈물도 흘리곤 했는데 휘는 느닷없이 몽치 문제를 꺼내었다.

"첫째 김형이 해야 할 일은 몽치에 대해서 생각을 바꾸는 일이오."

순간 영호는 무척 당황했다.

"나, 나도 그렇지만 처남도 나를 바로 보는 일이 없고."

"그거는 김형이 달가워하지 않으니께 그런 거요. 누님을 소홀히 한다는 것도 몽치 맘에는 아팠을 거요."

"그, 그거는 모리는 말이오. 집사람이 얼마나 도도한지 몰라서 그려요."

"그럴까요?"

휘는 웃었다.

"하여간 몽치 그놈은 장래성도 있고 뚝심이 보통 아니오. 누구한테 눌려서는 못 사는 성미니 우격다짐으로도 안 되고 그놈을 다스릴 사람은 해도사 말고는 없을 기요. 지 몫 지가 찾아먹을 기니 머를 우찌 하라는 것보다 붙이로 생각하면 다 잘될 깁니다."

선창가 뒷골목에는 색주가도 못 두는 영세한 술집이 많았다. 그런 술집을 다치노미[立飮店]라 했는데 종래의 주막이 이런 항구도시에서는 일본말로 바뀌지 않았나 싶다. 모처럼 뭍에 오른 몽치는 그러한 술집들이 모여 있는 골목을 동료 한 사람과 함께 어슬렁어슬렁 걸어들어간다. 몽치는 회색 무명 바지에 낡은 낫파후쿠 윗도리를 입었고 동행은 때 묻은 바지 적삼을 입고 있었다. 키는 몽치와 엇비슷하게 큰 편이었지만 몸은 깡말랐다. 이들은 단골인 다치노미로 들어간다. 주인 여자 사천집이 몽치를 힐끗 쳐다보았다.

다치노미의 주점 풍경은 살벌했다. 송판으로 두들겨 맞춘

탁자 걸상은 낡고 기름때에 절어 있었으며 벽 천장은 회갈색으로 그을어서, 땅거미가 지는 밖은 아직 희미한 밝음이 남아 있었는데 커진 벌거숭이 전등빛을 받은 주점 내부는 오히려 어두컴컴해 보였다. 서너 명가량 술손님이 있었다. 뱃사람, 부두의 지게꾼과 하역부, 생선도가의 일꾼, 경매장을 얼쩡거리는 건달과 투정꾼들이 주된 고객인데 드나드는 대개의 술꾼들 기질은 드세었으나 지지리 궁상 남루한 행색들이었다.

"여기 국밥 두 그릇하고 막걸리 한 잔씩 갖다주소."

몽치가 사천집 모화(姆花)에게 우렁우렁 울리는 목청으로 말했다. 몽치는 거구였다. 누구의 눈에도 힘깨나 쓰는 사내로 비쳤다. 못생긴 얼굴, 입술이 터져서 딱지가 앉아 있었고 햇볕과 바닷바람에 얼굴은 검붉었으며 정맥이 솟은 손은 몹시 거칠었다.

"아짐씨!"

몽치는 또다시 울리는 그 목청으로 불렀다.

"와요."

"뱃놈들 배애지 큰 거 알지요?"

"올 때마다 하는 소리, 귀에 못이 박이겠네."

사천집 모화는 사발에 밥을 담으며 쌀쌀하게 말했다. 여자는 허리가 홍두깨처럼 가늘었다. 가늘다 하여 가냘픈 것은 아니었다. 탄력이 있고 강인한 느낌을 주는 여자였다. 눈썹이 짙고 눈시울도 길고 짙었다. 그것 이윈 그저 보통 흔히 보는 얼굴인데 그 여자 기상이 대단한 것은 좀 유명했다. 그에게 욕설을 퍼붓고 폭행하려던 주정꾼에게 칼을 들이댄 사건으로 유명해진 것이다. 그냥 방어나 위협이 아니었고 정말 죽일 듯 눈이 빛나던 그를 바라본 술꾼들은 한순간 숨을 쉬지 못했다는 얘기였다. 그 일이 있은 후로는 술꾼들도 모화를 함부로 대하지 않는다는 것이었다. 서른 안팎으로 보이는 사천집 모화의 전력이 어떤 것인지 아무도 몰랐다. 과부인지 소박데기인지, 아들이 하나 있다는 소문이 있었지만 사람들은 그 아들을 본 일이 없고 심부름꾼 머슴아이 하나를 데리고 주점을 꾸려나가고 있었는데 손님하고 함께 술을 마신다거나 젓가락 두들기며 노래 부르는 그따위 짓은 결코 하지 않았다. 작년 가을이었던가 무슨 일이 있긴 있었던 모양인데 술을 마시던 놈팽이가 별안간 모화에게 덤벼들어 머리채를 감아쥐고 구타하려는 순간 마침 옆에서 국밥을 먹던 몽치가 일어섰다. 그는 사내 멱살을 잡고 끌어낸 뒤 솥뚜껑 같은 손바닥으로 사내 면상을 쳤다.

"아이크!"

사내는 마치 허수아비처럼 바닥에 나동그라지고 말았다. 그러나 모화는 떨어진 비녀를 주워 입에 물고 머리를 감아서 비녀를 꽂은 뒤 눈물 한 방울 흘리지 않았고 하던 일을 계속했다. 몽치에게도 고맙다는 말 한마디 하지 않았다.

머슴아이가 김치 보시기 하나 막걸리 두 잔을 갖다 놨다.

"성님 드시소."

"음."

두 사내는 단숨에 술을 마시고 김치를 두어 젓가락 집어 먹는다.

함께 온 사내는 몽치보다 한 해 늦게 고깃배를 탔다. 본명은 이양생(李良生)이었지만 뱃사람들은 그를 얌생이(염소)라 불렀다. 아직 앳된 자취가 남아 있는 모습이었고 장가 밑천 마련하기 위해 배를 탔다는 얘기였으며 병든 홀어머니와 생선을 가공하는 사쿠라보시*공장에 다니는 누이동생이 있다는 말을 했다.

국밥 두 그릇을 머슴아이가 가져왔다. 확실하게 분량이 많았다.

"묵자."

"야."

몽치는 뭍에 오르면 대개 혼자 와서 국밥 한 그릇 막걸리 한 잔을 마시고 돌아갔다. 일행과 함께 왔을 때도 그는 절대로 막걸리 한 잔을 넘기는 법이 없었다.

"성님 국밥 하나 가지고 간에 기별이나 가겠소?"

"요기하는 기지 머. 가믄 밥 묵을 데는 있인께."

"술도 딱 한 잔, 취한 거를 본 일이 없소"

"맹물에도 취한다 말 못 들었나? 나는 술 안 마시도 늘 취해 있다."

"머라꼬요?"

"취하지 않고 이눔의 세상을 우찌 살아갈 기고."

양생은 웃다가 말했다.

"성님은 술 안 마시도 취할 수 있으니 얼매나 좋소. 평생의 술값 모우믄 집이라도 안 사겠소? 나는 술 안 마시믄 취할 수 없으니 그게 사단이지요."

"장개 밑천은 좀 모아났나?"

몽치는 실실 웃으며 물었다.

"말 마소. 우떤 때 그 생각을 하믄 눈이 뒤집힐 것 겉소. 뼈가 빠지게 일을 해도 남는 기이 없으니 어느 세월에 가숙 거나리겠소."

"빚 안 지니 다행이다. 제집아한테 옷감 끊어주고 크리무 사다 주고 그러이 그렇지."

"언제요?"

했으나 양생은 당황한다.

"내가 난전에서 그거를 봤는데 시치미를 뗄 기가?"

"그거사 머, 어짜다가······. 술잔 마시고 집에 보탤라 카이, 동생이 사쿠라보시공장에서 버는 거 가지고는 생활이 택부족이라요. 어매는 늘 골골거리고, 이러다가 내라도 아파 누우믄 속절없이 식구들 다 죽는 판이오."

"······."

"다 복이 없어서 안 그렇겠소."

"복이 없어 그렇건데? 세상이 고르잖으니 그렇제."

"그거나 저거나, 메치나 엎어치나."

"그따우 생각한께 평생 종놈은 종놈의 신세 면키 어렵어."

"나부댄다고 세상이 어디 달라지겠소? 달라지기만 한다믄 모가진들 못 걸겠소?"

"알고는 있이야제."

"머를 말입니까."

"와 뼈 빠지게 일을 해도 묵고 살기 어럽운지 그 이치 말이다."

"이 갈아봐야 이빨만 뿌러지지, 이치 겉은 거 알아 머하겠소. 알고 접지도 않구마요."

양생은 시들하다는 듯 말했다.

"실개 빠진 놈, 우리 몫을 누가 가리단죽하는가, 뺏기더라도 셈은 해봐야, 그것도 안 하믄서 무신 놈의 복타령고."

"그라믄 성님이 셈 한분 해보소."

"선창가에 한분 나가봐라."

"……?"

"어구점 기름집 할 것 없이 큰 장사는 모두 왜놈들이 하고 있다. 통영 바닥의 돈을 그놈들이 긁어들이니께 우리 손바닥에 남는 돈이 적어진다. 그거는 그렇고 어장을 한분 생각해봐라. 대구릿배(정치망 어선)는 죄다 왜놈이 가지고 있다. 니도 알기다마는."

"그거 모리는 뱃놈이 있겄소?"

"그놈들 구역에는 어업권(漁業權)이다 뭐다 함서 조선놈 배 얼씬이나 하나? 모조리 다 차지해서 잽히는 개기는 모도 일본으로 가지가고 우리 쌀을 가지가듯이, 쌀이사 대신 알량미를 풀어놓기나 하지마는 개기는 그것도 없다. 하니 산중 사람들 개기 천신(薦新)이나 하는 줄 아나? 도방에서는 비싼 개기 묵어야 하고 팔 물건이 적은께 우리 손바닥에 놓이는 돈도 적은기라. 물건은 비싸고 우리 수중에 돈은 적고, 뼈가 빠지게 일해보아야 묵고 살기 어럽운 것은 당연하다."

양생은 흥미 없는 듯 멍하니 앉아 있었다.

"조선놈들은 게우 대구리선 몇 척 가지고 길목 나쁜 데를 훑어야 하고 주낙배를 의지해야 하고, 다만 하나 결판 낼라꼬 덤비는 기이 봄철의 멸어장이라. 돈푼 있는 것들, 아니믄 빚을 끌어댕기서 대가리 싸매고 딜이 덤비지마는 그거는 노름과도 같아서 운수 좋으믄 돈방석에 앉고 운수 불길하믄 빚더미 위에 앉고, 해마다 망하는 자 흥하는 자 물갈이가 심하제. 하니 어장 애비들 노름하는 기분, 그거야 머 어쨌거나 돈방석에 앉든, 빚더미 위에 앉든 왜놈들한테 비하믄 새 발의 피고 젓꾼(어부)들이 거머쥐는 돈이라는 것도 가랑잎 같은 건데."

"성님, 언변이 그리 좋은 걸 몰랐소. 목청만 큰 줄 알았더마는."

잠시 말을 멈춘 몽치는 화난 목소리로,

"네놈이 하도 복타령을 한께 그랬다. 다 사람이 하는 짓이지 구신이 춤추나? 다 사람이 하는 짓이제, 사람이 하는 짓이믄 와 못 고치겠노. 팔자도 고치는데."

"그만했이믄 알아듣겄소. 제발 목소리 좀 낮추소."

"와."

"잘못하다간 콩밥 묵소."

"보니께 모도 조선 종잔데 와 내가 할 말 못할 기고. 겁날 것 없다."

"강약이 부동인데 우짤 깁니까."

"가진 놈들이 겁나지 몸뚱이 하나 머가 무섭노."

"하 참, 이제 그만 가입시다."

"왜놈한테 고해바칠까 봐?"

툭 불거져 나온 눈을 부릅뜬다.

"낮말은 새가 듣고 밤말은 쥐가 듣는다 한께……. 사람우 맘을 누가 알겄소."

"흥! 내가 이래 봬도 산에서 비신술*을 배우믄서 컸고 이자는 바다 한가운데서 비신술을 배우는 중이라. 어느 놈이고 간에 왜놈 턱밑에 가서 고해바치는 놈이 있이믄 배애지를 칼로 푹 찔러서 직이비릴 기다. 갬히 나한테 대적을 해?"

어릴 적부터 산짐승 무서운 줄 모르고 이 산 저 산 헤집고 다니던 몽치였다. 그의 발이 귀신처럼 빠른 것은 사실이나 비신술 운운, 그것은 허풍이다. 그러나 배를 칼로 푹 찔러 죽이겠다는 말에는 사람들을 전율하게 하는 괴기 같은 것, 피바람과도 같은 살기가 있었다. 그의 말에 귀 기울이던 주점의 술꾼들 표정이 달라진 것이다.

어릴 적에 험준한 산속을 쏘다니는 그를 보고 산짐승에게 해를 입을까 걱정들 했을 때 해도사는 말했다. 짐승들이 그를 피해가고 있으니 걱정 말라고. 몽치는 어릴 적부터 기가 세었다. 첩첩산중, 행로에서 쓰러져 죽은 아비 시체 곁에서 홀로 지새웠던 어린아이는 그때 무엇을 보고 무슨 생각을 했을까? 대체 무슨 경험을 했을까? 몽치는 겁내는 것이 없었다.

"이자 그만 나가입시다, 성님."

양생이 당황하여 어찌할 바를 몰라하다가 몽치의 팔을 잡아끌었다. 사천집 모화가 혼자 슬그머니 웃고 있었다.

"와 이 카노!"

양생이 잡는 손을 뿌리치고,

"내가 가고 접어야 간다. 가라 마라, 누구 맘대로."

하면서 일어섰다.

몽치와 양생이 밖으로 나왔을 때 사방은 어두워져 있었다. 선창가에는 노점상의 가스불이 늘어놓은 울긋불긋한 잡화를 화려하게 비추어주었으며 마치 굴비 엮어놓은 듯 항구에는 작은 배 큰 배가 빽빽이 정박해 있었다. 기름을 부은 듯 매끄러운 바다, 바다 위에 달빛이 희번덕이고 멀리 등대섬의 등댓불이 깜박이고 있었다. 고동을 울리며 떠나가는 밤배, 들어오는 밤배, 어쨌거나 항구는 활기에 넘쳐 있었다.

해안선을 따라서 난 신작로 말고는 거의 평지라고는 없는 이 고장, 부자들의 고래 등 같은 기와집이건 빈자들의 오막살이건 모두 다 산비탈에서 뻗치고 있었다. 그 산비탈에 등불들이 나돋아서 부자 빈자 구별 없이 아름다웠다.

옛날, 일개 편벽의 갯촌이었고 고성군(固城郡)에 딸린 관방에 불과했던 이 고장이 임진왜란을 겪으면서, 구국의 영웅 이순신의 당포(唐浦)와 한산도(閑山島)의 대첩을 거두게 되는데 그로 인하여 삼도통제사(三道統制使) 군영(軍營)이 이곳 갯촌으로 옮겨지게 된 것이다. 바로 통영(統營)이 탄생되었던 것이다. 그 당시 통영에는 벼슬아치들을 따라 서울의 세련된 문물이 흘러들어왔을 것이며, 팔도 장인(匠人)들이 구름같이 모여들었을 것이며 나라를 구하겠다는 지순한 영혼들이 이곳을 향해 팽배했을 것인즉, 그 위대한 힘과 정신이 마침내 찬란한 승리의 꽃을 피게 했던, 그것은 편벽한 갯촌의 엄청난 변신, 변화였을 것이다. 전쟁이 끝나자 각처에서 모여든 사람들은 귀향을 서둘렀겠지만 해류 관계인지 천하일미를 자랑하는 해물이며, 아름다운 풍광, 온화한 기후, 넘실대는 바다, 아득한 저편에 대한 동경, 그러한 생활의 터전을 사랑했을 감성 풍부한 장인들 자유인들이 잔류했을 가능성은 충분하고 상상키 어렵지 않다. 그들이야말로 남쪽 끝머리 새로운 모습으로 떠오른 통영의 주역들이며 뿌리가 된 사람들이었을 것이다. 유례없는 아름다움과 정교함을 자랑하는 통영 갓, 전국에 명성을 떨친 통영 소반은 우연의 산물이 아니다. 나전칠기며 독특한 목공예가 뿌리 없이 되어진 것은 아니다. 선자방(扇子房) 칠방(漆房) 주석방(朱錫房) 등 공방이 이곳에 국영(國營)으로 있었던 것도 결코 우연은 아니다. 이들 자유와 창조의 정신들은, 고기 배 찔러먹는 뱃놈이라 하시를 하면서도 그 바다에서 신선한 활력을 받아 쇠퇴하지 않았을 것이다. 그들의 피는 맥맥이 흘러 이 땅에서는 아직 숨 쉬고 있다. 자긍심 높은 후손들이 치욕을 씹으며 그러나 오기를 잃지 않고 거닐고 있다. 사람들은 성지(聖地), 충렬사의 붉은 동백꽃을 마음으로 몸으로 수호하며 이순신이 팠다는 명정리의 쌍우물, 어떠한 가뭄에도 마르지 않는, 해서 가뭄 때는 통영 사람들 유일한 식수가 되는 명정리 우물을 바가지로 퍼올리는 아낙들 마음은 늘 경건했다. 왜국 군선(軍船)들이 몰리었던 판데목, 어마지두한 왜병들이 손으로 팠다는 판데목, 사람들은 그곳에 설치한 해저터널을 다이코보리*라 부른다. 그것은 일본의 참패를 상징하는 말이다. 사람들은 우람한 기둥의 세병관(洗兵館)이 학교 교실로 쓰이며 퇴락해가는 것을 슬퍼한다. 어떤 여인이 일본인과 동서한다 하여 그의 부모가 집 밖 출입을 아니하고 형제 자매 일가친척이 여인을 외면하며 고장 사람들 모두가 그 여인에게 말을 걸지 않았으니, 파문(破門)으로 철저하게 응징하는 그 치열함, 여하튼 일제 치하의 통영, 남쪽 멀리멀리 날아가버린 자유의 새가 돌아올 것을 기다리는 사람들, 자랑스러움을 버리지 않는 사람들, 활기에 넘쳐 있다, 통영은.

양생과 헤어진 몽치는 간창골 입구에 있는 휘의 일방을 힐끗 쳐다보며 지나간다. 문이 잠겨져 있었던 것이다. 명정리 휘의 집에 몽치가 들어갔을 때 해도사가 그 집 작은방에 좌정해 있었다.

몽치는 절을 하고 해도사를 바라보았다. 남폿불 아래 해도사의 신수는 훤했다. 풀기가 빳빳한 베옷 고의적삼에 옥색 대님, 때 묻지 않은 버선은 진솔 같았다. 도방 출입이라 그랬겠지만 이상한 점이 없지도 않았다. 벽에는 흰 두루마기가 걸려 있었다. 몽치는 불거진 눈망울을 굴리면서 스승이자 자신을 길러준 해도사를 뭐가 틀어졌는지 올곧지 않게 바라보는 것이었다.

"그 옷 꼬라지가 뭐냐?"

스승도 첫마디가 삐딱하니 나왔다.

"갓 쓰고 자전거 탄다는 말은 들었다만 아래위가 따로 놀고 있구먼."

"더운밥 찬밥 가릴 처지라야지요."

"큰소리 땅땅 치고 길이 좁아라며 다니는 모양인데 그러다가 뜨거운 물 마시지."

"우찌 그거를 압니까."

"상호에 씌어져 있다."

몽치는 피시시 웃는다. 소년같이 무심한 웃음이었다.

"아닌 게 아니라 술집에서 큰소리 좀 치고 왔습니다."

"술집?"

"걱정 마이소. 뭍에 오른 날만 막걸리 딱 한 잔입니다."

휘가 들어오면서 거들었다.

"그건 틀림없십니다."

"어릴 적부터 숨겨놓은 술을 귀신같이 찾아 먹던 놈인데 믿을 수 없군."

"언제 왔노?"

휘는 몽치에게 물었다.

"방금 왔소."

"기별 받고 왔나?"

"야. 선생님 오싰다 캐서."

"그거라도 알고 있으니 그나마 다행이다."

해도사는 여전히 쓴 듯 입맛을 다시며 말했다.

"지가 그렇기 불학무식한 놈은 아닌데 와 자꾸 그러십니까."

"뉘한테 볼멘소리야."

"……."

"어서 자형 집에 다녀오너라."

"거기는 와요."

"그러면 안 갈 작정이더냐?"

"가기야 가겠지마는 들어서자마자, 발밑 불 안 붙었십니다."

"허허허 저것 보게?"

휘는 웃고 있었다. 이들의 만남은 늘 이렇게 시작되기 때문이다.

"지가 오믄은 함께 밥 잡술라고 기다리고 기심서 어멍(의붕)은 와 떠는 깁니까."

아닌 게 아니라 그랬었다.

"자형한테 가서 잠깐 얼굴만이라도 보고 와야 그게 도리 아니겠나. 엎어지면 코 닿을 데 집이 있어."

할 수 없이 달래듯 말했다.

"지나온 것도 아니겠고 형님 집을 지나칠 수도 없고, 늘 그런께 걱정 마이소."

"늘 그런다구! 이 집 양식 축내려고 작심을 했구먼. 먹기나 적게 먹으면 말도 안 하겠다."

"나중에 열 곱으로 갚을 긴데 머가 걱정입니까."

"뭘 해서 열 곱으로 갚는고?"

"지한테 생각이 다 있인께요."

"생각을 하면 뭘 하나. 뱃놈 지 입치레도 못할 게 뻔한데, 산적놈 꿈이라도 꾸는 게야?"

"요새 세상에 산적이 어딨십니까."

공연한 말들을 주고받는데 영선이 저녁상을 가져왔다. 해도사는 독상이었고 휘와 몽치는 겸상이었다.

"반찬이 너무 없어서, 용서하시이소."

영선이 해도사에게 고개를 숙였다.

"이만하면 됐네. 아이들은?"

"저 방에서 지하고 묵을 깁니다."

남자 셋은 수저를 들었다. 거구인 몽치 탓도 있었지만 방 안은 남자 셋으로 그득했다.

"몽치 놈이 요즘에도 자형을 못마땅하게 생각하나?"

해도사는 휘에게 물었다.

"그런 모양입니다. 고집불통, 지 말도 안 듣십니다."

"형님 그러지 마소. 사람이 우찌 손바닥 디집듯이 달라지겠소."

입 가득히 음식을 밀어넣고 콧잔등에 주름을 모으며 몽치는 못마땅해한다.

"그쪽에서 달라지믄 이쪽에서도 좀 달라져야지. 김형은 잘 해볼라고 애를 쓰는데 누님을 생각해서라도 그러믄 쓰나."

휘는 타이르고 해도사는 몽치를 노려본다.

"근수가 안 나간께요."

밥 먹는 것을 멈추지 않고 말했다. 해도사는,

"근수라니?"

"사람의 근수 말입니다. 평사리의 사장어른이 백 근이라믄 매부는 열 근도 안 되는 사람인께요."

"뭐라? 그럼 넌 몇 근이나 나가는고?"

"지야 머 몸무게만큼 나가겠지요."

"미친놈."

하는 수 없이 해도사는 웃고 휘도 웃었다.

몽치는 평사리 한복의 집에서 영호와의 첫 대면을 잊지 못한다. 차갑게 쳐다보던 영호의 눈빛을 잊지 못하는 것이다. 그때 화가 나서 저보다 나이 위인 영호의 동생 강호에게 주먹질을 해서 코피를 쏟게 한 것을 기억한다.

어린 마음에도 괄시를 받은 것이 분했던 것이다.

저녁상을 물리고 숭늉으로 입가심한 몽치는,

"지감스님하고 함께 오신다 하더마는."

"스님은 선생님 댁에 계신다."

휘가 말했다.

"지도 인사를 올려야 안 하겠십니까."

지감 역시 한때는 몽치의 양부 노릇을 했다. 그러나 해도사는 아무 말 하지 않았다. 한참 후에,

"재수야."

하고 몽치의 본명을 불렀다.

"모두들 의논을 한 일인데 이번에는 장가를 들어야겠다."

"……."

"마침 마땅한 처자도 있고 하니. 언제까지 홀몸으로 떠돌거냐?"

몽치는 마음속으로 지감이 동석하지 않았던 이유를 깨닫는다. 홀몸이긴 지감이나 해도사가 다 마찬가지였지만 장가를

간 일이 없는 지감에 비하면 해도사는 한 번도 아니요 여러 번 여자가 죽고 달아나고, 처운이 없어 세상을 버리고 산에 들어온 사람이다.

"왜 말이 없느냐."

"지는 장개가고 접은 생각이 없십니다. 가더라도…… 갈 때가 되믄 가겠십니다."

"그때가 언제냐? 도통할 때냐?"

"그거사 선생님 길이제요. 지는 신선 될 생각 없십니다."

몽치는 농치듯 말하며 대답을 회피한다.

"니가 마다는 데야 할 수 없지. 허나 누이 생각을 한다면, 평사리 사돈댁 성의를 생각해서라도 고집만 부릴 일이 아니다."

"선생님 말씸이 옳다. 무슨 배짱으로 그러노? 도모지 속을 알 수 없어이."

휘도 거들어서 말했다.

"지는 맘을 작정했십니다. 어장 애비가 되기 전에는 장개 안 갈 깁니다."

"뭐?"

휘는 놀라고 해도사는 어리둥절한다.

"사내자식이 세상에 나와가지고 아침저녁 끼니 걱정이나 하믄서 살 바에야 차라리 죽어부리겄소. 모두 사람이 하는 짓인데 못할 거 없지요."

"씨름판에 가서 소 타오는 일이라믄 모릴까 되지도 않을 그런 꿈을 와 꾸노? 생각한다고 아무나가 하나?"

"질고 짧은 거는 대봐야 알제요. 가보지도 않고 안 된다 하
는 거는 밥솥에 불도 지피지 않고 밥 안 된다는 말과 같소."

"가이방해야 말을 안 하지, 그래 배 살 돈이나 있어서 하는
말가?"

"누구 깝데기를 벗기든 나는 하고 말 기요."

"잔말 말고 장개나 들어!"

"그만두어라."

해도사가 말했다. 그리고 자리에서 일어섰다. 휘는,

"선생님 어디 가실라고 그럽니까?"

물었다.

"음."

해도사는 밤길에 나섰다.

'그놈이 상호대로 살려고 저런다. 말려봐야 소용없고 대역
(大逆)을 하든 대적이 되든 그놈은 지 갈 길을 갈 게야.'

어릴 적부터 상식으로는 다스려지지 않았던 아이였다. 아
니 다스려지지 않는 아이였다. 어쩌면 그는 아비 시체 옆에서
밤을 지새웠을 때 인간을 묶은 보이지 않는 속박에서 풀려났
는지 모를 일이다. 슬퍼하거나 기뻐하거나 괴로워하는 빛이
나타난 일이 없었던 몽치의 얼굴, 결코 명령대로 움직이지 않
았던 아이, 제 마음대로 먹고 제 마음대로 쏘다녔고 제 마음
대로 일하던 아이, 도무지 남의 말이 필요 없던 아이였다.

해도사의 이번 행로는 한복의 부탁을 받은 때문이다. 혼처를 정해놓고 해도사를 찾아왔던 것이다.

"저렇기 떠돌게 내비리둘 수는 없는 일이고 자식 놈이 속이 좁아서 처리를 못하니께 우리라도 나서야, 형편이 안 된다믄 모릴까 그만한 정도는 되니께."

한복은 띄엄띄엄 말을 했다. 해도사는 통영 오는 길에 평사리에 들러서 신붓감의 모자라는 아비도 만나보았던 것이다. 그러니까 몽치만 응하게 되면 다 된 혼사였다.

해도사는 조병수의 집으로 갔다.

"지감 나 왔소."

병수가 일어서서 방문을 열고,

"들어오시오."

"술 생각이 났던 모양이구먼."

지감도 내다보았다. 방으로 들어간 해도사는,

"내일 날씨 좋겠구먼. 하늘에 별이 또렷또렷 박혀 있소." 하고 말했다. 집 안은 아주 조용했다. 두 사람은 술상을 마주하고서 얘기를 하고 있었던 모양이다.

"혼담은 어찌 되었소."

소지감이 물었다.

"그놈이 대역도가 될려고 마다하는구먼."

"내버려두시오. 몽치 그놈 바다 한가운데서도 살아갈 놈이오. 상상봉에 홀로 있어도 살아갈 놈이오. 해도사 격에 안 맞는 일을 하더라니, 자아 술이나 드시오."

하며 소지감은 술잔을 내밀었다.

"그거 참, 해도사는 대단한 제자를 두었소. 바다 한가운데,
상상봉에서 홀로 살 수 있는 사람이라면, 부럽군요."

병수가 말했다.

"글쎄올시다. 그렇게 말씀하시니 그럴듯도 하구, 뭔지는 모
르지만 글쎄 그게 뭔지 모르지만 그놈 옆을 뭔가가 늘 비켜가
는 듯, 그게 재앙인지 홍복인지, 애비 에미 없이 홀로 산중에
내던져졌던 놈인데 그게 저절로 자란 듯싶기도 하고 하여간
에 별난 놈이지요."

해도사는 자신의 느낌을 표현할 수 없었던지 얼굴을 찡그
리며 말했다.

"모르는 손이 있었을 게요."

"모르는 손, 조선생님께서는 그것을 믿으시오?"

"믿습니다."

"그러면 그것은 무엇일까요? 신령입니까? 명운입니까."

"운명이라기보다, 가혹한 운명에 대한 연민 아닐까요? 방
금 말씀하신 그 젊은이는 의식하지 않았다 하더라도 힘들었
을 겁니다."

"보이지 않는 무엇의 자비다, 그런 뜻의 말씀인데 지감법사
한 말씀 해보시오."

"불성(佛性)을 말하라는 거요? 일체중생, 본디 가지고 있는

불성이라면 우주공간에도 그 본성이 있다고 보아야지. 부처가 눈에 봬요? 안 보이지."

"실은 아까 해도사가 말씀하신 그 젊은이, 남의 일 같지 않소."

"어째서요?"

"글쎄올시다. 왠지 그렇구먼요. 어쩌면 그 사람 운명 앞에 큰 대 자로 누워버린 사람 아닐까요? 아주 편안하게요. 해서 자유롭게 거동하며 복종도 반항도 아닌 생각한 대로 구름 가듯이."

"그렇게 말씀하시면 그놈이 대단한 인물, 아니 도를 통한 인물 같지만 그렇지는 않소이다. 완명하고 독불장군."

"몽치 놈 귀가 가렵겠소. 어른들이, 그도 한가락씩 한다는 어른들이 아이를 두고 왈가왈부, 그만둡시다."

지감이 손을 저었다. 병수는 무안 타는 아이같이 삐죽이 웃는다.

"한데 조선생께서는 일손 놓고 적적해서 어떻게 지내십니까."

해도사가 물었다.

"적적하긴? 풍파를 겪는데 적적할 새가 있겠소."

지감이 대신 대답을 했다. 해도사도 대강 사정은 알고 있었기에,

"하기는."

하다가,

"조선생, 그러시는 게 효도 아닙니다. 더러 막아보기도 하

315

시오."

병수는 소스라쳐 놀라며 해도사를 강하게 쳐다보았다.

"아버님의 악행을 무조건 수용하는 것은 아버님의 지옥행을 재촉하는 거나 다름없소."

사정 없이 내리지른다. 병수의 얼굴이 추위 탄 것처럼 오종종해졌다.

"해도사! 무슨 말을 그렇게 함부로 하는 거요."

지감이 나무란다.

"아니오. 해도사 말씀이 옳소."

서둘러 말하고 나서,

"저는 아마도 부친을 버렸을 겁니다. 미움을 버리면서 부친을 버린 셈이지요. 그, 그렇소. 부친에 대한 연민은 혈육에 대한 그런 아픔과는 다르오. 한 생명에 대한 것, 그, 그것 이외 아무것도 아닐 거요, 아니 그보다 나는 불효라는 말을 두려워했소. 불효라는 말은 악몽과도 같은 것이었소."

오종종했던 얼굴이 풀어지면서 병수는 솔직하고 담담하게 심경을 털어놨다. 지감은 오만상을 찌푸리고 올곧잖게 해도사를 노려보면서,

"몹쓸 사람이구먼."

"허허어 참."

"상처에 소금 뿌리기, 손님 된 처신도 모르오?"

강한 어조로 힐난한다.

"상처에다가 소금을 뿌리면 상처는 아무는 것이 이치요. 심약한 소리, 지감은 조선생을 강보의 아인 줄 아시오."

"점점 한다는 소리가."

"그게 다 어른이 돼보지 못한 탓이지 뭐겠소."

해도사는 태연하게 투박스럽게 말했다.

"기가 막혀서, 살다 보니 별 희한한 말을 다 듣겠소."

지감은 하는 수 없이 웃었고 병수도 하는 수 없이 웃었다.

"그는 그렇고 지감은 내일 용화산에 가시오?"

"들렀다 갈 작정이오. 해도사는 어쩌겠소?"

"새는 날 생각해보지요. 오래간만에 나왔으니, 언제 또 오겠소? 바다 구경도 좀 하구 찾아볼 곳도 두어 곳 있으니."

"조형."

지감이 불렀다.

"네."

"산에 한번 안 오시려오?"

"휘도 그런 말을 하던데 한번 가지요."

그러다 병수는 길상이 떠난 뒤 가리라 마음먹는다. 현재 길상이 도솔암에 와 있다는 말을 들었기 때문이다.

"일손도 놓고 했으니 더러 다니시오. 산천도 볼만하고 인심도 각색이니."

조병수는 흥분해 있었다. 지감의 내방은 외로웠던 그에게 큰 기쁨이었던 것이다. 출가하기 전에는 주유가(周遊家)이던 지감이 일 년에 한두 번 병수 앞에 나타나곤 했다. 그러나 이번의 내방은 삼 년 만인지라 감회가 깊었던 것이다. 게다가 일손을 놓고 있는 처지였으니, 휘가 산을 다녀올 때마다 소식은 들어 그의 형편을 소상히 알고는 있었다.

병수는 지감이 염려하는 것처럼 해도사 말을 고깝게 들은 것은 아니었다. 갑자기 정곡을 찔러오는 바람에 충격을 받긴 했지만 이들과의 만남이 너무나 흡족하여 해도사 말을 마음에 끼워둘 틈새도 없었다. 그리고 부친의 일, 부친에 관한 것에 대해서는 이미 이골이 나 있어서 웬만한 것으로는 마음이 상하지도 않았다. 그의 말대로 육친을 떠난 연민이라면 다분히 객관적인 것으로, 또 그렇게 타인과 같은 마음이 되지 않고서는 병수도 견디어 배길 수 없었을 것이다. 해도사의 경우도 그랬다. 결코 무신경한 사람은 아니었고 거칠게 병수를 쓰다듬었던 것이다.

지감은 해도사와 병수가 주고받는 얘기를 들으면서 눈을 감고 앉아 있었다.

'일을 하나 끝내고 나면 왜 그리 허기가 드는지요. 밥을 먹어도 허기는 가시질 않고, 알 수 없는 허기, 속이 텅 비어서 껍데기만 남은 것 같아서 말할 수 없이 쓸쓸해집니다.'

언젠가 병수는 그런 말을 했다. 어느 도공(陶工)도 지감에게 한 말이었다.

'일을 다 끝낸 뒤 다 된 것을 바라보고 있노라면 과연 내가 한 일일까? 의심이 들지요. 정말 저걸 내가 만들었는가. 일한 시간은 간데없고 흔적도 없는데 물건이 하나 내 눈앞에 있다는 것이 여간 신기하지가 않소. 내 손은 연장에 불과한데 무엇이 나로 하여금 만들게 하는가. 생각이야 늘 하는 거지만 그것이 어떻게 물건으로 나타나 있는가.'

그런 말도 병수는 했다.

지감은 오래간만에 병수를 만나면서 자신이 출가한 몸이라는 것을 얼마 동안 잊고 있었던 것이다. 옛날과 같은 번뇌가 되살아난 것은 아니었지만, 오히려 어떤 홀가분한 안도감 같은 것, 그것은 지극히 세속적인 편안함 같은 것이었다. 생각해보면 조병수와의 교유(交遊)도 오랜 세월이다. 어느 향반(鄕班)의 집에서 묏자리를 보기 위해 불러온 해도사를 우연찮게 만나 알게 되면서 지리산과 인연을 맺었고 이종사촌 이범준을 통하여 송관수를 알게 되었으며, 그런 일들이 복합이 되어 강쇠와 그들이 중심인 패거리들과 붕우유신(朋友有信)이랄까, 그런 지경에까지 갔는데, 껄껄한 사내들, 조야하고 분노에 가득 찼으며 거친 언행 속에 정을 간직한 그들 속에서 지감은 자신의 본래적인 것과 부딪는 일도 더러 있었고 소외감을 느낄 때도 있었다. 서울은 태생인지라 지적(知的)으로 세련된 지우(知友)가 많았으며 그 밖에도 여수의 최상길을 비롯하여 전라도 경상도에 걸쳐, 향반지주들을 적잖이 알고 있었다. 그러나 조병수와의 교분만큼 애틋하지는 않았다. 그것은 아마도 동질감에서 그랬던 것 같았다. 병수가 짊어진 육체적인 멍에와 자신이 짊어진 정신적 멍에, 여하튼 명문 출신인 그들의 정서적인 공통점, 학문의 세계, 예술관에서 공명하는 바가 많았고, 그러나 그런 모든 것보다 지감은 병수의 맑은 감성을 사랑했다. 조선 팔도를 누비고 다니는 자신이 주유가라면 병수는 한 칸 일방과 한 칸 서재에서 망망한 세계를 주유한다고 지감은 생각한 적이 있었다.

"길은 다르지만 한때 저는 불상을 조성하고 싶었습니다."

병수의 말이었다. 길상이 도솔암에 와서 관음탱화를 그리고 있다는 화제에 이어진 말인 것 같았다.

"무슨 원을 거시려구요?"

"원을 건다구요? 그런 것 없었소. 그냥 마음으로요."

"그게 최상이지요. 지금이라도 해보시지요."

"너무 늦었습니다."

하는데 눈을 감고 있던 지감이 번쩍 눈을 떴다. 괴상야릇한 고함이 들려왔기 때문이다. 병수가 자리에서 일어섰다. 그리고 방을 나가는데 해도사가 뒤따랐다. 병수댁네가 나와서 마루에 서 있었다. 몸채 작은방 문을 열고 병수는 들어갔다. 해도사 역시 병수를 뒤따라 들어갔다. 병수는 해도사를 거의 의식하지 않는 것 같았다. 조준구가 눈을 희뜨고 병수를 노려보았다. 큰 호박 덩이 하나가 굴러 있는 것 같았다.

"이 죽일 놈! 천하에 불효막심한 놈!"

첫마디가 그것이었다. 병수는 잠자코 이불자락을 걷으며 아이같이 기저귀를 찬 조준구 아랫도리를 조심스럽게 다루면서 오물을 닦아내고 기저귀를 갈아 끼운다.

"네놈은 누구냐!"

뒤늦게 해도사를 발견한 조준구는 물어뜯을 듯 말했고 조병수는 깜짝 놀란다.

"예, 소생은 잡인(雜人)올시다. 지리산에서도 잡인이었습지요."

태연하게 말했다.

"나, 나가시지요, 해도사."

기저귀를 싸들고 병수가 황망하게 말했으나 해도사는,

"조선생은 먼저 나가십시오. 적적하실 터인데 영감님 말벗이나 하다가 가겠으니 염려 마시고."

거의 강압적으로 병수를 떠밀어내었다. 그리고 방문을 닫은 해도사는 조준구 머리맡에서 다소 떨어진 곳에 자리를 잡고 앉는다. 방 안은 깨끗하게 치워져 있었고 조준구가 입은 옥양목 고의적삼, 이부자리도 깨끗했으나 퀴퀴한 냄새만은 고약했다. 말벗이라는 말에 다소 솔깃해진 것 같았으나 그러나 조준구는 의심을 풀지 않고,

"뭣 하는 놈이냐!"

눈을 부릅뜨고 이빨을 드러내어 짐승같이 으르렁거렸다.

"아까 말씀드렸습지요. 지리산에서 온 잡인올시다."

"잡인이라면!"

"예. 점도 치고 묏자리도 보아주고 때로는 병을 고치기도 하옵니다만 돌팔이지요. 어쩌다 연때가 맞으면 병자가 낫기도 하더구먼요."

적당히 주워섬긴다.

"뭐? 묏자리 보아준다구? 그럼 내 묏자리를 보아주러 왔다, 그 말이냐!"

병을 고친다는 말은 마음속에 접어두고 조준구는 또다시 으르렁거렸다.

"아니옵니다. 세상 돌아가는 이런 판국에 보아드릴 묏자리도 없거니와 영감님께서는 장수하실 상호인지라, 아아주 근력이 좋아 보이십니다."

"……."

"얼굴에 화색이 도는 것도 그러하오나 머리숱이 많은 것으로 보아 풍만 아니었더라면 젊은 놈들 뺨치게 기운이 좋았을 것을."

머리숱이 많은 것은 사실이나 화색이 돌기는커녕 조준구의 누리팅팅하고 부석부석 부은 얼굴에는 죽음의 그림자가 드리워져 있었다.

"그야 그랬지."

어세가 누그러졌고 풀이 다소 죽은 듯했다. 해도사의 말도 싫지가 않았지만 공손한 말투와는 달리 형형히 빛나는 해도사 눈빛을 감당하기 어려웠던 것이다. 그리고 병을 고칠 수 있을지 모른다는 일말의 기대도 있었다.

"산에는 뭣 하러 들어갔는고?"

"원래는 불로장수, 신선이나 되어볼까 해서 입산을 했습지요. 한데 중도에 마음을 잘못 먹은 탓으로 용이 승천을 못하고 이무기 꼴이 되고 말았습죠."

"마음을 잘못 먹다니?"

"비신(飛身) 둔신(遁身) 변신(變身)의 술법을 익혔고 앉아서 천리를 보는 안력(眼力)도 길렀으며 불로장수의 약초도 식별하게끔 되었는데 그것을 악용했습지요."

"어떻게?"

"도둑질을 했고 남의 계집을 탐내어 겁탈을 했고 그리하여 술법을 잃고 말았습니다."

"허허헛 허허헛헛."

목쉰 소리 가래 끓는 소리를 내며 조준구는 웃었다.

"사기꾼 같으니라구, 비신술 둔신술이 어디 있누. 도적놈 같으니라구, 뭐 천 리 밖을 본다구? 천 리 밖을 본다면 도적질할 것도 없지. 일본 해군에 가서 쌍안경보다 나은 그놈의 눈깔 가지고 활약을 하면 얼마든지 출세할 터인데 미친놈, 거짓말도 가이방해야 믿어주지."

"믿든 아니 믿든 그것은 영감님 마음이니 소생 뭐라 더 말씀드릴 수가 없습니다. 그러나 아무려면, 왜놈에게 빌붙어서 출세를 하겠습니까? 조상들이 산발하고 통곡할 일 아니겠습니까?"

"아무튼, 도둑질 계집질은 재미있군그래. 하하핫 하하하하…… 젊었을 한때, 나는 계집에 관심이 없었다. 재물 있으면 권력 생기고 권력 있으면 재물 생긴다, 그렇게만 생각을 했지. 허나 나라가 없어지고 보니 재물이 있어도 세도를 잡을 수 없더군. 명문세가의 자손으로 태어나서 그 울울한 심정을 뉘 알겠는가. 허나 멸문지화(滅門之禍)를 자초할 수는 없는 일, 이미 대세는 굳어졌고요."

하다가 별안간 어세를 높였다.

"못난 것들! 바늘 가지고 대포 찌르는 격이었지. 세계의 열강으로 일본은 지금 중국땅을 석권하고 있는데, 허허어 종놈이 애국지사가 되고, 백정 놈이 진보주의 지도자라, 세상이 돌기는 돌아야겠지만 그렇게 돌아서는 안 되는 법이야. 아주 고약하게 돌았어. 나도 일찍이 개화당 한 사람이지마는, 하기야 누대에 걸쳐 빛나던 권문의 자손이 이 편벽한 고장에서 소목장이로 영락을 했으니 이 얼마나 통탄할 일인고. 병신에다가 천하에 못난 놈이니 할 수 없다 생각은 하나, 독선생 앉혀서 그만큼 가르쳤고 학문도 깊었으니 다른 일도 할 수 있었으련만, 조상에게 부끄럽고 죄스러울 뿐일세."

해도사의 능청, 거짓부리도 예사 재주가 아니었지만 조준구의 연극은 신묘(神妙)의 경지다.

"어버이의 마음을 어찌 저러히 못난 자식들이 헤아릴 수 있겠습니까. 허나 영감님 슬퍼하지 마십시오. 신양에 해롭습니다."

점입가경이다.

"그놈이 이 애비 아니었던들 어찌 세상에 살아남았을꼬? 함에도 병든 애비를 박대하며 애비 병 고칠 생각은 아니하고 원하는 약도 구해오질 않으니 내 죽기를 바라는 거 아니고 뭐겠나. 인간지사 효행이 으뜸이라 했거늘, 불효막심한 놈! 생전에 이러하니 사후, 시묘(侍墓) 삼 년을 행할 놈이던가?"

'시묘 삼 년이라, 허허어 망령기도 좀 있는 모양이고, 혀는 짧아도 침은 길게 뱉는 겐가?'

해도사는 웃음을 참고 경청하는 자세를 고수한다.

"그놈을 낳은 계집, 그러니까 내 정실인데, 그 계집은 탐욕이 천하 제일이요, 표독스럽기가 살쾡이 저리 나앉으라, 나한테서 긁어간 재물만 하더라도 실로 막대한 것이었건만 그래도 탐심은 불길 같았으니, 서울서도 누구라 하면 알 만한 가문의 계집인데 천성에는 엄한 가풍도 아무 소용이 없는 모양이라. 천벌을 받아서 임종할 시에는 곁에 사람 하나 없이, 언제 죽었는지도 모르게 돼졌는데 그 많은 재물이며 패물들이 뉘 손에 넘어갔는지, 그게 다 뉘 돈인데!"

하다 말고 조준구는 호박 덩이 같은 머리를 치켜들려고 용을 쓰며 흥분한다. 그것이 다 최참판댁 재물이라는 것은 꿈에도 생각지 않는 모양이다.

"찾지 못하셨습니까?"

"찾을 길이 없었네. 자식 놈이라도 성했으면 어미 재산을 그냥 떠내려 보냈겠느냐? 우리 집안이 망한 것은 병신 놈을 낳았기 때문일세. 여하튼 에미라는 년이, 지가 내질러놓고서 병신이라 하여 자식을 돌보지를 않고 죽기만을 바랐으니, 이 애비가 없었던들 그놈이 연명은커녕 배필이나 얻었을까? 가난한 선비 집구석에 땅마지기 떼어주고 데려왔는데 그게 지금의 자부일세. 은공 모르기론 연놈이 다 같아. 내가 애비 노릇 못한 게 뭐 있누? 세상에 태어나게 한 것만도 크나큰 은혜, 비록 병신으로 나타나기는 했으되."

"아암요. 그렇고말구요. 개똥밭에 궁굴러도 이승이 좋다 했으니 이승에 나타난 것만도 큰 복입지요. 해서 바리데기는 병든 부친을 위하여 서천 서역국에 약물을 구하러 갔고 엄동설한 병든 모친을 위해 죽순을 캐 온 효자도 있었구요."

해도사의 말에 조준구 눈이 빛났다.

"개똥밭에 궁굴러도 이승이 좋다? 그럼, 그건 맞는 말일세. 이승이 좋으니까 모두들 죽음을 두려워하는 게야. 허나 내가 이 누옥에 병든 몸으로 누워 있으니 실로 만감(萬感)이 오락가락하네그려. 옛날이 좋았지. 만일에 내가 옛날로 돌아간다면 결코 놓치질 않아. 놓치질 않지."

"뭘 말씀입니까?"

"잃은 것, 잃어버린 그 모든 것, 어쩌다가 그것을 다 잃었는지 자다가도 분하고 꿈속에서도 분하고."

"예……. 그게 무엇인지요."

"혁혁한 가문은 어디로 갔을꼬? 만석꾼 살림은 다 어디로 갔으며 서울의, 시골의 고래 등 같은 기와집에는 씨종, 하인 배가 입 안의 혀같이 돌아주었건만 그것들은 다 어디로 갔으며 내 곁에 있던 처첩들은 또 어디로 가고 시중들 사람 하나 없는 고적한 처지가 되었는지 허허어 참, 이럴 수가 있나. 이럴 수는 없지."

"고정하십시오. 한탄하시면 신양에 좋을 것 없습지요."

"잊어야지. 재물이고 계집들, 자식 놈, 모두가 다 배은망덕일세."

"인사(人事)가 아니라 세월이지요. 세월이 사람을 배반하는 거 아니겠습니까."

"세월, 하기는 그렇구먼, 세월이 늙게 하고 죽게 하니……."

"밤이 깊은데 주무셔야지요."

"아, 아닐세. 낮에, 온종일 잠만 잤네."

조준구는 황급하게 팔을 내저었다. 그러고는 해도사를 잡아두기 위해서 얘기를 잇는다.

"젊었을 시절 나는 정실 하나를 두어서 자식 보고 가문의 모양만 갖추면 된다는 생각이었다네. 그때 나는 개화당이었고 개화사상에 깊이 빠져서 구습을 타파하고 일본과 서양의 문물을 들여와야 한다, 해서 서양 풍속에는 없는 첩실을 둘

생각을 아니했던 게야."

'식객이 무슨 놈의 첩실.'

해도사는 조준구의 양미간을 내려다보며 참으로 인간이란 기기묘묘하다는 생각을 한다.

"남 먼저 머리를 깎고 양복을 입었으며 일본 말 일본 글을 배우고, 지금 생각해보니 그때는 정말 내가 소쇄(瀟灑)한 청년 신사였네. 꿈도 컸고, 그러나 차츰 계집을 탐하게 되었고 이 세상 어느 낙에도 비할 수 없는 그것들에게 빠져들기 시작한 게야. 장안의 명기는 말할 것도 없고 전문학교를 나온 신여성에서 통지기에 이르기까지, 어린것 늙은것 할 것 없이 두루 섭렵을 했는데, 좋은 시절이었지. 재물은 썩을 만큼 남아돌고 할 일은 없어. 계집에게 쓰는 돈이야 새 발의 피, 결국 미두(米豆)를 하고 광산을 하고 사는 바람에 살림을 고스란히 날렸지만 좋은 시절이었다. 삼삼하게 떠오르는 계집들의 그 자태, 원 없이 놀았지. 헌데 이 사람아."

"예 영감님."

"우리가 수울찮이 얘기를 했네만 자네 성명 삼 자도 모르니, 성씨가 어찌 되는고?"

"성씨랄 것도 없고 남들이 해도사라 부르지요. 수십 년을 그러다 보니 성명 삼 자는 잊은 거나 다름없습니다."

"해도사라? 그렇게 부르는 연유가 무엇인고?"

"처음 입산하여 도를 닦을 적에 해를 향해서 며칠 몇 날이고 기도하는 꼴을 보고서 붙여진 이름인가 봅니다."

"어인 까닭으로 해를 보며 기도를 했는가?"

"불로장수를 하자면 생명의 원천부터 알아야겠기에, 해는 천지만물의 힘이 아니옵니까? 힘이야말로 모든 생명을 부지하게 하는 것인즉."

"자네 말이 맞네. 여부가 있나. 힘이야말로 생명이지. 힘이 없이 움직여지는 것은 이 세상에 아무것도 없느니, 으흠, 그러고 보니 자네 학식이 제법 도저한 듯하이. 의관의 집안이냐?"

학식이 도저하다든가, 의관의 집안이라든가 그런 것은 생각해보지도 않았는데 슬쩍 추켜세우는 조준구의 말씨는 기름을 친 듯 부드럽고 매끄러웠다.

"아니올시다. 부친은 장사꾼이었고 선대는 아전살이를 했다고 들었습니다만."

"중인이군그래."

"예. 돈푼이나 있는 덕택에 독선생 앉혀서, 예, 글을 배우기는 했습니다."

"독선생을 앉혔다구?"

독선생이라는 말이 심히 비위에 거슬린 듯, 그러나 이내 기색을 감추어버린다.

"그럼 그렇지. 처음부터 예사 사람으론 보지 않았네. 먹물 먹은 사람은 어디가 달라도 다른 게야."

"과찬의 말씀을, 먹물을 먹었다기보다 선비도 아닌 주제에

글줄깨나 읽다 보니 온갖 잡설에 사로잡혀서 중도 속도 아닌 꼴이 되고 말았습지요."

"아닐세. 학문하는 데 신분의 고하를 논하던 것은 다 지나간 시절의 얘기고 양반을 소반으로 부르는 세상의 추세, 개의할 것 없네. 그보다 아까 불로장수의 약초를 식별한다 했던가?"

드디어 꼬기꼬기 접어서 넣어둔 말을 조준구는 꺼내었다.

"예, 하오나."

"뭐 불로장수의 약초를 구해달라, 그럴 만큼 내가 어리석은 사람은 아닐세. 불로장수의 약초를 식별한다면 풍을 낫게 하는 약초인들 모를까. 부탁 좀 하세나."

해도사는 씁쓰레 웃는다.

"나, 이 풍 좀 바로 잡아주게. 이제는 아무 소망도 없는 몸, 자식 놈은 내 죽기만을 기다리고 있는 불우한 처질세. 다만 한번 걸어보고 싶어이."

"……"

"저 배가 나고 드는 항구에 나가보고 싶고 한산섬에라도 한번 가보았으면 여한이 없겠네."

처량하게 애원한다.

"그것은 아니 될 일인 듯싶습니다."

"아니 될 일이라니!"

순간적으로 얼굴에 노기가 떠올랐다.

"일본하고 제승당(制勝堂)은 불구대천의 원수지간인데 가셔서 무슨 횡액을 당하시려고 그러십니까."

농담인 듯 진담인 듯, 해도사는 웃을 듯 말 듯, 조준구는 안도와 함께 연꽃이라도 매만지듯 조심스럽고 그윽한 음성으로,

"그래서 안 될 일이라 했구먼. 에키 이 사람아."

"영감님 이곳이 어딥니까."

"통영이지 어디겠나."

"날이 새면 마주 보이는 곳에 충렬사 사당이 있습지요. 영감님은 이곳에 좌정해 계시고, 일본을 높이 받드시는 영감님이고 보면 상극이 마주한 셈인데 그러고도 동티가 안 난다면 오히려 이상하지 않겠습니까?"

해도사의 심술도 어지간하다. 조준구는 꾸역꾸역 치미는 것을 꿀꺽꿀꺽 삼키면서,

"허허어, 자네 뭔가 오해를 하는 모양이구먼. 개화당과 친일파를 혼동해서는 아니 되네. 내가 나라를 위하여 진작부터 개화를 주장하기는 했으되 친일은 아니했느니라. 합방에 찬동한 바 없고, 그네들에게 협력한 일도 없었네. 하기야 뭐 일본 말 일본 글에 능통하고 집안을 보나, 또 요로에 지면이 많아서 내가 원하기만 했다면 도백쯤은 했을지 모르지. 허나 사기꾼 왜놈한테 폐광(廢鑛)을 사서 그로 인하여 일어설 수 없는 지경에 이르렀는데, 설마한들 내가 친일파겠느냐? 다만 세계 대세가 그렇다는 얘기, 칼자루를 일본이 잡고 있는 것은 엄연

한 현실이고 보면 인정할 것은 인정해야지."

"예."

"정 자네 말대로 그러하다면 한산도에 아니 가면 될 일이
요, 굳이 가야 할 이유도 없으니, 충렬사의 경우는, 글쎄 그걸
어쩐다?"

마음속으로는 미친놈! 콧방귀를 뀌면서 겉으론 고분고분하
게 나온다. 간교한 지혜가 일품이지만 이상한 것은 치매 현상
도 두드러져 뵈는 일이다. 간교한 지혜에는 늘 이같이 치매
현상이 나타나는 것은 무슨 까닭일까? 옛사람들은 그런 경우
를 두고 약은 쥐가 밤눈 어둡다 했는가.

"어떤가? 풍에 좋은 약초를 구해다 주겠느냐?"

"글쎄올시다. 사심(邪心)을 품은 후로는 도술을 다 잃었으니
약초가 눈에 뵐지."

"병도 고쳐주었다 하지 않았느냐? 내 병만 고쳐주면은 상
아 손잡이가 붙은 개화장(開化杖)을 자네에게 줌세. 아주 고가
품이네. 뿐인가? 아들놈한테 내 엄명을 내릴 걸세. 집을 파는
한이 있어도, 약초값을 흡족하게 치르라 하겠네."

"병을 고친 것은 연때가 맞아서 그랬던 거고, 그게 어디 쉬
운 일이겠습니까."

"나하고 연때를 맞추면 되는 게야."

"인력으로는 아니 되지요. 신령의 힘을 빌지 않고는."

"허어어, 해보지도 않고서?"

"명심은 하고 있겠습니다만."

"그래, 그래, 아암 그래야지."

조준구 얼굴에 희색이 돈다.

난데없이 나타난 해도사. 조준구의 감각에도 산내음이 풍겨오는 사내, 불편하기 짝이 없지만 형형히 빛나는 눈동자, 조준구는 믿는다. 해도사가 기적을 이루어 자기 병을 낫게 할 것이라는 예감을 믿는 것이다. 자기와 무관한 일이거나 불리할 경우에는 귀신이건 영신(靈神)이건 미신으로 간단하게 단정해버리지만 자기 자신에게 유리할 경우에는 미신이 아닌 것이다. 악(惡)과 탐욕의 속성인 것이다. 하여 치매 현상으로 나타나지만 완전하다고 믿는 것이 또한 그들의 속성인 것이다.

"영감님."

"어째 그러나."

"영감님께서는 저승이 있다고 믿으시는지요."

조준구의 희망을 쬐듯 해도사는 질문을 던졌다.

"그게 무슨 소린고?"

해도사의 속셈을 몰라 일부러 내숭을 떤다.

"저승이 있다고 믿으시는지, 물었습니다."

"그건 또 왜 묻는가."

"물어보고 싶었습니다."

"그것은 나보다 자네가 더 잘 알 게 아니냐? 산에서 도를 닦았고."

"죽은 뒤엔 어찌 되겠습니까? 소생은 늘 그게 걱정입니다."

"죽은 뒤 일을 뉘 알겠나. 죽으면 흙이 되는 거지 뭐."

"흙이 되는 것은 소생도 아는 일입니다만 흙이 되는 것은 형체가 있는 것이라야지요."

"사람이 형체지 뭐겠나."

"형체 없는 것이 있습지요."

"그게 뭔데?"

"마음입니다."

"……."

"그것은 형체가 없으니 흙이 될 수도 없고 썩지도 않을 것이니."

"쓸데없는 소리."

"저승길 갈 때, 아, 아니 영혼이 떠돌 때 영감님을 만나게 되면 무슨 말을 할까 하고 생각해보았습니다. 영을 넘고 내를 건너면서 이승 얘길 하는 광경을 상상해보기도 하구요."

해도사의 목소리는 젖은 듯, 부드러웠다.

"별놈의 생각을 다 하는군."

했을 뿐 조준구는 전혀 무반응이었고 자신으로선 이미 할 말을 다했다는 그런 얼굴이었다.

'혹을 떼러 왔다가 혹을 붙이고 가는 꼴이군. 겁을 좀 주어서 집안이 조용하게끔, 하기는 기대한 것도 아니지만, 내가 가고 나면 송장 썩은 물 대신 날 잡아오라고 성화겠지. 그거

야 뭐 몸에 해롭잖은 풀이나 풀뿌리면 당분간은 괜찮을 게고.'

해도사는 휘한테서 들은 말을 떠올렸다. 똥벼락을 맞은 조병수가 대성통곡을 했다는 얘기, 가엾고 측은하며 사람이 어찌 저렇게 살아야 하는가, 떠날 길을 왜 생각지 않는가 하며 통곡을 했다는 얘기, 해도사는 병수의 심정을 이해할 수 있었다. 그의 심정이 바로 지금 그와 같았다. 측은하고 가엾고, 미워할 수가 없었다. 정말 통곡이라도 하고 싶은 심정이었던 것이다. 구제받지 못하는 자에 대한 슬픔이었다. 하늘 아래 홀로 서 있는 자에 대한 슬픔이었다. 삭을 대로 삭아버린 육체를 안고 버둥거리는 한 생명에 대한 슬픔이었다.

"어르신."

해도사는 영감님이라 하지 않고 어르신이라 했다.

"또 무슨 말을 하려고? 저승 얘기라면 관두게. 나는 믿지도 않고 흥미도 없네. 바로 눈앞의 일로 내 마음은 가득하이. 아무쪼록 약초를 구해다 주게."

"예, 염려 마십시오."

"오늘 밤은 편한 잠을 잘 것 같네. 밤도 길고 해도 길더니, 그리고 밤에 들려오는 뱃고동 소리가 신경에 걸려서 견딜 수가 없었는데, 부탁하네. 참 자네는 부친이 생존해 계신가?"

"세상 떠났습니다."

"그래? 하긴 자네 나이 있으니 그랬을 게야."

"그러면 밤도 깊었고 저는 물러가겠습니다."

밖으로 나온 해도사는 별이 총총한 하늘을 올려다보며 크게 숨을 내쉬었다.

해도사는 조준구 방에서 밤이 깊었고 지감과 병수는 또 얘기에 밤 저무는 줄 몰랐다가, 세 사람은 아주 늦게 자리에 들었다. 지감만 일찍 일어났을 뿐 병수와 해도사는 늦잠을 잤다. 병수댁네가 아침 장에 가서 신선한 찬거리를 사다가 정성껏 차린 조반상을 물렸을 때 해는 중천에 떠 있었다. 지감이 떠날 채비를 차리고 있었는데 몽치가 찾아왔다. 물론 초행의 집은 아니었다. 휘로 인하여 몇 번인가 와본 집이며 붙임성이 없고 무뚝뚝하며 못생긴 몽치를 병수댁네는 어떤 점을 좋게 보았는지 아들처럼 대해주었다. 언젠가 한번 몽치는 장작을 패준 일이 있었다.

"몽치총각, 밥은 어떻게 했나."

병수댁네가 부엌에서 나오다 말고 웃으며 물었다.

"아침 묵은 지가 언젠데 묻십니까."

"좀 이르지만 점심 먹겠나?"

"아입니다. 양가에서 다 아침을 먹었더니 너무 많이 묵었는가 배요."

"몽치총각도 밥 마다할 때가 있는가 부지?"

"너무 그러지 마이소. 몸통이 커다 보이, 하지마는 식충이는 아입니다. 산에서 오신 선생님 기십니까?"

"그 방에서는 방금 조반상이 나왔네."

"야아."

어슬렁거리듯 방 앞에까지 간 몽치는,

"선생님 지 왔십니다."

하고 말했다. 해도사가 방문을 열었다. 몽치는 쪽마루가 휠 만큼 무거운 체중을 실었다가 방으로 들어간다.

"선생님 절 받으이소."

지감에게 넙죽 절을 했다. 옛날부터 몽치는 넙죽넙죽 절 하나는 잘했다.

"제법 사람 구실 하는구나. 조금만 늦었으면 스님을 못 볼 뻔했지. 흠, 지 딴에는 지감한테 인사하고 가려 했던 모양인데."

그러나 몽치는 병수에게는 절을 하지 않고 쳐다보며 친근하게 웃었다.

"그래 배 타기, 할 만하냐?"

지감이 물었다.

"예. 이 덩치 해가지고 멀 못하겠습니까."

"하기는 그렇구나."

지감은 거칠 대로 거칠어진 몽치 얼굴을 바라본다. 해도사나 지감은 다 같이 몽치의 양아버지인 동시 스승이다. 서로 무심상한 것 같았지만 숨은 정이 있었다.

"배에서 주는 밥은 양에 차고?"

"안 그러면 일을 우찌하겠습니까. 걱정 마이소."

"바다에서는 싸돌아다닐 데가 없어 어쩌누."

"마, 그거사 속이 확 트이는 게 바다니께 안 싸돌아댕기도 갑갑할 것 없십니다. 선생님 오늘 떠나십니까."

"그래."

"몽치야."

해도사가 불렀다.

"야."

"몇 번을 말해야 알겠나."

"머 말입니까."

"선생님이라 하지 말고 스님이라 하지 않았더냐. 이놈의 까마귀 고길 먹은 화상아."

"잊임이 헐해서(건망증이 심해서) 그런 거를 우짭니까. 지한테는 선생님이지 중이 아닙니다."

"저놈의 버르장머릴 보았나! 중이라니?"

"그래도 지가 타는 배 선장하고 선주는 지를 보고 잘 배웠다 하던데요?"

"알 만하다. 그자들이 오죽 못 배웠으면 너 같은 놈 보고 그러겠나."

"하기사 머, 한문은 선주어른이 지보다 못한 모앵이더마요. 자네 글씨를 보니 뱃놈 되기 아깝다, 서기질도 실컷 하겠는데 하시고 선장은 뱃놈 때리치우고 대서방 하나 차리라 하더마요."

"뭐? 서기질? 대서방을 차려? 으하하핫 핫핫…… 그 꼴 생각만 해도 절로 웃음이 난다."

"웃지 마시이소. 산에서는 늘 불학무식하다 하심서 대가리를 쥐어박는 바람에 정말 그런 줄 알았더마는 도방으로 내리오니께 온통 모두가 불학무식하더마요."

"몽치야."

지감이 불렀다.

"추석에는 절에 다녀가도록 해라. 공양주 할머니가 추석에 오면 너 주겠다고 옷 한 벌 지어놨다."

"머할라꼬요. 할매가 눈 짜부리감서 머할라꼬, 옷이 있어도 입을 짬도 없십니다. 그러나 누부가 한 벌 해주던데."

"그래 어젯밤에는 어디서 잤나."

해도사가 물었다.

"형님 집에서 잤십니다."

"저, 저놈 보게. 저 고집불통의 대가리를 도끼로 패든지 해야지. 어젯밤에 누누이 타일렀건만."

"가기는 갔십니다. 양가에서 다 아침밥을 묵었인께요."

해도사와 지감은 할 수 없이 웃는다. 병수도 웃었다.

"네놈 팔자가 상팔자로구나. 한 집에서도 밥 얻어먹기 어려운 세상인데, 허 참 저놈의 짚섬 같은 배를 채울 곳이 두 곳이나 있으니 얼마나 다행인고."

"원래부터 식복은 타고났다 하시고서."

"누가?"

"선생님이 말씸해놓고 그럽니까."

주점에서 놀던 품과는 사뭇 딴판이다. 바다의 사나이답게 거칠었고 힘깨나 쓰는 처지라 제법 의젓했고, 나를 대적할 놈 그 누구냐 하며 자신감에 넘쳐 있던 몽치가 아니었다. 이 동네에 들어서면서부터 떼쓰는 아이 같은 꼴을 나타내더니만 이제 해도사와 지감 앞에서는 덩치 큰 아이, 숫제 어리광이 줄줄 흐르는 모습으로 변해 있었던 것이다.

"몽치야."

"야."

무슨 생각을 했는지 지감은 다소 익살스런 표정을 지었다.

"그게 그러니까 십 년도 더 된 일이구먼. 까투리를 잡아서 볶아 먹은 생각, 나느냐?"

"나구만요."

지감은 웃는 얼굴을 해도사와 병수에게로 옮기며,

"그때, 산막하고 몽치 놈을 내게 떠넘기고서 해도사가 떠나던 날이었소. 온종일 아이가 보이지 않아 걱정이 됐는데, 그놈 짐승밥 될 놈 아니오, 기가 보통으로 세야지, 떠나면서 하던 해도사 말도 있었고 혹 해도사를 뒤따라갔을지도 모른다, 그런 생각을 하고 있는데 해 질 무렵 나타나질 않았겠소? 씩씩거리며 까투리 한 마리를, 그것도 목을 꽉 눌러 잡고 있더란 말이오. 어디서 잡았느냐, 놀라서 물었더니 저어기서요, 하고는 뒤꼍으로 횡하니 가버리더군. 저녁 밥상에는 꿩고기가 한 줌가량, 하기는 다 먹지 않고 한 줌이나마 밥상에 올려놓은 것은

기특한 일이었지. 저놈의 먹새를 내가 알거든. 허허헛 허허허
헛…… 식복을 타고났다, 그럴는지도 모르지. 남이 한 술 뜰
때 열 술이 들어가야 하는 저놈의 소 배애지, 그것도 식복이라
면 그렇다 할 수 있겠군. 하하핫하……."

"술상에 손이 쑥 나타나서는 어포를 집어가던 생각은 안 나
시오? 손을 탁 치면 한참 있다 또 쑤욱 나타나서 어포를 거둬
가고, 한번은 어디 갔다 오니까 숨겨둔 술을 얼마나 퍼마셨는
지 하룻낮 하룻밤을 꼼짝 않고, 죽었나 싶어 귀를 잡아댕겨보
기도 하구……. 저놈이 저만큼이나 된 걸 보면 신기하지. 홀로
산중에 뚝 떨어져서, 우리야 뭐 식자 나부랭이나 가르친 것뿐
이고 산이 길러준 셈이오. 산의 품에 안겨서 자랐다 할 수도
있고, 사시사철 싸돌아다니면서 안 처먹는 게 없었으니, 누가
가르쳐준 것도 아닌데 열매며 풀이며 나무뿌리까지 산의 기운
까지 몽땅 마시고서 몸뚱이가 저 지경 됐을 게요. 참으로 조
화가 신기하지 않소? 도시 사는 의지를 누가 점지하였을꼬?"

해도사는 어떤 감동을 나타내었다.

"생명 있는 천지간의 만물이 다 그러하나 그 이치를 뉘 알
겠소."

소지감이 대꾸했다. 말을 하려고 입을 쭈뼛거리고 있던 몽
치가 드디어 입을 열었다.

"삼대 구 년 묵은 얘기는 와 자꾸 합니까. 그보다 이자는 이
놈 저놈 하지 마이소. 덩치를 보나 심쓰는 거를 보나 놈 자 들

을 시절은 벌써 지나갔는데 언제까지 그럴랍니까."

"오냐, 네놈이 장가만 간다면 여부가 있나, 놈 자 빼고 재수야 하고 불러주마. 그리고 자형도 이보게 박서방, 할 터이니 염려 말아라."

해도사 말에 모두 크게 소리 내어 웃는다. 몽치야, 몽치 하다가 박서방이라니까 세 사람은 물론 몽치 자신이 킬킬대며 웃지 않을 수 없었다.

"이제 슬슬 떠나볼까?"

지감은 바랑을 짊어졌다. 병수 내외와 작별을 하고 몽치와 함께 집을 나선 지감은 새터로 나가는 길을 잡아 내려갔고 몽치는 누이 집으로 향했다. 갈 때는 꼭 집에 들렀다 가라는 숙이의 신신당부가 있었기 때문이다.

"그냥 가부린 게 아닐까 하고 속을 태우고 있었다."

삽짝 밖에 나와서 팔짱을 끼고 기다리고 있던 숙이는 안도의 숨을 내쉬며 말했다. 집 안으로 들어와서 마루에 걸터앉은 몽치는,

"아아는 어디 갔나? 집 안이 쥐 죽은 듯 조용하구마."

"떼를 쓰다가 방금 잠들었다. 누굴 닮았는지 한분 떼를 쓰기 시작하면 학을 떼겠다 카이."

"아들 하나라꼬 오냐오냐한께 그렇겠지요."

"둘이나 실패를 하고 보이, 글안할라 캐도 자연히 위하게 된다."

숙이는 몽치와 나란히 마루에 걸터앉는다. 어디선지 수탉이 한낮 울음을 한가하게 잡히고, 그러고는 사방은 다시 조용해졌다. 오누이가 느긋하게 한자리에 앉아서 얘기하는 것은 그리 흔한 일이 아니었다. 숙이 얼굴은 밝았고 충족된 듯 보였다.

평사리의 한복이가 아들 내외를 위해 큰맘 먹고 장만해준 집은, 규(規)가 잡힌 조병수 집에 비할 것은 못 되지만 휘의 집보다는 훨씬 나았다. 우선 칸수가 넓었고 집의 뼈대가 성했으며 시원해 뵈는 대청이 있었다. 대청은 반들반들 윤이 났다. 장독대의 크고 작은 항아리도 햇빛을 받아 반들거렸으며 마당은 깨끗하게 비질이 돼 있었다. 정갈한 숙의 살림 솜씨가 일목요연했다.

"마음에 맞잖은 사람이지만 매부가 있어야지, 없을 때는 이 집에 오기가 싫더마."

손을 깍지 끼고 허리를 구부려 땅바닥을 내려다보며 몽치는 혼잣말같이 중얼거렸다.

"와?"

"내가 머 얻어묵으러 오는 것도 아닌데 마치 매부 눈 피해 감서 드나드는 거 겉애서, 도둑괭이겉이 그러기는 싫다 그 말이오."

"니가 그런 생각을 하니 매부도 설풋하게 대하는 거 아니겠나. 임의로운 것이 형제지간인데 제발 그러지 마라. 누부 집에 동생이 오는데 누가 머라 칼 기고."

"잘사는 처갓집, 덕 본다고 창자가 꼬인 놈도 그렇지마는 보잘것없는 처가라고 하시하는 놈도 곤장한(좀스러운) 새끼들 이제. 지가 잘난 사내라믄 그런 생각 안 하거마는."

그간에 쌓였던 울분을 한꺼번에 토하듯 몽치는 말했다.

"요새는 사람이 달라졌네라."

"달라졌이믄 얼매나 달라졌겠소. 개 꼬리 삼 년, 흰 털이 검정 털 되겄소?"

"아니다. 이자는 니 걱정도 하고 잘못했다는 생각도 하는 모앵이더라."

"내 걱정은 할 것 없고 누부나 하시하지 않았이믄 좋겄소."

"그거는 니가 모르이 하는 말이다. 날 무식하다고 입으로는 그러지마는 내가 정색을 하고 따지믄 꼼짝 못한다. 선아엄마한테 물어봐라. 내가 거짓말을 하는지 안 하는지."

"평사리 사장어른 반 몫만 돼도 내가 안 이럴 기요. 배웠이믄 얼마나 배웠다고 배운 사람이 그러요? 그따우 핵교 공부 하낫도 안 부럽거마는. 나도 불학무식은 아닌께."

"태성이 그런 거를 우짜노. 부모도 못 고치는 거를 니가 고칠라나? 사람이란 천 층 만 층, 어디 다 같더나? 니가 넓기 생각하고 매부를 감싸주믄 안 되겠나? 자꾸 이래쌓으믄 양새 낀 나무맨크로 내가 못 견딘다."

울먹인다. 한동안 말이 없다가 성질을 죽이며 몽치는 물었다.

"머할라고 들렸다 가라 했소."

"옷 갈아입고 가라고, 옷 한 벌 해났다 안 카더나."

실은 그게 아니었다. 숙이는 어떻게 하든 몽치를 설득하여 평사리에서 주선하는 혼사를 성사시키고 싶었던 것이다. 그러나 처음부터 몽치가 치고 나오는 바람에 말 꺼내기가 어려워졌다.

"저기, 아까 선아엄마 말로는 니가 선생 보고 장개 안 간다 했다믄?"

"야."

"어째 그러노."

"……"

"평사리의 아부니가 혼처를 봐났다고 하시더라는데 아부니 성의를 생각해서라도 그르믄 쓰나. 나도 인병이 든다. 니가 이러고 댕기니께."

"오죽하믄 나 겉은 놈한테 시집 올라 카겠소."

"니가 우때서? 남자 인물 묵고 사나?"

"사람이야 안 봤인께, 형편이 그렇다 그 말이오. 하야간에 장개갈 생각 없소. 천천히 갈라요."

타일러보아야 소용없는 것을 숙이는 깨닫는다.

"하기사 머 선생도 손을 들었다 하는데 내가 무신 수로……
옷이나 갈아입어라."

"⋯⋯."

"출입옷도 아니고 보통 때 입으라고 광목을 바래서 해놨다. 그냥 빠대리서* 입으믄 된다."

자신의 마음을 달래듯 숙이는 큰방으로 들어가서 보자기에 싼 것을 내보인다.

"방에 와서 갈아입어라."

그러나 몽치는 움직이지 않았다. 다시 몽치 옆으로 온 숙이는

"니 매부가 해주라고 권해서 한 옷이니 딴생각 마라. 나도 니 매부한테 숨기가믄서까지 이런 짓 할 성질 아니다."

"자게 체면 깎일까 봐서 그랬겠지요. 호욕 길에서라도 만내 믄 서기 나으리, 입장이 난감해질 기니."

"몽치야!"

"⋯⋯."

"니도 그렇다. 매부 체면 좀 세워주믄 안 되겠나? 그라믄 어디가 덧나기라도 하겠나?"

노기 띤 눈초리로 숙이는 몽치를 쳐다본다. 한동안 우두커 니 앉아 있던 몽치가 일어섰다. 부시시 방 안으로 들어간 그 는 한동안 부시럭거리더니 옷을 갈아입고 나왔다. 양말을 신 고 대님을 치고 조끼까지 입은 몽치, 얼굴이야 못생긴 그대로 지만 사람이 달라져 뵈는 것은 틀림이 없다.

"옷이 날개라더니 그렇기 입으이 얼매나 좋노."

숙이는 우람한 몽치 등을 토닥토닥 두드린다. 목이 메었던

것이다.

'불쌍한 내 동생, 어매 아배 없이 절로 커서 이만큼이나 되었구나.'

자신이 돌보아주지 못했던 세월도 서러웠고 원망스러웠다. 그것은 영호에 대한 원망이기도 했다.

"매부가 권해서 맨든 옷을 입으이 내일은 해가 서쪽에서 뜨겄소."

쑥스러워서 한 몽치 말이었다.

"인자 그만해라. 실이 노이 되겄다. 니 매부도 본심은 그리 나쁜 사람 아니다. 그 사람은 그 사람대로 가심에 맺힌 한이 있다. 꼬장꼬장한 성미라 답답이, 하기는 우리 시아부니겉이 되기가 어디 쉬운 일가. 저저이 말을 못해서 그렇지 김씨 집 식구들은 모두가 다 피멍이 든 사람들이다. 몽치야 부탁 좀 하자. 매부 맘이 달라졌어이 니도 풀어라. 뭐니 해도 남보담이야 안 낫겄나. 나를 생각해서라도, 우리 형제가 갈라져서 생사조차 모리고 눈물로 세월을 보냈는데 우리가 못 참을 일이 머 있겄노. 이리 만낸 것만 해도 얼매나 고맙노."

"……."

"아이구 내 정신 좀 보래. 깜박 잊고 니를 그냥 보낼 뻔했다."

숙이는 급히 부엌으로 달려간다. 삼베 수건에 싼 것을 가지고 그는 이내 나왔다.

"이거 가지가거라."

"머요?"

"찰밥이다."

"머할라꼬, 그만두소."

"아무 말 말고 가지가거라."

"내 한 입도 아니고 어디다 찍어붙일라꼬."

"와, 그래도 서너 명은 실컷 갈라묵을 기다. 어이구 불쌍한 내 동생."

"하 참, 맥지(공연히) 그래쌓네."

숙이는 헌옷과 찰밥을 싼 삼베 보자기를 함께 싸면서,

"니만 끈을 붙여주믄(결혼시키면) 나는 더 바랄 기이 없다. 평사리에서는 철마다 양식을 보내주시고 니 매부 월급 타고 살기가 괜찮으이 무신 걱정이 있겠노."

혼담을 매듭짓지 못하여 아쉬움은 남았겠지만 몽치에게 옷을 해 입힌 것을 몹시 흡족해한다.

"시어무니가 길쌈한 베를 세 필이나 보내주싰다. 솜옷도 한 불 맨들어줄게."

"별걱정을 다 하네."

집을 나선 몽치는 지감이 간 방향과는 반대편 비탈길을 내려간다. 내려갈수록 큰 함석집 기와집이 눈에 띄고 담쟁이가 무성한 양옥집도 나타났다. 그는 간창골 입구를 향해 가는 것이다. 몽치 역시 누이가 해준 옷을 입고 걷는 기분이 좋았다. 영호에 대한 섭섭한 마음도 다소 엷어지는 듯했다. 가슴에 품었던 말을 쏟아놓고 나니 속이 후련하기도 했다.

'나는 어장 애비가 될 기다. 돈 벌어서 기와집도 사고, 우리 누부도 기 피고 살아야지.'

간창골 입구에는 휘의 목공소가 있다. 목공소 옆의 좁은 골목에서 대패질을 하고 있던 목공 최병태(崔秉泰)가,

"어, 몽치형 새신랑 같네. 무신 바람이 불었소."

"새 옷만 입으믄 새신랑가."

대꾸하면서 몽치는 목공소 안으로 들어가는데 휘는 먹통에서 먹실을 뽑아 널빤지에 금을 놓고 있었다. 그의 맞은편에는 쌓아놓은 판자 위에 어떤 여자가 걸터앉아서 휘에게 말을 하고 있었다. 여자는 몽치가 들어서자 얼굴을 돌렸다. 순간 눈이 부딪쳤다. 화장을 곱게 하고 검자줏빛 감댕기를 감은 쪽에는 비취 빛깔의 사기 비녀와 역시 비취 빛깔의 나비잠, 말뚝잠이 꽂혀 있었는데 간드러지게 찌른 쪽은 날아갈 듯 예뻤다. 연분홍 문항라 저고리에 생고사 옥색 치마를 입고 흰 고무신에 담은 흰 버선발이 역시 예뻤다. 요염한 맵시로 보아 여염집 여자 같지는 않았다. 기생인 것 같았다.

"형님."

몽치 어세가 온당치 않았다. 휘는 쳐다보지도 않고 일을 하면서,

"이제 가는 기가."

했다.

"야 갑니다. 그런데 형님은 세월 좋네요."

여자는 양미간을 찌푸렸다.

"무신 말고."

역시 쳐다보지 않고 일을 하며 말했다.

"이 각시는 누요?"

비로소 휘는 일손을 놓고 몽치를 쳐다본다. 눈에 노기를 띠고 있었다.

"와 그건 묻소?"

여자의 불쾌해하는 목소리였다.

"그러시, 젊디젊은 각시가 일하는 남정네 앞에서 턱 받치고 앉아 있으니 물었소."

거침없이 그야말로 방약무인(傍若無人)이다.

"턱 받치고 앉아 있다니! 어디서 배워먹은 버르장머리고?"

여자는 빨딱 일어섰다. 입술이 떨고 있었다.

"몽치야!"

"와요?"

"손님한테 그 무신 행패고!"

꾸짖은 뒤 휘는 여자에게,

"미안합니다. 저놈 머리통이 좀 비어서 양해하시이소."

"형니임! 머리통이 비다니요? 이거 참 생사람 잡네."

"시끄럽다! 안다니 나흘장 간다 카더니마는, 빌어먹을 자식!"

"개 모래 먹듯이, 아무나 보고 턱아리를 놀리는, 나쁜 놈!"

여자의 얼굴은 새파랬다. 부릅뜬 눈으로 몽치를 노려본다.

"내가 참아야지. 미친개한테 물린 셈 치고."

치맛자락을 홱 걷으며 바람같이 여자는 나가버린다. 이때 대패질을 끝낸 병태가 널빤지를 들고 들어왔다.

"화심이가 눈물을 닦으며 가던데 무신 일 있었십니까?"

병태가 휘에게 물었다.

"이 빌어묵을 놈 때문이다."

했으나, 휘는 아까처럼 심하게 화를 내는 것 같지는 않았다.

"머를 어쨌기에요?"

그 말 대꾸는 없이,

"몽치야!"

"와요."

태연하다.

"니 우리 일 훼방 놓을라고 마음묵고 온 기가? 응? 경우가 없어도 유분수지."

"훼방을 놓다니요? 머를 훼방 놨다 말이오."

시치미를 뗀다.

"잘 들어라. 이 멍충아. 장롱은 누가 쓰노? 늙든 젊든 여인네가 쓰는 거 아니가."

"그렇지요."

"그러니 손님은 늙든 젊든 여자다. 여자 손님이 와 있는 기이 머가 이상하노? 아까 그 여자만 하더라도 동생 장개보내겠다며 농 맞추러 온 사람인데 니가 지랄하는 바람에 쫓겨갔다. 대관절 와 그랬노?"

"행토를 보아하니, 여염집 여자가 아니라서 그랬소. 남자 간 뽑아먹게 생겼더마요."

"니놈 간 뽑아묵을라 카더나."

"우리 형수 속 터질까 봐서요."

휘는 껄껄껄 소리 내어 웃는다.

"흥, 부지런히 걷어 믹이더마는 공력이 어디 안 갔구나."

휘는 담배를 꺼내어 붙여 문다.

"그나저나 큰일이네."

담배 연기를 뿜으며 휘는 다소 풀이 죽은 듯한 몽치에게 곁눈질한다.

"일감 놓쳐서 그러요?"

"일감도 일감이지만 그보다 그 여자가 노류장화(路柳墻花)이긴 하나 지금은 누구라 하믄 알 만한 사람의 소실인데 마누라가 그것도 총각 놈한테 수모를 당했으니 가만있겠나? 니 다리가 성할지 걱정이다."

병태가 낄낄 웃으며 말했다.

"몽치형, 걱정 마이소. 그런 일은 없일 기요."

"무슨 말고?"

"화심이가 영감쟁이한테 그런 말 못할 기니께요. 형님한테 반해서 이 핑계 저 핑계 찾아오는데 영감쟁이보고 말할 입장이 못 된다 그 뜻이오."

"쓸데없는 소리, 이놈아 니 함부로 입 놀리다가 뒷감당을 우짤라고 그라노. 머리빡에 피도 안 마른 것이."

정색을 하고 꾸짖는다. 기가 살아난 몽치는,

"하 참, 내가 꼭 짚었네. 내 눈은 못 속인다 카이."

기세 좋게 말했다.

"들어서는데 벌써 여자 눈빛이 다르더마. 만일에 사불여의 (事不如意)할 직에는 그놈의 계집 온전치 못할 긴데 형님도 조심하소."

사뭇 협박조다.

"사불여의? 문자를 쓸라거든 좀 제대로 써라."

"틀린 거는 머 있소. 비슷하믄 됐지 머."

휘는 담배를 눌러 끄고 하던 일을 시작한다. 사실 휘의 처지는 좀 난처했다. 화심(花心)을 아름답다 생각한 일은 있었으나 결코 마음이 동한 것은 아니었다. 화심이 탄식을 하고 추파를 보내고 했지만 고객에 대한 예의를 지켰을 뿐, 장롱을 해가고 머릿장을 해가고 또 일이 얼마나 됐는가 보러 오고 하는 화심에게 사사로이 대한 적은 없었다. 그러나 부담스럽게 느낀 것은 사실이다. 그렇다고 해서 직접으로 유혹해온 것도 아닌데 뿌리칠 수도 없었다. 해서 몽치가 화심에게 수모를 준 것에 안됐다는 생각은 했으나 크게 화는 내지 않았고 오히려 어떤 면에서는 홀가분하기도 했던 것이다. 그러면서도 왠지 모르게 우울해지는 것이었다.

"그라믄 가겠소."

몽치가 말했다.

"어서 가아."

"병태야 니 감시 잘해라. 알겠나?"

"걱정 마소."

몽치는 나가고 병태는,

"화심이가 또 올까요?"

"잔말 말고 일이나 해."

5장 관음탱화(觀音幀畵)

진주서 자동차를 대절한 서희는 안자와 함께 하동으로 향
했다.

자동차 운전수는 만주로 간 홍이 또래였으며 같은 직업이
라 서로 친면이 있었다. 그리고 홍이를 통하여 알게 된 연학
이하고도 가깝게 지내는 사람이었다. 말씨에서 짐작이 되지
만 연학은 그를 우녁(서울 방면)에서 온 사람이라 했다. 그러저
러한 관계로, 자주 자동차를 이용하게 되는 서희도 그를 임의
롭게 대했다.

달리는 차창 밖의 하늘은 맑고 높았다. 여름이 끝나고 가을

이 무르익고 있었다. 인사(人事)는 음산하고 각박했으나 가을은 찬란하고 자연은 풍요로웠다. 새들은 자유롭고 풀꽃이며 코스모스는 평화스러웠다. 다만 인간만은, 조선땅에 태어난 사람들만은 날로 찌들어가고 있었다. 아니 조선땅뿐이랴, 조선사람뿐이랴.

"며칠 안 가서 아마 다쿠시(택시)도 폐지될 듯싶은데 사모님께서는 불편해서 어쩌지요?"

운전수 윤씨가 신작로를 응시하며 말했다.

"기름 때문에 어차피 그럴 수밖에 없겠지. 불편한 대로 살아야 할밖에."

무슨 생각을 했는지 서희는 잠긴 목소리로 말했다.

"기름이 배급제라 그렇기도 하지만 그보다 불급한 것은 다 없앤다는 방침 때문일 겁니다."

"점점 더 어려워질 게야."

"하루가 다르게 세상이 변해가고 있습니다. 물자가 바닥날 때도 멀잖을 것 같고, 어제는 형님 환갑에 구두 한 켤레 지어드리려고 양화점엘 갔더니 돼지가죽밖엔 없었습니다. 그나마 여자 구두 한 켤레 분만 있다 하더군요. 아마 알음알음으로 해주는 눈치였습니다. 야미*로 해준다는 말도 있고, 우리 이웃에 사는 어떤 사람은 어장 하는 친척한테서 돛베 몇 쪼가리를 얻어다가 신발을 지었다 하더구면요."

"돛베로 신발을 지어?"

"네. 그것도 배급으로 나오는 모양인데 가죽 못잖게 질기다는 겁니다. 하지만 아무나가 얻을 수 있는 것도 아니고."

"창씨는 했는가?"

"했습니다. 안 하고 배기겠습니까? 학교 다니는 아이들 때문에도 안 할 수가 없었습니다. 우리 조선사람들은 성(姓)을 갈겠다는 말이 큰 욕인데 이제는 속절없이 모두가 다 성을 갈아야 할 판이니 조상한테 면목이 없지요."

"이 자동차가 폐지되면 윤씨 일자리는 어떻게 되는 거지?"

"그것은 염려 없습니다. 운전수는 흔치 않으니까요. 하다못해 도라쿠(트럭)라도 몰 수 있으니까요. 다만 한 가지 걱정되는 것은 군에 끌려가지 않을까, 그겁니다."

"운전수로 말이지?"

"네, 다른 거야 뭐 지 나이가 있으니까, 하여간에 지원병제도가 생기고부터는, 말이 지원병이지, 산골의 낫 놓고 기역자도 모르는 사람이면 모를까 누가 전장에 나가려 하겠습니까. 그러니 이 수 저 수 써가면서 강제로 내보내는 거지요. 젊은 사람들 나다니기도 어렵습니다. 아무 일도 아닌 것을 트집 잡아서 경찰서 오라 가라, 결국 나가게 됩니다."

"탄광에 사람들이 많이 뽑혀간다는데 그것도 강제로 가는 겐가?"

"아직은, 그러나 먹고살 수 없는 사람들은 이판사판 돈 벌어 오겠다며 떠나는데 처음 한두 달은 돈도 오고 편지도 오지만 좀 지나면 종무소식이라 하더군요. 하니 그곳 사정을 어찌 알겠습니까. 급해지면 그것도 강제로 뽑아가겠지요. 전쟁이 빨리 끝나야, 하자세월 전쟁 시작한 지가 벌써 몇 년입니까. 이래가지고는 못 살지요."

"그러게 말이다."

차창 밖에서 벼 익는 냄새가 풍겨왔다. 나뭇잎은 높은 곳에서 바람에 흔들리고 있었으나 찢기고 먼지를 뒤집어쓴 길 양편의 포플러가 휘딱휘딱 지나간다. 초가 위의 붉은 고추가 눈부시다. 전개되는 풍경을 바라보며 서희는 한숨을 깨문다. 하루하루가 고문의 연속이었다. 숨을 죽이며 기다린다는 것이 얼마나 괴로운 일인지, 아예 이별을 하고 나면 체념이 될지 모른다. 얼마 전에 반전공작(反戰工作)을 했다 하여 다수의 기독교 교도들이 검거되었다. 그것은 첨예하게 대립되어온 영미(英米)를 의식한 때문인지 모른다. 황국신민화(皇國臣民化)의 강도를 높이기 위한 예비 작업인지 모른다. 여하튼 그 사건은 서희의 마음을 어둡게 했다. 그러한 사건들은 남편 길상의 예비 검속의 날이 멀지 않았음을 알리는 것이기도 했기 때문이다. 자식들이나 남편 앞에서 늘 태연하게 처신해왔지만 이렇게 혼자, 풍경과 자신이 마주했을 때는 어쩔 수 없이 문제의 핵심 속에 자신이 앉아 있는 것을 느낀다.

"아, 참."

말없이 앉아 있던 안자가 무슨 생각이 났던지 서희에게로 얼굴을 돌렸다.

"저기 마님은 모르시지요?"

"뭘?"

"박의원의 의사 선생님이 돌아가셨습니다. 서울 계시는 동
안에."

"지금 뭐라 했느냐?"

서희는 몽롱하게 물었다.

"박의원의 선생님이 돌아가셨습니다."

"언제?"

서희의 안색이 변했다.

"보름쯤 됐나 봅니다. 갑자기 그리되셔가지고."

안자는 머뭇거렸다.

서희는 서울서 밤기차를 타고 내려왔는데 집에서 잠시 숨
을 돌리고 나서 하동으로 향해 출발했던 것이다. 그러니까 박
의사의 죽음을 들을 기회가 없었다.

"어떻게? 무슨 병으로."

"그게, 그, 글쎄요. 이런 말씀 드려야 할지."

"말해보아."

"자살을 하셨다 하더구먼요."

"자살을……."

서희는 전신이 떨려옴을 느낀다. 자기 자신의 생각에도 충
격이 심하다는 것을 깨닫는다. 최씨 집안의 오랜 주치의였던

박의사의 갑작스런 죽음, 그것도 자살이라니, 충격을 받는 것은 당연하다. 그러나 자살이라는 말을 듣는 순간 서희는 돌팔매가 심장 한가운데에 날아든 것 같았다. 그것은 박의사의 죽음에 자신이 관련되어 있다는 바로 그 느낌이었다. 안자는 더이상 말하지 않았다. 서희의 충격이 상상 밖이어서 당황했고 뭐라 더 이상 말하는 것이 무서웠다. 안자는 어느 정도 박의사와 서희의 내력을 알고 있었던 것이다.

박의사는 서희에 대한 감정을 가슴에 묻어둔 채 간 것은 아니었다. 항간에 소문이 나돌 만큼 그는 서희에 대한 감정을 솔직하게 표현했다. 특히 본인인 최서희에게는. 그런데도 서희는 박의사를 회피하지 않았다. 쏟아놓은 감정을 마치 박의사 가슴에다 주워담아주듯이, 그것은 서희의 일관된 태도였다. 거의 당황하는 일 없이, 주저하는 일도 없이. 박의사가 서희를 단념하기 위하여 최후의 수단으로 결혼을 한 것은 서희를 눈앞에 두고 이루지 못할 사랑을 번민한 불행보다 더 큰 불행을 그에게 가져다주었다. 결혼과 가정, 그것은 결혼이 아니었다. 가정도 아니었다. 전투장이었고 살벌한 벌판이었다. 사람으로서 지켜야 할 마지막의 것까지 내버려야 했던 일종의 지옥이었다. 물론 여자가 나빴고 저속했으며 아귀와도 같이 물질을 탐했지만 박의사는 그것을 방치했다. 애당초 골라서 잡은 여자가 아니었고 그는 다만 형식만을 통과하자는 무책임이었던 것이다. 어쩌면 박의사의 자살은 이미 예견된 것이었는지 모른다.

서희가 심장에 돌팔매가 날아든 듯 느낀 것은 박의사의 죽음에는 자신의 무게가 실려 있다는 자각 때문이지만 얼마간 시간이 지났을 때 자신으로 인하여 박의사가 불행했고 불행한 결혼을 했으며 자살을 택할 밖에 없었다는 것에 대한 가책보다, 그 가책을 진부한 것으로 밀어붙여놓고 그에게 엄습해온 것은 왜 자신은 박의사를 회피하지 않았는가 하는 의문이었다. 어째서 쏟아놓은 감정을 그의 가슴에 주워담아주듯 그런 태도로 일관했는가 하는 의문이었다. 최소한 친구로서 그를 잃지 않으려 했던가. 길상이 만주에 있는 동안 또 감옥에 있는 동안 박의사의 지극한 사랑이 버팀목이 되어준 것은 아니었던가. 아니 그런 것 이상의 감정이 있었던 것은 아니었던가.

서희는 눈물을 흘렸다. 손수건을 꺼내어 눈물을 닦는다. 안자는 또다시 당황하고 놀란다. 서희가 눈물을 흘리는 것을 처음 보았기 때문이다. 죽음의 얘기가 나오고 분위기가 이상하여 그랬던지 윤씨도 말없이 운전만 한다. 가로수가 얼마만큼이나 지나갔을까. 하동이 보이기 시작했다.

"이부사댁에 들렀다 가자."

서희는 평사리에 직행하고 싶지 않은 눈치였다.

시우의 모친 박씨는 언제나와 같이, 그렇다, 그에게는 서희를 맞이하는 데 고정된 표정이었다. 은근하면서 차갑고 단정하면서 모멸감을 숨기고 감사하면서 원망하는, 그 미묘한 심리가 만들어낸 표정.

"어서 오십시오. 오르시지요."

두 여인은 방으로 들어갔다. 바느질감을 한 곁에 밀어붙인 박씨는 자리에 앉으면서, 그리고 두 여인은 예의 바르고 그윽하게 맞절을 하는 것이었다. 그러고는 무릎 위에 두 손을 얹고 서로 마주 본다.

'내가 그때 간도에 아니 갔더라면, 이동진 어른께서 그곳에 계셨다 하더라도 이 댁 서방님은 따라나서지는 않았겠지요. 댁은 평생 동안 나를 원망하고 계십니다.'

서희 눈은 그런 말을 하고 있었다.

'그때 당신이 이 집에 오지 않았더라면 남편이 저리 되지는 않았을 게요. 내 세월 자식들의 세월도 그렇게 험하지는 않았을 게요. 수없이 흘린 눈물을 당신은 아십니까? 알 리가 없지요.'

박씨의 눈도 늘 그런 말을 하고 있었다. 서희는 눈길을 돌리며 말했다.

"혼자 적적하시겠습니다. 아드님 댁에 가시지요."

"아닙니다. 평생을 이리 살아서 그런지 새삼스럽게 적적할 것도 없습니다. 그보다 걱정되시겠습니다."

걱정되겠다는 것은 길상을 두고 한 말이었다. 길상에 대해서는 대개 지칭이 없는 것이 박씨 대화의 특색이었다. 길상을 어떻게 불러야 할까 하는 망설임 때문은 아니었고, 삼십 년 넘게 세월이 흘렀으며 자식들이 장성하여 손자까지 본 마당

에, 변함없이 확고부동한 박씨의 의지 표명이었다. 최참판댁
의 하나 남은 혈육 최서희와 혼인을 했다 해서 하인 김길상을
격상할 생각은 추호도 없었던 것이다. 문벌과 부(富)와 미모,
강인하며 위엄으로 무장이 된 최서희를 대적하기에는 너무나
초라한 박씨였지만, 그들 최서희와 김길상의 결합을 철저히
부정하는 면에서는 단연 압도적이라 할 수 있었다. 그러나 그
것은 여자의 시샘, 수십 년 가슴에 묻어두고 있는 원망과는
별개의 문제였다. 사대부 집안이라는 연대감에서도 물론 그
러했지만 오랜 세월 돈독하게 지내온 양가의 내력을 보아서
도 하인과의 혼인은 용납될 수 없는 수치요 오욕이었던 것이
다. 그것은 최씨 문중의 불명예였을 뿐만 아니라 이부사댁도
무관하지 않는 것으로 간주하는 박씨였다. 길들여진 가치관,
그 가치관은 그토록 오래 인고를 지탱할 수 있었던 지렛대이
기도 했다. 앞서 대적이라는 말을 했지만 당대의 두 여인은
사실 균등한 자존심으로 양가의 형식적 교류를 유지해왔다
할 수 있겠다. 한쪽은 장자풍(長者風)으로, 다른 한쪽은 청백리
의 가풍으로 크게 손상되지 않고 이어져왔다고 볼 수 있었다.
서희는 도와주어야겠기에 도와주었을 뿐, 아니 도와준다면
어폐가 있고 가을 추수가 끝나면 인사차 곡식이며 피륙을 한
바리 이부사댁 문전까지 실어다 날랐고 박씨는 또한 고맙게
받았으되 그것으로 인하여 사리 판단을 달리하지 않았다. 그
것은 그들의 규범이었던 것이다.

"걱정한들, 속수무책이지요."

서희는 가볍게 받아넘겼다. 길상을 존중하지 않는 박씨 의도에는 무관심이었던 것이다.

"시우는 진주서 가끔 봅니다만 민우는 본 지가 오래되었습니다. 다들 잘 있는지요."

"젊은 애들이야 뭐, 윤국이는 동경서 더러 만난다 하더구먼요."

"그런 모양입니다."

"우리 민우는 학운이 없어서……. 수재 아드님을 둔 환국이어머님은 얼마나 좋으시겠어요."

"학벌이 좋으면 뭣합니까. 써먹지도 못하는데, 시우같이 의학을 해서 의사가 되는 일 이원."

관례적인 인사치례 몇 마디, 괴롭다면 괴롭고, 불편한 대면을 굳이 아니해도 될 일이었다. 하동을 지나쳐 평사리로 곧장갈 수도 있었다. 특히 심경이 혼란스러운 오늘 같은 날에 왜하필 이부사댁에 들렀는지 서희 자신도 알지 못했다. 자동차안에 앉아 있을 기분이 아니었는지 모른다. 막연한 상실감 때문에 견딜 수 없었는지 모른다.

'서른두 해 전이던가? 이 집에서 용정으로 떠나던 그해가. 이동진어른의 생사를 알기 위하여 우리 일행과 함께 떠나려고 이상현 씨가 나섰을 때 나이 어린 댁네의 마음이 어떠하였을꼬? 내가 없었던들 그렇게 마음이 괴롭지는 않았을 것을.'

정작 가슴에서 소용돌이치고 있는 것은 다른데 그와 상관없는 지난 일을 서희는 떠올리고 있었다. 회한도 아니요, 인위적으로 어쩔 수 없었다는 발뺌도 아니요, 새삼스런 일도 아니었다. 그런데 눈앞에 앉아 있는 초로의 여자 모습이 갑자기 기이하게 눈에 비쳤다. 고집이 뭉쳐진 듯 하나밖에는 알려 하지도 않는, 완강해 뵈는 두상, 결코 웃을 것 같지 않은 갸름한 얼굴, 회색 자미사 저고리 앞섶에는 바늘이 꽂혀 있었다. 눈을 내리깐 채 한번도 서희를 정면으로 보려 하지 않았던 서른두 해 전의 깡말랐던 그 새댁, 도대체 그사이 무엇이 지나갔으며 어떻게 빼앗아갔는가 숙연해지면서 일종의 전율을 느낀다. 박씨의 세월은 서희 자신의 세월이었기 때문이다.

"양현에게 혼담이 있을 법도 한데 어떻습니까?"

벼르고 있었던지 박씨는 조심스럽게 말을 꺼내었다.

"아직은 학교에 다니는 학생이니까 서둘 필요가 있겠습니까?"

했으나 다분히 곤욕스러워한다.

"학생이라도 그렇지요. 과년한 처녀 아닙니까."

"네. 나이는 꽉 찼지요."

"혹 그 아이 근본 때문에 혼인길이 쉬이 열리지 않는 것이나 아닌지."

"웬만한 곳에선 감히 청혼을 못하는 거지요."

처음으로 서희 음성에 감정이 실렸다.

"그렇다면 다행이겠습니다만, 그러나 혼담이 있을 때는 반드시 그 일이 거론될 것인즉 미리 생각은 해두어야 할 것 같습니다."

"생각이야 골백번도 더 하지요. 아이가 총명하니까 그 아이 판단에 맡기는 것이 좋을 듯도 하고, 부인께서는 양현이 어여쁘지 않습니까?"

매우 원색적인 질문이다.

"말 가지고 환국이어머님께서 믿으시겠습니까?"

질문에 상응(相應)한 답변이다. 당신이 내 마음을 의심하는데 굳이 변명할 이유가 없다는 뜻이다. 서희는 희미하게 웃었다.

"용서하시오. 제가 지나쳤나 봅니다. 양현의 근본 얘기가 나오니 어째 마음이 언짢았습니다."

"저 역시 근심이 되어 한 말이었고, 하기는 품에서 기른 환국이어머님만이야 하겠습니까만 그래도 명색이, 어찌 되었거나 어민데 그 애 장래를 걱정하는 마음은 다를 바 없는 줄 압니다."

"덮어두고 넘어갈 일은 아니지요. 그것을 알기 때문에 어릴 적부터 여의사가 되라 하며 길렀습니다. 만일의 경우를 생각해서, 본인이 원한다면 독신으로 살 수도 있는 일 아닐까요?"

"그러나 출가는 해야지요. 좀 낮추어서 고른다면."

그 말 대꾸는 없이,

"그 아이 근본에 대해서 이러쿵저러쿵하는 처지라면 양현을 굳이 여의고 싶지 않습니다."

박씨 얼굴에 완연히 불쾌해하는 빛이 나타났다. 비록 양현을 길렀다고는 하나, 이씨 집안의 엄연한 핏줄이며 이미 호적까지 옮겨온 형편인데 여의고 싶지 않다는 서희의 말은 깡그리 이쪽 의사를 무시한 독단적인 것으로 느꼈기 때문이다.

"그간, 양현을 저만큼이나 길러주신 것을 모르는 바 아니요, 고맙게 생각합니다만 이씨 집안의 핏줄인 만큼 혼사에 관한 일은 저희들도 알아야 하고 상의도 있어야 할 것 같습니다."

서희는 뭔가 골똘히 생각하고 있는 것 같은 표정이다. 한참 후,

"그야 말할 나위가 없지요."

"진작부터 우리가 그 사실을 알았더라면 당연히 데려다 길러야 했던 아이였고, 터놓고 얘기하자면 그 점, 유감으로 생각했습니다."

"그것은, 죽은 봉순이가 저더러 길러달라 하기도 했지만 시우아버님께서 밝혀야 했던 일이었기에."

그 말에 대해서는 박씨도 반격할 여지가 없었다.

"하기는 저만큼 훌륭하게 기르지는 못했겠지요. 한데 이번에는 무슨 일로 내려오셨습니까?"

박씨는 화제를 바꾸었다.

"네, 도솔암에 가보아야 할 일이 생겨서요. 내일 법당에 관음탱화를 장엄(莊嚴)하는데."

"내일까지 대갈 수 있을까요?"

"글쎄, 서둘렀지만 이미 늦어진 것 같습니다."

그 정도로 하고 서희는 일어섰다. 대문을 나서려 했을 때,

"안색이 좋지 않습니다. 어디 불편한 데라도."

박씨가 말했다.

"차멀미 땜에 그런가 보지요."

작별을 하고 자동차에 오른 서희는,

"나루터까지."

하고 말했다.

"네?"

운전수 윤씨가 돌아보며 의아해한다.

"나루터에서 날 내려주고 윤씨는 돌아가도록."

"어째 그러십니까?"

안자가 물었다.

"나룻배를 타고 가겠다."

한없이 가라앉는 서희 분위기에 질려서인지 윤씨나 안자는 더 이상 말을 하지 않았다.

항상 그림자같이 서희를 따라다니던 유모는 요즘 병이 잦아 진주 집에 남았고 혼인한 지 십여 년이 지났으나 아이가 없는 안자가 유모를 대신하여 서희를 수행해온 것이다.

나루터에서 윤씨는 진주를 향해 돌아갔고 옷가방을 든 안자와 서희는 나룻배에 올랐다. 높고 푸른 하늘과 같이 강물도

푸르고 잔잔했다. 건너편 강가에는 가을을 타는 숲이 있었고 어디로 가는지 철새들이 높이 떠서 날아가고 있었다. 애처롭 게 날아가고 있었다. 어찌하여 삼라만상, 머무는 것이 없는 가. 마흔여덟의 최서희는 아직도 아름다웠다. 서산에 해가 지 는, 그 노을빛같이 아름다웠다. 물살을 가르며 가는 배, 뱃전 에 서 있는 여인, 하얀 숙소(熟素) 겹저고리 치마를 입고, 옷고 름이 나부끼고 치맛자락이 강바람에 나부낀다. 그는 진정 아 름다웠다. 고귀하고 위엄에 가득 차 있었다. 그러나 외로운 모습이었다. 안자는 근심스럽게 서희 뒤에 서서 상류를 바라 보고 있었다. 평사리에 닿기까지 서희는 한마디의 말도 없었 다. 마을 길로 들어섰다. 집에 이르는 오르막길로 접어들었 다. 이때 길가에 우두커니 앉아 있던 석이의 모친, 성환할머 니가 늙은 몸을 일으켰다.

"마님!"

부르며 서희에게 다가서려는 순간, 쏜살같이 내려오던 자 전거가 서희와 성환할머니를 가르듯, 그러나 핸들을 획 꺾는 바람에 성환할머니가 길 위에 나둥그러진다. 어떻게 보면 고 의적으로 그런 것 같기도 했다. 자전거에서 내린 개동이 어성 을 높여 말했다.

"할 일이 없이믄 집구석에서 낮잠이나 자지, 무신 청승 떠 노라고 날마다 길거리에 나앉아 있소!"

적반하장, 도리어 입정 사납게 개동은 노인을 몰아세운다.

안자는 얼른 가방을 놓고 나둥그러진 성환할머니를 안아 일
으키고 있었다.

"국가 비상시국에 식량도 모자라는데 늙으믄 죽어야 하는
기라. 강아지맨크로 발질에 걸거적거려서 사람 부아 돋우기
딱 알맞구마는."

하면서도 개동은 서희에게 곁눈질을 하며 기색을 살핀다. 처
음부터 시비를 걸자고 시작한 노릇, 두려워서 기색을 살핀 것
은 물론 아니다.

"이놈!"

서릿발같이 매서운 서희 눈이 개동을 쏘아본다.

"이놈이라니요?"

일부러 어리둥절해하는 시늉을 하며 푸르죽죽하고 두툼한
입술을 혀끝으로 핥으며 되뇌었다.

"네가 면소에서 서기질 한다는 바로 그놈이냐?"

"지가 머를 잘못했길래 놈 자를 붙이는 깁니까. 알기는 잘
알고 있구마요. 최참판댁 종놈 아닌 면소 서기라는 것을. 아
심서 국가의 관리를 보고 놈 자 붙이도 되는 깁니까?"

기고만장이다. 목을 꼿꼿이 세우고 눈을 부릅뜨며 거칠 것
없이 지껄였다. 성환할머니는 허리를 다쳤는지 앉은 채 일어
서질 못한다.

"차서방댁."

서희가 불렀다. 혼인한 이후로는 안자를 차서방댁이라 불

렀다.

"가서 건이아범을 불러오게."

"네."

안자는 가방을 놔둔 채 집을 향해 급히 달려간다.

"면소 서기면 서기지. 면민들한테, 더구나 노인한테 일부러 자전거를 들이대어 부상을 입히고, 뭐 강아지? 죽어야 한다구? 그런 희롱을 해도 괜찮다는 상부 허락이라도 받은 게야?"

"허 참, 그만 가시이소. 남의 일에 와 그 캅니까? 최참판댁이 일일이 참견할 그런 시절이 아닌 기라요."

자기 숙모나 이웃집 아주머니 대하듯, 친숙한 말투가 서희 자존심에 흠집을 내고 분을 참지 못하여 파랗게 질릴 것을 예상하며 능글맞게 군다.

"허파에 바람이 들어도 단단히 들었구먼. 말귀도 어두운 모양이니, 내 내일이라도 하동에 나가서 군수보고 따져봐야겠다. 일개 면소 서기가 이 같은 행패를 부려도 되느냐구."

"행패는 무신 행팹니까. 일부러 그랬던 것도 아니겠고 길이 가꾸막이라."

당황한다. 군수에게 가서 따지겠다는 말에 켕긴 것이다.

"할머니한테 빌어!"

"그, 그거는."

정신이 번쩍 드는 모양이었다. 얼굴빛도 달라져가고 있었다. 공연히 몸이 근질근질하고 자기 과시도 해보고 싶었으며 까닭 없이 미웠던 최씨네 식구들, 심술을 부려본 것인데 일이 크게 벌어진 것을 개동은 깨달은 것이다. 오서방을 죽이려고 낫을 휘둘렀다가 되레 자기 자신의 목숨을 잃고 만 아비 우서방보다 배짱이 작은 건지, 보통학교는 나왔다 하나, 하늘의 별 따기보다 어려운 서기 직함에 거는 집착이 너무 강한 때문인지, 개동의 낭패는 이만저만이 아니다.

길상이 요주의(要注意) 인물로 주목을 받고 있었지만 사실 서희의 경우는 외관상 분리된 다른 세계에 속해 있었다. 간도에서 돌아온 후 이십여 년 동안, 김환과 길상으로 이어지는 그들의 활동과 투쟁을 교묘히 엄폐해가면서 꾸준히 최씨 일문의 기반을 튼튼하게 다져왔다. 그것은 무엇을 의미하는가 하면 앞뒤가 다른 가면을 쓰고서도 늘 앞면만 보여왔다 할 수 있고, 그러니까 친일적 경향을 띠면서 회유의 손길을 뻗쳐놓을 필요가 있었고 요소요소, 상당히 광범위하게 호의(好意)의 통로를 만들어놨던 것이다. 물론 그렇게 되기까지 막대한 재력이 투입되었고 서희의 지략이 탁월했기 때문이지만 한편 그의 미모, 천성적으로 부여된 위엄, 그리고 어렸을 적에 조준구에게서 배운 일본 말 일본 글을 기초 삼아 능란하게 일본말을 구사하고 독서를 통하여 일본 사정에 소상했던 것이 큰 비중으로 작용했음도 부정 못한다. 만석꾼의 대지주요 근화방직의 대주주, 또한 근화방직의 사주이자 사장인 황태수와는 사돈지간이니 그 세(勢)가 대단하다면 대단하다 할 수 있었다.

길상을 약점으로 보고 방자하기 짝이 없는 우물 안 개구리 개
동이가 생각하듯 주재소 순사가 들락거리며 죄인 다루듯 그런
수준은 아니라는 얘기다. 계명회사건으로 옥고를 치렀지만 독
립 자금 강탈 사건에서는, 길상에게서 혐의가 멀어졌고 그 사
건 자체가 미궁으로 끝난 지 십여 년, 잊혀진 상태였다. 그 사
건이 길상의 주변에서 무산된 데는 서희의 노력, 서희의 존재
자체가 큰 몫을 한 것은 사실이지만 여하튼 군수를 만나 따지
겠다 한 말은 으름장이 아니었다. 서희는 그럴 수 있었다.

"동네에서 횡포가 자심하다는 말을 듣긴 들었으나 이토록
방자하고 포악한 줄은 몰랐구나. 할머니한테 무릎 꿇고 빌지
못하겠느냐?"

어느새 소식이 갔는지 동네 사람들이 나와 먼발치에서 맴
돌고 있었다.

"노인네 부상이 심하면 고소할 수도 있고 치료비도 물어야
할 게야. 동생이 지원병으로 나갔으면 형은 더욱 모범을 보여
야 하거늘."

개동은 결국 마음을 정한다. 시간을 끌어봐야 더욱더 많은
사람들이 모여들 것이며 입장만 난처해질 것이 뻔했다. 빨리
끝을 내고 자리를 떠야겠다는 생각이었던 것이다.

"지가 잘못했십니다. 이후로는 이런 일이 없도록 명심하겠
습니다. 용서해주십시오."

"나보고 빌 것 없다. 할머니한테 무릎 꿇어라."

"예."

개동은 길바닥에 무릎을 꿇었다.

"성환이할무이 잘못했소. 일진이 나빠서 그만, 용서하시이소."

성환할머니는 물끄러미 쳐다볼 뿐 말이 없었다. 허리를 다쳤는지 다리를 다쳤는지 얼굴을 찡그리곤 한다.

건이아범이 헐레벌떡 달려왔다. 안자도 뒤따라왔다.

"건이아범은 할머니를 집까지 업어다 드리게."

서희가 말했다.

"예 마님."

땀을 닦고 나서 건이아범은 안자의 도움을 받아 성환할머니를 들쳐 업는다. 개동이도 도와주는 척했다.

"가자."

안자에게 말한 서희는 앞서간다. 서희가 가고 성환할머니가 업혀간 뒤 마을 사람들은 개동이 주변에 모여들었다.

"무슨 구겡거리가 났나!"

악을 쓰며 개동은 눈을 희번덕거렸다. 그러나 사람들은 누구 하나 말없이 개동을 빤히 쳐다볼 뿐이었다.

"제에기랄! 꿈자리가 뒤숭숭하더라니."

투덜거리며 자전거를 끌고 가려 하는데 뒤늦게 소식을 들은 개동의 어미 우서방댁이 거품을 물고 달려왔다. 그의 뒤를 좇아 맏이인 일동(一東)이도 고래고래 소리를 지르며 달려왔다.

"무신 일고!"

우서방댁이 아들에게 소리쳐 물었다.

"어느 연놈이 내 아들을 갬히! 나라에서 녹을 묵는 내 아들을 갬히! 무릎을 꿇렸다고?"

딱 바라진 체구, 길길이 뛴다.

"개동아! 대관절 우찌 된 일고오! 내가 알아야 사생결단을 내든지, 지 죽고 내 죽든지 해볼 거 아니가!"

늘 하는 그 투에 그 말이 총알같이 퉁겨져 나온다. 큰 시비건 작은 시비건 간에 초장부터 험하게 몰아치는 것이 우서방네 식구들의 상투적 싸움의 수법이다. 그리고 식구들이 한꺼번에 달려드는 것도 그 집 식구들의 특징이었다.

"대관절 누하고 머가 우찌 됐다 카노! 말을 해라 이놈아! 나는 자식까지 나라에 바친 몸이다! 그런 내가 무섭을 기이 머 있겠소! 수 틀리믄 싹 씻갓아(부숴) 엎어부리든지 불을 싸질러 부리든지 그리고 나 하나 죽으믄 그만 아니가?"

말을 하면서 치맛자락을 걷어 질끈 동여매고 소매도 걷어 붙인다. 좀 모자라는 일동이는 소 울음 같은 소리를 질러대고 있었다. 모두들, 흔히 있는 우가네 식구들 광증을 지켜볼 뿐 누구 하나 나서서 경위를 설명하려 하지 않는다.

"이 사람들아! 말 좀 해도고! 와 말이 없노! 꿀 묵은 버부리(병어리)가? 아이고오 알겠다, 운냐 너거들 심보를 알겠다. 인심이 이래가지고 우찌 살겠노. 나중에 우떤 연놈이든 내 집에

374

와서 아슴은 소리만 했다 봐라 쇳바닥을 뽑아부릴 기다! 아이
구야 숭악한 인심이네!"

우서방댁은 개동을 흔들었다.

"와 니는 말이 없노!"

"강약이 부동이라."

씹어뱉듯 개동이 말했다.

"머라? 강약이 부동이라니? 무신 말고! 이 동네에서 니를
하시하는 연놈이 있다 그 말가?"

개동이는 어미 가까이 얼굴을 들이대며 귓속말을 했다. 우
서방댁 얼굴빛이 달라졌다. 그리고 풀이 죽는다.

"그만 떠들어라!"

우서방댁은 신경질적으로 큰아들 일동이 옆구리를 쥐어박
았다. 개동은 뭇시선을 뒤통수에 느끼며 볼썽사납게 자전거
를 끌고 내리막길을 내려갔다. 우서방댁도 일동의 등을 떠밀
다시피 슬그머니 사라졌다. 군수 한번 들먹인 것이 포악한 우
씨 일가의 즉효약이었던 것이다.

그들이 떠나자마자 사람들은 와글바글 떠들기 시작했다.

"하늘 높은 줄 모리고 깨춤을 추더마는 꼴 좋다!"

"어이구 씨원해라. 삼 년 묵은 체증이 내리간 것 같다. 아침
저녁 자전거 끌고 댕기는 꼴만 봐도 독사를 만난 듯 가심이
설렁하더마는."

"와 아니라. 제 세상 만낸 듯키 갈롱 피는 그 꼬라지 눈이

씨어서 못 보겠더마는, 코가 석 자 오 치나 빠져서 가는 꼴을 보이 정말 씨원하다. 개도 방 봐감서 똥 싼다 했는데 개똥이 그놈이 감히 최참판댁을 대척해? 하늘을 쓰고 도리질을 하지. 옛날로 치믄 면소 서기는 아전 찌꺼리기도 안 되는데, 언감생심, 말이나 되나?"

"그러이 면장이라도 됐더라믄 동네 사람 다 삶아 묵을라 안 카겠나? 우서방을 동네 사람들이 직인 것도 아니겄고 잘못한 기이 없는데 동네 사람이 오서방을 사형하라고 소청해야 했던가? 밤낮 하는 말이 원수 갚겄다, 아까도 들었제? 씻갓아 엎어부리느니 불을 싸질러부리느니, 세상에, 살다 살다 그런 악종은 처음 봤다."

"한두 분 하는 소리라야제. 그보다 니 무신 소문 못 들었나?"

"소문이라니?"

"아들 때문에 쉬쉬했다 카더마는, 그저껜가? 우서방네 제집이 김훈장댁에 가서 산청댁한테 온갖 행패를 다 부렸다 카데."

"아니! 행패를 부리다니 무신 소리고?"

"세상 참 많이 변했제. 명색이 양반 댁 마님인데 개망나니 겉은 제집한테 욕설까지 들었으니, 사람이나 엄전하지 않다믄 또 몰라. 엄전하고 사리 밝고, 없이 살아 그렇지 만사가 칠칠한데 그 제집이 연 자까지 놓으믄서 퍼부었다 카이 복통을 칠 일 아니가. 남의 일이지마는 내가 다 분해서 벌벌 떨리더마."

"멋 땜에 그랬던고?"

"대단치도 않은 일 가지고, 아마 산청댁이 나잇살이나 위일 거로?"

"위지이. 너댓 살은 조히 더 먹었일 기다."

"그 제집 입이 하도 험해서 사람이 그리믄 못쓴다 했다던 가? 다짜고짜 삿대질을 함서 달라들더라는 기라. 주제넘게 누 굴 훈계하는가, 별의별 소리를, 내사 마 더럽아서 입에 올리 기도 싫다마는 양반 년의 무엇에는 금테두리 둘렀느냐."

"그년 정말 미쳤구나."

"곱다시 당하고 말 한마디 못했단다. 그거를 갈바서, 체통 이 있지 욕을 하겄나 쥐어박겄나. 한 대 때렀다가는 머리채 감으믄서 달라들 기고, 멍하니 쳐다만 보더라 그러더마. 남이 부끄럽어 우애 얼굴 들고 댕기겄는가 한탄함서, 그 자리에 있 었던 사람보고 신신당부를 했다누마. 아들 모리게 하라고, 하 기사 그 유순한 아들이 알았다 봐라? 분을 못 참고 머라 하는 날에는 그놈 집구석 벌 떼겉이 달겨들어서 아들이 무신 봉변 을 당할지 뻔하제. 참 세상 많이 변했다."

"그 제집이 김훈장댁에 무신 유갬이 있었던가?"

"있었제."

"무신?"

"오서방댁이 여기 살 때까지만 해도 김훈장댁을 자주 드나 들었거든. 글을 모르다 보니 까막소에 있는 오서방 일로 의논 도 하고, 김훈장맨크로 범석이 그 사람도 동네 사람 일이라 카

믄 어디 마다할 성미더나. 자연고로 가게 되믄 산청댁보고 하
소연도 하고 울기도 하고, 그것을 우가네 제집이 가심에 접어
두었던 기라. 이자 아들이 면소 서기가 됐으니 기고만장해서."

"앙갚음한다 그거지."

"하모 그러이 무섭제."

아낙들이 그런 얘기를 하고 있을 때 남정네들은 우가네 식
구들을 마을에서 쫓아내느냐 마느냐 양쪽으로 의견이 갈리어
떠들고 있었다.

"쫓아내고 싶은 심정이야 꿀뚝 같지. 하나, 재동이 놈이 지
원병인가 뭔가 나갔고 개동이 놈은 면소 서긴데 그기이 어디
쉬운 일이겠나? 자칫 잘못 건드맀다가 무신 횡액을 당할지 그
악종들을 몰라 하는 소리가? 다 당해본 경험이 있음서, 안 될
일 가지고 왈가왈부할 것 없다."

"하지마는 최참판댁에서 나서주믄은 안 될 것도 없지. 읍내
에 가서 군수를 만나 그놈 악행을 고하고 우리도 연판장을 내
고 해서 개동이 모가지를 짤라부리믄 되는 기라. 동네가 시끄
럽어서 견딜 수가 있어야제. 천정에 구렝이 든 것 같애서 맨
날 기분이 안 좋다. 하루 이틀도 아니고."

"최참판댁 마님이 나서주시믄 개동이 놈 모가지는 뗄 수 있
겠지, 그러나."

"그놈 서기질만 그만 두믄은 쫓아내는 거사."

"허허허, 하나는 아는데 둘은 모르고 있네. 지원병으로 군

대에 나간 재동이 놈 가족을 동네에서 내어쫓는다믄 문제가
커지지. 순순히 나갈 것들도 아니지마는 당국에서 가만있겠
나? 도리어 발목 잽히는 꼴이라."

"그거는 그렇네."

"최참판댁에서도 그거를 아니께, 오늘도 그 댁 마님이 그
정도로 하신 기라. 옛날 같으믄 내어쫓을 것도 없이 나무에
매달아서 패 직이제."

"김훈장이 기실 적에는, 하기야 김평산이 같은 놈도 있어서
동네가 쑥밭이 되다시피 했지마는."

"조준구는 우떻고?"

"그기이 다 왜놈들이 들어온 탓이 아니겠나."

길섶에 쭈그리고 앉아 곰방대를 빨면서 들판을 바라보고
있던 바우가, 이제 동네에서 연장자가 되어 있는 바우는 큰기
침을 하면서 말했다.

"입조심들 하라고. 고해바치는 연놈이 있을지 누가 아노.
답답이 주둥이만 가지고 일 치를라 카는 기이 사단이라. 정작
일 벌어지믄 자라모가지맨크로 쑥 들어감서."

갑자기 조용해졌다. 그리고 서로가 서로를 착잡하고 이상
야릇한 눈빛으로 바라보는 것이었다.

"성환할매가 허리를 뿌라았다 카던데 그기이 정말가?"

누군가가 유독 소리를 높여서 말했다.

"아니, 다리를 삐었다 카지?"

"건이아배가 와서 업고 갔으니 어딜 다쳐도 다쳤겠지."

그러나 목소리들은 어딘지 공허했고 불안스러움이 깃들어 있었다. 바우가 곰방대를 길가 돌에다 대고 탕탕 치더니 일어섰다. 그리고 중얼거리기를,

"사람 같은 거는 다 가고 없으이."

하다가,

"모두 돌아가서 구들막이나 지키라. 그래야 신상에 안 좋겠나?"

하고는 휭하니 가버린다. 사람들은 차츰 흩어지기 시작했다.

"성환네 집에 가자."

야무네가 말했다.

"그러입시다."

천일네가 일어섰다. 두 사람은 질러서 가느라고 논둑길로 들어섰다. 논둑길을 앞서거니 뒤서거니 걸어간다. 허탈한 듯한 모습이다. 뜻밖의 사건이 터지고 사람들이 와글바글 모여들었으나 달라진 것은 아무것도 없었다. 개동은 내일도 자전거를 타고 마을 길을 지날 것이다.

"성님 마목이지요."

천일네가 앞서가는 야무네한테 말했다.

"마목이제. 동네 마목이다. 왜놈 세를 업고 그라는데 그놈이 좀체 해서는 씨러지겠나."

"어이구이— 사는 기이 와 이런지 모리겠소. 세상만사 다

귀찮고 딱 눈감아부맀이믄 좋겠소."

"자네는 대금산일세. 나 겉은 것도 숨이 붙어 있는데."

야무네의 머리는 백발이었다. 허리도 구부정했다. 천일네
도 많이 늙었다.

"내사 우리 야무 때문에 죽을까 겁난다. 그 불쌍한 거 내비
리두고 내가 가믄 어느 누가 돌보겄노. 그거를 생각하믄 밤에
도 잠이 안 온다."

"성님 그 심정 아요."

"모린다. 우째 저저이 그거를 아노. 골병이 든 내 가심 천지
간에 어느 누가 알꼬. 제집아 하나가 내 가슴에다 못을 박고
가더니 그거를 잊을 만하니까 야무가 저 형상 되어 돌아오고."

"……."

"세상에 버선목이라 뒤집어 뵈겄나, 시시로 억울한 맴이 들
믄 하늘이 원망시럽다."

"그래도 성님 그 일만은 발설하믄 안 됩니다."

"그러이 가심이 터지제. 내 속에서 났는데 우리 야무가 도
적질했겄나? 청백 같은 내 자식이 도적질해서 까막소 살았다,
동네 사람들이 모두 안 그라나? 밤낮없이 방구석에서 천정만
보고 있는 것만도 가심이 찢어지는데."

눈물을 닦는다.

"빌어묵을 놈, 남 안 하는 노동운동인가 머 공산당이라 카
던가……. 일본에 보낸 기이 이리 후회가 된다. 죽이라도 묵

음서 함께 살았이믄 장개도 가고 며느리 볼 나이 아니가."

"성님 그 말만은, 입 꼭 다물고 있이소. 그거를 알믄은 주재
소에서도 시끄럽울 기고 개동이 그놈한테도 구실을 주는 기
라요. 내 아들은 도둑놈이다 아예 그리 생각하고 기시이소."

"하니 내가 이리 가심이 터지지. 아이구 숨 차다. 좀 쉬었다
가 가자."

"그라입시다."

두 늙은이는 논둑길에 주저앉는다. 벼 익는 냄새가 코를 찔
렀다. 개구리들이 퐁당퐁당 논물 속으로 뛰어든다.

"천일네."

"야."

"생각해보믄."

"……."

"오복이애비도 괘씸타."

"그리 생각지 마소. 딱쇠 맘인들 오죽하겠소."

"지가 뉘 덕에 논마지기나 가지고 굶잖고 사노."

"그걸 모리겄소."

"다 지 성이 일본 가서 피땀으로 벌어 부치준 돈 아니었으
믄 우찌 땅을 장만했일꼬. 그런 성이 병들어 돌아왔이믄 받드
는 것이 도리 아니겠나? 설사 성이 할 짓을 안 했다 카더라도
내 살인데 내치겠나?"

"그거는 성님이 이해해야 합니다. 어디 한두 해요? 십 년 넘

기 저러고 있이이 짜증날 만도 하지요."

"아니다, 아니다, 딱쇠가 옛날에는 안 그랬네라. 지금도 생각이 난다. 우리 푸건이 병났다고 시가서 데리가라 했일 때, 딱쇠하고 둘이서 섬에 갔던 일이 엊그제만 같다. 푸건이를 집에 데리와서 병 수발을 할 직에 우리 딱쇠는 약값 대노라 참나뭇짐도 많이 졌제. 날이믄 날마다 나무를 해서 하동으로 팔러 갔다. 그래도 어디 한분 군담을 할까. 그러든 그놈이 제집을 얻고부터는."

"제집 말 안 듣는 소나아가 없다 안 카요. 집집마다 다 그렇지. 그거 일일이 생각하믄 논(설움)이 나서 못 사요."

"그래도 너거사 무신 걱정고, 집안에 우환이 없으이."

결국 논둑길에 퍼질러 앉아서 두 늙은 여자는 익어가는 벼를 등지고 함께 울기 시작했다.

임인년(壬寅年)의 호열자와 그 이듬해 보리 흉년을 겪었을 때 삼십 대였던 천일네와 야무네는 마을에서도 몇 안 남은 세대다. 진주에 영팔노인과 두만네가 살아 있었고 평사리에는 문밖 출입을 못하게 된 봉기노인, 그의 안사람 두리네와 윗마을 강노인 정도, 좀 나이 처지는 축에 김훈장의 양자 한경이가 있었다. 끝봉이 오서방의 외사촌 전서방, 바우는 육십 줄의 중반이었으며 성환할매 야무네보다 서너 살 떨어지는 천일네가 칠십 고령이었다. 사십 년 가까이 흘러버린 세월, 많은 사람들이 갔고 자취도 남아 있질 않았으며 몇 사람 있는 늙은이들에게 황혼은 더욱 짙고 어둡게 다가오고 있었다. 천일네의 눈물은 날로 무력해지는 자기 자신을 위하여, 또 멀고 먼 만주땅에 있는 큰아들 천일의 식구들이 몸뿐만 아니라 마음도 떠나버렸음을 슬퍼한 것이다. 들려오는 말에 의하면 처남과 의논하여 진주에다 기와집 한 채를 샀다는 것인데 어미에게는 의논이 없었다. 함께 사는 둘째 며느리 성자네의 경우도 뜻이 맞지 않아 더러 티격태격 다투게도 되는데 그럴 때마다 아들은 제 가속 편이었고 정성을 다하여 기른 손자 손녀까지 제 어미 편을 드는, 그런저런 일에 대한 설움인데, 야무네는 노인들이 대부분 겪게 되는 고적, 쓸모없는 존재를 한탄하는 그런 눈물은 아니었다. 병들었다 하여 시가에서 내친 딸을 데려다가 병을 고쳐보려고, 그때 딱쇠는 누이를 위하여 허리가 휘도록 나무를 해서 하동장에 내다 팔곤 했다. 그러나 허사였고 푸건이를 보내고 말았다. 오직 등불과도 같았던 야무가 일본서 파업에 가담했다던가, 노동운동을 했다던가, 여러 해 복역을 하고 폐인이 되어 돌아와서 아직도 신음 중이니 야무네로서는 설사 불측한 자식일망정 살아남아 있고 몸 성하게 부모 곁에 있다면 그 이상 부러울 것이 뭐겠느냐 싶었을 것은 당연하다. 한편 성환할매의 경우도 여러 가지 형편이 딱하게 돼 있었다. 요즈막에 와서 성환할매는 길가에 나앉아 하염없이 강가에 이르는 길 쪽을 바라보는 일이 많아졌다. 사람들은 나이드니까 돌아오지 않는 아들 석이를 기다린다고들 했지만, 물론 아들을 기다리는 마음이야 한결같았지만 보다 절실한 일이 또 있었다. 애당초 고향으로 돌아와 거처하게 되면서 못사는 딸네 식구들을 불러다 합가(合家)했던 것이 잘못된 일이었다. 늙은 몸, 어린것들을 위탁했다기보다 성환할매는 오히려 짐을 하나 더 짊어진 꼴이 되고 말았던 것이다. 그리고 육친의 배신을 뼈가 저릴 만큼 체험하였다. 딸 귀남네는 친손자 손녀만을 위한다 하여 불만이었고 최참판댁에서 성환을 학교에 보낸 것까지 시기하여 노골적으로 어미에게 몹쓸 딸이 되었고 성환할매는 또 아비 어미 없는 조카들을 눈 밖에 내며 제 자식만 챙겨 먹이는 귀남네에 분노를 느꼈다. 게다가 동네에서 이마빡에 소 우 자를 붙이고 다니는 사내로 치부하는 사위는 본 바 없고 제 욕심만 채우는 미련한 위인이었기에 최참판댁에서 떼어준 땅이며 홍이가 물려준 집이며 다 성환할매와 석이 자식들을 위한 것이었음에도 불구하고 군식구처럼 노인과 어린것들의 설 자리는 좁아지기만 했다. 그러던 참에 소같이 일하고 제 식구밖에 모르던 귀남아비에게 바람이 들기 시작한 것이다. 일 년 열두 달 너절한 옷차림이던 그가 나들이옷으로 갈아입고 읍내 출입이 잦아졌을 때 사람들은 소가 제법 사람같다는 말로 놀려댔지만 차마 그가 딴짓하리란 생각은 못했다. 그러나 집에 들면 곧잘 귀남네를 두들겨 패고 읍내서 들려오는 소문에 의하면 투전판에서 많은 돈을 땄다, 어떤 과부와 눈이 맞았다, 장터 야바위꾼과 어울려 다니더라 등등, 기어이 그는 자취를 감추고 말았다. 그가 사라진 지도 팔구 년이나 된다. 귀남네는 풀이 죽었고 성환할매를 의지하는 이외 살아갈 방도가 없어졌다. 사람들은 어매와 조카들에게 몹시 하더니 벌을 받아 그렇다는 둥 쑥덕공론이었다. 귀남네도 딸자식, 그의 시름을 생각하면 불행한 일이었지만 어쨌든 집안은 소강상태였다. 보통학교를 나온 성환은 연학이 진주로 데려가서 중학교에 넣었고 지금은 최씨 집에서 잔심부름을 하며 학교에 다니고 있었다. 졸업도 얼마 남아 있지 않았다. 귀남은 남의 집 고공살이로 떠났고 남희는 읍내 보통학교에 다니고 있었다. 땅은 마을 사람들이 부쳐서 식량은 되었고 고성에 사는 작은딸 복연이가 많이 도와주는 편이었다. 시부모가 다 세상을 버렸고 살림이 넉넉해졌기에 친정을 많이 돌보아주는 것이다. 이런 참에 평지풍파가 일어났다. 그것은 다름 아닌 성환과 남희의 생모 양을례가 평사리에 나타났던 것이다. 양복을 입고 구두를 신고 머리를 지지고 나타났다. 원래 살빛이 희었지만 잘 가꾸어서 윤기가 도는 얼굴 하며 야하게 보였으나 세련이 된 모습이었다. 결혼 전에는 크리스천이었고 독립운동을 하는 이복 오라비의 영향도 있어서 꽤 괜찮은 여자였던 양을례가 와서는 안 될 곳에 나타난 것이다. 작년 봄의 일이었다.

기화와 석이 사이를 의심하고 질투의 불길을 태우며 매달리는 시어머니를 뿌리치고 어린 자식 둘을 팽개치고 떠나버린 양을례, 석이에게 보복하기 위하여 야합했던 나형사와 추악하게 이별을 했던 양을례, 성환할매는 망연자실한 채 그를 바라보았다. 일본놈하고 산다, 젊은 놈을 꿰차고 대만(臺灣)에 가서 가시나 장사를 한다, 더러 들려오는 말은 그러했다. 도대체 그는 어디서 무엇을 하다 이제 나타난 것일까. 뭘 하기 위해 나타난 것일까. 벌겋게 성이 난 사타구니의 종기, 몸이 불덩이가 된 어린 남희를 을례 친정에서 데리고 나온 성환할매는 밤늦은 시간, 박의원의 문을 두드렸다. 종기를 째고 고름이 쏟아지고 자지러지듯 우는 아이의 울음소리, 성환할매의 기억에는 생생하게 어제 일같이 뚜렷한데 양을례는 말했다. 성환은 진주에서 중학교를 다니고 있으니까 그대로 두겠지만 남희는 데려가서 명년에 여학교로 보내겠노라.

"니가? 와 그래야 하노."

성환할매가 뇌듯 말했을 때,

"어미니까요."

"니가 에미가? 우째서 니가 에미고."

"지난 일 따지면 뭐 하겠어요. 내가 아이들 어미인 것만은 사실이잖아요. 애비가 기르고 있다면 나 오지도 않았을 거요."

"니한테는 심장이 몇 개 있노?"

"내가 데려간다면 데려가는 거지 무슨 잔소리가 많아요."

당당했다. 자신만만했다. 동네 사람들이 이 이상한 양복쟁이 여자를 보기 위하여 모여들었다.

"우떤 제집인지 얼굴 한번 보자."

성환할매와 양을례 사이에 언쟁이 벌어지면서 동네 사람들이 가세했다.

"간이 덕석만 한가 부다. 여기가 어디라고 발을 들여놓노 말이다."

"질기 저러믄 어디 동네 사람들이 가만있겠나?"

"자식 두고 가는 제집 간장이 오죽 찔기믄 그러겠나."

중과부적, 배짱 좋은 을례도 물러갈 수밖에 없었다. 타협을 포기한 양을례는 그러나 읍내 학교로 찾아가서 몰래 남희를 만났고 어떻게 꼬드겼는지 전학 수속까지 밟아서 아이를 데려가버렸던 것이다.

기별을 받은 성환이 진주서 달려왔다. 넋이 나간 듯 손녀 이름을 부르는 할머니를 달래가며 읍내 학교에서 성환은 전학해 간 학교를 확인하고 할미와 손자는 부산으로 남희를 찾아나섰다. 학교 문 앞에서 지키고 있다가 남희를 붙잡았을 때,

"할무이 나 안 갈 기요."

남희는 외면을 하며 말했다.

"뭣이 어째!"

성환이 노한 얼굴로 다가서자,

"오빠, 나 그만 여기 있을란다. 여기서 상급학교도 가고 이자 촌구석에서 살기 싫다."

성환은 남희의 뺨을 후려쳤다.

"두 번 다시 그런 소리 했다 봐라 직이부릴 기다!"

"나는 엄마 옆에 있고 접다! 와 엄마하고 못 있노!"

아우성을 치던 남희는 순간 몸을 날렸다.

"남아!"

성환할매는 울부짖었다. 보행이 더딘 할머니를 차마 두고 뛸 수 없었던 성환은 남희를 놓치고 말았다.

"이 일을 우짜믄 좋노."

"걱정 마이소. 학교에 가면 주소를 알 수 있을 겁니다."

이튿날 주소를 알아낸 이들이 찾아간 곳은 양을례가 일본인 정부(情夫)와 함께 경영하는 사가미[相模]라는 요정이었다. 사가미온나[相模女]라 하면 정이 짙고 호색(好色)이라는 전설인지 뭐 그런 말이 있어서 붙여진 요정 이름인 것 같았다. 으리으리하지는 않았지만 깨끗하고 아담했으며 상당한 고급 요정인 것 같았다. 성환은 그곳에서 일본 옷을 입은 생모와 대면했다.

"여기가 어디라고 왔어요!"

양을례는 당황했으나 한편 굉장히 화가 나 있었다.

"와, 여기는 사람 올 곳이 못 되나? 그렇기 험한 곳이가?"

주저하는 기색 없이 성환할매는 을례를 노려보며 말했다.

"촌 늙은이가 감히 남의 영업 방해하겠다 그거요? 어서 돌아가요!"

"가지 말라 캐도 갈 기다. 이 더럽운 곳에 누가 있고 접을 꼬? 아이만 내놔라. 우리 남희 내놔."

"대체 뭐를 바라는 거요?"

"바라는 것 없다. 인연도 없고 아아만 내주라."

성환은 두 주먹을 쥐고 부들부들 떨고 있었다.

"그동안의 양육비 내나라 한다면 생각해줄 터이니 어서 가요!"

"이년이!"

처음으로 성환할매 입에서 욕설이 나왔다.

"뭐라구! 촌것이 도통 세상일을 모르는군. 이년이라니? 어디에 와서 행패를 부려!"

성환이 을례 앞으로 바짝 다가섰다.

"할머니의 그 정도 말씀을 고맙게 여기시오."

"뭐라구?"

"내 주먹이 날아가지 않은 것만도 고맙게 생각하시오."

"이놈이!"

"남희를 순순히 내놔요."

불같은 증오심이 타고 있는 성환의 눈동자가 을례의 눈을 놓치지 않고 잡고 늘어진다.

"어미를 보고 감히!"

을례 얼굴이 새파랗게 질렸다.

"어미? 당신이?"

"네가 누구 속에서 나왔니!"

"그것이 한탄스러울 뿐이오."

"나를 때린다구? 어디 때려봐!"

"때릴 그런 정도가 아니지요. 죽이고 싶소."

별안간 을례는 미친 듯 웃었다.

"병신 같은 놈! 세상이 어찌 돌아가는 것도 모르고, 중학교를 나오고 나면 대학은 내가 시킬까 생각하고 있었는데 병신 같은 놈."

"그런 공부 하느니 차라리 죽지."

을례 웃음소리에 살그머니 남희가 얼굴을 내밀었다.

"남희야! 이눔 가시나 못 오겠나! 여기가 어딘지 알기나 해!"

성환이 외쳤을 때 남희는 재빨리 숨어버렸다. 남희가 숨는 것을 본 성환할매는,

"아이구."

하며 바닥에 철썩 주저앉는 것이었다.

"야 이놈아! 니 애비는 뭐야! 니 애비는 뭐가 그리 위대해! 자식 버리긴 매한가지 피장파장이다. 니가 내력이나 알고 하는 소리야!"

을례는 히스테리를 부리며 꽃병을 집어들고 바닥에 메어쳤다. 그러자 서방인지 정부인지 몸집이 작은 사내가 안에서 나타났다. 여자같이 얼굴이 하얗고 얇은 입술이 불그스레했다. 마치 노멘* 같았다.

"난다! 나니오 호자이데루노카!(뭐야! 뭘 지껄이는 게야!)"

얇고 불그스레한 입술이 가로가 아니고 세로로 입술이 찢어지는 것 같았다.

"이칸카! 고노 바카야로! 구빗타마오 힛코누이테야루!(못 가겠나! 이 바보 같은 놈! 모가지를 뽑아줄 테다!)"

결국 성환할매는 물벼락을 맞았고 성환은 불러들인 불량배에 의해 몰매를 맞고 밖으로 들려 나왔다.

그 사건은 성환이나 성환할매에게 치유될 수 없는 크나큰 상처를 남겼다. 물벼락을 맞고 불량배에게 몰매를 맞은 것쯤은 아무것도 아니었다. 할머니와 오라비가 수모를 당하는 꼴을 보고서도 숨어버린 그 육친의 배신이 너무나 견디기 어려운 고통이었다. 성환은 흐느껴 울었고 성환할매는 넋이 빠져 있었다. 그런 일을 당하였는데도 불구하고 성환할매가 길거리에 나와 앉은 것은 행여 남희가 돌아올지 모른다는 가냘픈 기대 때문이었고 못 견디게 보고 싶었기 때문이다.

"이자 그만 가입시다. 서산에 해가 거렁거렁 넘어가요."

천일네가 먼저 치맛자락을 걷어 눈물을 닦으며 말했다.

"그래 그러자. 눈물 짜봐야 달라질 기이 머 있겠노."

두 늙은이가 성환네 집에 들어섰을 때 집 안에서는 아무런 기척이 없었다.

"누구 아무도 없나?"

천일네가 중얼거리는데 부엌에서 귀남네가 내다보았다.

"오십니까?"

내키지 않는 듯 그러나 인사는 했다. 여러 해 전에 성환할매한테 잘못한다 하여 야무네가 뼈아픈 말을 한 적이 있었다.

"그리 풀 세기 날뛰다가 뜨거운 일 볼까 무섭네. 죄는 지은 대로, 부모 눈에 눈물 나게 해서 니가 복 받을 것 같나? 어디 세상에 그런 법이 있노. 저거 집에 얻어묵으러 가도 안 그랄 긴데."

그런 말이 나오게끔 주거니 받거니 했으나 심하기는 심했다.

"야아, 그러믄 오복이할매는 지은 죄가 많아서 소싯적에 남편 잡아묵고 딸자식 잡아묵고 지금도 방 안에 산송장이 앉아 있십니까?"

귀남네는 눈이 새파래져서 악을 썼던 것이다. 그때 야무네는 까무라치고 말았다. 그 일이 있은 후 두 사람 사이는 항상 뜨악했으나 귀남네는 남편이 있을 때처럼 도발적이지는 않았다.

"어매가 우떻다 카노."

천일네가 물었다.

"머 괜찮은갑십니다."

"그래도 노인이라, 며칠 두고 봐야 알 기다."

"약을 가져와서 붙있인께."

"약은 어디서 가져왔노?"

"최참판댁에서 보냈더마요."

"고맙다. 그래도 그 댁을 의지한께 성환할매가 살지, 성환이가 알았이믄 분해서 펄펄 뛰었을 기다."

"일부러 그런 거는 아니라 카데요."

"누가 그러더노."

야무네가 날카롭게 물었다.

귀남네는 그 말 대꾸는 하지 않았다. 암울한 표정, 찌들리어 희망이라곤 찾아볼 수 없는 모습이었다.

"복동이 제집이 왔다 간 모앵이구나."

야무네 정곡을 찌른다.

"동네가 두 패로 갈리어 큰일이다. 서기질 한다고 해서 믹이 살리줄 것도 아닌데 사람들이 와 그럴꼬? 옛날의 조준구 시절에도 두 패로 나누어져서 원수맨크로 으르렁거리더마는. 귀남네."

천일네가 불렀다.

"야."

"복동이댁네하고 친한 거는 알겠는데 개동이 그놈 펀드니라고 깃대 치키들믄 안 될 기다. 니가 뉘 덕에 사노? 사람이란 인공(은공)을 모리믄 금수만도 못하지. 안 그렇나?"

타이르듯 말한다.

"지사 뭐…… 패거리에 끼어들 처지나 됩니까. 내 앞길만 생각해도 눈앞이 캄캄한데 누구 편역을 들고 자시고 할 것도 없습니다."

옛날같이 톡 쏘는 말투는 아니었다.

"하기야 뭐 무슨 경황이 있겠노."

두 늙은이는 힘들게 마루로 올라간다. 안방 문을 열고 들어간다.

"좀 우떻소 성환할매."

야무네가 물었다.

"괜찮은데 오기는 머하러 오요."

"정말 괜찮겠소?"

천일네가 물었다.

"허리를 삐끗했지마는 자고 일어나믄 낫겄지. 전에도 종종 그랬인께, 별일 아닌 거를 가지고 동네가 시끄럽고, 참판댁 마님이 그놈한테 수모를 당한 것이 미안스럽어서 죽겄구마는."

"그래도 그놈이 오늘은 혼이 났일 기요."

천일네 말에 야무네는,

"그놈이 어디 혼날 놈이건데? 서기질 못하게 될까 봐서 혼이 난 척했을 뿐, 두고 보아라. 잠잠해지믄 무신 지랄을 또 할지, 그 심보가 어디 가겄나? 옛날의 삼수 그놈 같다. 두리어매는 지금도 삼수 말만 나오믄 이를 뽀도독 갈더마."

"어느 세상이든 그런 놈이 더러 있어서."

"꼭 삼수 그놈 같다 카이. 그런 놈들은 남을 해코지 안 하믄 밤에 잠이 안 오는 모앵이라."

"그나저나 석이네 성님."

천일네가 정색을 하고 불렀다.

"이자는 길가에 나앉지 마이소."

"……."

"남희 그 제집아 땜에 그러지요?"

"갑갑해서."

"그만 잊아뿌리소. 다 컸는데 머가 걱정이오."

"여식 아아는 생물 겉애서."

"고슴도치도 지 새끼는 귀타 캅디다. 직일 년 살릴 년 하지마는 에미 아니오. 할매만 못하겄소?"

"그거는 모르이 하는 말이제."

성환할매는 듣기 싫은 듯 얼굴을 찌푸렸다.

"돈도 많다 하고 달리 소생도 없다 카이 그 제집도 돈 벌어어디다 쓰겄소? 공부도 시키준다 카이."

"벌써 상급핵교에 들어갔다 카던데? 지난봄에."

야무네 말이었다.

"돈이 있이믄 머하노. 호강을 하믄 머하노. 철없는 것이 꼬임에 빠졌지. 그곳이 우떤 집인데, 소나아를 상대해서 술 팔고 여자 팔고, 그 일을 생각하믄 자다가도 가심이 두근거린다. 제집아아가 허방에라도 빠지믄 신세, 그거로 조지는 것아니겄나. 내가 그거를 우떻게 키았다고. 눈물로 키았다."

성환할매는 손등으로 눈물을 닦는다.

"시끄럽소. 다 팔자요. 에미 애비 없이 큰 것도 팔자고."

그러자 야무네는,

"팔자라 하지마는 사람의 맴이 안 그렇네라. 눈감는 날꺼지는 단념을 못한께. 자식 그거 다 피멍 겉은 기지. 집 안이 와이리 허통(허전)하노?"

하고 말했다.

"식구가 없어이. 귀남에미하고 나밖에 더 있나. 사람 사는 것 같지도 않다. 그놈의 제집아가 눈에 자꾸 밟히고."

"허 참, 성님도 그만했이믄 좋겠소. 그렇기 가아들만 찌니께 귀남에미가 섭섭하고 속상할 만도 하요."

"에미 애비가 없인께 그러지."

"귀남이는 잘 있다 카던가요?"

"잘 있다 카기는 하지마는 남의 집 고공살이, 고생 안 한다 하겠나."

"연학이 그 사람이 자게 여관에 둘라꼬 데리갔다믄서요?"

"그러이 보냈제. 아직 나이도 어린데."

"그만하믄 다 컸지 어리기는."

"장래를 생각해서 보냈는데 지 에미가 보고 접은 눈치라."

"보고 접겄지요."

"진주 한분 다녀오겄다 하는 거를 내 허리가 어서 나아얄 긴데."

"그나저나 귀남애비는 영영 그만입니까?"

"그놈 말은 끄내지도 말아라."

"어디 가서 죽었이까?"

하는데 야무네가,

"그게 언제였던지, 산에서 약초 캐는 거를 보았다 카던가."

기억을 더듬듯이 말했다.

"말짱 헛소문이다. 근가죽(근체)에 왔다믄 제집은 그렇다 치고 지 새끼가 있는데 도척이 겉은 놈이라 캐도 안 와보겠나? 면목이 없어 그럴 놈도 아니고, 가도 멀리 갔던지 아니믄."

"하기사, 죽었거니 생각하는 기이 차라리 속 편할 기다. 십 년이 다 돼가는데 일본 간 것도 아니고 만주 간 것도 아닌데 와 못 올 기고. 귀남이나 믿고 살아야지."

한동안 말이 끊겼다. 성환할매 천일네는 어쩔 수 없이 잊고 살자던 아들 생각을 안 할 수 없었다. 만주에 간 아들, 거처가 확실하든 확실치 않든 만주는 이들에게 멀고 먼 곳 아득한 곳이었다. 한참 후에 성환할매가 말했다.

"귀남에미 듣는 데서는 그놈 말 끄내지 마소, 야무어매 천일네도. 다 부모 잘못 만내서……. 그런 놈한테 보낸 내 불찰 아니겄소."

이 무렵, 최참판댁에서는 서희가 별당 연못가에 서 있었다. 계획으로는 오늘 중에 도솔암으로 가게 돼 있었다. 해서 밤기차를 타고 왔으며 진주서는 집에 잠시 들렀다가 서둘러 떠났던 것이다. 그러나 이부사댁에서 시간을 잡아먹고 자동차는 진주로 되돌려 보냈으며, 무의식적인 계획의 변경이었지만 오늘은 도솔암에 가지 않겠다는, 역시 무의식적 마음의 반영이었을 것이다.

수많은 역사, 사연이 똬리를 틀듯 둘러싸여 있는 평사리의 최참판댁, 고래 등 같은 기와집, 꿈에서도 잊지 못했던 탈환의 최후 목표였던 평사리의 집을 거금 오천 원을 주고 조준구로부터 되찾았을 때, 그것으로 서희의 꿈은 이루어졌고 잃었던 모든 것을 완벽하게 회수했던 것이다. 그때 서희의 감정은 기쁨보다 슬픔이었고 허망했다. 그리고 뭔지 모르지만 두려움 낯섦, 과거에 대한 두려움이었고 낯섦이었다. 서희는 회수한 평사리의 집에 꽤 오랫동안 접근하지 못했다. 그렇다. 서희는 과거를 두려워한 것이다. 그가 기억하고 있는 일들은 모두 음산한 비극뿐이었기 때문이다. 어쩌면 평사리의 집은 의식 속에 방치된 채, 서희는 현실에 쫓겼는지 모른다.

연못가에서 서희는 새삼스럽게 그토록 열망했던 곳을 찾는 순간부터 회피하려 했던 그 모순을 의아하게 되새겨본다. 그리고 처음으로 옛집에 돌아온 사람같이 집 안 여기저기를 마음속으로 짚어보고 매만져보는 것이었다. 호열자에 할머니 윤씨가 떠났을 때 홀로 남은 서희, 그때 열 살이었던지, 역시 어미를 호열자로 떠나보낸 봉순이는 열한 살, 열두 살이었던지 짚베 옷을 입고 낙엽이 떨어져 내려앉는 연못을 바라보며 서 있었던 광경을 마치 한 폭의 그림 보듯 서희는 눈을 감고서 골똘히 바라본다. 평사리의 집은 그런 그림이 천 폭 만 폭, 쌓여 있는 곳이다.

서희는 별당 마루에 가서 걸터앉는다. 근처에서 서성거리고 있는 안자를 불러 따끈한 작설차 한 잔 마시고 싶다는 말을 한다.

왜 오늘 도솔암에 가는 것을 포기했는가, 서희는 그 일에 대한 생각을 쉽게 버릴 수 있었다. 길상이 기다리고 있을 것이란 생각도 하지 않기로 했다. 다만 자신만을, 서희는 자기 자신만을 지금 현재 생각하고 싶었다. 자신을 위한 시간 속에 있고 싶었다. 박의사, 박효영, 그의 자살은 서희 자신에게 무엇이었는가. 그것은 자기 자신에 대한 추구다. 물론 그것은 길상과 무관하지는 않다.

안자가 다기를 올려놓은 다반을 들고 왔다.

"가보아라. 혼자 있고 싶다."

"네."

안자가 물러갔다. 자동차 안에서부터 서희는 안자에게 자기 감정을 감추려 하지 않았다. 감추려 하지 않았다기보다 전혀 신경을 쓰지 않았다는 것이 옳았다. 천천히 작설을 덜어서 넣고 주전자를 기울여 물을 부은 뒤 다완에 옮겨 붓고 두 손으로 다완을 싸안는다. 손바닥에 전해지는 따뜻한 온기를 한동안 느껴보다가 마신다. 황혼에 물들어가고 있는 하늘, 대기에서 차가움을 뿜어내는 일몰의 시기, 작설차는 정답게 서희 심장을 적셔주었다.

분(分) 초(秒)로 나누어보면 흘러가버린 시간은 얼마인가. 천문학적 숫자다. 그 많은 숫자 속에 순수한 자신의 시간이 거의 없었던 것을 서희는 새삼스럽게 깨닫는다. 그것은 서희에게 매우 충격적인 자각이었다. 가문과 자식과 그리고 남편이라는 존재, 그것과 그들을 중심하여 모든 것을 돌게 하였던 자기 자신은, 애정이든 의무든 자기 자신은 시곗바늘 같은 것이나 아니었는지. 중심에서 멀리 벗어난 박의사는 자신에게 무엇이었을까. 어쩌면 그는 서희를 위한 시곗바늘이었는지 모른다. 의술(醫術)을 원했다면 박의원 아닌 곳에도 있었다. 박효영의 심중을 알면서 주치의를 변경하지 않았던 이유는?

그때, 서울서 내려올 때, 급성맹장염으로 부산에서 수술을 받았을 때 진주서 달려왔던 박효영의 얼굴이 서희 눈앞에 풀쑥 솟아올랐다. 사랑은 박효영뿐만 아니었고 서희 자신 속에도 있었음을 강하게 느낀다. 서로의 사랑이, 한쪽은 개방되고 한쪽은 밀폐된 사랑이 박효영을 불행하게 하였고 자살에 이르게 했다.

서희는 흐느껴 울었다. 소매 속에서 손수건을 꺼내어 눈물을 닦았으나 흐르는 눈물은 멎지 않았다. 그가 앉은 별당, 어머니 별당아씨가 거처하던 곳, 비로소 서희는 어머니와 구천이의 사랑을 이해할 수 있었다. 과연 어머니는 불행한 여인이었던가, 나는 행복한 여인인가 서희는 자문한다. 어쨌거나 별당아씨는 사랑을 성취했다. 불행했지만 사랑을 성취했다. 구천이도, 자신에게는 배다른 숙부였지만 벼랑 끝에서 그토록 치열하게 살다가 간 사람, 서희는 또다시 흐느껴 운다. 일생 동안 거의 흘리지 않았던 눈물의 둑이 터진 것처럼.

어느새 사방은 어두워져가고 있었다.

"마님."

어둠 속에 안자의 모습이 떠올랐다.

"마님."

"무슨 일이냐."

목이 꽉 잠긴 목소리였다.

"저, 저기."

안자는 되돌아갈 듯 몸짓을 하며 어찌할 바를 모른다.

"말해보아라."

"네. 낮에, 그 불량했던 놈이 찾아왔습니다."

"무슨 일로?"

"사과를 올리겠다 하면서."

"그래?"

"……."

"이번만은 그냥 넘어갈 터이니 앞으로 그런 일 없도록, 돌아가라 하게."

"네. 바깥 기운이 찹니다. 안으로 드시지요."

"오냐. 그러마."

이튿날 아침 일찍 서희는 안자와 건이아범을 거느리고 도솔암을 향해 떠났다.

도솔암에 도착했을 때는 점심때가 훨씬 지난 뒤였고 관음탱화를 장엄하는 의식도 끝나 있었다. 절 마당까지 내려온 지감에게 서희는 합장하고 인사를 했다.

"늦었습니다, 부인께서."

"네. 제 사정 때문에 죄송합니다."

아무 일도 없었던 것처럼 절은 적막했다.

"법당에 드시겠습니까? 아주 훌륭한 관음상을, 김형은 성취했습니다."

하며 지감은 미소를 머금었다.

"나중에 뵈옵지요."

"일봉아!"

"예!"

상좌 일봉이 달려왔다.

"모셔라."

"예."

일봉이 안내하는 방으로 서희가 들어갔을 때 길상은 단정하게 앉아서 불경을 읽고 있었다.

"늦었구려."

"네. 좀 그럴 일이 있었습니다."

길상의 얼굴은 환하게 밝았다.

"관음상을 장엄한 뒤 당신 생각을 했소."

"어째서요?"

"당신 모습이 있어서 그랬나 보오."

"관음상 말씀입니까?"

"그렇소."

"관음께서 어찌 수전노를, 저를 두고 수전노라 한 사람이 있었지요."

"몰라 그랬을 게요. 당신을 두고 친일파라 하는 사람도 있으니."

"그건 사실이지요."

"친일파가 나 같은 사람을 감추어두겠소?"

"……."

"시장하지 않소? 점심 먹을 시간이 없었을 터인데."

"화개에서 주막에 들러 국밥을 먹었습니다."

"그게 정말이오?"

"네. 일행도 있고 배가 고파서야 산길을 오르겠습니까?"

"그건 참 잘한 일이오."

길상은 유쾌하다는 듯 껄껄껄 소리 내어 웃는다.

"참 송관수의 부인이 이곳에 계시는 거 모르지요?"

"이곳에요?"

"그렇소."

"왜 그랬지요? 갈 곳이 없었나요? 자식이, 그 누구죠? 영광이 그 아이가 있질 않습니까? 또 재영애비는 어째 뒤처리를 못했을까요."

"웬 성미가 그리 급하시오. 전에 없이, 말을 들어보지도 않고서."

"……."

"만나보면 당신도 느끼겠지만 영광이어머니는 조신하고 어린아이같이 낯가림이 심한 사람이오. 말수도 적고, 갈 곳이야 아들, 딸, 사돈도 있었고 한데 본인이 이곳에 있기를 간절하게 소망했다는 게요. 본디 독실한 불교신자였다 했소. 공양주하고 함께 기거를 하는데, 착하고 부지런하고 지감스님이 절에 큰 복이 터졌다며 여간 기뻐하질 않았소. 보기에도 영광어머니는 이곳에 있는 것을 만족해하는 것 같더구먼. 우리가 섣불리 금전적 도움을 준다는 것은 오히려 상대 자존심만 상하게 할 것 같소."

"어렵게 지냈을 텐데 어찌."

"어렵고 가난하게 지낸 사람들 속에 오히려 귀한 그런 정신이 있는 거요."

서희는 말이 없었다. 한동안 침묵을 지키다가,

"재영애비는 토요일에 내려오겠다 했습니다."

"무리해서 내려올 것까지는 없는데."

무안을 타듯 길상은 묘하게 이지러진 웃음을 보였다. 아주 드물게 길상은 그렇게 웃는 일이 있었다.

영광의 모친이 절에 있었고 송관수의 사후처리가 미진하다고 생각하는 환국이 겸사겸사 내려오는 것이겠지만 주목적은 길상이 완성한 관음탱화를 보기 위해서인데 자식의 도리, 뭐 그런 것을 떠나서라도 관음탱화를 보고 싶어 하는 것은 당연하다. 그 자신이 화가였으니까.

미술학교를 마친 후 환국은 동경서 유수한 미술단체와 기타 권위 있는 공모전에 입선한 바 있었다. 개인전도 동경서 한 차례, 서울서 두 번, 상당한 반향이 있었으며 역량 있는 화가로 인정을 받고 있었지만 길상의 경우는 환쟁이가 아니었다. 금어(金魚)라 할 수도 없었다. 다만 어릴 적에 그 재능이 비범하다고들 했으나 어깨너머로 익힌 불화였고 그나마 오랜 성상(星霜), 붓을 놓았던 처지, 그야말로 소인(素人)에 불과하다. 환쟁이도 금어도 아닌 그가 관음탱화를 조성한 것은 우관의 당부도 있었지만 원력(願力)을 건 행위 이외 그 아무것도 아니었다. 준비작업으로 이삼 년 동안 수천 장의 초화를 그렸으며 마지막 신명을 다하여 조성했고 또 부자지간 스스러울 것도 없으련만 길상은 환국이 내려온다는 서희 말을 듣는 순간 왠지 쑥스럽고 위축되는 것을 느꼈다. 그 쑥스러움이나 위축감은 아들과 아내에 대한 어떤 거리감이었는지 모른다. 어떤 낯섦이었는지 모른다.

이런저런 얘기를 하다가 서희는 일어섰다. 밖으로 나온 그는 갈아입을 옷을 챙겨든 안자와 함께 도솔암을 나섰다. 눈익은 오솔길을 지나 한참 갔을 때 길이 깎이어지면서 개울이 나타났다. 개울을 따라 좀 더 올라갔을 때, 언덕을 휘돌아서 물이 흐르는 곳, 바위와 언덕과 나무숲에 가려진 곳에 폭포라할 수도 없지만 두 자가량 높이에서 물이 떨어지고 우물보다 훨씬 큰 웅덩이에 옥수 같은 물이 넘치고 있었다. 서희는 도솔암에 오면 이곳에서 목욕재계하고 법당에 드는 것이 순서였다. 절에 큰 불사가 있을 때 말고는 인적이 전혀 없는 곳이었지만 안자는 멀찌감치서 망을 보고 서희는 옥수 같은 물속으로 들어간다. 눈을 감고 살 속으로 스며드는 냉기를 심장 깊이까지 느끼며 산속의 다정하면서도 무서운 정기(精氣)를 느끼며 서희는 자신의 마음이 맑아지기를 기다린다. 올 때 들려오던 새소리 뻐꾸기 울음소리는 들려오지 않았다. 나뭇잎 서걱거리는 소리도 들려오지 않았다. 오로지 물소리만 의식 속에서 멀어졌다가 가까워지곤 했다.

이윽고 물을 털고 나온 서희는 옥을 깎아 만든 듯 단려하고 아름다운 몸을 수건으로 닦은 뒤 새 옷으로 갈아입는다. 말없이 왔던 길을 말없이 되돌아간 서희는 법당으로 곧장 들어갔다. 후불탱화 앞에 대지권인(大智拳印)을 쥐고 연화대에 앉으신 대일여래상(大日如來像)을 향해 수차례 예배를 한 서희는 동편 벽면에 새로 장엄된 관음탱화 앞으로 옮겨간다. 감식할 능력이 없었던 것은 아니었지만 서희에게 그 같은 속기는 발동하지 않았다. 그림이라는 생각에서 떠나 다만 관음보살을 대하는 것이며 느끼는 것이며 일체 잡념이 없었다. 그 앞에서 수없이 예배를 하다가 염주를 건 손을 모아 깊은 정적 속으로 빠져드는 것이었다. 법당 밖에 해가 훨씬 기운 것도 모르고 일봉이 저녁공양을 들여왔다. 가사를 걸친 지감이 목탁을 두드리며 예불을 시작했다. 서희는 본존 앞, 지감의 뒤쪽으로 자리를 옮기며 예배를 한다. 산사(山寺)는 마치 이 세상이 아닌 곳처럼, 육신이 사라져가는 것처럼 오로지 목탁 소리, 지감의 송경 소리만이 흐르듯 구르듯 가득 차듯, 정적 이상의 세계로, 억겁무진한 세계로, 티끌 하나 없는 세계로.

법당을 나서는 순간,

'아아 사람은 도시 무엇일꼬? 번뇌의 본체는 대체 무엇일꼬?'

서희는 마음속으로 자신에게 물었다. 여느 때와는 다르게 방금까지 자신이 있었던 자리, 그 법열(法悅)의 여운이 급속하게 식어가는 것을 느낀다.

'야망인가 존엄인가 모성인가……'

가슴 가득히 슬픔이 밀려왔다. 사람으로 태어난 슬픔, 사물을 쓸어안고 놓을 수 없는 슬픔이었다.

일봉이 들여온 저녁상을 마주하고 내외는 말없이 저녁을 먹었다. 침묵을 지키고 있는 서희에게 길상은 구태여 말을 걸려 하지 않았다.

물린 밥상을 가지러 온 사람은 영선네였다.

"아니, 일봉이를 시키지 않구요."

길상이 나무라듯 말했다.

"아, 아입니다. 인사를 디릴라고 왔십니다."

영선네는 잔뜩 긴장해 있었다.

"여보, 영광이어머니요."

하고서 길상은 서희를 쳐다보았다.

"아아."

영선네는 서희에게 큰절을 했다. 서희는 가볍게 고개를 숙였다.

"큰일을 당하여 얼마나 상심이 됩니까."

서희는 위로의 말을 했다.

"다아 가는 길인데 우짜겠십니까."

하다 말고 영선네는 당황한다. 자기 처지로서 대단한 사람에게 스스럼없이 한 말이 잘못 아닌가 싶었던 것이다. 영선네는 옷고름을 비틀면서,

"저기, 저어 우리 영광이를, 그 못된 놈을 돌보아주시서 머라고 은혜를 가, 갚아야 할지 모리겠십니다."

영선네는 절에서 처음 길상을 만났을 때도 꼭 그 같은 말을 했다. 밖에서 하는 일도 그랬지만 관수는 사람 관계에 대해서도 일체 말하는 일이 없었고 영선네 역시 남정네가 하는 일을 알려 하지 않았으며 특히 사람 관계는 영선네 스스로 회피해왔기 때문에 최참판댁에 관해서 거의 아는 바 없었다. 그러나 만주로 떠날 때 오매불망, 자식들과의 이별을 슬퍼하는 영선네에게,

"최참판댁에서 영광이를 책임지겠다 했고 공부도 시키겠다 했으니 그놈 걱정은 안 해도 될 기고 영선이는 강쇠가 맡았이니……. 핵교 공부를 안 해서 그렇지 머심아가 출중한께 걸맞

은 짝이라, 우리 처지에 그만한 짝도 달리 없일 기구마."

하며 관수는 달랬던 것이다. 영선네는 그 말을 잊지 않았고 또 이것은 홍이하고 관수가 하는 말을 들었는데, 일본 노가다 패한테 두들겨 맞아 다 죽게 됐을 때 환국이 덕분에 다리가 약간 잘못되기는 했으나 생명은 건졌다는 내용, 해서 영선네는 그 못된 놈이라 표현했던 것이다. 권하는 대학을 마다하고 경음악으로 빠져버린 일도 포함해서.

"오히려 부끄럽소. 우리 노력이 부족해서."

서희 역시 영광이 경음악 쪽으로 나간 것을 두고 한 말이었다.

"절에서는 지낼 만한지요."

"예."

"전부터 절에 다녔어요?"

"예, 그, 그라믄 지는 나가보겠십니다. 편히 쉬시이소."

영선네는 물린 밥상을 들고 서둘러 나갔다. 길상은 한동안 무표정이었고 서희는 무슨 생각을 하는 것 같더니,

"법당을 나서는데."

하고 말문을 열었다.

"왠지 모르게, 막연하게 관음보살께서 저를 버린 것 같은 느낌이 들었습니다."

"어째 그런 생각을 했소."

길상은 서희를 쳐다보았다.

"뭐라 형용할 수 없는 슬픈 생각이 들었어요."

"언짢은 일이라도 있었던 거요?"

"있었지요. 이 일 저 일…… 용정의 운흥사 생각나십니까?"

서희는 화제를 돌렸다.

"……?"

"관음탱화 생각을 하니까 그때 운흥사 법당이 떠오르는구 먼요."

"이상하군. 관음상을 그릴 적에 나도 운흥사의 흑탱(黑幀) 생각을 했는데, 아마 그게 후불탱화였지요?"

"네. 당신이 그리신 관음상이 너무나 현란하여 그곳 생각이 났을까요? 법당에는 협시보살은 물론, 본존(本尊) 자리도 비어 있었고 후불흑탱만 댕그머니 장엄되어 있었습니다. 채색이라 곤 불단을 두른 붉은 천밖에 없었구요."

"현몽을 해서 찾았다는 자그마한 관음이 한 구 있었소."

"단청도 입히지 않고 법당 문이 열려 있던 절은 흡사 부 엉새 같았습니다. 어찌 그리 황량했는지 바람 소리마저 마치 신음 소리처럼 들렸습니다."

"고향 잃고 타국에 모여든 사람들의 마음이 황량해서 그랬 겠지요. 사실 좋잖은 일도 있었고."

"그때 쫓겨난 본연스님의 설법 소리가 지금도 귀에 쟁쟁합 니다."

'일체중생아! 어디 있느뇨! 망상으로 있는 것이라, 십이망상이 어디 있느뇨! 십이망상은 본래 공(空)이거늘, 망상으로 있는 중생을 어찌 있다 하느뇨! 만법(萬法)도 무명의 그림자이어늘 하물며 천지간에 무엇이 있다 하느뇨!'

본연의 쩌렁쩌렁 울리던 목청, 형형한 눈빛이 떠올랐다.

"그러고도 그 망상 때문에 쫓겨났으니."

서희의 혼잣말이었다.

"송씨 댁 자부 얘기요?"

"네. 결국 그 댁도 몰락했으니 전생에 무슨 인연이었을까요?"

"중도 사람이니 그럴 수도 있겠지요. 하기는 남의 땅까지 왔다면 무참괴승(無慚愧僧)인지 뉘 알겠소. 설법은 잘하던가요?"

"글쎄요. 잘하는 것 같아 보였지만 속이 비어 있는 것 같았습니다. 그러나 눈이 빛나고 목청이 좋아서 맹목적인 신도들에게는 대단하게 보였을 것이오. 그런데 어제 오면서 하동 이 부사댁에 들렀습니다."

별안간 서희는 또 화제를 꺾었다.

"시우어머니를 만났는데 양현의 얘기를 하더구먼요."

"양현이? 무슨 얘기를?"

"혼담이 있느냐고 물었습니다."

"그래서?"

"아직 학생이니, 하고 얼버무렸습니다만 기분이 좋지 않고."

하다가 서희는 몸을 일으켜 등잔에 불을 밝힌다.

뚜렷한 서희 얼굴의 윤곽이 드러났다가는 흔들리곤 한다.

장방형 절방의 공간이 외부와의 단절을 새삼 일깨워준다. 서희
는 세운 무릎에 두 손을 올려놓고 길상을 응시하듯 쳐다본다.

소쩍새가 울었다. 아주 먼 곳에서.

"시우어머니는 양현이 근본 때문에 혼담이 쉽지 않는 거 아
니냐, 하고 물었습니다."

"……."

"사실이 그렇지요."

"사실이 그런데 새삼스리 문제 삼을 거는 없지 않소."

"그렇지요. 하지만 그것은 우리의 생각일 뿐입니다. 밖에서
는 끊임없이 문제가 되는 거지요. 아이는 탐이 나는데 근본에
가서 걸리게 되고 그렇다고 해서 아무나가 넘볼 수 있는 그런
양현이는 아니고, 자연히 어려워질밖에요."

"어렵게 생각할 것 없소. 집안이나 재산 같은 것 생각지 않
고 사람 하나만 보면 될 거 아니오."

다소 짜증스럽게 말했다. 당신이 날 택할 때 집안 보고 재
산 생각했느냐 하는 의도를 나타낸 말이었다.

"가문을 보자는 것도 아니구 재산을 따지자는 것도 아닙니
다. 다만 가문이 실하지 않고 재산도 없는 사람이 대학 교육
까지 받기가 쉬웠겠느냐, 양현이 의전에 다니는데 고등교육
을 받지 못한 사람하고 짝지어줄 수는 없는 일이지요."

서희는 물고 늘어지듯 그 화제를 놓으려 하지 않았다.

"오래전부터 생각해본 일이지만 아예 양현이를 내보내지

않는다면."

"무슨 뜻이오?"

"윤국이하고 맺어준다면 출가하지 않아도 되지 않겠습니까?"

"무슨 말을 하는 게요!"

"왜 그리 역정을 내시오."

서희는 당황하지 않았다. 그 정도는 이미 예상하고 있었던 눈치다.

"당신은 어느 하나도 잃지 않으려는 욕망, 그 욕망 때문에 젊은 아이들까지! 그들은 남매로 자랐소. 그럴 수는 없는 일이오."

"제 욕심으로, 진정 그렇게 생각하십니까?"

"욕심이 아니면?"

"윤국이는 잘생기고 똑똑한 청년입니다. 양현이는 총명하고 아름다운 처녀구요. 그리고 그들은 타인입니다. 이부사댁 핏줄과 최씨네 핏줄, 같은 조건의 그들이 맺어져서는 안 될 이유가 있습니까? 어째서 그게 저의 욕심인지요. 사랑하는 마음도 욕심입니까?"

같은 조건이라는 말에는 길상도 할 말이 없었다.

"그러나 그것은 우리가 강요할 일이 아니오. 윤국이 양현이 두 애들이 선택할 일이오."

"당연히 그렇지요. 다만 우리는 그 아이들이 갈 수 있게 길을 막은 바위를 치워주어야 합니다."

서희는 강력하게 말했지만 강압적인 것은 아니었다. 뭔지 처참한 표정이었다. 그것은 윤국과 양현의 문제인 동시, 그들 자신의 건드리고 싶지 않은 문제이기도 했기 때문이리라.

"어째서 당신은 양현에게 고통을 주려 하는 거요."

길상은 한탄하듯 한숨을 쉬었다.

"그 아이를 사랑하는 제 마음을 몰라 하시는 말씀입니까?"

"놓아주시오."

서희 얼굴빛이 변했다.

"놓아주어도 이제 양현이는 제 갈 길을 갈 수 있게 다 자랐소. 매우 분명한 성품으로 자랐소. 우리가 염려한다는 것은 그 아이 짐일 뿐이오."

"놓아주라 하시었습니까?"

"……."

"혹."

길상은 응시하는 서희의 눈을 피하려 하지 않았다.

"혹 당신 자신을 두고 하신 말씀은 아닌지요."

"……."

"사로잡혀 있다는 생각을 하고 계셨습니까?"

"부인은 모르고 계시었소?"

이번에는 서희 쪽에서 대답을 못한다.

"사람이나 짐승이나 자기 태생대로 사는 것이 가장 자연스러운 일이오."

"당신의 경우도 그렇다 그 말씀이군요."

"지금은 양현의 얘기를 하고 있질 않소."

"당신 경우도 말씀해주십시오."

전에 없이 서희는 핵심을 찌르며 다가왔다.

"지나간 얘기는 해서 뭘 하겠소. 무의미하지요."

"후회하시는군요."

"후회하지 않소. 다만 자기 뿌리에 대한 그리움 같은 것, 그건 인지상정 아니겠소?"

한동안 말이 없다가 서희는 한숨을 내쉬었다.

"사로잡혀 있기론 피차 마찬가지지요."

전에는 부부간의 이런 일이 없었다. 발단은 양현이었지만 서로 회피해온 문제가 정면으로 부딪쳤던 것이다. 서로 아끼고 사랑하면서 그러나 항상 가로놓여 있던 벽에 부딪친 것이다.

"법당에 가겠습니다. 예배 드리다가 마음이 편안해지면 오겠으니 먼저 주무십시오."

서희는 낮에 한 묵상을 다시 한번 시도해볼 것을 작정한 것 같았다. 서희의 치맛자락이 사라지면서 방문이 닫혔다. 길상은 치맛자락이 방금 사라진 곳을 우두커니 바라보며 앉아 있었다.

'어디서 잘못되었을까? 언제부터 내가 이 안일지옥에서 무너지기 시작했을까? 나는 그렇다 치고 저 사람은 전과 달리 몹시 불안정해 보인다. 사로잡히기론 서로 마찬가지라 했던

가? 옳은 말이다.'

길상은 손자 재영의 돌잔칫날 생각을 한다. 그날의 고통스
러웠던 침묵, 가끔 만나 술잔을 나누며 비교적 격의 없이 지
내는 사람들이었는데 입이 붙어버린 듯 말을 할 수 없었던 그
날의 고통스러움을 생각한다. 손님들이 다 돌아가고 빈자리
에 홀로 앉아 왜 자신이 이곳에 있는가 하며 자신에게 물었고
자신의 삶의 진실한 의미를 물었던 일, 관수의 유서 생각도
났다.

'……내가 죽으믄 모두 고생만 하다 갔다 할 기고 특히 영광
이 가심에 못이 박힐 기다. 그러나 나는 안 그리 생각한다. 그
라고 후회도 없다. 이만하믄 괜찮기 살았다는 생각이고…….'

그것은 길상이 되풀이하여 생각해보는 구절이었다. 주어진
자기 삶에 밀착하여 혼신으로 끌어안고 치열하게 살다 간 송
관수, 길상은 자기 삶이 얼마나 낭비적인 것인가를 깨닫기 시
작했다. 마치 무너지지 않기 위하여 지렛대를 받쳐가면서 그
것은 정체(停滯) 이외 아무것도 아니었다. 생활도 애정도 바로
그 정체 상태였다. 순환이 안 되었다. 약동도 없었다.

한 개인의 삶은 객관적인 것으로 판단되어지는 것은 결코
아니다. 불행이나 행복이라는 말 자체가 얼마나 모호한가. 가
령 땀 흘리고 일을 하다가 시장해진 사람이 우거짓국에 밥 한
술 말아 먹는 순간 혀끝에 느껴지는 것은 바로 황홀한 행복감
이다. 한편 산해진미를 눈앞에 두고도 입맛이 없는 사람은 혀

끝에 느껴지는 황홀감을 체험할 수 없다. 결국 객관적 척도는 대부분 하잘것없는 우거짓국과 맛 좋은 고기반찬과의 비교에서 이루어지며 남에게 보여지는 것, 보일 수 있는 것이 대부분 객관의 기준이 된다. 사실 보여주고 보여지는 것은 엄격히 따져보면 삶의 낭비이며 진실과 별반 관계가 없다. 삶의 진실은 전시되고 정체하는 것이 아니며 가는 것이요 움직이는 것이며 그리하여 유형무형의 질량(質量)으로 충족되며 남는 것이다.

길상은 그러한 변두리로 생각이 맴돌고 있었다. 젊은 날, 상전으로서 어린 서희를 지켰고 간도까지 그를 수행해 갔으며 타국, 사고무친한 곳에서 절치부심(切齒腐心), 조준구에 대한 복수와 최씨 가문의 잃은 것의 탈환을 맹세하는 서희를 길상은 도왔다. 회령(會寧)에서 돌아오는 길, 학성(鶴城) 부근에서 마차가 굴러 서희가 부상을 당하는 일로 인하여 결혼을 하게 되었으며 뜻을 이루고 서희가 귀국하는 날까지 결정적 역할을 했던 길상이, 그러나 그는 가족과의 동행을 포기하고 간도에 남아서 그곳 조직에 합류했다. 그때부터, 포승에 묶이어 왜경에게 끌리어 조선으로 나왔고 옥고를 치렀으며 오늘에 이르기까지 사실상 길상은 아내와 두 아들의 비호를 받으며 견디어왔다. 어찌하여 길상은 사랑하는 가족을 보내면서 그곳에 혼자 남았던 것일까? 만주에 있는 오늘의 홍이처럼 독립운동단체의 뒷바라지를 했으며 직접 운동에는 참가하지 않았던 길상이는 가족과 함께 돌아올 수도 있었다. 대의(大義)를 위하여, 물론 그렇다. 그러면 왜경에게 체포되지 않았더라면 그는 돌아오지 않았을까? 그랬을는지도 모른다. 나라를 찾아야 한다는 충정은 흔들릴 수 없는 확고한 신념이었지만 그러나 길상의 경우, 대의와 가족을 두고 선택한 길은 결코 아니었다. 자아와 가족을 두고 선택한 길이었다. 실로 어렵게 그는 자기 설 자리를 선택했으며 지킨 것이다. 이씨왕조가 간신히 그 잔명(殘命)을 이어가고 있었을 무렵, 최참판댁을 찾아온 하동 이부사댁 이동진이, 서희의 부친 최치수에게 작별을 고했을 때 최치수는 물었다.

"자네가 마지막 강을 넘으려 하는 것은 누굴 위해서, 백성인가, 군왕인가?"

"백성이라 하기도 어렵고 군왕이라 하기도 어렵네. 굳이 말하라 한다면 이 산천(山川)을 위해서, 그렇게 말할까?"

이동진의 산천과 김길상의 강산, 청백리로 이어졌던 선비 이동진의 산천과 버려진 생명을 우관대사가 거두어 길렀으며 윤씨부인 요청에 따라 최참판댁 하인이 된 김길상의 강산은 다르다. 이동진이 이 산천을 위하여 강을 넘었다면 길상도 이 강산을 위하여 간도에 남았다. 그러나 다 같은 길이었지만 길상의 경우는 일종의 귀소본능(歸巢本能)이라 할 수 있었다. 제 무리에 어우러지기 위한 귀소본능, 이동진은 돌아오기 위해 떠났지만 길상은 제 무리들에게 돌아가기 위해 남은 것이다.

절에 와서 관음탱화를 그린 것도 입적한 지 오래인 우관대사 뜻에 따른 것이기는 하지만 귀소본능과 무관하지 않을 듯 싶다. 아내와 자식들에 대한 애정 때문에 길상은 자신과 동류였던 그 무리에 대한 그리움이 잊혀졌던 것은 아니었다. 아픔이 사라진 것도 아니었다. 심신을 저미듯 그렇게 살다 간 김환, 우관이며 혜관 관수 석이 용이 영팔노인 그 밖의 수많은 사람들, 용정촌 연해주의 그 끌끌한 사내들, 그 뜨거운 피를 잊지 못하는 것이며 그들로 인하여 끝없이 인내하고 협조하는 가족들마저 낯설어지는 것이었다.

밤은 깊어갔다. 얼마 동안이나 생각에 잠겨 있었던지 자정이 지난 것 같았다. 그러나 서희는 돌아오지 않았다. 길상은 절 마당으로 나갔다. 법당에도 불은 꺼져 있었다. 초가 다 타서 저절로 꺼진 것 같았다.

"법당에서 잠들었는가?"

하늘에도 달이 교교히 떠 있었다. 바람 소리도 없고 나뭇잎 떨어지는 소리도 없고 네모난 절 마당은 달빛에 바래지기라도 한 듯 하얗게 떠 있는 듯, 처마 그림자가 새까맣게 내려앉아 있었다. 세상은, 아니 산중은 오로지 적막할 뿐이었다.

"잠이 들었나?"

다시 중얼거린다. 법당 마룻바닥에 엎드린 채 서희는 잠들어 있을 것만 같았다. 회령병원에서 작은 새처럼 잠들었던 서희 모습이 생각났다. 애써 서희와의 혼인을 회피했으며 회피하기 위하여 과수댁 옥이네와 동거까지 했던 길상은 잠든 작은 새와도 같은 서희에게 꺾이고 말았다. 결국 길상은 헌신할 것은 맹세하였건만 다 이루어진 서희에게 더 이상 헌신할 필요가 없게 되고 오히려 그에게 무거운 짐만 지게 했다.

"차서방댁."

길상은 공양주 방 앞에 가서 나직한 소리로 불렀다. 건이아범은 서희를 따라왔다가 돌아갔고 안자는 공양주 방에서 영선네와 함께 잠자리를 마련했던 것이다.

"차서방댁."

영선네가 먼저 기척을 냈다. 안자를 깨우는 모양이다. 안자가 문을 열고 나왔다. 길상을 보자 놀란다.

"마님이 법당에서 잠이 든 모양이오."

"저를 어찌! 산을 오르시느라 고단하셨던 모양입니다."

안자는 법당으로 달려가고 길상은 절을 나섰다. 그가 찾아간 곳은 해도사의 산막이었다.

"해도사 계시오?"

"뉘시오?"

귀도 밝지 이내 해도사는 되물었다.

"나요."

"들어오시오."

자다 일어난 해도사는 등잔에 불을 밝히고 눈을 비비면서,

"이 오밤중에 무슨 일 났소?"

"내소박을 당한 사내가 나와보니 갈 곳이 있어야지요."

421

길상은 실실 웃으며 말했다.

"듣던 중 반가운 말이오. 팔자 기박한 홀애비 샘이 나서 잠이 안 오더니 그 참 썩 잘된 일이오."

"심보가 그러하니 홀애비 신세 면칠 못하는 거요."

두 사내는 껄껄껄 소리 내어 웃는다.

"잠자리 얻으러 왔소? 아니면 술 동냥이오?"

"달도 밝은데 술이나 하지요."

"우리 마을로 내려갈까요?"

"마을에는 왜요?"

"주막에 가잔 말이지요. 주막에 당도할 즈음이면 해장국이 구수하게 끓고 있을 게요."

"주모가 젊소?"

"젊지요. 게다가 머리를 지진 하이칼라요."

"하이칼라라."

"마음이 동하시오?"

하다가 해도사는 고개를 설레설레 흔들며,

"큰일 해놓고 부정 타면 안 되지. 안 되고말고."

"그렇지요?"

"여보시오 김선생, 핑계 한번 좋소. 부정탈까 봐 그러시오? 엄처시하라. 동정하오."

"홀애비 동정받는 신세 처량하구먼. 하기야 쫓겨나면 나는 갈 곳도 없는 사내요."

"머리 깎지 뭐. 본시 절식구였으니."

"그래 볼까요? 허나 경찰서에서 멀지 않아 날 찾을 테니 두고 봅시다."

주거니 받거니 실없는 말을 하며 해도사가 차려온 술상 앞에서 천천히 술을 마시기 시작한다. 마시다가,

"이거 참 무슨 청승인지 모르겠소."

길상이 한심스럽다는 듯 말했다. 절에 오기만 하면 언제나 이 산막에서 술을 마신다. 해도사, 지감과 함께, 때론 강쇠도 어울리곤 한다.

"옛날에 강포수가 있었는데."

길상이 말을 하자,

"아아 강포수? 나도 압니다. 내 팔자나 강포수 팔자나, 어디가서 죽었을까?"

그러나 길상은 강포수를 간도에서 본 얘기, 가야하에서 오발사고로 죽은 얘기는 하지 않는다.

"새장에 갇혀보지 않은 새는 넓은 하늘이 얼마나 좋은지를 모르고 나 같은 사내 꼴이 되어보지 않고서는 강포수 팔자가 얼마나 좋은지를 모를 게요."

상머리에서 물러나 앉아 담배를 꺼내어 길상은 붙여 문다. 아주 가끔 길상은 담배를 피운다.

"하하아 그리고 보니 생판 찌그러진 인생은 아니구먼."

"뉘 말이오?"

"이 해도사지 누구겠소."

해도사는 손을 제 가슴 위에 놓으며 히죽히죽 웃었다.

"동녘 동 하니까 서녘 서 한다더니 강포수 팔자를 말했지 누가 이녁 얘길 했소?"

"강포수 팔자나 내 팔자나 다를 것 하나 없지. 계집을 데려다 놓으면 죽기 아니면 달아나기, 산에서 사는 것도 같고."

"등천하려는 도사하고 총대 멘 포수하고 어찌 같겠소."

"그거야 남들이 보기 나름이고 강포수라 해서 하늘을 날아다니는 새는 아니지 않소."

"죽어도 얽매이고 싶지 않는 강포수와 얽매일 곳이 없어서 홀로 있는 해도사가 어찌 같다 하겠소."

"너무 그러지 마시오. 사방천지 발 닿는 곳이면 얽어매려고 시퍼런 칼이 날을 세우고 있는데 얽매일 곳이 없다니요? 머릿속에 먹물이 좀 들다 보니 속세가 걸거적거리는 거지."

"통영까지 가서 도인 행셀 했다던데요?"

"그야 뭐 그렇게 대접을 하니 낸들 어쩌겠소."

"지감스님 말씀으로는 해도사가 조준구의 중풍을 고치겠다, 장담을 했다면서요?"

"허허어, 그 땡추, 입이 무거운 줄 알았더니 언제 고자질을 했을꼬?"

"정말 그랬소? 자신은 있구요?"

"정말 그랬지요. 자신은 손톱만치도 없었지만 하하핫 핫핫……."

"거짓말 그리 하다가 조준구한테 팔뚝 물어뜯기면 어쩌려구."

"거짓말은 아니었고 진정이었소. 그 형상을 보니 너무나 가련하고 측은하여 희망이라도 보시하자."

"꿈보다 해몽이 좋소. 그래 다 죽어가던가요?"

"오래가면 식구들 다 잡는 거지."

"병수 그 사람 고생하는구먼."

"전생의 업을 벗노라, 한꺼번에 갚아버리고 천상행(天上行)하려고 그런 거지요."

"……."

"그나저나 겨울이 오기 전에 어딜 옮겨갔으면 싶은데, 이제는 힘이 부쳐서 새로 마련할 수도 없고 어디 반반한 목기막이라도 있으면 하고, 찾아 나설 작정이오. 김형, 동행 안 하겠소? 봄도 좋지만 가을 산도 볼 만한데."

"해도사가 옮겨가면 지감스님은 어떡허구? 술 생각나서 못 견딜 텐데요."

"그 땡추, 요즘엔 술 별로 안 합니다. 마지못할 때만 조금 드는 정도, 내가 떠나는 편이 훨씬 홀가분할 게요. 김형이나 절에 남아서 탱화를 더 그려보시지요."

"글쎄올시다."

"재줄 썩히면 되겠소? 큰 공덕인데 말씀이오. 지감하고도 얘기했지만 한 폭만 달랑하니, 허전하지 않소?"

"생각해보지요."

씨도 먹지 않는 이런저런 얘기를 어수선하게 하며 술을 마시다가 두 사내는 새벽녘에 곯아떨어졌다.

점심때가 지나서 길상이 절로 돌아왔을 때 서희는 단정한 모습으로 방에 혼자 앉아 있었다.

"법당에서 잠이 들었던 거요?"

길상이 물었다.

"그랬던 것 같습니다."

서희는 쓴웃음을 머금었다.

"감기 들면 어쩌려구 그랬소."

"신심이 불실해서……. 조반은 드셨습니까."

"조반은 안 했고 점심은 들고 왔소."

"안 오시면은 차서방댁하고 바람이나 쐬러 나갈까 했습니다. 함께 안 가시겠어요?"

"그러시오."

두 사람은 나란히 절문을 나섰다.

"어젯밤에 달이 밝더니 날씨 참 좋군."

두 사람은 다 같이 어젯밤 빚은 갈등에 대해서 언급을 하지 않는다.

"재영애비가 내려온다니까 떠날 수도 없고, 천상 와야 떠날 텐데 예배 볼 기분이 아닙니다."

"토요일에 온다니까 기다렸다가 함께 가야지요."

"당신은 안 가시게요?"

"당분간 절에 있고 싶소."

"그렇게 하세요."

어제 갔던 그 길을 따라 이들은 서희가 목욕재계했던 그곳까지 갔다. 개울가 큰 잡목을 타고 청설모 두 마리가 오르내린다. 울음소리인지 이상하게 경쾌한 소리가 들려왔다.

"새끼를 기르나 봐요."

서희는 잡목을 올려다보며 말했다.

"앞으로 얼마 동안은 먹을 것이 풍성할 거요."

서희는 치맛자락을 걷으며 물가 바위 위에 앉았다. 좀 떨어져서 길상도 바위에 걸터앉았다. 그리고 서로 마주 쳐다보다가 눈길을 돌렸다. 옥색 수단 치마저고리를 입은 서희 모습은 서리 맞은 푸새 같았다. 얼굴은 투명하고 창백했다. 길상은 간밤의 술 탓인지 수면부족 때문인지 눈이 충혈돼 있었다. 개울에 물 흐르는 소리, 흐르고 돌돌 구르는 소리를 듣는다. 서로의 마음속에서도 가느다란 물소리가 나는 듯했다. 물이 흐르고 있는 듯 느낀다. 청설모 두 마리가 나무를 오르내릴 때 들려온 소리 역시 뭔지 모르지만 흐르는, 흘러내리는 것 같은 그런 소리 아니었을까? 서희는 막연하게 그런 생각을 한다. 청설모를 보는 순간 그 소리가 청설모한테서 났던 것을 깨달았고 깨달았을 때 이미 소리는 끊겨 있었다. 그게 울음소리였는지 오르내리는 기척 소리였는지, 무척 화사하고 음악처럼 경쾌한 우짖음 같기도 했지만 아슴푸레했다. 마치 미지의 새를 인식하려는 순간 푸드득 날아가버리고 느낌만 남아서 그 새의 모습이 환상으로 화해버린 것처럼.

'바로 그게 세월일 거야. 잡히지 않는 안개 같은 그게 세월일 거야.'

새삼스러울 것도 없는데 시시각각 달아나고 희미해지는 것을, 새삼스럽게 서희는 가슴이 죄어드는 것을 느낀다. 묵은 상처들이 모조리 들고일어나듯 가슴이 아파온다. 길상을 바라본다. 두 어깨가 좀 구부정해 보였다. 흰 머리칼도 제법 눈에 띄었다. 오십을 넘긴 사내의 모습이다. 면도한 지 이삼일이 지났을까. 턱수염이 파아랗게 돋아나 있었다.

어디서 오는 슬픔일까. 어디서 온 지난날들일까. 그것은 모두 바람이다! 마음속으로 중얼거리는 서희 의식 속에서는 바람 따라 나뭇잎 풀잎이 드러눕고 흔들리고 나부끼며 전율하고 있었다. 눈보라가 치고 나뭇가지가 휘면서 신음하고 울부짖으며 여자의 머리칼 옷자락이 끊어질 듯 찢어질 듯 바람 가는 곳을 향해 나부끼고 있었다. 지난날들이 눈보라같이 함박눈같이 흩어져 내리고 있었다. 서희는 두 손을 들어 두 눈자위를 꽉 누른다.

"왜 그래요? 어지럽소?"

길상이 물었다.

"아니오."

"감기 든 모양이구먼."

"그렇지 않습니다."

가을 하늘은 어디까지 가면 닿을까? 한없이 높았다. 노오
란 은행잎 하나 놓아보고 싶게 하늘은 푸르렀다. 유리 파편처
럼 햇빛은 물길에서 희번덕이고 유리가루처럼 햇빛은 나무숲
에 내려앉곤 했다. 풋풋한 숲의 냄새 상큼한 향기.

"박효영 의사 죽었대요."

"뭐라구요?"

"그분은 자살을 했대요."

길상은 가슴이 철렁 내려앉았다. 그러나 다음 뭔지 모를 것
이 치밀어올랐다. 서희는 울기 시작했다. 계집아이같이 두 손
으로 얼굴을 감싸며 우는 것이었다. 그것은 길상에 대한 무한
한 신뢰였는지 모른다. 어릴 적에 떼를 쓰고, 등에 업혀서 버
둥거리며 주먹으로 길상의 등짝을 때리며 울던 그 모습을 생
각하게 한다. 아직도 길상의 기억에 남아 있는 일, 산에서 토
끼를 놓쳤을 때 일이었을까?

"커다란 연을 타고 올라가봤이믄 얼매나 좋겠십니까. 자꾸
자꾸 연을 타고 올라가봤이믄, 하늘 꼭대기까지 올라가보믄
참 희한하겠지요?"

"뭣 하러 올라가아?"

"스님이 말씸하싰습니다. 자꾸자꾸 올라가믄 수미산이 있
다 캅디다. 그 수미산에 가믄 말입니다, 은금보화로 말짱 집

을 맨들어놨다 캅디다."

"은금보화가 뭐야?"

"와, 애기씨 설날에 찬 노리개 안 있십니까? 그 파아랑 구슬이랑 마님께서 손가락에 끼신 가락지랑 그런 거를 은금보화라 합니다."

"아아 알어! 나도 알어. 울 어머니도 파아랑 가락지 노오랑 가락지 하얀 것 그리고 또, 또 비녀랑 또, 또……."

하다가 서희는 말을 탄 것처럼 등에서 한 번 우쭐대더니 두 팔을 벌리고,

"이만큼, 이만큼 많이 있어."

"……."

"어머니가 그랬는데 그것 다 나 준댔어. 구슬이랑 가락지랑 비녀랑 그것 다 나 준댔어."

어머니 데려오라 하며 악을 쓰고 기함을 하고 집안 사람들 넋을 쑥 빼놓던 서희는 차츰 그 짓이 소용없음을 깨닫게 되었다. 그런 뒤로는 꼬투리가 있기만 하면 은근슬쩍 어미 얘기를 꺼내어보곤 했지만 역시 어미에 관한 일에서만은 모두 입을 다물었고 아무도 그를 상대해주지 않는 것을 서희는 알게 된 것이다.

"길상아."

"예."

공연히 한 번 불러보고 등에 볼을 비비며 서희는 엎드렸던

것이다.

담배를 꺼내어 붙여 문 길상은 연거푸 담배를 빨아당기고는 연기를 뿜어낸다. 그도 항간에 떠도는 소문을 얼마간 알고 있었다. 박의사의 도전적인 시선도 여러 번 느꼈다. 그러나 길상은 주치의를 갈아보자는 말을 꺼낸 적은 없었다.

아프면 찾는 곳이 병원이요 주치의라는 것에 개의치 않았던 것도 사실이었고 갈고 어쩌고 하는 호들갑도 같잖은 일이거니와 소인배 같은 짓거리로 생각한 때문이지만 환국이나 윤국이 박의사를 존경하고 감사해하는 것도 그렇고 그러나 무엇보다 길상은 서희를 모욕하고 싶지 않았던 것이다.

"왜 아무 말씀 안 하세요?"

흐느껴 울면서 서희는 말했다.

"어째 비난을 안 하십니까."

또 말했다.

'뭘 비난하라는 거요?'

길상은 피우던 담배를 던졌다. 일어서서 서희 곁으로 다가왔다. 덥석 팔목을 잡았다. 팔목에 힘이 물려들었다.

"갑시다."

"이거 놓으세요."

그러나 길상은 서희 팔목을 거칠게 잡아채듯 하며 걷는다.

"남편 앞에서 다른 사내 죽음을 슬퍼하며 우는 여자가 세상에 어디 있어! 도대체 당신 나이 지금 몇 살이오?"

"이거 놓으세요."

길상은 손목을 놓아준다. 서희는 소매 속에서 손수건을 꺼내어 눈물 자국을 부지런히 닦으며 걷는다. 걷는데 미쳤구나 하는 생각이 별안간 떠올랐다. 어제 자동차 속에서 울었고 별당에서도 울었고 오늘 또. 철나면서 오늘까지 울어야 할 일이 없어서 울지 않고 살았던 것은 아니었다. 천애 고아가 되어 이곳까지 오는 동안 뼈 마디마디 으스러지는 슬픔이 어디 한두 번이었겠는가. 수많은 사람의 죽음을 보지 않았는가. 길상은 한 마리 염소 새끼를 몰고 가듯 서희를 앞세우고 가면서,

"내가 목석이오? 바지저고리요? 정 그러면 내 머리 깎고 중이 되리다."

했으나 그 목소리에는 이미 노여움이 없었다.

"패주고 싶었지만."

"……."

"참는 게요."

절에 돌아오자 서희는 무안하여 그랬던지 평사리로 돌아가겠다고 했다.

"환국이가 올 텐데 함께 안 가구요?"

"어차피 평사리에 올 거니까요."

"그런가?"

길상이 어정쩡하게 말하자 서희는,

"저를 패주겠다 하셨습니까?"

따지듯 묻더니 다시,

"지가 뭘 어쨌기에요?"

하고는 돌아섰다.

길상은 화개 나루터까지 서희와 안자를 데려다주고 돌아왔
다. 도솔암 가까이까지 왔을 때 해는 떨어지고 사방에서 저녁
안개가 밀려들었으며 새들도 서두르듯 날아갔다. 달이 떠올
랐다. 나무 잔가지 사이에서 어른거리는 반달.

'추석도 며칠 안 남았구나.'

환국은 온다는 날보다 이틀이나 앞당겨서 나타났다. 그러니
까 서희가 떠난 다음 날이었다. 부자는 절문 앞에서 마주쳤다.

"웬일이냐? 토요일에 온다는 말을 들었는데."

길상은 놀라면서도 몹시 반가워했다.

"아이들이 수학여행을 떠나고 수업도 없고 해서 내려왔습
니다. 어머님은 어디 계시는지요."

"평사리에 들르지 않고 왔느냐?"

"네. 갈 때 들르려구요."

"네 어머니는 어제 평사리로 가셨다."

"들렀다 올 걸 그랬습니다."

넥타이는 매지 않았고 연회색 셔츠에 연갈색 양복을 입은
환국은 좀 수척해진 것 같았다. 나란히 절문을 들어서는 부자
는 키가 비슷했고 분위기도 비슷하여 남의 눈에 썩 보기 좋은
풍경이었다. 부자지간이기보다 선후배 사이처럼 보였다.

"식구들 잘 있겠지? 재영이는?"

"다 괜찮습니다."

그러나 그 목소리에 탄력이 없었다.

"그는 그렇고 어쩐다?"

갑자기 생각이 난 듯 길상은 걸음을 멈추었다.

"뭐 말씀입니까?"

"우선 너는 지감스님한테 가서 인사부터 하고 나는, 저어 해도사한테 가기로 했는데……."

길상은 머뭇거리듯 말했다. 환국이 슬그머니 웃었다.

"그럼 가보아라. 나는 해도사한테 갔다 오마."

심약하고 눈부신 듯한 표정의 길상은 발길을 돌려 허둥지둥 내려간다.

'아버지도 참.'

부친의 뒷모습을 바라보다가 환국은 지감이 있는 거처로 걸음을 옮긴다. 부친이 왜 그러는지 환국은 알고 있었다. 평소에는 자상하면서도 의연하며 소신을 굽히지 않는 부친을 환국은 존경해왔다. 그리고 신분의 흔적을 느끼게 하는 비굴함을 한 번도 본 일이 없는 환국은 아들로서 자랑스러웠다. 그러나 다만 한 가지, 그것은 본래적인 것이겠지만 수줍음을 부친한테서 가끔 발견하는 일이었다. 그가 걸어온 역경을 생각한다면 일종의 수수께끼 같기도 했다. 그 나이에 소년 같은 면모가 남아 있다는 것이 신비롭기도 했다. 그것은 혁명가의 모습이기보다 예술가의 모습이었다. 환국은 관음탱화가 거론되는 것을 부친이 두려워한다는 것도 알고 있었다.

더더구나 아들과 함께 법당으로 들어가서 자신이 그린 것을 바라보는 그 쑥스러움을 감내할 수 없어서 피해가는 것도 알고 있었다. 그는 환국에게 초화를 보인 적이 없었다. 언젠가 한번 환국이 보고 싶다 했을 때 길상은 몹시 당황했던 일이 있었다.

"뭘, 반푼수, 돌팔이가 그리는 걸 봐서 뭘 해."

중얼거리듯 그러고는 외면을 했다.

"스님 계십니까."

지감이 거처하는 방 앞에서 환국이 말했다.

"뉘시오."

"환국입니다."

"들어오게."

문을 열고 환국이 들어갔다. 뭔가를 쓰고 있던 지감이 얼굴을 들었다.

"토요일에 온다고 들었는데."

"네. 좀 일찍 왔습니다."

"앉게."

환국은 무릎을 꿇고 앉는다.

"그래 아버님은 만나뵀나?"

"네. 해도사 산막에 가셨습니다."

"그랬을 테지."

지감은 웃었다. 그리고 덧붙여 말하기를,

"자네 오는 걸 보고 피해간 게야. 참 별난 사람을 다 보았 네. 탱화 얘기가 나오면 안절부절, 영 자신이 없는 모양이야."

갑자기 환국은 가슴이 두근거렸다. 두려워지기 시작했다. 자신이 없는 모양이야, 하고 말하는 지감의 속을 짚을 수 없 었다. 환국이 자신이 기대했던 것과는 달리 부친의 말대로 돌 팔이가 그린 그런 그림이면 어쩌나 싶었던 것이다.

"스님께서는 어찌 보셨습니까."

"화가가 보아야지. 이 땡추가 알 게 뭐람."

지감은 미소를 띤 채 환국에게 곁눈질을 했다. 환국은 점점 불안해지기 시작한다. 중으로서는 그의 말대로 땡추인지 모 른다. 그러나 지감의 안목이 대단하다는 것은 익히 아는 사실 이다. 청년기 장년기를 방랑으로 보낸 그는 한때 가마를 찾아 다니며 그릇을 구워본 적이 있었고 통영의 조병수를 사귀게 된 동기도 목공예에 대한 관심에 있었다. 뿐만 아니라 일본으 로 건너갔을 때도 두루 돌아다니면서 미술에 대한 이론서를 상당히 탐독한 것으로 알려져 있었다. 그런 예비지식이 없다 하더라도 방학 때면 환국이 평사리에 내려왔고 평사리에 오 게 되면 자연 도솔암에도 들르게 되어 지감과 심심찮게 나눈 대화에서도 능히 짐작이 되는 일이었다. 지감은 개인적인 얘 기는 일절 하지 않았지만 서울서 그에 관한 얘기는 많이 들었다. 장인 황태수도 그렇고 임명빈 서의돈 유인성이 모두 지감의 또래이며 집안 내력이나 그의 청년 시절, 장년 시절을 소상히 알고 있었기 때문이다.

환국은 내온 작설차를 한 모금 마시고 나서,

"영광이어머님은 요즘 어떠신지요."

하고 물었다.

"편안한 마음으로 계신 것 같더군. 아직 만나지 못했겠구나."

"네."

"읍내 장에 갔을 거야."

"절에 눌러앉으실 작정인지."

"아마 그럴걸?"

"영광이가 몹시 괴로워하고 있습니다."

"생각하기 나름이지."

"……."

"보나 마나 그 사람, 자신의 영혼을 위해 고통받고 있겠지. 어머니의 영혼을 생각한다면 괴로워할 필요가 없어. 세속적으로 생각 안 하면 되는 게야."

"그럴까요? 그렇게 됩니까?"

"멀리, 멀리서 비잉비잉 돌다가 이곳에 와서 머리를 깎고 법의를 걸친 나보다 신심이 깊다면 쉬이 절을 떠날 수 없을 게야."

"스님께서는 아직 번뇌가 남아 있습니까?"

"말해 뭘 하나. 내 형편이 진작부터 사바를 떠나 있어서 세속적 욕망 번뇌는 어느 정도 극복이 되었다 할 수 있겠지만 진리에 대한 확신이…… 어려워. 착한 심성의 단순함이야말로 불심이며 천심이겠는데 먹물에 대가리 적신 놈치고…… 복잡하거든. 그리고 무엇이든 틀에다 끼우려 하는 합리주의에서 벗어나기가 어렵지. 그나저나 자네 왜 이러고 있나?"

"네?"

"민적거리고 있는 꼴이 부친과 흡사하구먼. 두려운가?"

"솔직히 그렇습니다."

"어서 가보게나."

"네."

환국이 방문을 열고 나오려 했을 때 바로 방문 앞에 지연이 서 있었다. 벌겋게 상기된 얼굴이었다. 그의 눈에는 환국이도 잘 뵈지 않는 것 같았다. 아주 흥분된 상태였다. 환국은 신발을 신고 나서,

"안녕하십니까."

하고 인사를 했다. 십 년 가까이 도솔암에 오곤 했기 때문에 지연과는 구면이었다.

"아아 참, 언제 내려오셨소?"

"방금 왔습니다."

지연의 목소리를 듣고 지감도 방에서 나왔다.

"또 무슨 일이냐."

"오라버니, 이상한 일이 생겼습니다."

"이상한 일이라니?"

"너무 놀라서 아직 가슴이 두근거리고 어떻게 해야 할지."

"무슨 일인지 말을 해야 알 게 아니냐? 또 마당에 구렁이가 나타났느냐?"

신경질적으로 말했으나 옛날같이 지감은 지연에게 각박하지 않았다. 환국은 오도 가도 못하고 엉거주춤 서 있었다.

"암자 앞에 누가 갖다 놨는지 갓난애기가 있지 뭡니까."

"갓난아기?"

"네. 어쩌면 좋습니까."

"허허어. 그러면 마을로 내려가서 물어볼 일이지, 여기 오면 어떻게 해?"

"마을로 내려가다니요?"

"젖이라도 얻어먹여야지."

"에그머니, 끔찍스러워라. 제가 기르란 말씀입니까?"

"부처님이 너를 가엾게 생각하셔서 점지해주신 거다. 아암 길러야지."

"싫습니다."

그들의 실랑이는 좀체 끝나지 않을 것 같았다. 환국은 법당으로 갔다. 법당 문을 열고 들어서는데 낡은 것들 속에 새로움이 한결 선명한 관음탱화가 한눈에 들어왔다. 그는 천천히 관음상 앞으로 다가갔다. 그리고 미동도 없이 관음상을 응시한다. 오른손에 버들가지를 들고 왼손에는 보병(寶甁)을 든 수

439

월관음(水月觀音), 또는 양류관음(楊柳觀音)이라고도 하는데 아름다웠다. 눈이 부시게 아름다웠다. 청초한 선(線)에 현란한 색채, 가슴까지 늘어진 영락(瓔珞)이며 화만(華鬘)은 찬란하고 투명한 베일 속의 청정한 육신이 숨 쉬고 있는 것만 같다. 어찌 현란한 색채가 이다지도 청초하며 어찌 풍만한 육신이 이다지도 투명한가.

환국은 감동에 전신이 뜨거워지는 것을 느꼈다. 법당을 나선 그는 절 마당에 멍하니 서서 산을 하염없이 바라본다.

"할 말 없지?"

등 뒤에서 지감의 목소리가 들려왔다. 환국은 말없이 돌아본다. 지감이 다가왔다.

"저어 일봉이는 없습니까."

첫마디 말은 엉뚱했다.

"뭐 할려구?"

"김장사댁에 갈 일이 좀 있어서요. 길을 모르니까."

지감은 관음상에 대하여 언급이 없는 환국의 심정을 충분히 아는 것 같았다.

"나하고 가지. 일봉이는 영광어머니랑 읍내 가고 없다."

두 사람은 절문을 나서서 한동안 말없이 산길을 올라간다. 한참을 가다가 환국은 좀 쉬어가자고 했다. 나무 밑에 그들은 나란히 앉았다.

"아버지는 참 외로운 분 같습니다."

환국이 말문을 열었다.

"관음상을 본 감상인가?"

"네."

"자네 말이 맞네. 원력(願力)을 걸지 않고는 그같이 그릴 수는 없지. 삶의 본질에 대한 원력이라면 슬픔과 외로움 아니겠나."

"도저히 이해할 수 없는 것은."

"……."

"그렇게 오랫동안 붓을 들지 않았는데 어떻게 그럴 수가 있는지."

"세월인 게야. 자네 부친의 세월 말일세. 식(識)을 맑게 간직하고 닦아온 자네 부친의 세월. 사람들은 대부분 본래의 때묻지 않는 생명에 때를 묻혀가며 조금씩 망가뜨려가며 사는데 결국 낡아지는 것을 물리적인 것으로 인식하지. 생명은 과연 물리적인 것일까?"

지감은 자신에게 묻듯 말했다.

"말로는 탱화를 또 그려라, 그러나 김형은 두 번 다시 탱화를 그리지 못할 거야."

지감은 앞서 한 말을 놔둔 채 화제를 옮겼다.

"어째 그럴까요."

"종교적 의식(儀式)이었으니까."

"금어는 항상 그 의식을 되풀이하고 있지 않습니까?"

"자네 부친은 금어가 아닐세. 금어가 탱화를 그리는 것은 예불과 그 성격이 같다 할 수 있으나 자네 부친은 원력을 걸고 한 일이었네. 매번 어찌 원력을 걸겠는가. 또 자네 부친이 환쟁이로 그림을 되풀이 그린다면 그건 세속적 욕심의 성격을 띠게 되는 게야."

"그렇게 됩니까?"

환국이는 처음으로 웃었다.

"내 식대로 한 말이다."

"저의 경우는 그럼 욕심이군요."

"그렇지. 야심작(野心作)이다 하는 말이 그냥 된 건 아니거든. 예술 자체에 대한 것이든 명리를 위한 것이든 하여간 욕심이 포함된 것은 틀림이 없다."

"하긴. 사바의 일이니까요."

"슬슬 가볼까?"

"네."

두 사람은 일어서서 산길을 올라가기 시작했다.

"사로잡히지 말아야, 사로잡히지 말아야지. 예술가도 어떤 면에서는 자유를 얻기 위한 투쟁이다. 그러나 자유는 쓸쓸하고 고독한 거야."

지감은 앞서가며 탄식하듯 말했다.

〈17권으로 이어집니다〉

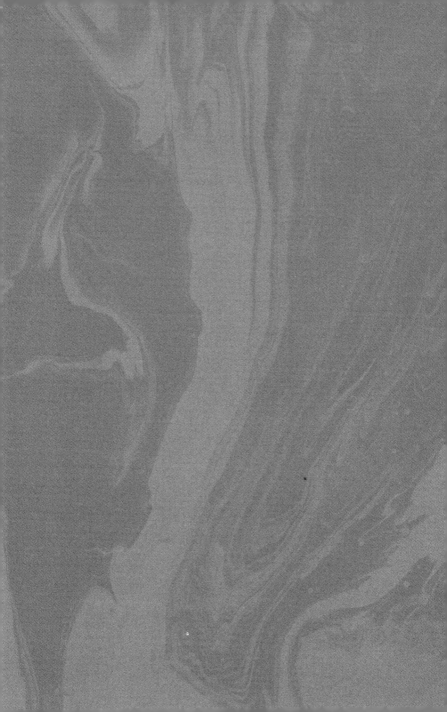

공투세: 공치사. 남을 위하여 수고한 것을 생색내며 스스로 자랑함.

긴란돈스[金襴緞子]: 금색 실을 섞어 짠 바탕에 명주실로 봉황이나 꽃을 수놓은 비단.

노멘[能面]: 일본의 대표적 가면 음악극인 '노가쿠[能楽]'에서 쓰던 가면.

다이코보리[太閤堀り]: 충무운하(통영운하)를 뜻하는 말. '다이코보리'는 도요토미 히데요시의 관명인 '태각(太閤)'에서 따왔다.

목로점: 목로주점. 목로를 차려 놓고 술을 파는 집.

비신술(飛身術): 몸을 날래게 날리는 기술.

빠대리서: 빨아서. 빨아대서.

사쿠라보시[桜干し]: 일본식 말린 조미 어포.

야미[やみ]: 어둠. 암거래.

오세바세: 잘고 말 많은 짓.

접집: 겹집. 한 개의 종마루 아래에 여러 방을 나란히 만든 집.

천고(天孤): 외로운 운명.

하시기부시기: 이것저것. 이 말 저 말.

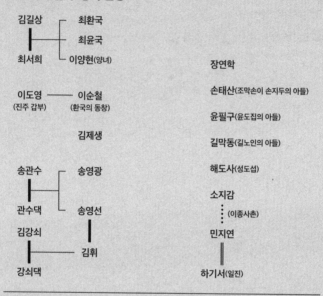

진주 서희 일가·동학 잔당

부부 관계 ━━━
형제 관계 ┈┈┈
혼외 관계 ═══

김길상 ─┬─ 최환국
        │   최윤국
최서희 ─┴─ 이양현(양녀)

이도영 ─── 이순철
(진주 갑부)   (환국의 동창)

김제생

송관수 ─┬─ 송영광
        │
관수댁 ─┴─ 송영선

김강쇠 ─── 김휘

강쇠댁

장연학

손태산(조막손이 손지두의 아들)

윤필구(윤도집의 아들)

길막동(길노인의 아들)

해도사(성도섭)

소지감
  ┊ (이종사촌)
민지연

하기서(일진)

서울

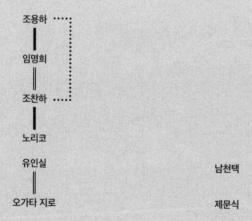

조용하 ┈┈┐
   ┃   ┊
임명희   ┊
   ‖   ┊
조찬하 ┈┈┘

노리코

유인실
   ‖
오가타 지로

남천택

제문식

평사리 주민

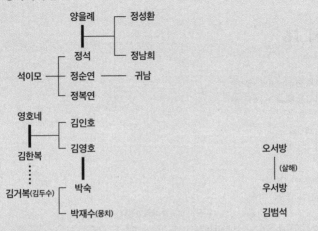

양을례 ─┬─ 정성환

정석   └─ 정남희

석이모 ─┬─ 정순연 ─── 귀남

└─ 정복연

영호네 ─┬─ 김인호

│   └─ 김영호

김한복

⋮

김거복(김두수)   박숙

└─ 박재수(몽치)

오서방

│(살해)

우서방

김범석

간도 일대

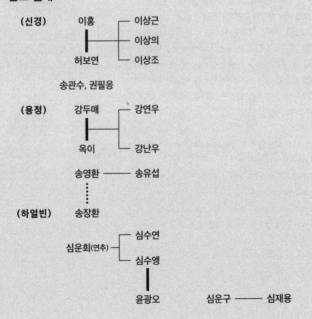

(신경)   이홍 ─┬─ 이상근

│   ├─ 이상의

허보연   └─ 이상조

송관수, 권필응

(용정)   강두매 ─┬─ 강연우

│   └─ 강난우

옥이

송영환 ─── 송유섭

⋮

(하얼빈)   송장환

심운회(연추) ─┬─ 심수연

└─ 심수앵

윤광오   심운구 ─── 심재용

447

토지 16
5부 1권

초판 1쇄 인쇄 2023년 5월 5일
초판 1쇄 발행 2023년 6월 7일

지은이 박경리
펴낸이 김선식

경영총괄이사 김은영
콘텐츠사업2본부장 박현미
편집 임경섭, 한나래, 임고운, 임소정 **디자인** 정명희 **책임마케터** 박태준
콘텐츠사업6팀장 임경섭 **콘텐츠사업6팀** 한나래, 임고운, 임소정, 정명희
편집관리팀 조세현, 백설희 **저작권팀** 한승빈, 이슬
마케팅본부장 권장규 **마케팅4팀** 박태준, 문서희
미디어홍보본부장 정명찬 **브랜드관리팀** 안지혜, 오수미, 문윤정, 이예주
크리에이티브팀 임유나, 박지수, 변승주, 김화정 **뉴미디어팀** 김민정, 이지은, 홍수경, 서가을
지식교양팀 이수인, 염아라, 김혜원, 석찬미, 백지은 **영상디자인파트** 송현석, 박장미, 김은지, 이소영
재무관리팀 하미선, 윤이경, 김재경, 안혜선, 이보람 **인사총무팀** 강미숙, 김혜진, 지석배, 박예찬, 황종원
제작관리팀 이소현, 최완규, 이지우, 김소영, 김진경, 양지환
물류관리팀 김형기, 김선진, 한유현, 전태환, 전태연, 양문현, 최창우
외부스태프 교정 김태형

펴낸곳 다산북스 **출판등록** 2005년 12월 23일 제313-2005-00277호
주소 경기도 파주시 회동길 490
전화 02-704-1724 **팩스** 02-703-2219
이메일 dasanbooks@dasanbooks.com
홈페이지 www.dasan.group **블로그** blog.naver.com/dasan_books
용지 아이피피 **인쇄** 상지사피앤비 **코팅 및 후가공** 평창피엔지 **제본** 국일문화사

ISBN 979-11-306-9962-2 (04810)
ISBN 979-11-306-9945-5 (세트)